SARAH HARVEY

Mein Traummann, die Zicke und ich

GOLDMANN – IHRE NR. 1

Buch

Wenn die Liebe einschlagen kann wie ein Blitz, dann handelt es sich bei Violet und ihrem Freund Sol um eine Jahrhundertgewitterliebe mit Windstärke zehn. So verknallt war Violet ihr ganzes Leben noch nicht. Kein Wunder, denn Sol ist ein Traummann, wie er im Buche steht: Er ist witzig, aber man kann mit ihm auch über ernste Themen sprechen, er arbeitet hart, hat aber immer Zeit für Violet, er ist intuitiv, gefühlvoll und gleichzeitig entschlossen, selbstbewusst und männlich. Er hat fantastische Freunde, die ihm viel bedeuten, die er aber immer hintanstellt, wenn Violet ihn braucht. Und: Ja, er sieht einfach unverschämt gut aus. Deshalb muss Violet auch nicht zweimal überlegen, als Sol ihr einen romantischen Heiratsantrag macht.

Sols Eltern möchten die Braut so schnell wie möglich kennenlernen, und laden die Verlobten zu sich ein. Alles scheint perfekt zu laufen – bis zu dem Moment, als Violet auf einem Familienfoto ausgerechnet Pippa Langford entdeckt. Niemand anders als die, die Violet in der Highschool das Leben zur Hölle gemacht hat. Als Pippa nach einem Jahr die Schule wechselte, hatte Violet gehofft, der Alptraum sei nun für immer vorbei. Doch wie es scheint, fängt er jetzt erst wieder richtig an …

Von Sarah Harvey außerdem bei Goldmann lieferbar:

Absolut unwiderstehlich. Roman (54213)
Wohin mit meinem Bräutigam? Roman (54226)
Eine Braut zu viel. Roman (45368)
Rendezvous zu dritt. Roman (54202)
Drei Frauen und ein Bräutigam. Roman (54163)
Wachgeküsst. Roman (54171)
Die Hochzeit meiner besten Freundin. Roman (54158)
Küssen verboten. Roman (54236)
Noch einmal mit Gefühl. Roman (54255)

Sarah Harvey

Mein Traummann, die Zicke und ich

Roman

Aus dem Englischen
von Julia Eisele

GOLDMANN
MANHATTAN

FSC
Mix
Produktgruppe aus vorbildlich bewirtschafteten Wäldern und anderen kontrollierten Herkünften

Zert.-Nr. SGS-COC-1940
www.fsc.org
© 1996 Forest Stewardship Council

Verlagsgruppe Random House FSC-DEU-0100
Das FSC zertifizierte Papier *Holmen Book Cream* für dieses Buch liefert Holmen Paper, Hallstavik, Schweden.

2. Auflage
Deutsche Erstausgabe September 2009

Umschlaggestaltung: UNO Werbeagentur, München
Umschlagfoto: Getty Images/Neo Vision
Redaktion: Alexander Groß
KA · Herstellung: Str.
Satz: Uhl + Massopust, Aalen
Druck und Bindung: GGP Media GmbH, Pößneck
Printed in Germany
ISBN 978-3-442-54269-7

www.goldmann-verlag.de

Kapitel 1

Liebesgeschichten können bekanntlich wie Wirbelstürme sein. Diese hier war ein Zyklon, der mit Windstärke zehn losfegte, mich einfach umwarf und in eine Beziehung hineinsog, die mich bis jetzt in einen Glückstaumel versetzt wie die Gewinner von *Stars auf Eis*. Ich warte noch immer darauf, dass der Rausch nachlässt, sich die Magie in Normalität auflöst, Blitz und Donner zu einem enttäuschenden, mickrigen Feuerwerk zusammenschrumpfen, aber – klopf auf Holz (ach was, klopf auf einen ganzen Regenwald, so sehr wünsche ich mir, dass es nie aufhört) – wir befinden uns noch immer in der akuten Verliebtheitsphase, die normalerweise nur ein paar Wochen anhält. Und das seit sechs Monaten! Sechs unglaublichen, wundervollen, himmlischen »Kneif-mich-ich-glaub-ich-träume«-Monaten!

Bitte hasst mich nicht dafür, aber ich habe meinen Traummann gefunden. Jenes vollendet vollkommene Exemplar von Mann, das man sonst nur aus dem Märchen kennt.

Er vereinigt all die Widersprüche in sich, nach denen wir Frauen bei einem Mann absurderweise suchen. Er ist freundlich, aber bestimmt, lustig, aber im richtigen Moment ernst, arbeitet verdammt hart, nimmt sich aber immer Zeit für mich und lässt mir meinen Freiraum. Er ist taktvoll und einfühlsam und doch auch stark, entscheidungsfreudig und hundert Prozent männlich. Er hat eine Menge großartiger Freunde, für die er sich Zeit nimmt, ohne ihre Gesellschaft jemals der meinen vorzuziehen. Ja, und der oberflächliche Teil meiner Persönlichkeit ist stolz, verkünden zu können, dass er tatsächlich auch noch irrsinnig gut aussieht. Es ist beinahe schon unfair. Und er ist jünger als ich, was ich auch ziemlich cool finde. Zwei Jahre jünger, um genau zu sein. Okay, das ist jetzt auch nicht der Riesenaltersunterschied, aber ich nehme an, dass ich es genießen werde, wenn ich mal die Vierziger-Schallgrenze durchbreche und er immer noch in den Dreißigern ist.

Solomon Grainger. Genannt Sol oder Sollie. Er bezeichnet sich selbst als Hybriden. Eine feine Mischung aus verschiedenen Rassen und Kulturen. Seine Großmutter war Jamaikanerin, ihr Mann Engländer, und die ganze Familie väterlicherseits besteht aus Schotten reinster keltischer Prägung: leuchtend rotes, wuscheliges Haar und grasgrüne Augen. Von seiner Mutter hat Sollie die milchkaffeefarbene Haut, von seinem Vater die flaschengrünen Augen. Er ist groß, athletisch und sieht eigentlich aus wie ein Profi-Footballspieler, dabei ist er Anwalt, dazu noch einer von der Rechtshilfe, der für die Rechte der Armen und Benachteiligten kämpft.

Er ist einfach zu toll, um wahr zu sein.

Na ja, ich hab ja auch gesagt, er sei der perfekte Mann, stimmt's?

Und das sage nicht nur ich: Meine Eltern lieben ihn, meine Freunde wollen ihn klauen und klonen, und meine beste Freundin Jasmine sagte zu mir, als ich sie von unserem Lieblingsrestaurant am Meer aus anrief, um ihr zu erzählen, dass Sol gerade vor mir niedergekniet sei und mir einen Heiratsantrag gemacht habe: »Violet, wenn die Liebe eine Lotterie ist, dann hast du gerade den Jackpot geknackt.«

Recht hat sie, ich hab so ein Riesenglück, aber mein Dusel hat mich noch nicht derart verblöden lassen, dass ich nicht wüsste, dass niemand perfekt ist, dass fast alles im Leben einen Haken hat, und ich warte stündlich auf den Pferdefuß, den

Dorn an der Rose, das Haar in der Suppe, den Wermutstropfen, das dicke Ende …

Warum gibt es nur so viele Redensarten, um die enttäuschende Wendung bei einer vielversprechenden Sache zu bezeichnen?

Vielleicht, weil sie meistens eintreten?

Oder?

Okay, um ihn nicht gar so überirdisch erscheinen zu lassen und damit ihr mich nicht ganz so sehr dafür hasst, dass ich ihn abgekriegt habe, gebe ich gerne zu, dass er manchmal im Bett pupst und ziemlich oft seine schmutzige Wäsche auf dem Schlafzimmerboden verteilt. Außerdem lässt er seine nassen Handtücher auf dem Badezimmerboden liegen, und während er im Bett wahre Kunststücke vollbringt, ist er in der Küche eher Eckart von Hirschhausen als Eckart Witzigmann. Er kriegt noch nicht mal Rühreier alleine hin. Ach, und seine Lache ist so laut, dass die Leute sich immer nach ihm umdrehen und ihn anstarren.

Aber unterm Strich liebe ich seine schlechten Angewohnheiten ebenso sehr wie seine guten, und ich bin sehr gespannt darauf, die Menschen kennenzulernen, die jemand so Wunderbares in die Welt gesetzt haben. Das trifft sich gut, denn wir sind gerade auf dem Weg zu ihnen.

Kapitel 2

Es ist ein später Oktobernachmittag, die Sonne ist also schon untergegangen, und wir sind auf einer verlassenen Landstraße in den schottischen Lowlands unterwegs. Abgesehen von der Straßenbeleuchtung ist es ziemlich dunkel.

Sollie fährt gemütliche hundert Kilometer pro Stunde, aus den Boxen dringt leise Marvin Gaye, und ich habe wundersamerweise schon seit zwanzig Minuten nichts mehr gesagt.

»Du bist nervös, stimmt's?« Seine Stimme durchbricht unerwartet die relative Stille im Auto. Ich wende mich ihm zu, um ihn anzusehen.

»Wundert dich das? Du hast meine Freunde und Familie in den letzten Monaten alle nach und nach kennengelernt, und ich werde deinem gesamten Klan innerhalb einer einzigen Woche vorgestellt.«

Er lächelt sanft, und ohne den Blick von der Straße abzuwenden, nimmt er meine Hand und drückt sie beruhigend.

»Es wird alles wunderbar laufen, das verspreche ich dir. Ihr werdet euch blendend verstehen. Du musst dir wirklich keine Sorgen machen, Vi. Es ist schließlich nur eine Woche bei Mum und Dad, weiter nichts.«

»Weiter nichts«, ächze ich. »Sollie, ich wünschte, es wäre weiter nichts, und wenn es nur deine Eltern wären, die ich treffen soll, dann wäre ich auch nicht so nervös. Kannst du sie mir bitte noch mal alle aufzählen ...«

Sollie bricht in Gelächter aus. »Zum fünften Mal?«

»Es ist eben so verwirrend.«

»Ich weiß, das ist eben so, wenn dein Dad zum dritten Mal verheiratet ist und mit jeder seiner Frauen Kinder bekommen hat.«

In seiner Stimme schwingt nicht die Spur von Bitterkeit mit. Ich bekomme den Eindruck, Sol mag seine Patchworkfamilie einfach.

»Also gut, alles noch mal von vorn.« Er seufzt theatralisch. »Aber diesmal passt du bitte auf, ja?«

»Jawohl, Mylord«, witzle ich und bringe mich auf dem cremefarbenen Beifahrersitz seines großen schwarzen Range Rovers, in eine aufrechte Position.

»Also, erst mal sind da natürlich Mum und Dad, wenn wir ankommen.«

»Und deine Tante Marilyn und dein Onkel Silas, die für einen Monat aus Jamaika zu Besuch sind.« Ich rede beflissen wie bei einer mündlichen Prüfung. »Tante Marilyn ist die Schwester deiner Mutter, richtig?«

»Fast richtig. Sie ist Mums Halbschwester aus der ersten Ehe ihrer Mutter.«

»Okay, so weit kann ich folgen.«

»Und dann ist da mein großer Bruder Adam, er ist dreißig. Er stammt aus Dads erster Ehe mit Misty …«

»Was kurz für Mistral ist«, sage ich mit hochgezogenen Augenbrauen.

»Genau. Die mit dem Folk-Sänger durchgebrannt und in eine Kommune gezogen ist«, schließt Sol für mich ab.

»Aber sie sind immer noch gute Freunde.«

»Sehr gute Freunde sogar.«

»Und Mistral kommt in ein paar Tagen aus Cornwall angereist, stimmt's? Und unterwegs sammelt sie Adam in Birmingham ein, weil er dort eine Ausstellung in einer Kunstgalerie in der Broad Street hatte, richtig?«

»Richtig. Und Fleur bringt sie auch noch mit.«

»Fleur?« Ich bin enttäuscht. Ich habe mich so gut geschlagen bisher, aber diese Verwandte ist mir durchs Sieb gerutscht. Ich zermartere mir das Gehirn, um mich zu erinnern, wer Fleur noch mal war.

»Adams Halbschwester. Sie ist neunzehn und eine ganz Süße. Genau wie ihre Mutter«, klärt mich Sol auf.

»Ach so. Okay, da wäre also Mistral, deine Exstiefmutter, und Adam, dein Halbbruder.« Ich zähle mit den Fingern mit. »Und Fleur ist die Halbschwester deines Halbbruders, also deine Stiefschwester.«

Sollie grinst. »Stimmt so weit. Als Nächstes haben wir Philly, meine Halbschwester aus Dads zweiter Ehe mit Sophie. Philly und ihr Mann Jonathan treffen morgen aus Paris ein.«

»Paris«, hauche ich verzückt. »Die Glücklichen. Sie leben schon seit acht Jahren dort, stimmt's?«

»Seit sie verheiratet sind. Jonathan ist Vorstand bei einer Modefirma.«

»Das hast du mir noch nicht erzählt. Und was macht Philly?«

»Sie trägt die Klamotten, die er herstellt«, sagt er lachend.

»Die hat's gut. Und kommt Sophie, ihre Mutter, auch?«

»Die ist gerade in den Flitterwochen.«

»Wirklich?«

»Es sind ihre fünften.«

»Du machst Witze.«

»Ganz und gar nicht. Du denkst jetzt sicher, meine Familie ist ein verrückter Haufen. Die arme Philly hat zwei Halbbrüder, also Adam und mich, und sieben Stiefgeschwister.«

»Wow. Zum Glück muss ich die nicht auch alle treffen. In dem Fall hätte ich nämlich Namensschilder gebraucht. Stiefmutter Nummer zwei kommt also nicht.«

»Nein.« Er seufzt ein bisschen, und zwar nicht aus Bedauern.

»Spüre ich da ein wenig Erleichterung?«

»Sie ist ein bisschen zickig.« Er zuckt mit den Schultern. »Mit ihr komme ich von allen am wenigsten zurecht, wenn ich ehrlich bin.«

Wenn der gutmütige Sollie »ein bisschen zickig« sagt, bedeutet das, dass sie absolut unausstehlich sein muss.

»Aber mit Philly verstehst du dich gut?«

»Philly ist großartig, du wirst sie lieben.«

»Okay, ich fasse zusammen: Wir haben Mama Elspeth und Papa Aric« – ich zähle wieder mit den Fingern –, »Tante Marilyn und Onkel Silas, Stiefmutter Mistral, so einen Namen vergisst man nicht, mit Halbbruder Adam und Halbschwester Fleur, und dann noch Philly und ihren Mann Jonathan, aber Stiefmutter Sophie kommt nicht.«

»Na bitte, du hast es kapiert. So kompliziert ist es nun auch wieder nicht, oder?«

Ich nicke. »Das ist also die ganze Familie, ja?«

»Im Großen und Ganzen, abgesehen von ein paar Dutzend Cousinen und Cousins und einer Horde Freunde und Nachbarn, die im Lauf der Woche sicher auch alle mal vorbeischauen werden. Und Aidan natürlich.«

»Und Aidan natürlich«, wiederhole ich dankbar, denn Sollies bester Freund, den ich zwar noch nicht persönlich getroffen habe, weil er in Edinburgh lebt, mit dem ich aber schon eine Art Telefonfreundschaft aufgebaut habe, wird auch da sein und mir zur Seite stehen.

Sollie sieht mich kurz aufmunternd an, bevor er seinen Blick wieder der Straße zuwendet.

»Du wirst dich wohlfühlen, und sie werden dich alle lieben«, fügt er noch hinzu, weil er spürt, dass ich wegen all der Leute, die ich treffen werde, ziemlich verunsichert bin.

»So sehr, wie du mich liebst?«, frage ich kokett.

»Niemand kann dich so sehr lieben wie ich.« Er mildert den kitschigen Satz mit einem ironischen Augenzwinkern ab.

»Haben wir sie noch alle?«, frage ich ihn.

»Höchstwahrscheinlich nicht.«

»Nein, im Ernst, wie lange kennen wir uns jetzt?«

»Verzeih mir dieses grauenhafte Klischee, aber ich habe das Gefühl, als würden wir uns schon seit Ewigkeiten kennen.«

Und er hat recht, genauso fühlt es sich an.

Das Bremsen des Wagens, das Knirschen des Kieses unter den Reifen, die Willkommensrufe unbekannter Stimmen und Sollies sanftes, fast geflüstertes »Wir sind da, Violet« wecken mich aus einem tiefen Schlummer.

Erst einmal kriege ich einen Schreck, weil er mich nicht früher geweckt hat, damit ich mich bereitmachen kann, aber dann verstehe ich, dass er mich extra hat schlafen lassen, damit ich keine Zeit mehr habe, nervös zu werden. Bevor ich mich also strecken und gähnen kann, geht die Tür auf meiner Seite auf und ein strahlender Mann, der Aric Grainger sein muss, hält mir seine Hand hin, um mir beim Aussteigen zu helfen, schüttelt dann frenetisch meine und geht ums Auto herum, um seinen Sohn mit einer kurzen Umarmung auf Männerart zu begrüßen.

Sollie sieht seinem Vater ganz und gar nicht ähnlich. Wenn Sollie Milchkaffee ist, ist Aric Grainger Erdbeereis mit Sahne. Er hat wildes, knallrotes Haar, das im Licht der Autoscheinwerfer leuchtet wie Kupfer, und blasse, sommersprossenüberzogene Haut. Sollie ist groß und schlank, sein Vater kleiner und gedrungener. Als sie sich umarmen, kann Sollie sein Kinn fast auf dem Kopf seines Vaters ablegen. Aber ihr Lächeln ist dasselbe: breit und strahlend und auf natürliche Weise herzlich. Und dann fallen mir zwei Dinge gleichzeitig auf, das Haus hinter mir und die Frau, die aus ihm heraustritt, und ich weiß ehrlich nicht, was von beiden spektakulärer ist.

»Wow«, sage ich leise, und Sollie, der mich hört, lächelt.

»Das ist mein Zuhause«, sagt er, und ich blicke erstaunt auf das fürstliche Anwesen, das man nur als gotisches Mini-Schloss bezeichnen kann.

»Und das ist meine Mutter«, fügt er hinzu, während ein Supermodel mit endlos langen Beinen und Haaren wie Scary Spice, nur doppelt so lang und üppig, ein entzücktes »Solomon, mein lieber Junge« von sich gibt und ihn lange und innig umarmt.

Für einen Moment sieht es so aus, als kämpfe Sollie mit Diana Ross.

Eine so umwerfende Frau umarmt meinen Freund? Zum Glück ist es nur seine Mutter, denn sonst wäre ich so grün vor Eifersucht, dass man mich auf den Namen Hulk umtaufen müsste. Sie sieht unglaublich gut aus, einfach unglaublich gut. Wenn er sie mir als seine Schwester vorgestellt hätte, wäre ich auch nicht erstaunt gewesen. Oder doch, denn Philly ist ja keine Halb-Jamaikanerin … Also, was ich sagen will, ist, dass sie so wahnsinnig jung aussieht … und SO wunderschön. Ich verstehe jetzt, wo Sollie sein gutes Aussehen herhat.

»Mum, das ist Vi, das ist Violet«, sagt Sollie, und der Stolz in seiner Stimme, als er mich vorstellt, lässt mein Herz vor Glück anschwellen.

»Mrs. Grainger«, flüstere ich verschämt, so eingeschüchtert bin ich von ihrer himmlischen Erscheinung.

»Sag Elspeth zu mir, Liebes. Wir freuen uns so, dich endlich kennenzulernen.«

Ihre Stimme ist so sinnlich und schmelzend wie Vanilleeis auf einem Stück heißem Schokoladenkuchen, wie Shirley Bassey, die Samt isst, oder Eartha Kitt, die mit Honig gurgelt, und statt die Hand zu nehmen, die ich ihr reiche, zieht sie mich in eine ebenso liebevolle Umarmung wie eben ihren Sohn.

»Aber jetzt komm schnell mit rein und raus aus dieser Kälte, während die Jungs deine Sachen reinholen. Ihr wart doch bestimmt sieben Stunden unterwegs, oder? Es ist eine so schrecklich weite Reise von London bis hierher, ihr müsst doch erschöpft sein und hungrig sicher auch ... Jedenfalls haben wir in der Küche etwas zu essen für euch vorbereitet ...«

Sie umschließt meinen Arm mit ihrer Hand und führt mich durch das runde Eingangstor aus Holz in einen riesigen Empfangsbereich, in dem ich mich sofort fühle wie Jonas im Bauch des Wals. Gewölbte Rippendecken spannen sich fast fünfzehn Meter hoch über meinem Kopf. Die bis auf Schulterhöhe holzvertäfelten Wände sind mit einer Unzahl von Gemälden bedeckt – es müssen mindestens drei Dutzend Gesichter sein, die auf uns herunterstarren.

»Das Verbrecheralbum«, sagt sie lachend, während sie meinem Blick folgt. »Unsere Ahnen gehen zurück bis ins fünfzehnte Jahrhundert.«

»Dieser Ort ist ja irre«, japse ich.

»Ich würde eher sagen, ein Irrgarten ... Als ich zum ersten Mal mit Aric hierherkam, habe ich allein drei Tage gebraucht, um die Küche zu finden. Das war vor siebzehn Jahren, nach dem Tod seines Großonkels Hugh, als Aric die Lordschaft geerbt hat.«

»Sollies Vater ist ein Lord?«, frage ich noch erstaunter. »Das hat er mir gar nicht erzählt.«

»Es ist auch wirklich keine große Sache. Hier ist ein Lord kein richtiger Adliger. Fast jeder, der ein bisschen Land besitzt, kann sich hier Lord nennen – oder Laird, wie man in Schottland sagt. Aber wenn du mich mit Lady anreden willst, kein Problem ...« Sie zwinkert mir zu.

Ich kann nicht anders, als ihr Strahlen zu erwidern.

Sollie mag anders sein als sein Vater, aber ich sehe schon, dass er und seine Mutter aus demselben Holz sind. Sie ist genau wie er: unkompliziert, freundlich, man fühlt sich sofort wohl mit ihr.

»Das hier ist Angus Grainger, der erste Laird von Balcannon House«, erklärt sie mir und zeigt auf das Porträt eines beleibten rothaarigen Mannes auf einem ebenso fetten Pferd. »Der Legende nach treibt sein Geist in den Turmzimmern sein Unwesen, aber wir sind ihm in all den Jahren, die wir hier wohnen, noch nie begegnet. Apropos Geisterscheinungen«, sagt sie in Richtung einer lustig aussehenden Frau, die gerade mit entschuldigender Miene die Treppe herunterhüpft. »Das ist meine Schwester Marilyn, die eigentlich schon vor zehn Minuten hätte hier sein sollen. Marilyn, du solltest doch Teil des Empfangskomitees sein. Wo bist du gewesen?«

»Tja, wenn ich das wüsste … Liebe Schwester, du solltest deine Gäste mit Lageplänen dieses Hauses ausstatten! Ich wäre noch ewig und drei Tage durch die Flure dieses Anwesens geirrt, wenn ich nicht eure Stimmen gehört und die Richtung gewechselt hätte.«

»Und wo ist Silas?«

»Sehr gute Frage, Elspeth. Timbuktu? Atlantis? Im Westflügel? Im grünen Salon? Im Turm? Zurück auf Jamaika? Lausche einfach, wo das verzweifelte Schluchzen herkommt, dann können wir ihn vielleicht lokalisieren. Im Ernst, warum könnt ihr nicht einfach in einem kleinen Häuschen in Notting Hill wohnen? Es war schließlich auch gut genug für unsere Mutter, sie ruhe in Frieden.« Sie blickt hoch zu dem Porträt des ersten Laird of Balcannon und bekreuzigt sich. »Jedenfalls so lange, bis sie wieder vernünftig wurde und zurück auf die Insel ist.«

Erst in dem Moment sieht sie mich, weil ich ein bisschen

versteckt hinter Elspeth stehe, und ihr Ausdruck wechselt von Verzweiflung zu Begeisterung.

»Ist das etwas Violet?«

Elspeth verschränkt die Arme vor der Brust und nickt. »Mhmm.«

»Ah«, macht sie und eilt die letzten Stufen der Treppe herunter. Dann nimmt sie mein Gesicht zwischen ihre dicken, weichen Hände, die die Farbe braunen Zuckers haben, platziert einen Kuss direkt auf meinen Mund und sagt: »Willkommen, mein Kind! Herzlich willkommen.« Sie macht einen Schritt zurück und begutachtet mich mit in die Hüften gestemmten Händen.

»Dies ist also das glückliche, reizende Geschöpf, das das Herz meines Neffen für sich gewonnen hat.« Das sagt sie an Sollie gewandt, der gerade mit seinem Vater und unserem Gepäck zur Tür hereinkommt.

»Das hat er gut gemacht, würde ich sagen. Obwohl sie durchaus ein bisschen mehr Fleisch auf den Rippen vertragen könnte. Das Kind ist ja nur Haut und Knochen; und du hast gesagt, sie backt Torten – sie sollte lieber mal selber welche essen. Kein Mann schläft gern auf schlecht gefüllten Matratzen.«

Ich habe Kleidergröße vierzig und muss auf jede Kalorie aufpassen, die ich zu mir nehme, daher lache ich bei dieser Beschreibung von mir laut los, obwohl ich neben der durch und durch üppigen Marilyn wahrscheinlich tatsächlich verhältnismäßig dünn aussehe.

»Marilyn«, ertönt eine tiefe, volle Stimme aus dem Flur hinter uns, »nur weil dein Mann gerne auf Hüpfburgen spielt, muss der Junge ihm das ja nicht nachmachen.«

Das muss der noch fehlende Onkel Silas sein, der uns erklärt, er habe gerade erst über die Hintertreppe und durch die Küche wieder zurückgefunden.

»Dieses Haus ist eine Raum-Zeit-Maschine. Man geht ins Bad und findet sich plötzlich in der Schuhkammer bei einem Haufen schlammbedeckter Gummistiefel wieder. Obwohl ich zugeben muss, dass ich mich nicht beschweren würde, wenn deine junge Lady hier sich verirrte und plötzlich im Badezimmer deines alten Onkels Silas stünde…« Ein breites Lächeln überzieht sein freundliches, faltiges Gesicht, als er Sol scherzhaft in die Seite knufft.

Alle lachen, und es beginnt eine zweite Umarmungsrunde. Mittlerweile ist mein Gesicht schon fast so rot wie das von Sols Dad, aber nicht aus Unbehagen; sie sind alle so nett und warmherzig, und dann fordert Elspeth uns dazu auf, unser Gepäck erst einmal stehen zu lassen und ihr zu folgen. Unsere kleine scherzende Gruppe wird in die Küche geführt, wo eine Ochsenschwanzsuppe darauf wartet, von uns gegessen zu werden.

Es sollte mich eigentlich nicht mehr überraschen, aber die Küche ist riesig: ein langer Holztisch, an dem bestimmt zwanzig Menschen sitzen können, ein paar üppige Sofas mit Blumenmuster, auf allen Fenstersimsen Bücher, an drei Wänden Küchenschränke, an der vierten eine Unzahl Fotos, in Schwarzweiß und Farbe.

»Die ganze Familie«, erklärt Elspeth, als sie meinen Blick auf die Fotos bemerkt. »Die Bilder helfen einem, den Überblick nicht zu verlieren. Möchtest du sehen, wie Sollie als Baby aussah?«, fragt sie neckisch.

»Ja, gerne«, antworte ich fröhlich.

»Oh, bitte nicht!«, ächzt Sollie.

»Reg dich nicht auf, sondern hilf deinem Vater lieber beim Servieren«, erwidert sie und zieht mich am Arm mit sich zur Wand hinüber.

»Also, dieser wundervolle junge Mann hier ist Adam im Alter von zehn Jahren.« Ihre Stimme wird ganz zärtlich, als sie auf das Foto eines Jungen mit blondem Haar und Augen von dem gleichen Grün wie Sollies deutet. »Und das hier ist seine kleine Schwester Fleur«, fügt sie hinzu, als sie auf die blonde nymphenhafte Schönheit auf dem Bild daneben zeigt. »Sieht sie nicht toll aus?«

Ich nicke. »Sie ist sehr schön.«

»Von außen und von innen. Sie sieht genauso aus wie ihre Mutter in dem Alter.« Sie deutet auf ein anderes Foto, auf dem ein Hochzeitspaar abgebildet ist. »Das sind Aric und Misty an ihrem großen Tag … Ich weiß schon«, reagiert sie sofort, als es mir nicht gelingt, meine Überraschung zu verbergen, »die meisten Frauen haben keine Fotos von ihrem Mann mit seinen Exfrauen. Die Leute finden das seltsam, aber wir sind wirklich eine große, glückliche Familie. Mistral ist eine meiner besten Freundinnen. Sie ist eine wunderbare Frau, und ihr werdet sicher auch sehr gut miteinander auskommen.«

»Wirklich?«

»Aber ja. Du solltest dich nur nicht überreden lassen, morgens mit ihr Yoga zu machen. Sie macht ihre täglichen Übungen nämlich meistens nackt, und obwohl sie für eine Frau in den Fünfzigern eine tolle Figur hat, ist das vielleicht nicht unbedingt das, was man sich ansehen möchte, bevor man sich zu einem Rührei an den Frühstückstisch setzt … Und das hier sind Aric und seine *zweite* Frau Sophie.«

Obwohl beide Frauen blond sind, sehen sie sich doch gar nicht ähnlich; Mistral ist ganz klar ein Hippie mit ihrem Blumenkleid und den hüftlangen Haaren, in die Blüten eingeflochten sind, während Sophie eher den Jackie-O-Typ verkörpert: Ihr Kleid sitzt wie angegossen, und ihr Haar ist mit mindestens einer Dose Haarspray und akribischer Präzision in Form gebracht worden.

»Und das hier«, verkündet Elspeth auf ein weiteres Bild zeigend, »sind Philly und Jonathan an ihrem Hochzeitstag. Oh, und das ist Philly, als wir sie das letzte Mal gesehen haben, und das war …« Sie sieht rüber zu ihrem Mann. »Aric, mein Liebling, wann haben wir Philly noch das letzte Mal gesehen?«

Ich blicke auf das Mädchen mit den strohblonden Haaren, den grünen Augen und dem freundlichen Lächeln und bin überrascht, weil sie mir irgendwie bekannt vorkommt.

»Ooh …« Aric hält kurz inne beim Befüllen der Suppentassen, die Sollie ihm hinhält, und kratzt sich einen Moment gedankenverloren den roten Schopf. »Ich würde sagen, das war vor ungefähr acht Monaten, stimmt's, Sollie? Was meinst du, mein Junge, sind es wirklich acht Monate, dass wir meine kleine Pippa das letzte Mal gesehen haben?«

Die Zeit bleibt in diesem Moment nicht wirklich stehen wie im Film, aber sie bekommt zumindest einen Schluckauf. Einen fiesen kleinen Rülpser, der mich vor Entsetzen das Gesicht verziehen lässt. Ein Entsetzen, das einzig und allein daher rührt, dass ich das bekannte Gesicht mit einem Namen in Verbindung bringe, der mir für immer ins Gehirn gemeißelt ist wie die Präsidentenköpfe in den Mount Rushmore.

Sols geliebte Schwester Philly ist Pippa.

Genauer gesagt: Sols geliebte Schwester Philly ist Pippa *Langford.*

Pippa Langford. Ein Gesicht, das ich zwölf Jahre nicht mehr gesehen habe – außer in meinen schlimmsten Alpträumen.

Pippa Langford! Ein Name, den ich nur im Zusammenhang mit wirklich Schlimmem erwähnt habe, denn in meinen Ohren ist Pippa Langford ein übles Schimpfwort, schlimmer als der unflätigste Ausdruck eines ungehobelten Flegels mit Tourette-Syndrom.

Ich habe sie immer Pepper genannt, weil sie mir wirklich

auf die Schleimhäute gegangen ist. Aber das ist nichts im Vergleich dazu, wie sie mich genannt hat. Ich könnte eine Liste erstellen, aber die Hälfte der Namen käme auf den Index. Kurz und gut, sie war schrecklich zu mir.

Sie kam in unsere Schule zu Beginn des fünften Highschooljahrs.

Das schlimmste Schuljahr meines Lebens.

Es war das schlimmste Schuljahr meines Lebens, weil sie es dazu machte.

Sie hat meine Bücher geklaut, sie hat mein Essensgeld geklaut, sie hat meine Klamotten geklaut, sie hat mir den Sitzplatz geklaut, sie hat mir die Hoffnung gestohlen und mir mein Selbstwertgefühl genommen, sie hat sogar das schöne Weißgoldarmband geklaut, das Mum und Dad mir zu meinem sechzehnten Geburtstag geschenkt hatten, und auf genau dieser meiner Geburtstagsparty, in die sie einfach so hereingeplatzt ist, hat sie das Herz des einzigen Jungen gestohlen, in den ich vor Sol je wirklich verliebt war.

Nicholas Tremaine.

Ach, Nicholas Tremaine, beim Klang dieses Namens macht mein Herz noch immer einen Hüpfer. Er sah aus wie der Sohn von Brad Pitt und James Dean, wenn die Gesetze der Zeit und der Biologie außer Kraft gesetzt werden und die beiden zusammen Kinder haben könnten.

Er war mein erster Schwarm, meine erste Liebe, mein erster Kuss, mein erstes Alles (nein, nicht mein erstes *Mal*, ich war schließlich erst süße sechzehn und außerdem ein ziemlicher Spätentwickler, wie ich zugeben muss). Jedenfalls fiel mir irgendwann während meiner Geburtstagsparty auf, dass Pippa und Nicholas nicht mehr da waren, und ich rannte in mein Zimmer, wo ich sie beide in meinem Bett fand: knutschend, in meinem Bett! Sich begrapschend, in meinem Bett! Der Blick, den sie mir zuwarf, als ich die beiden entdeckte, war der des reinen Triumphs.

Ich weinte vierzehn Stunden lang. Am Ende dieses Heulmarathons hatte ich vier Kleenexboxen verbraucht und war so dehydriert, dass ich nicht wie sechzehn, sondern wie einundsechzig aussah – wie eine vertrocknete Pflaume. Und es gab keine Schulter, an der ich mich hätte ausweinen können, weil Pippa Langford nämlich auch alle meine Freunde geklaut hatte.

Es war, als sei sie mit nur einer Mission nach St. Benedict gekommen: mein Leben zu ruinieren. Was ihr auch wunderbar gelungen ist. Und bis zum heutigen Tag weiß ich nicht, warum, denn als ich endlich den Mut fand, sie mit dieser Frage zu konfrontieren, war sie auch schon wieder weg.

Als Pippa verschwunden war, normalisierte sich mein Leben wieder. Ein neues Schuljahr hatte begonnen, ein entscheidendes Jahr, in dem viele die Highschool verließen, um aufs College zu gehen, und viele Neue nur für die sechste Jahrgangsstufe dazukamen. Ich gewann neue Freunde, darunter Jasmine. Ich machte weiter, mit der Zeit wuchs Gras darüber, aber ich habe sie nie vergessen, so wie man niemals eine schlimme Krankheit vergisst. Man denkt nicht jeden Tag an sie, aber immer wenn man sich besonders schwach und verletzlich fühlt, schleicht sie sich zurück in deine Erinnerung.

Da ist sie also wieder, die Reinkarnation meiner bewegten Teenagerzeiten.

Pippa Langford.

Jetzt Phillippa Beresford.

Sols Schwester.

Kapitel 3

»Ich habe ihn Solomon genannt, weil ich wusste, dass er ein kluger Junge werden würde.«

Elspeths süße warme Stimme holt mich zurück in die Gegenwart.

Sie hält mir das versprochene Babybild von Sollie hin, das sie aus seinem Versteck hinter einem anderen Foto von ihm hervorgeholt hat.

»Er ist schön«, sage ich mit seltsam gebrochener Stimme, und weil sie den Grund dafür falsch deutet, strahlt sie übers ganze Gesicht.

»Ja, das war er immer schon. Stell dir vor, wie hübsch erst seine Kinder sein werden. Den Namen Violet haben deine Eltern dir wohl wegen deiner Augenfarbe gegeben?«

Ich nicke. Ich weiß, was sie denkt. Ihr Sohn hat gerade die Frau mit nach Hause gebracht, die er heiraten wird. Sie stellt sich schon ihre Enkelkinder vor und denkt, dass ich das Gleiche tue.

Und das würde ich ja auch, das würde ich wirklich, das Betrachten dieses Fotos müsste eigentlich ein Moment sein, an den ich mich mein Leben lang erinnern werde. Ich müsste auf das niedliche, lächelnde Baby auf dem Bild blicken und über die Vornamen meiner eigenen nachdenken und darüber, wie viele es werden sollen. Ich müsste darauf bestehen, es mir noch länger ansehen zu dürfen, müsste fragen, ob ich einen Abzug bekommen kann, und Sols gespieltes Unbehagen dabei genießen… Doch stattdessen gebe ich es ihr viel zu schnell wieder zurück.

Denn alles, woran ich denken kann, ist ein anderes Bild, ein Bild, das meine Aufmerksamkeit magisch auf sich zieht, ganz gegen meinen Willen, als würde ich vergeblich versuchen, den Schauplatz eines Autounfalls auf der anderen Straßenseite zu ignorieren.

Irre ich mich? Lieber Gott, mach, dass ich mich irre. Aber je intensiver ich das lächelnde Gesicht betrachte, das ich allerdings öfter höhnisch grinsend als lächelnd gesehen habe, desto sicherer bin ich, dass ich mich nicht irre.

Philly ist Pippa. Pippa ist Philly. Sie sind ein und dieselbe Person, und ich bin fünfzehn, stehe kurz vor meinem sechzehnten Geburtstag, und allein ihr Anblick versetzt mich in Angst und Schrecken.

»Entschuldigt mich bitte einen Moment …«, stottere ich. »Könntet ihr mir bitte sagen, wo hier ein Badezimmer ist?«

»Onkel Silas' nimmst du besser nicht«, scherzt Sollie, und Onkel Silas stimmt in sein Gelächter ein und klopft seinem Neffen beherzt auf die Schulter.

»Natürlich, wie unaufmerksam von mir«, schilt sich Elspeth, »du willst dich sicher noch frisch machen vor dem Essen. Du warst ja den ganzen Tag unterwegs. Sollie, zeigst du Violet bitte das blaue Zimmer?«

»Klar.«

Wie nicht anders zu erwarten, ist das blaue Zimmer ein blau gekachelter Waschraum gleich neben der Stiefelkammer, das man über die hohe Eingangshalle erreicht.

»Danke«, sage ich zu Sollie, als er mir den Raum zeigt. »Du brauchst nicht auf mich zu warten, ich glaube, ich finde den Weg alleine zurück.«

Aber er folgt mir in das Bad. »Alles in Ordnung?«

Da ich nicht weiß, was ich zu ihm sagen soll, nicke ich nur und füge dann ein wenig überzeugendes »Klar« hinzu.

»Ich weiß, sie können am Anfang ein bisschen vereinnahmend sein.«

»Oh nein, gar nicht«, beeile ich mich, ihm zu versichern. »Sie sind wirklich sehr nett und herzlich, ich mag sie sehr …«

»Aber?«

»Aber?«, wiederhole ich.

»Ich meine, ich hätte so etwas wie ein Aber am Ende deines Satzes vernommen, Violet.«

»Das bildest du dir ein«, flunkere ich und zwinge mich zu einem Lächeln.

»Kein Aber?«

»Kein Aber«, versuche ich ihn zu beschwichtigen. »So, und jetzt ab mit dir in die Küche, Sol, lass mich bitte in Ruhe pinkeln …«

Ich schiebe ihn vorsichtig aus der Tür.

Er fasst mich an den Händen, um mich zu stoppen, blickt mir ein paar Sekunden ins Gesicht und lehnt sich vor, um mir einen sanften Kuss auf den Mund zu geben.

»Okay, aber wenn du in zehn Minuten nicht zurück bist, schicke ich einen Suchtrupp los.«

»Wenn ich nicht zurückfinde, dann sucht unter Onkel Silas' Bettdecke nach mir«, lache ich zaghaft.

Sobald er weg ist, schließe ich die Tür hinter mir ab, lehne mich ein paar Augenblicke dagegen und warte, dass mein Herz wieder normal schnell schlägt. Dann gehe ich zum Waschbecken und benetze mein Gesicht mit etwas kaltem Wasser. Mein Spiegelbild sieht blass und ängstlich aus.

»Warum schaust du so besorgt?«, schimpfe ich mit ihm. »Sei kein Idiot. Das ist zwölf Jahre her. Sie weiß wahrscheinlich nicht einmal mehr, wer du bist … Aber in deinen Träumen wird sie sich an dich erinnern … Oh mein Gott … Pippa Langford … Sols Schwester ist Pepper Langford … Ich glaube es nicht … Ist das jetzt Zufall, oder ist es Schicksal, dass mich diese Frau mein Leben lang verfolgen soll? Warum? Warum? Warum?«

Wie konnte das passieren? Er hat andauernd von »Philly« erzählt, wieso habe ich nicht gemerkt, wer sie ist? Andererseits, was hat er mir schon erzählt? Dass sie genauso alt ist wie ich, dass sie als Kind viel in der Weltgeschichte herumgereist ist, dass sie sich sehr gut verstehen und sich immer sehen, wenn sie in England ist, was mittlerweile nicht mehr so oft vorkommt, weil Jonathan so viel arbeitet.

Er hat mir auch eine Menge Anekdoten aus seiner Kindheit und Familienwitze erzählt, aber da war sie ja immer mit ihnen zusammen. Er hat nie von ihren Schulen erzählt oder wo sie überall gewohnt hat; er hat sie immer nur in den Sommerferien oder an Weihnachten gesehen, und das auch nur jedes zweite Mal, weil sie die anderen Male ihren Vater besucht hat. Ein bisschen mehr hat er darüber berichtet, was sie jetzt macht, dass sie seit acht Jahren verheiratet ist und noch keine Kinder hat, dass sie in Paris lebt und erst vor einem Jahr angefangen hat, die Sprache zu lernen, weil alle Englisch sprechen, und dass er es nicht erwarten kann, sie mir vorzustellen, weil wir uns sicher blendend verstehen würden.

Bei dem Gedanken breche ich in Gelächter aus. Ich und Pippa die Peinigerin verstehen uns blendend?

»Wie hätte ich das wissen können?«, sage ich zu meinem Spiegelbild. »Er hat mir keine Fotos gezeigt. Und sie haben nicht mal den gleichen Nachnamen.«

Mein Spiegelbild antwortet natürlich nicht, sondern runzelt nur noch ein bisschen mehr die Stirn.

»Und was mache ich jetzt? Ich muss ihm irgendetwas sagen, aber was um Himmels willen? Dass ich seine von ihm heiß geliebte Halbschwester schon kenne und ehrlich gesagt nicht so begeistert von ihr bin?«

Um zu verhindern, dass mein Herz noch schneller rast als die Rotorblätter eines Hubschraubers, versuche ich klar zu denken.

Was, wenn ich gar nichts sage? Ich meine, vielleicht erkennt sie mich ja gar nicht, obwohl das bestimmt nicht lange gutgehen kann. Die zwanzigtausend Fragen, die solche Begegnungen in der Regel mit sich bringen, werden mich früher oder später auffliegen lassen. Du bist auf die St. Benedict in Wickham Green gegangen? Was für ein Zufall, da war ich auch …

Andererseits ist es schon so lange her. Was könnte schlimmstenfalls passieren? Es wird ihr peinlich sein, es wird mir peinlich sein. Am Ende werden wir wahrscheinlich darüber lachen. Ja, wir machen aus meinem Jahr in der Hölle einfach einen Familiengag, den man auf Dinnerpartys immer wieder anbringen kann … Wusstet ihr schon, dass Pippa – entschuldige, Philly – Violet in der Schule regelmäßig verkloppt hat? Was für ein Spaß, nicht wahr?

Okay, mit so was macht man eigentlich keine Witze, und hat sie mich wirklich verprügelt? Zählt die Tatsache, dass sie mir bei drei verschiedenen Gelegenheiten ihren Ranzen über den Kopf gezogen hat, als Verprügeln? Als mich beim dritten Mal die prall mit Büchern gefüllte Tasche seitlich am Kopf traf, ist es mit mir durchgegangen, und ich habe ihr einen Kinnhaken verpasst – wofür ich prompt eine Woche lang Schularrest bekam.

Danach nannte sie mich nur noch Violet Blauauge. Sehr lustig. Nicht!

»Was soll ich nur tun, was soll ich nur tun, was soll ich nur tun …?«, seufze ich und lehne mich mit der Stirn gegen den Spiegel.

Wenn ich keinen Schimmer habe, was ich machen soll, ist erst einmal gar nichts zu machen nicht die schlechteste Option. Also mache ich das. Ich beende mein Selbstgespräch mit dem Spiegel, mache Pipi, wasche mir die Hände, atme einmal tief durch und gehe zurück in die Küche, um meinen Schwiegereltern beim Essen Gesellschaft zu leisten.

Und ich sage nichts.

Na ja, das ist nicht ganz die Wahrheit. Ich sage nämlich sehr viel. Ich rede über alles und jeden, außer über Dinge, die das Gespräch auf *sie* bringen könnten. Ich mache Witze, was ich immer mache, wenn ich nervös bin. Schlechte Witze, aber sie scheinen sie zu mögen, besonders Onkel Silas, der die ansteckendste Lache hat, die ich je gehört habe. Sie ähnelt dem asthmatischen Wiehern eines Esels. Ich erzähle von meinen Eltern, die auch sehr gern gekommen wären, um mit uns zu feiern, wenn sie nicht schon vor Monaten eine dreiwöchige Reise zu den Seychellen gebucht hätten, die Glücklichen.

Sie stellen mir eine Menge Fragen, Gott sei Dank aber nur harmlose, und dann erkundigen sie sich nach meiner Arbeit, und das ist mir ein sehr willkommenes Thema, denn ich liebe meine Arbeit. Da fällt mir ein, dass ich ihnen etwas mitgebracht habe, und auf meine Bitte hin holt Sollie eine große Schachtel aus unserem Gepäck, die ich ihnen, wie ich zugeben muss, mit einer gewichtigen Geste überreiche.

Wie Marilyn schon erwähnte, mache ich Torten.

Ich bin aber keine Konditorin. Konditoren stellen auch alle möglichen anderen Dinge her, und obwohl ich durchaus in der Lage bin, auch mal Kuchen oder Plätzchen zu backen, tue ich das höchstens zum Vergnügen. Verkaufen tue ich sie aber nicht. Was ich verkaufe, sind ausschließlich Torten. Torten für besondere Anlässe. Hochzeiten natürlich, aber auch sehr viele andere Gelegenheiten können nach einem süßen Kunstwerk aus meiner Hand verlangen. Jubiläen zum Beispiel oder Geburtstage, Scheidungen, Betriebsfeiern, Geschäftseröffnungen, Plattenpräsentationen, Buchpremieren, Geburten, Neuanfänge jeder Art. Sie nennen mir den Anlass, ich backe Ihnen die passende Torte.

Und daher habe ich natürlich auch meinen Schwiegereltern eine Torte mitgebracht, und ja, ich möchte ein bisschen angeben, ich möchte sie beeindrucken. Ich möchte, dass sie finden, dass ihr Sohn eine gute Partie macht, und auch wenn die Tatsache, dass ich meine eigene Firma habe, noch lange nicht bedeutet, dass ich ihm das Wasser reichen kann, so zeigt es doch wenigstens, dass ich ihn ehrlich liebe und nicht wegen seines Geldes mit ihm zusammen bin.

Und das müsste doch ein Pluspunkt für mich sein, wenn man davon ausgeht, dass sie wohl eine Menge davon haben.

Jedenfalls habe ich lange darüber nachgedacht, wie ich etwas backen könnte, das sowohl etwas Schottisches als auch etwas Jamaikanisches hat. Mir ist nicht wirklich etwas eingefallen, obwohl meine beste Freundin Jasmine sich großartig dabei amüsiert hat, mir bescheuerte Vorschläge zu machen, wie zum Beispiel das schottische Nationalgericht Haggis mit einer rot-gelb-grünen Mütze und einer Flasche Rum obendrauf… Sie hat sogar ein Bild davon gemalt, das eine Menge über Jasmine und ihre Art Humor aussagt.

Ich habe einfach eine meiner Lieblingstorten gemacht. Einen dreistöckigen Knaller von Torte, bestehend aus einer Lage Schokolade, einer Lage Zitrone und einer Lage Vanillecreme, bedeckt mit hunderten kleiner Zierblüten, die alle in mühsamer Kleinarbeit selbst gemacht sind – von mir natürlich. Eine ziemliche Geduldsarbeit, die ich aber liebe. Das Schwierigste an der Sache ist, dass das Ganze nicht nur gut aussehen, sondern auch gut schmecken soll. Als Tüpfelchen auf dem i habe ich noch ein paar Disteln, die Schottland repräsentieren sollen, und ein paar kleine orange-blaue Hibiskusblüten hinzudrapiert, die Nationalblume Jamaikas.

Wie ich gehofft habe, wird die Torte mit vielen Ahs und Ohs in Empfang genommen, und dann greift Onkel Silas nach der Suppenkelle und tut so, als wolle er sich damit in die Torte graben, während Tante Marilyn und Elspeth ihn theatralisch daran zu hindern versuchen und verkünden, etwas so Schönes könne man nicht einfach aufessen, und wie geschickt ich sei, dass ich so etwas zustande bringe. Aric meint, eine Flasche Champagner würde sehr gut zu einem oder drei Stücken Torte passen.

Er und Silas verschwinden im Keller, während Elspeth und Marilyn Teller holen und Sollie und ich abräumen.

Zum ersten Mal, seit ich das Foto gesehen und zu meinem großen Entsetzen erkannt habe, dass meine zukünftige Schwägerin meine Jugendfeindin ist, sind wir beide allein.

Die perfekte Gelegenheit, es ihm zu sagen.

Aber mache ich das?

Nein, ich mach's nicht. Stattdessen plappere ich weiter Belanglosigkeiten.

»Du bist sehr gut dressiert«, sage ich, während er mir dabei hilft, die Suppenteller in die Spülmaschine zu räumen.

»Das habe ich meiner Mutter zu verdanken. Sie glaubt an die gerechte Aufteilung der Hausarbeit unabhängig von der Geschlechterzugehörigkeit.«

»Die Frau gefällt mir. Warum habe ich das nicht früher bemerkt?«

»Weil wir normalerweise essen gehen.«

»Das stimmt allerdings«, sage ich mit einem künstlichen Stirnrunzeln. »Soll das heißen, du magst nicht, wie ich koche?«

»Es soll heißen, dass ich annehme, du hast abends, nachdem

du den ganzen Tag für andere Leute gebacken hast, keine Lust mehr, in der Küche zu stehen.«

»Das ist aber sehr aufmerksam von dir. Obwohl es noch immer nicht zu spät ist, selbst kochen zu lernen.«

»Ich habe es versucht und bin gescheitert. Dann habe ich mir eine Mikrowelle gekauft.« Er zwinkert mir zu. »Und jetzt befreie um Himmels willen Dad und Onkel Silas aus ihrem Elend und schneide die Torte an, bevor Mum sie in einer Vitrine ausstellt.«

Eine Zeit lang verlangt das Schneiden der Torte meine ganze Aufmerksamkeit. Ich liebe es, den Leuten dabei zuzusehen, wie sie etwas essen, das ich gemacht habe. Jedenfalls solange es so aussieht, als würde es ihnen schmecken. Mein Lieblingsgesicht ist das, bei dem sich die Nasenflügel blähen, wenn sie sich ein Stück Torte in den Mund schieben und dabei gleichzeitig einatmen, und bei dem sich die Augen halb schließen vor Genuss, nur um dann weit aufgerissen zu werden, wenn ihnen klar wird, wie viel Vergnügen ihnen diese kalorienhaltige Sünde bereitet.

»Himmel, sie schmeckt wirklich genauso gut, wie sie aussieht!«, erklärt Marilyn zu meiner Freude und nimmt sich ein zweites Stück, noch bevor sie das erste aufgegessen hat. »Damit wäre geklärt, wer mit dem Backen der Hochzeitstorte beauftragt wird.«

Und dann dreht sich natürlich alles nur noch um die Hochzeit, für die wir noch kein Datum bestimmt haben. Das Erste, was Marilyn wissen will, ist, ob sie meinen Verlobungsring sehen darf, und Elspeth erklärt ihrem Sohn naserümpfend, dass die Tatsache, dass er noch keinen besorgt hat, nicht ihre Zustimmung findet.

»Ich kann nicht glauben, dass du noch keinen Ring hast!« Marilyn fährt sich ungläubig über die Augen und schnappt sich meine Hand, um selbst nachzusehen. »Kein Ring«, sagt sie, während ihre Unterlippe sich missbilligend vorschiebt. »Solomon Grainger, du hast dem armen Mädchen einen Antrag gemacht, ohne einen Ring für sie zu haben. Was bist du nur für ein Mensch.«

»Ich wollte, dass Vi ihn sich selbst aussucht.«

»Violet hat schon dich ausgesucht. Du suchst den Ring aus. So läuft das.«

»Sicher, aber sie ist diejenige, die ihn für den Rest ihres Lebens tragen muss. In meinen Augen ist es nur fair, dass sie dabei auch ein Wörtchen mitzureden hat…«

»Wie denkst du darüber, Vi?«, fragt Marilyn und nennt mich dabei unwillkürlich so, wie Sollie es immer tut. »Wie sollen wir denn eine Verlobungsfeier veranstalten, wenn wir den Leuten keinen Ring zeigen können?«

»Wir suchen ihn aus, wenn wir am Mittwoch in die Stadt fahren«, sagt Sollie lachend, als er das betrübte Gesicht seiner Tante sieht. »Und nein, du kannst nicht mit zum Juwelier kommen. Vi und ich haben schon den ganzen Tag verplant. Da ist kein Platz mehr für einen Anstandswauwau«, fügt er hinzu, als sie erneut Anstalten macht zu reden.

»Ach, doch, wir haben sicher noch Platz, oder?«, frage ich ihn lächelnd.

»Das ist eine Überraschung«, flüstert er mir mit einem Augenzwinkern zu.

»Woher weißt du, dass ich das sagen wollte?«, protestiert Marilyn.

»Ich kann deine Gedanken lesen«, erwidert Sollie grinsend.

»Ja, natürlich.« Sie schürzt verschmitzt die Lippen. »Was denke ich denn jetzt gerade?«

»Du denkst an das teure Kleid, das du dir am Mittwoch für die Hochzeit kaufen wirst«, kontert er clever, indem er ihr einen diskreten Hinweis darauf gibt, was sie machen kann, während wir shoppen gehen. »Und du überlegst, wie du verhindern kannst, dass es sich mit dem Kleid beißt, das Mum tragen wird.«

»Wow, stimmt! Du hast gewonnen.«

»Kleider!«

»Große Hüte!«

»Schuhe!«

»Handtaschen!«

»Und am Mittwoch ist verkaufsoffener Abend«, rufen Elspeth und Marilyn mit leuchtenden Augen.

»Vergesst nicht, dass wir für Mittwoch um acht einen Tisch im Loch Inn reserviert haben«, sagt Aric eilig. »Ihr könnt also nicht allzu lange in der Stadt bleiben.«

»Du hast nur Angst um deine Geldbörse, Aric«, entgegnet Silas mit einem weisen Nicken.

»Kann man mir das verübeln? Hochzeiten kosten ein Vermögen.« Er zwinkert mir zu. »Ich muss mein Geld aufheben, um es für Autos, Blumen und Essen für dreihundert Gäste auszugeben. Da kann ich es nicht für Hüte rauswerfen, die mehr kosten als Autos, Blumen und Essen für dreihundert Gäste zusammen, stimmt's, Violet?«

»Oh, das ist wirklich sehr freundlich, aber es wird nicht nötig sein ...«, stottere ich.

»Wie meinst du das?«, fragt Aric erstaunt.

Sollie nimmt meine Hand, und ich bin ihm dankbar, dass er für mich antwortet.

»Vi und ich haben über alles gesprochen und finden beide, dass es ein bisschen altmodisch und nicht besonders fair ist, von seinen Eltern zu erwarten, dass sie die Hochzeit für einen bezahlen. Wir möchten daher für alle Kosten selbst aufkommen.«

»Unsinn!«, erwidert Aric ohne Umschweife. »Deine Mutter und ich übernehmen das gerne.«

»Es ist schon entschieden, Dad.«

»Es ist erst entschieden, wenn wir darüber gesprochen haben, mein Junge.«

»Es gibt so viel zu bereden«, stimmt ihm Elspeth zu.

»Okay, aber können wir das morgen machen?«, schlägt Sollie vor. »Es war ein langer Tag, und wir sind beide ziemlich erledigt.« Wie zum Beweis gähnt und streckt er sich ausgiebig. »Wir wollen doch jetzt keine Riesenfinanzdebatte führen, oder? Wir wollen uns nur ein bisschen entspannen und uns freuen, wieder zu Hause zu sein, bei den Menschen, die wir lieben.«

Von wegen Anwalt, mein Ehemann in spe sollte Diplomat sein. Alle lächeln wieder, als das L-Wort fällt, und Aric hat kurze Zeit später jeden Gedanken an Geld vergessen und macht eine zweite Flasche Champagner auf, um einen Toast auf seinen Sohn und seine zukünftige Schwiegertochter auszubringen.

»Auf Sollie und Violet.« Er erhebt sein Glas.

»Auf Sollie …«, wiederholen alle, und gerade, als sie »und Violet« hinzufügen wollen, klingelt das Telefon.

Elspeth sieht auf ihre Uhr. »Es ist schon spät«, sagt sie besorgt. »Wer ruft so spät denn noch an? Ich mag es nicht, wenn das Telefon nach zehn klingelt, weil ich dann immer denke, es gibt schlechte Nachrichten.« Und damit steht sie auf und eilt hinüber zum Telefon, um abzunehmen.

Elspeth meldet sich mit ihrem Namen; dann sagt sie nichts mehr, sondern reagiert nur mit Ausrufen des Erstaunens und reicht den Hörer schließlich ihrem Mann weiter, der sich stirnrunzelnd in den Hausflur verzieht, von wo aus seine Stimme verzerrt und hallend klingt.

Ein paar Minuten später kommt er mit verdrießlicher Miene zurück.

»Philly und Jonathan schaffen es nicht vor Dienstag. Es hat irgendwas mit der Arbeit zu tun ... Ehrlich gesagt, dieser Junge arbeitet zu viel.«

Sie sind alle so enttäuscht, aber ich könnte jubeln. Ich tue es auch, aber nur in Gedanken. Und ich schlage Räder durch den Raum, auch das nur in Gedanken, denn ich trage einen kurzen Rock und einen ziemlich knappen Schlüpfer.

Sie kommt erst in dreieinhalb Tagen, und dreieinhalb Tage sind fast die Hälfte der Zeit, die wir hier verbringen werden!!!

Es ist zwar nur eine Schonfrist, aber immerhin eine Frist.

Jetzt kann ich in Ruhe darüber nachdenken, was ich Sollie sagen werde, denn irgendetwas muss ich doch zu ihm sagen ... oder? Ja, natürlich muss ich das, aber ich weiß nicht, ob ich es kann. Nachdem Pippa St. Benedict verlassen hatte, war eigentlich alles wieder normal, aber ich habe höllisch lange gebraucht, um über ihre ständigen Schikanen hinwegzukommen. Am Anfang fand ich, dass die beste Methode war, darüber zu reden, und nachdem ich ausgiebig darüber geredet hatte, mit meiner Mutter, den neuen Freunden, eine Zeit lang sogar mit einem Therapeuten, kam ich zu dem Schluss, dass ich am besten damit klarkäme, wenn ich überhaupt nicht mehr darüber reden und es nie mehr erwähnen würde.

Denn darüber zu reden brachte es zurück in die Gegenwart, und ich wollte, dass es ein für alle Mal in der Vergangenheit blieb. Aber jetzt ist meine Vergangenheit zurückgekommen wie der Geist von Angus Grainger, um mich nicht nur zu verfolgen, sondern auch mein neu gefundenes Glück mit Füßen zu treten.

Was soll ich nur machen?

Aric reicht mir noch ein Glas Champagner, und ich greife danach, als sei es ein Gegenmittel gegen das Gift, das durch meine Adern strömt, und ich trinke es so schnell aus, dass mir der Kopf davon schwirrt. Sobald es leer ist, füllt er es wieder.

Um ein Uhr morgens, bei unserer dritten Flasche Champagner und der zweiten Flasche Single Malt Whiskey, habe ich einen Plan.

Es ist erst Freitag. Pepper kommt nicht vor Dienstagnachmittag. Ich kann also die nächsten drei Tage mit diesen wunderbaren Menschen verbringen und dann einen dringenden Auftrag erhalten, den ich nicht ablehnen kann, was bedeutet, dass ich unseren Besuch abkürzen und Dienstagmorgen zurück nach London muss.

Dann muss ich nur noch Sollie überzeugen, mit mir durchzubrennen, und anschließend eine schreckliche, lebensbedrohliche Allergie gegen alles Französische entwickeln – und unsere Wege werden sich nie mehr kreuzen.

Ganz einfach.

Kapitel 4

Am nächsten Morgen wache ich in unserem prächtigen Zimmer mit seinem Himmelbett und mehr Fenstern als in meiner gesamten Wohnung auf und habe einen Kater. Und das nagende Gefühl, dass irgendetwas nicht stimmt. Und dann fällt mir ein, was es ist, und plötzlich sitze ich vor Schreck aufrecht im Bett und wecke damit unabsichtlich Sollie.

»Hey?« Seine Hand zieht mich wieder neben ihn.

»Bin nur ganz plötzlich aufgewacht«, murmle ich. »Wusste nicht gleich, wo ich bin.«

Er sieht mich einen Moment aufmerksam an. »Geht es dir wieder besser?«

»Wie meinst du das?«

»Na gestern. Als Mum dir die Fotos gezeigt hat. Du bist ganz blass geworden, als hättest du einen Geist gesehen.«

»Einen Geist? Hier spukt's nicht wirklich, oder?«

Der Themenwechsel funktioniert.

Sollie lacht laut. »Das meinst du nicht ernst, oder? Der einzige Geist, den du in Balcannon finden wirst, ist der Himbeergeist in der Bar.«

»Ihr habt eine Bar?«

»Du hast meinen Vater doch schon kennengelernt und solltest dich darüber nicht mehr wundern.«

»Er mag es, sich von Zeit zu Zeit mal einen zu genehmigen, stimmt's?«

»Dich mag er auch«, sagt Sol sanft und zieht mich unter der Decke näher zu sich heran.

»Oh ja, meinst du?«

»Das weiß ich sogar«, murmelt er, während er Küsse in meinem Gesicht verteilt. »Er hat es mir nach dem Essen gesagt. Er hat mich zur Seite genommen und mir seine Zustimmung ausgedrückt.«

»Vielleicht hat die Torte ihn milde gestimmt und seine Zunge gelöst?«

»Vielleicht aber auch nur der Whiskey und der Champagner…« Er beißt sich auf die Unterlippe und nickt gedankenversunken. »Er wacht wahrscheinlich gleich auf und stellt fest, dass er dich eigentlich doch nicht leiden kann…« Als er sieht, wie mir die Kinnlade runterfällt, grinst er wieder. »Ich mach doch nur Witze, Liebling… Was macht dich nur so misstrauisch anderen Leuten gegenüber, Violet?«

Und hier ist sie, meine Gelegenheit, meine Chance, ihm alles zu erzählen, ihm mein neues Geheimnis zu offenbaren… Aber ich kann nicht. Ich öffne den Mund, aber es kommt nichts heraus, und während die Sekunden verstreichen und ich nichts sage, vergeht der geeignete Moment, und zack – ich bin wieder allein mit meiner Geheimniskrämerei.

Sollie träumt den süßen Schlummer des Après-Sex.

Und ich sitze in unserem eigenen, zum Glück Onkel-Silas-freien Badezimmer in einer wunderbaren Badewanne mit Löwenfüßen und tue, was ich immer tue, wenn mich etwas beschäftigt: Ich versuche nachzudenken.

Ist es wirklich so schlimm?

Wir waren in der Schule verfeindet, aber jetzt sind wir erwachsen. Mein Leben hat sich seitdem total verändert. Ich habe mich total verändert. Sie sich doch sicher auch.

Mir fällt mein grandioser Plan von gestern Abend ein, und ich sehe ein, wie idiotisch er ist.

Ich brauche einen neuen Plan.

Eigentlich brauche ich keinen neuen Plan, sondern ich muss mit meinem Verlobten reden, aber da das offensichtlich nicht funktioniert, muss ich noch einmal nachdenken und mir etwas anderes einfallen lassen, was mein erschüttertes Gehirn wieder beruhigt.

Wie bescheuert ist das denn bitte?

Gefühle, die ich hinter mir gelassen zu haben glaubte, tauchen plötzlich nach all diesen Jahren wieder auf und stürzen mich erneut in die totale Verwirrung.

Das Problem ist doch folgendes: Als Kind lief alles bestens, bis Miss Langford mit einem großen Satz in meinem Leben landete, so dass es wie der Schlamm einer Regenpfütze, in die jemand mit Schuhgröße 50 reinspringt, in alle Richtungen auseinanderflog.

Und jetzt ist auch gerade wieder alles bestens.

Ich bin glücklich, mein Geschäft läuft super, ich liebe meine Arbeit, ich mag die Menschen, die für mich arbeiten, ich mag meine kleine Wohnung über dem Laden, ich mag mein soziales Umfeld, allen voran Jas, aber ich habe auch andere Freunde, zu denen ich immer mehr Vertrauen gewinne.

Das Leben ist schön.

Und Sollie war, wie man so schön sagt, das Sahnehäubchen auf meiner Torte. Eine Extraschicht Marzipan auf einer Süßigkeit, die auch vorher schon köstlich schmeckte.

Ich war zwar ein bisschen nervös, weil ich seine Familie treffen sollte, aber alle waren genauso reizend und wunderbar wie er.

Und dann ist *sie* wieder aufgetaucht.

Der bittere Nachgeschmack davon kriecht in mir hoch.

Meine schöne Torte droht zu verderben.

Mit anderen Worten: Ich habe panische Angst, dass sie mir

noch einmal mein Leben zerstört. Das letzte Mal hat sie das ziemlich gut hingekriegt.

Vielleicht ist das ähnlich wie mit Windpocken. Entweder ist man dagegen immun geworden, oder es wächst sich zu einer noch schrecklicheren Krankheit aus, wie Gürtelrose zum Beispiel.

Ich frage mich, ob das Ganze wirklich so wichtig ist. Ich heirate schließlich Sollie, nicht seine Schwester, aber ich schätze, wenn man heiratet, heiratet man die Familie immer auch mit, es sei denn, der Bräutigam ist Waise oder auf der Flucht. Schließlich sind Hochzeiten doch genau das: Man feiert eine Fusion.

Eheleute sollten zusammenhalten wie Pech und Schwefel, aber in Wirklichkeit ist der Bund der Ehe ein zartes Band, das leicht wieder gelöst werden kann. Ehen entstehen und vergehen, man nehme nur Sollies Dad als Beispiel. Er und Elspeth sind zwar schon eine Ewigkeit zusammen, aber er hat drei Versuche gebraucht, bis er jemanden gefunden hat, mit dem er es aushält … oder der es mit ihm aushält.

Das »bis dass der Tod uns scheidet« scheint mir doch ein bisschen aus der Mode gekommen zu sein. Welcher Tod denn? Doch sicher nicht der physische Tod, eher der Tod der Gefühle, der Tod des sexuellen Verlangens, der Tod der Zuneigung zwischen Mann und Frau?

Meine Güte, wie bin ich denn drauf. Sollie und ich sind hier, weil wir uns entschieden haben, den Sprung in die Ehe zu wagen, und jetzt sieh sich einer an, in welcher Verfassung ich bin.

Es ist aber nun mal eine traurige Tatsache, dass die einzigen Menschen, deren Verhältnis ein Leben lang unauflösbar ist, egal was passiert, Eltern und Geschwister sind … Und Sollie liebt seine Geschwister über alles.

Der einzige vernünftige Gedanke, den ich im Moment fassen kann, ist, dass ich mit ihm darüber reden muss … Vielleicht ist es dafür aber auch noch zu früh, denn es wäre ja durchaus möglich gewesen, dass ich Pippa auf den Fotos nicht erkannt hätte. Ich denke, ich verhalte mich einfach so, als wäre ich ahnungslos, und warte auf ihre Reaktion.

Es kann nicht allzu schwierig sein, so zu tun, als würde ich sie nicht erkennen, schließlich wünsche ich mir ja nur allzu sehr, es wäre so gewesen. Und mit ein bisschen Glück erkennt sie mich nicht wieder. Wie wahrscheinlich ist das? Ich weiß, dass sie während ihrer Teenagerzeit auf ungefähr fünf verschiedenen Schulen war, und vielleicht hat sie einfach so viele Menschen getroffen, dass sie alle in einem gesichtslosen Nebel verschwunden sind. Selbst die, auf deren Untergang sie es abgesehen hatte …

Und selbst wenn sie sich an mich erinnert, vielleicht habe ich Glück, und sie erkennt mich trotzdem nicht wieder? Wie stark habe ich mich seit der Schule verändert? Innerlich sehr, aber äußerlich?

Ich hieve mich aus der Wanne und stehe tropfend vor dem großen Spiegel neben dem Fenster, als solle er mich verführen wie Alice im Wunderland.

Ich bin nicht mehr so dünn wie zu Schulzeiten; man hat nicht so intimen Kontakt zu Torten und bleibt dabei dünn. Ich habe mit sechzehn auch ganz sicher nicht so viel Busen gehabt, der kam erst später, zwar nicht über Nacht, aber doch fast als 48-Stunden-Lieferung, als hätte ich einen späten Hormonschub gekriegt oder so was.

Mein Haar ist immer noch goldbraun, obwohl es heute viel kürzer ist und Glätteisen damals noch nicht zum allgemeinen Standard gehörten.

Ich habe mich schon verändert seitdem, sehr sogar.

Aber es gibt zwei Dinge, die in Verbindung miteinander stehen und die mich auf jeden Fall verraten.

Violet. Mein Name und meine Augenfarbe.

An beide erinnert man sich, weil beide ungewöhnlich sind.

Ob ich mich damit retten kann, auch drinnen eine Sonnenbrille zu tragen? Im Oktober?

Bei dem Gedanken muss ich lachen, und das Lachen bringt mir meinen Optimismus zurück, der es wiederum dem vernünftigen Anteil in mir erlaubt, auch mal ein Wörtchen mitzureden.

Mein vernünftiger Anteil sagt, dass von vornherein die Chance bestand, dass ich mit Sollies Schwester nicht besonders gut auskommen würde. Die Schwestern von Freunden können generell sehr schwierig sein. Es hätte also auch so sehr gut sein können, dass wir uns gesehen und uns von Anfang gehasst hätten.

Jas zum Beispiel ist jemand, der mit allen gut auskommt, aber die Frau ihres Bruders kann sie nicht ausstehen.

Sie nennt sie ihre Schweigerin.

Sie hält sie einfach auf Distanz, ohne dabei irgendjemanden zu brüskieren; das werde ich ja wohl auch noch hinkriegen. Und was die nächste Woche angeht: Das Haus ist groß genug, um ihr aus dem Weg zu gehen, wenn ich das muss.

Sie kommt frühestens in drei Tagen an. Meine Mum hat immer gesagt, man solle sich keine Sorgen wegen etwas machen, das noch gar nicht eingetreten ist, sondern sich lieber auf das Hier und Jetzt konzentrieren. Und genau das werde ich tun. Ich vergesse Pippa Langford einfach und versuche meinen Aufenthalt hier zu genießen.

Was in dieser wunderschönen Umgebung nicht allzu schwierig sein dürfte.

Ich höre auf, mich selbst anzusehen, und blicke mich auf

der Suche nach Ablenkung im Badezimmer um. Es ist wirklich alles da, was das Herz begehrt: flauschige Handtücher, Badezusatz, Körperpuder, Lotionen und Düfte, Kerzen und sogar Zeitschriften auf einem Beistelltischchen.

Ich sehe mir die Töpfchen auf den Regalen an. Hier stehen Cremes herum, die ich bisher nur in Hochglanzmagazinen wie der *Vogue* oder *Harper's* gesehen habe.

Es ist ein Badezimmer-Paradies, aber das Beste daran ist, dass ich das alles hier auch benutzen darf.

»Nimm dir nur, was immer du möchtest«, waren Elpeths Worte, als sie mir unser Zimmer gezeigt hat.

Ich kann gerade noch dem Impuls widerstehen, mich von Kopf bis Fuß mit Crème de la Mer einzuschmieren oder ein zweites Bad zu nehmen, diesmal in Chanel No. 19, und werfe stattdessen selbstvergessen mein Handtuch weg, um mich mit etwas Bodylotion von Clarins einzucremen.

Und wie ich da so stehe, nackt, wie Gott mich schuf, und die Creme auf jedem Winkel meines Körpers verteile, geht die Tür zum Flur auf, die ich für abgeschlossen gehalten hatte, und hereinspaziert kommt Onkel Silas. Er hat die Augen halb geschlossen, singt »Could you be love« und bewegt den Kopf im Takt dazu. Er hebt den Toilettendeckel hoch und ist sofort bei der Sache, bevor er mich in der Ecke kauernd entdeckt, inmitten einer Puderwolke, meine Scham mit einer Hand, einem Topf Clarins-Creme und einer hastig gegriffenen Puderquaste bedeckend.

Als er mich erblickt, sieht er absolut peinlich berührt aus. Seine schöne ebenholzfarbene Haut wird so blass wie das Porzellan, gegen das er gerade pinkelt, und seine sonst dröhnende Stimme klingt plötzlich dünn und erstickt, als er quiekt:

»Das hier ist wohl nicht mein Badezimmer, oder?«

Ich kriege kein Wort heraus und nicke nur.

Er blickt nach unten. »Ich fürchte … Um es mit den berühmten Worten des Moderators der letzten Folge von *Mastermind* zu sagen: *Ich habe damit angefangen …*«

»*Also musst du es auch zu Ende bringen*«, sage ich auf. »Ich mache die Augen zu, wenn du es auch tust.«

»Das hört sich an wie eine gute Idee in einer üblen Situation«, erwidert er. »Obwohl ich sie gleich noch einmal aufmachen muss, wenn ich hier wieder rauswill.«

»Warum machst du sie nicht einfach solange zu, bis ich mir ein Handtuch vom Haken genommen habe?«

»Ja, das ist doch schon mal ein guter Anfang …«, sagt er, aber dann springt die Tür zu unserem Badezimmer auf, und Sollie tanzt grinsend und lachend herein und singt »You Sexy Thing« von Hot Chocolate. Er trägt nichts als meine Unterhose vom Vortag.

Er bleibt abrupt stehen, blickt von mir zu Silas, zurück zu mir, dann wieder zu Silas und schließlich hinunter auf das Teilchen aus rosa Seide, in das er sich gequetscht hat.

»Willkommen in der Hölle der ewigen Peinlichkeiten!«, dröhnt Onkel Silas, der seine Stimme wiedergefunden hat, und dann brechen wir alle drei in schallendes Gelächter aus.

Kapitel 5

Das Frühstück hätte verlegen werden können, aber da wir drei alle im selben Boot sitzen – ich nackt, Silas pinkelnd und Sollie in meiner Unterwäsche –, gleichen sich die Peinlichkeiten gegenseitig aus. Mit anderen Worten: Wenn sich alle gleichzeitig zu Tode schämen, löst sich das Ganze in Wohlgefallen auf und verdampft wie kochendes Teewasser.

Natürlich versteht niemand, warum Silas, Sollie und ich prustend loslachen, als Marilyn, die Elsbeth beim Kochen hilft, mit einer großen Pfanne zu uns herüberkommt und ganz unschuldig fragt: »Jemand ein schönes Würstchen?«

Nachdem Sollie und ich beim Abräumen geholfen haben, erklärt er mir, dass er jetzt die »große Besichtigungstour« von Balcannon mit mir macht.

»Komm, los geht's«, sagt er und nimmt mich an der Hand. Er führt mich in die Stiefelkammer, wo er mir ein Paar Gummistiefel seiner Mutter überreicht, todschicke schwarze mit bunten Punkten drauf. »Wir fangen im Labyrinth an.«

»Ihr habt ein Labyrinth?«

»Oh ja, es ist toll.« Er grinst verwegen.

»Sollen wir ein bisschen Verstecken spielen?«, erwiderte ich.

»Kommt drauf an, was ich wo verstecken soll …«

»Sol!«

»Na los«, ruft er und saust aus der Tür, um sich nach rechts zu wenden, »fang mich, fang mich!«

Wir rennen lachend den ganzen Weg bis zur hinteren Terrasse und über den großen Rasen, bis Sollie an einer Reihe

Bäume nach rechts abbiegt und hinter etwas verschwindet, das wie eine simple hohe Hecke aussieht. Es ist aber schon die erste Wand des angekündigten Labyrinths.

»Wie groß ist es denn?«

»Etwa 4000 Quadratmeter. Mit sechzehn habe ich mich einmal für zwei Tage hier drin verirrt«, sagt er und zieht mich an der Hand durch den Eingang.

»Das glaube ich dir nicht.«

»Okay, ich übertreibe vielleicht ein bisschen.«

»Waren es vielleicht zwei Stunden?«, frage ich, und er nickt.

»Es hat sich aber so angefühlt wie zwei Tage. Mit dir zusammen würde es mir allerdings nichts ausmachen, solange hier festzusitzen. Die Zeit würde sicher wie im Flug vergehen …« Er drückt mich gegen die dichte Hecke und küsst mich, um kurz darauf wieder loszurennen. Ab und zu dreht er sich dabei um, um zu sehen, ob ich hinterherkomme. Im Laufen gibt er mir Anweisungen.

»Ich zeige dir die Liebeslaube«, ruft er. »Passt doch, oder? Merk dir den Weg, Vi, für den Fall, dass ich dich mal für ein heimliches Stelldichein hierherbestellen sollte. Zehn Schritte nach links, dann rechts abbiegen, zwanzig Schritte nach rechts, dann links abbiegen.«

Als er vor einer Statue zu stehen kommt, hört er auf zu sprechen.

Ich halte zwei Schritte hinter ihm an und runzle verwundert die Stirn.

»Was um Himmels willen ist das denn?« Dieses seltsame Ding kommt mir irgendwie bekannt vor.

»Penis von Milo«, antwortet Sol lachend. »Sie ist wie die Venus von Milo, nur mit einem großen Pimmel. Mistral ist doch Künstlerin, sie hat sie … äh … ihn … es gemacht.«

Die Statue ist tatsächlich die Venus von Milo in Lebensgröße, nur dass sie mit einem riesigen männlichen Geschlechtsteil ausgestattet ist.

»Sie hat es Dad vor drei Jahren zum Geburtstag geschenkt. Mum wusste nicht so recht, was sie damit machen sollte. Einerseits wollte sie es nicht einfach wegwerfen, um Misty nicht zu kränken, andererseits wollte sie aber auch das Schamgefühl der Leute nicht verletzen, indem sie es an einen prominenten Platz stellte, also hat sie es hierhinverfrachtet … Dad behauptet, sie hat gewisse Teile ihm nachempfunden.«

»Dein Dad hat sicher ein großes … Selbstbewusstsein«, scherze ich kichernd.

»Scheint ein Zug der Graingers zu sein, mit mehr ausgestattet zu sein als bloß mit Geld.«

»Zu dumm nur, dass du so nach deiner Mutter kommst«, ziehe ich ihn auf.

»Violet Templer, ich kann nicht fassen, was du da gerade gesagt hast!« Seine Augen weiten sich in gespielter Entrüstung.

»Und ich kann nicht fassen, dass du wirklich denkst, ich hätte es auch so gemeint«, sage ich und stelle mich auf die Zehenspitzen, um ihn zu küssen.

»Die Küsse heben wir uns lieber für drinnen auf. Dreh dich mal um …«, sagt er, als wir uns wieder voneinander lösen, und nimmt mich noch einmal bei der Hand. Diesmal gehen wir hinter die Statue, wo ich eine kleine Lücke in der Hecke erspähe, hinter der sich wiederum ein kleiner Garten öffnet.

»Willkommen in der Liebeslaube.« Sollie zwinkert und zieht mich hinein.

Ich schließe die Augen und atme tief ein. »Es riecht wundervoll hier drin.«

»Mum hat Tonnen von Kräutern angepflanzt: Lavendel, Minze, Rosmarin, und wir haben auch in dieser Jahreszeit noch

Salbei, Oregano und Thymian hier, die zum Kochen verwendet werden. Das Labyrinth schützt sie ein bisschen vor der Kälte.«

»Es ist also nicht nur romantisch, sondern auch nützlich.«

»Veräppelst du mich schon wieder?«

»Keineswegs. Ich bin wirklich beeindruckt. Ich mag solche Widersprüche.«

»Also bist du der Meinung, dass Romantik und Nützlichkeit sich ausschließen.«

»Natürlich«, sage ich bestimmt. »Romantik ist etwas Glitzerndes, Schönes …«

»Aber Billiges und Kitschiges?«, beendet er den Satz für mich. »Vielleicht ist sie das, wenn man es falsch anfängt oder wenn sie eine halbherzige Inszenierung ist, aber *wahre* Romantik ist das nicht, wahre Romantik ist ein Geschenk.«

Ein Geschenk?«

Er nickt. »Ein Geschenk, von dem man lange zehren kann, in Form von Erinnerungen, bestimmten Momenten, die man aufbewahren kann wie getrocknete Blumen in einem Musselinbeutelchen unter dem Kopfkissen.«

»Das ist jetzt aber wirklich romantisch.« Ich lächle ihn an.

»Ah«, erwidert er. »Dann kannst du also doch etwas mit Romantik anfangen?«

»Das konnte ich schon immer, ich habe doch nur gesagt, dass sie nichts Nützliches ist.«

»Oh doch, wenn du jemanden flachlegen willst, sehr wohl.« Er lacht.

»Womit es mit der Romantik schon wieder vorbei wäre«, gebe ich ebenfalls lachend zurück. »Sie schrumpelt zusammen wie eine Schnecke, auf die man Salz gestreut hat. Das Ende der Romantik.«

»Das darf aber nicht sein! Die Liebeslaube ohne Romantik wäre wie der Vatikan ohne Gebete.« Er streckt seine Hand nach mir aus. »Hilfst du mir, die Romantik zurückzuholen?«

»Und wie sollen wir das anstellen?«, frage ich ihn kokett.

»Wir könnten es mit dem Liebessitz versuchen.«

Wie sich herausstellt, ist der Liebessitz eine Bank. Aber keine gewöhnliche Bank, sondern eine Art Liegestuhl aus Holz, groß genug für mindestens zwei mollige Menschen. Eine Art Riesenliegestuhl aus Eichenholz, mit Rundungen, in die sich ein menschlicher Körper einpassen soll.

Windgeschützt von der Eibenhecke und der Sonne zugewandt, fängt man an diesem Platz jeden Sonnenstrahl ein, den Schottlands kapriziöses Wetter zu bieten hat.

Wir gleiten in perfekter Harmonie darauf nieder wie Synchronschwimmer in einen Pool. Der Liebessitz ist für etwas so Hartes erstaunlich bequem. Sollie nimmt meine Hand, und so liegen wir da und blicken auf den Himmel über uns, der von dem dichten, dunkelgrünen Blätterwerk der Hecke eingerahmt wird.

»Merkst du schon, wie die Romantik langsam zurückkommt?«

»Fängt es mit einem tauben Gefühl am unteren Rücken an?«

»Das ist das feuchte Holz.« Er grinst.

»Es muss toll gewesen sein, hier aufzuwachsen«, sage ich, während ich eine weiße Wolke über den klaren blauen Himmel ziehen sehe. »Wie alt warst du, als ihr hierhergezogen seid?«

»Fast zehn. Davor haben wir in einem schönen, aber vergleichsweise gewöhnlichen Haus in Hampstead gewohnt. Also war es schon ziemlich toll hierherzuziehen, aber es war auch ein bisschen merkwürdig. Ich meine, wir waren natürlich auch vorher schon mal hier gewesen, schließlich ist das Haus seit ungefähr dreihundert Jahren im Familienbesitz, aber es zu besuchen und in es einzuziehen waren zwei völlig unterschiedliche Dinge.«

»Dreihundert Jahre, das ist ja unglaublich.«

»Ja, nicht wahr? Und da Adam der älteste Sohn ist, wird es ihm irgendwann gehören, wenn Dad einmal nicht mehr da ist.«

»Obwohl er nie hier gewohnt hat?«

»Das spielt keine Rolle. Der Tradition nach bekommt der älteste Sohn das Anwesen.«

»Stört dich das?«

Sollie zuckt mit den Schultern. »Nein. Ich bin mit dem zufrieden, was ich habe.« Und mit dem Blick, den er mir schenkt, gibt er mir zu verstehen, dass er damit nicht nur Häuser und Lordschaften meint. »Stört es dich?«

»Na ja, es wäre schon schön gewesen, Lady Grainger zu werden«, sage ich kichernd.

»Lady Violet Grainger«, spricht er feierlich, »das steht dir irgendwie.«

»Du könntest ja mir zuliebe Adam abmurksen.«

»Ich würde für dich töten, das weißt du.«

»Ja, klar doch.«

»Im Ernst.«

»Das Einzige, was du um die Ecke bringst, sind Sachen, die schon tot sind.«

»Ich habe nie behauptet, ich könnte kochen.«

»Du hast aber auch nie gesagt, dass du es nicht kannst.«

»Da hast du recht. Aber ich werde bald eine Ehefrau haben, die in der Küche wahre Meisterleistungen vollbringt.«

»Nicht nur in der Küche.«

»Ich weiß, darum heirate ich dich ja auch.«

»Ich mag dieses Wort.«

»Welches? Heiraten?«

»Ehefrau«, sage ich leise.

Und alle Albernheit verschwindet aus Sollies Gesicht, und er sieht mich ganz ernst an.

»Ich mag es auch, wenn ich es mit dir in Verbindung bringe«, sagt er und küsst mich sanft auf die Lippen. »Mrs. Grainger ... Reicht dir das, Violet?«, neckt er mich.

»Mach dir keine Sorgen, ich habe nicht das geringste Bedürfnis, eine Lady zu werden. Ich bin ganz zufrieden als gewöhnliche Frau.«

»Du bist alles andere als eine gewöhnliche Frau, Violet Templer.«

»Ach nein?«

»Du bist eine Orchidee in der Wüste«, sagt er, rollt sich zu mir herüber und lässt kleine Küsse auf meine gesenkten Augenlider regnen.

»Ich glaube, die Romantik ist gerade zurückgekehrt.«

Wir sind keine zwei Tage in dem Labyrinth, nicht einmal zwei Stunden, aber die Zeit, die wir dort verbracht haben, wird mir noch lange in Erinnerung bleiben. Wir setzen unsere Besichtigungstour fort. Wir erkunden den Rest des Gartens – nicht den ganzen, denn er ist insgesamt acht Hektar groß –, aber wir laufen einmal ganz ums Haus und sehen uns alles um uns herum an, und alles, was wir sehen, ist schön. Wir gehen zurück ins Haus und durch die Eingangshalle, wo Sollie mich auf ein paar besonders interessante Porträts hinweist. Im Salon, der mit seinen wertvollen Teppichen und dem antiken Mobiliar sehr formell wirkt und daher nur selten benutzt wird, hängen noch mehr Ahnenbilder und auch andere Ölgemälde. Außerdem schmücken Fotos die den Wände – frühere Lairds und Ladys of Balcannon und noch lebende Familienmitglieder, von Silas und Marilyn über Cousins und Cousinen ersten, zweiten und dritten Grades.

»Deine Familie bedeutet dir sehr viel, nicht wahr?«, frage ich Sollie, als er mir ein Foto von Pippa und dem gutaussehenden Jonathan zeigt.

»Natürlich«, antwortet er mit sichtlichem Stolz auf all die Gesichter, die von den Wänden auf uns herabblicken. »Ich weiß, es ist ein Klischee, aber Blut ist wirklich dicker als Wasser. Egal was dir im Leben passiert, deine Familie ist immer für dich da. Auf sie kannst du dich verlassen, sie halten bedingungslos zu dir.«

»Sag das mal Kain und Abel«, murmle ich leise.

Sol gibt einen Lacher von sich. »Du bist ja so zynisch, Vi, das kenne ich gar nicht von dir.«

»Mach dir nichts draus«, sage ich. »Meine Familie besteht aus drei Leuten und meiner leicht senilen Großmutter, was verstehe ich also schon davon.«

Anschließend arbeiten wir uns durch ein weiteres Labyrinth, nämlich das aus Fluren, die sich durch die fünf Geschosse des Hauses ziehen; vom Keller, der wie vorherzusehen eine Unmenge von Weinflaschen enthält, geht es immer höher und höher, bis wir am Ende unserer Tour angekommen sind: dem höchstgelegenen Zimmer des Hauses, in das man über eine gewundene Treppe gelangt. Es ist ein bisschen wie im Märchen, immer weiter nach oben zu steigen, bis hinauf in den Turm.

»Die letzte Etappe«, verkündet Sollie.

»Dem Himmel sei Dank. Die Luft wurde nämlich gerade etwas dünn, und ich habe meine Sauerstoffflasche unten vergessen.«

»Ganz schön weite Reise, was?«

Ich schaue auf meine Uhr. Unsere Balcannon-Besichtigungstour hat zwei Stunden gedauert. Eine Runde durch das alte Bauernhaus meiner Eltern zu machen dauert ungefähr zehn Minuten.

»Musst du auch unbedingt in einem Nachbau des Londoner Tower wohnen. Wo sind wir jetzt?«

»Vor Pippas Zimmer.«

Ich muss zugeben, die Antwort bringt mich ein bisschen aus dem Takt.

»Ich wollte als Kind auch nicht hier oben wohnen«, sagt er dessen ungeachtet. »Aber sie wollte unbedingt dieses Zimmer haben.«

»Das kann ich mir vorstellen«, stoße ich mit einem Blick auf die mächtige Holztür hervor und frage mich, welche Geheimnisse sich wohl dahinter verbergen mögen.

Er sieht mich etwas überrascht wegen meiner Antwort an.

»Na ja, es ist ein Prinzessinnenzimmer«, sage ich hastig, »eine Prinzessin in einem Turmzimmer, das will doch jedes Mädchen sein.«

»Wahrscheinlich.«

Vor ihrem Zimmer zu stehen kommt mir sehr merkwürdig vor. Ein seltsamer Gedanke, dass sie ungefähr zur selben Zeit Anspruch auf dieses Zimmer angemeldet hat wie auf mein Leben.

Ich frage mich, ob sie da drin jemals an mich gedacht hat, ihre Pläne ausgeheckt hat, ihre Intrigen gesponnen, die Verwüstung meines Lebens ins Auge gefasst hat. Ich bin plötzlich schrecklich neugierig, wie es drinnen aussieht.

»Hast du früher viel Zeit mit ihr verbracht?«, frage ich Sollie, als er sich gerade wieder an den Abstieg machen will.

Er hält inne. »Nicht so viel, wie ich gewollt hätte.«

»Aber ihr habt euch gut vertragen, wenn ihr zusammen wart?«

»Ja, sehr gut sogar. Meistens jedenfalls. Du weißt ja, wie Kinder sind … An einem Tag sind sie die besten Freunde, am nächsten zanken sie sich wie die Kesselflicker.«

»Erzähl doch mal«, sage ich interessiert. »Hat sie viel von der Schule gesprochen?«

»Eigentlich nicht.«

»Und hast du ihre Freunde kennengelernt?«

»Sie ist so oft umgezogen, dass es, glaube ich, schwer für sie war, Freunde zu finden. Deshalb sind wir uns wahrscheinlich auch so nahe – na ja, so nahe es eben geht, wenn man in verschiedenen Ländern wohnt.«

»Hast du viel mit ihr über mich gesprochen?«

»Schon«, sagt er.

»Schon?«, drängle ich.

»Möchtest du Komplimente hören?« Er streicht mir mit dem Finger über die Nase. »Na gut, also, ich habe sie ein- oder zweimal damit gelangweilt, wie wunderbar du bist, wie verrückt ich nach dir bin, wie schön du bist und welches Glück ich hatte, dich zu finden.«

»Und was hast du ihr sonst noch so über mich erzählt?«, insistiere ich weiter, und er sieht mich überrascht an, als hätte er ein exquisites Festmahl für mich zubereitet und ich fragte nach Pommes und Ketchup.

»Entschuldige bitte.« Ich werde rot und beiße mir auf die Unterlippe. »Ich weiß nur so wenig von ihr…«

»Und da hast du dich gefragt, ob sie vielleicht schon im Vorteil ist und deine gesamte Lebensgeschichte kennt?« Er nickt verständnisvoll. »Mach dir keine Sorgen, ich muss zu meiner Schande gestehen, dass sich immer, wenn ich von dir spreche, mein gesunder Menschenverstand verabschiedet und ich nur Schmeichelhaftes herausbringe, also weiß sie nichts Tiefgründigeres, als dass dein Haar wie gesponnenes Gold glänzt, du die süßesten Ohrläppchen hast, die ich je gesehen habe, und dass dein Hintern die Form eines perfekten Pfirsichs hat…«

»Sol!«, rufe ich erschrocken.

»War das zu persönlich?«, fragt er mit hochgezogenen Augenbrauen und einem entschuldigenden, aber verschmitzten Lächeln. »Wenn ich dir ein Geheimnis über sie verriete, würdest du dich dann besser fühlen?«

»Vielleicht«, sage ich zögerlich.

»Sie ist ja nun schon ewig mit Jonathan zusammen, aber nur wenige wissen, dass sie vorher eine lange Zeit mit Haut und Haaren in jemand anderen verliebt war…«

Ich warte auf den Namen Nicholas Tremaine, aber was Sol wirklich sagt, ist mehr als eine Überraschung.

»Der einzigartige Aidan McKenzie.«

»Dein Aidan?«

Er nickt ernst. »Sie hatte sogar so etwas wie einen Schrein in ihrem Zimmer aufgebaut, mit Fotos, geklauten Socken von ihm und so was.«

»Ehrlich?«

»Ja. Hat aber nichts geholfen.« Jetzt grinst er wieder. »Sie ist nicht wirklich sein Typ, weißt du.«

»Ob der Schrein wohl immer noch in ihrem Zimmer ist?«, versuche ich möglichst scherzhaft zu sagen. Jetzt bin ich erst recht neugierig auf das, was sich auf der anderen Seite dieser Tür verbirgt.

»Das ist dreizehn Jahre her, Vi. Andererseits ist sie eher der Typ, der alles und jedes aufhebt.« Er zuckt mit den Schultern. »Man kann ja nie wissen.«

»Das Zimmer von jemandem verrät immer eine ganze Menge über ihn«, murmle ich und blicke auf die verschlossene Tür.

»Und du versuchst so viel wie möglich über sie herauszufinden, weil du total nervös deswegen bist, sie bald kennenzulernen«, sagt er, und einer seiner Mundwinkel verzieht sich zu einem halben Lächeln.

»Wie kommst du denn darauf?«, frage ich, während ich auf meiner Unterlippe herumkaue.

»Ich schließe das aus der Unmenge an Fragen, die du mir seit unserer Ankunft über sie gestellt hast. Es gibt wirklich keinen Grund zur Beunruhigung, ihr werdet die dicksten Freundinnen sein.«

»Aber ich wollte doch nicht mehr so viel essen, und …«

»Den Witz hast du schon einmal gemacht«, unterbricht er mich.

»Ich bin eben umweltbewusst und versuche zu recyceln«, erwidere ich nervös.

Er sieht erst mich an und dann die verschlossene Tür. »Willst du es sehen?«

»Dürfen wir denn?« Ich versuche, nicht zu erpicht zu erscheinen.

»Es wird ihr nichts ausmachen. Sie ist sowieso sehr offenherzig und für andere ein offenes Buch.«

Ja, schade nur, dass es von Stephen King ist, schießt es mir durch den Kopf.

Er drückt die Klinke herunter. »Komisch.«

»Was denn?«

»Es ist abgeschlossen. Normalerweise schließt sie nie ab.«

»Sie muss geahnt haben, dass wir versuchen würden, bei ihr herumzuschnüffeln«, antworte ich künstlich gut gelaunt und zwinge mich, nicht zu enttäuscht auszusehen, als wir die Treppen wieder hinunterlaufen.

Warum nur war ich so scharf darauf, in Pippas Zimmer zu gehen? Was habe ich dort erwartet? Ich weiß, was ich dort zu finden *gehofft* habe: Beweise. Hinweise darauf, ob mein Gesicht ihr noch etwas sagt. Vielleicht hat sie ja eine Dart-Zielscheibe draus gemacht oder so.

Ich werde wohl mit meiner Unwissenheit und der nagenden

Anspannung weiterleben müssen und mich an die Hoffnung klammern, dass sie sich nur noch schemenhaft und düster an mich erinnert.

Und in der Zwischenzeit muss ich mich eben ablenken.

Ich muss etwas tun, das meine eigene Erinnerung so gründlich aus den Ecken meines Hirnkastens entfernt wie diese Wunderstaubsauger, die bis in die letzten Winkel einer Wohnung reichen.

Ich lege die Arme von hinten um Sollies Schulter. »Ich kenne ein Zimmer, das garantiert nicht abgeschlossen ist«, hauche ich und küsse ihm den Nacken. Er bleibt mitten auf der Treppe stehen, als er meine heisere Stimme hört. »Willst du eine Führung durch meine Unterwäsche?«

Was für eine abgedroschene Anmache, die im Übrigen ja auch nur eine vorübergehende Linderung meines Zustands verspricht, aber zum Teufel damit, es ist schließlich nicht verboten, sich abzulenken, und außerdem sagt man ja, dass Angst einen scharf macht.

Heißem Sex folgt sanfter Schlummer, so tröstend wie eine warme Decke an einem kalten Tag, aber schon nach kurzer Zeit klappe ich die Augen wieder auf, und das erste Bild, das auf mich niederprasselt wie Münzen aus einem Spielautomaten ist das von Großinquisitor Torquemada in Schuluniform.

Ich schüttle den Kopf, um die Dämonen loszuwerden, und versuche mich auf all die Dinge hier zu konzentrieren, auf die ich mich so sehr gefreut hatte. Da ist zunächst einmal heute Nachmittag, denn heute werde ich Aidan kennenlernen.

Sollies besten Freund.

Ich freue mich wirklich.

Wir haben schon öfter am Telefon miteinander geredet, wenn er Sol sprechen wollte. Am Anfang waren es nur ein paar

Worte wie »Hallo, wie geht's?«, bis Sollie nach ein paar Monaten immer um den Hörer kämpfen musste, um auch mal mit seinem Freund zu reden. Er ist ein so freundlicher, offenherziger Kerl, und obwohl es immer einen Unterschied macht, ob man mit jemandem nur am Telefon spricht oder sich direkt gegenübersteht, weiß ich schon jetzt, dass wir uns super verstehen werden. Er hat mir sogar ein paarmal gemailt, und seine Nachrichten klangen so lustig und ungezwungen, als wären wir alte Freunde, und nicht so, als wären wir uns noch nie begegnet. Ich mag ihn schon jetzt so sehr, dass ich es kaum erwarten kann, ihn endlich auch in natura zu treffen.

Im Gegensatz zu Sollie spricht er mit ausgeprägtem schottischem Akzent, mit rollendem R und lustigen kehligen Lauten. Und sein Lachen ist so ansteckend wie eine Grippe, die einen für Tage niederstreckt.

Es ist schön, dass Sollies bester Freund ein so toller Mann ist. Der beste Freund meines Ex war … Es gibt eigentlich nur ein Wort für ihn, das ich normalerweise nicht in den Mund nehme, das seinen Charakter aber so gut zusammenfasst, dass man mir verzeihen möge … Er war ein absolutes *Arschloch*. Na ja, mein Ex war schließlich auch eins, wie um die Richtigkeit des Spruchs »Gleich und Gleich gesellt sich gern« zu untermauern.

Als wir nach unten gehen, scheinen auch die anderen ganz aus dem Häuschen zu sein wegen des Neuankömmlings. Elspeth und Marilyn bereiten gerade einen Spezial-Willkommen-zurück-in-Balcannon-Aidan-Lunch vor, sie sind in der Küche und lachen über eine seltsam geformte Karotte, die sie dann kichernd auf Onkel Silas' Teller legen. Draußen hat Aric den Grill für ein Barbecue angeworfen, wobei es dafür eigentlich ein größeres Wort geben müsste. Hier ist ein Barbecue nicht einfach ein Grillabend, sondern eine richtig große Sache, wo kleine poplige Gaskocher und verbrannte Burger nichts zu suchen haben. Stattdessen gibt es eine richtige Feuerstelle, über der ein armes, aber köstlich aussehendes Wesen in Rigor mortis auf einem großen Metallspieß steckt. Sollies Dad steht diesem Fleischritual vor – mit sichtlichem Vergnügen und einer Schürze, auf der in schwarzen Lettern CHEF steht.

Was ist das nur mit Männern und Fleisch?

Vielleicht befriedigt es einen archaischen Jagdinstinkt, den schnelle Autos und Computerspiele allein nicht besänftigen können.

Was für die anderen Männer das Fleisch ist, scheint für Onkel Silas der Cocktail-Shaker zu sein.

»Geh nach Hause, Tom Cruise!«, ruft er strahlend, während er schüttelt und rührt.

Fröhliche Musik dringt durch die offenen Fenster des weniger formellen Wohnraums.

Sogar die Sonne scheint zu Aidans Ehren.

Ich habe keine Ahnung, wie er aussieht, Sollie ist wie gesagt niemand, der seine Wände mit Familienfotos pflastert, und obwohl seine Eltern Bilder von Aidan und Sol als Kinder haben, besitzen sie kein einziges aktuelles Foto von ihm.

Aidan ist Designer.

Was genau er designt, habe ich noch nicht ganz begriffen. Irgendwas mit Möbeln und Computersoftware, aber da ich in Sachen EDV nicht gerade eine Expertin bin, habe ich von Sollies Versuch, mir die Sache zu erklären, nicht wirklich viel verstanden. Ehrlich gesagt: überhaupt nichts.

Ich stelle ihn mir irgendwie hip vor, wahrscheinlich nur deswegen, weil Designer in der Regel ziemlich trendy sind.

Ich habe ein Bild von ihm im Kopf, das ein bisschen aussieht wie John Hannah in dem Film *Sie liebt ihn, sie liebt ihn nicht* (das ist der, der in der *Mumie* Evelyns Bruder spielt), nur jünger und vielleicht mit Hornbrille. Das hat aber wohl mehr mit seiner Stimme zu tun als mit irgendeiner Beschreibung, die ich von ihm bekommen hätte. Als ich Sollie gefragt habe, hat er nur »groß« gesagt. Elspeth meinte lediglich, er lache viel, und Aric nannte ihn »lustig«.

Groß, lächelnd, lustig. Klingt doch gut.

Eines aber weiß ich ganz sicher: Er fährt ein blaues Audi Cabrio, also halte ich die ganze Zeit nach so einem Auto Ausschau, wie ein aufgeregtes, schwanzwedelndes Hündchen, das auf den Postboten wartet.

Warum bin ich eigentlich so wild darauf, ihn zu treffen? Ganz einfach: Meine Erfahrungen mit Pippa haben mich gelehrt, vorsichtig zu sein, wenn es gilt, neue Leute kennenzulernen; sie haben mich aber auch intuitiver werden lassen und mich in die Lage versetzt, sehr früh zu merken, ob jemand aufrichtig ist … oder nicht. Und obwohl ich nicht mehr so leicht Freundschaften schließe, habe ich die Erfahrung gemacht, dass die, denen ich meine Freundschaft schenke, sie in der Regel mehr als verdient haben.

Und bei Aidan habe ich so ein Gefühl, als würde er einer von ihnen.

Als er endlich kommt, werden meine Erwartungen nicht enttäuscht.

Ich warte die üblichen überschwänglichen Begrüßungen der Familie ab – Umarmungen, Willkommensrufe etc. –, dann geben Sollie und er sich die Hand und umarmen sich, und dann bin ich an der Reihe.

Sie hatten recht: Er ist groß, er lächelt, und er sieht lustig aus, aber eine Brille trägt er nicht. Trotzdem sieht er wirklich ein bisschen aus wie John Hannah, und das Lächeln, das er mir schenkt, als er sich mir zuwendet und mich in die Arme schließt, ist warm und beschützend.

»Meine Violet!«, begrüßt er mich wie eine alte Freundin. »Ich habe mir das Beste bis zum Schluss aufgehoben«, sagt er mir während unserer Umarmung ins Ohr, und als er sich wieder aufrichtet: »Lass mich dich richtig ansehen. Ah, ja, genau wie ich dich mir vorgestellt habe; und ich habe mir dich sehr hübsch vorgestellt.«

Das Mittagessen ist feudal, und Adrian bringt uns alle zum Lachen mit Geschichten von Sollies und seinen Jungs- und Teenagerstreichen.

Danach klopft er auf den leer gewordenen Platz neben sich, weil Sol aufgestanden ist, um den Tisch abzuräumen.

»Komm, setz dich her zu mir, und rette mich vor Silas' dunklem Todesgebräu«, flüstert er. Er spielt auf den Cocktail an, den Silas zu seinen Ehren gemixt hat, eine tödliche Mischung aus braunem Rum, Grenadine und Ananassaft. »Ich habe nur einen winzigen Schluck genommen, aber ich bin sicher, wenn ich ihn austrinke, kann ich nicht mehr fahren.«

»Fahren? Übernachtest du denn nicht hier?«

Er schüttelt den Kopf.

»Aber Sol hat gesagt, du würdest die ganze Woche bleiben.«

Er schüttelt immer noch den Kopf, diesmal mit einem bedauernden und entschuldigenden Gesichtsausdruck.

»Wie lange bleibst du dann?«

»Nur heute, fürchte ich.«

»Du bleibst gar nicht?«, rufe ich enttäuscht. »Sol hat aber gesagt, du würdest länger bleiben.«

»Es tut mir wirklich leid, aber ich musste meine Pläne ändern. Ich werde aber nächstes Wochenende für die Party zurück sein. Wenn alles gut geht, bin ich am Freitag wieder da…«

»Erst am Freitag? Es wird ja immer schlimmer.«

»Ich muss zu einer Konferenz nach London. Hat Sollie dir das nicht gesagt?«

»Nein. Wahrscheinlich hatte er Angst, dass ich unter diesen Umständen nicht mit nach Schottland kommen würde.« Ich runzle die Stirn, und meine Unterlippe fällt vor Enttäuschung nach unten. »Das ist so gemein! Wir fahren nach Schottland, und du reist ausgerechnet nach London!«

»Blödes Timing, da hast du recht. Aber es hat sich alles erst in letzter Minute ergeben. Mein Chef hätte eigentlich fahren sollen, aber er hat sich letztes Wochenende beim Bergsteigen das Bein gebrochen, und zwar gleich dreifach. Also ehrlich, diese supersportlichen Typen. Wo ist der Mann, der sich lieber aufs Sofa legt, als über Felsen zu klettern, Paragliding zu machen, Rennrad zu fahren, Kajaktouren zu unternehmen oder irgend so einen anderen Fitnesskram? Mein letzter Freund war der absolute Mountainbike-Fanatiker, das hat mich wahnsinnig gemacht. Es gab keine Samstage, an denen wir einfach durch die Stadt laufen und in einem kleinen Bistro brunchen konnten, keine gemütlichen Sonntage mit Zeitunglesen zu Hause und späterem Essen in einem hübschen Lokal am Flussufer. Nein, wir mussten in aller Herrgottsfrühe aufstehen, um hundert Kilometer zu fahren und auf irgendeinen Berg hochzuradeln …«

Er unterbricht sich, als er merkt, dass ich ihn mit offenem Mund anstarre.

»Was ist denn los, Liebes?«, fragt er mich, aber sein Augenzwinkern verrät mir, dass er die Antwort schon kennt.

»Freund?«, sage ich nur und muss ziemlich schockiert aussehen, denn er bricht in schallendes Gelächter aus und sagt in seinem schönsten schottischen Akzent: »Aha, er hat es dir also nicht erzählt! Ich trage meinen Kilt nicht nur aus lokalpatriotischen Gründen, sondern auch, weil es die einzige Möglichkeit ist, mal im Rock rumzulaufen!«

Ich gucke wohl immer noch ziemlich dämlich aus der Wäsche, denn er fährt fort: »Ich bin schwul, Schätzchen. Die meisten Männer stehen ja auf Angelina Jolie, aber ich stehe eben auf Brad Pitt.«

»Wenn das so ist, dann bin ich auch schwul«, sage ich grinsend, und er lacht noch lauter und wirft seine Arme um mich, um mich fest zu umarmen und mir ein paar Küsschen auf beide Wangen zu drücken.

»Ich wusste, dass wir uns gut verstehen würden. Spätestens seit du am Telefon ›Stand By Your Man‹ weitergesungen hast, nachdem ich es angestimmt hatte.«

»Ach, das war also ein Test?«

»Jeder hat doch so seine kleinen Tricks, um herauszufinden, ob jemand zu einem passt. Wenn jemand mit mir auf der gleichen Wellenlänge sein will, muss er schon die besonderen Qualitäten von Dolly Parton zu schätzen wissen.«

»Meinst du nicht, dass viele Männer die besonderen Qualitäten von Dolly Parton zu schätzen wissen?«

»Ich meine Musik, nicht Milchdrüsen.« Er grinst mich an. »Also wirklich, Violet, ich dachte, du wärst ein anständiges Mädchen.«

»Und ich dachte, du wärst hetero.« Ich grinse zurück.

»Und das, obwohl ich dir schon meine Liebe zu der einzigartigen, wundervollen Dolly Parton gestanden habe!« Er beugt sich verschwörerisch vor. »Also, wie ist es dir denn bisher ergangen mit der Familie?«

Er weiß, dass ich nervös deswegen war, ich habe es ihm vorher gestanden.

»Oh, super!« Und das ist eine ehrliche Antwort, denn ich habe ja noch nicht alle Familienmitglieder getroffen.

»Ich hab dir doch gesagt, dass sie toll sind.«

»Ich weiß, aber es hätte ja auch sein können, dass du mich bloß beruhigen wolltest.«

»Stimmt, wollte ich auch, aber wahr ist es trotzdem.«

»Meinst du, sie mögen mich?«

»Musst du das wirklich noch fragen?«

»Na ja, ich glaube, sie finden mich ganz in Ordnung.«

»Ich habe den starken Eindruck, sie sind mit dir einverstanden.«

»Nur einverstanden?«

»Oh, Violet, Schätzchen, schmeiß deine Bedenken über Bord. Sie lieben dich jetzt schon.«

»Und glaubst du, der Rest der Familie wird mich auch mögen?«

»Also, du wirst dich mit einer Horde trunksüchtiger Cousins zweiten Grades herumschlagen müssen, aber das dürfte für dich kein Problem sein; außerdem mögen sie jeden nach den ersten Drinks. Wegen Adam musst du dir auch keine Sorgen machen, und Mistral und Fleur können keiner Fliege was zuleide tun. Und Sophie kommt ja nicht, was für alle glaub ich eine kleine Erleichterung ist …«

»Und Pi … Ich meine Philly«, korrigiere ich mich schnell.

»Du machst dir doch nicht etwa Sorgen wegen Pippa, oder?« Zu meiner Überraschung nennt er sie bei dem Namen, unter dem ich sie kenne und den ich beinahe auch ausgesprochen hätte. »Doch, das tust du. Es steht dir ins Gesicht geschrieben …« Seine Stimme ist neckend, aber liebevoll. »Worüber machst du dir Gedanken, Liebes? Du wirst mit Pippa klarkommen. Sie ist ein Schmusekätzchen, super umgänglich, und sie wird sich beide Beine ausreißen, um sich mit der Verlobten ihres Lieblingsbruders anzufreunden, das garantiere ich dir.«

Ach ja? Wird sie das? Dann habe ich mich wohl total in ihr getäuscht. Super umgänglich? Sie kann nicht dieselbe Person sein, sie muss eine andere Pippa sein, es gibt tonnenweise Leute mit dem Namen, und sie sieht meiner Pippa nur zufällig ähnlich, aber meine Pippa ist bösartig, und diese Pippa, oder eben Philly, wie sie alle hier nennen, ist laut Aidan ein Schmusekätzchen.

»Dann ist sie also ein Schmusekätzchen?«, wiederhole ich und versuche das sacken zu lassen.

»Klar ist sie das …«, nickt er, aber dann runzelt er die Stirn. »Obwohl bekanntlich auch Schmusekätzchen Krallen haben …«

Ich wusste es! Man muss sich also immer noch vor ihr in Acht nehmen.

»Aber sie liebt ihren kleinen Bruder über alles und würde alles tun, um ihn glücklich zu sehen. Und selbst wenn sie auf seine früheren Freundinnen manchmal etwas eifersüchtig war, wird sie sich bei dir davor hüten, zumal Sollie dir schon einen Antrag gemacht hat. Und davon abgesehen, Süße, du bist ein reizendes Mädchen und musst dir schon deshalb keine Sorgen machen, es sei denn«, an dieser Stelle schaut er spitzbübisch und lässt keinen Zweifel daran, dass das Folgende nicht ernst gemeint ist, »es sei denn, sie kann dich vom ersten Moment an nicht ausstehen – dann hast du nämlich ein Problem.«

Tja, das ist nun leider gar nicht witzig, denn sie konnte mich tatsächlich vom ersten Moment an nicht ausstehen. Das ist nur zehn Jahre her.

»Wie verstehst du dich mit ihr?«, frage ich, während ich meine Gedanken zu ordnen versuche. Wenn jemand so Tolles wie Aidan findet, dass sie in Ordnung ist, dann muss sie es heute wirklich sein.

»Oh, wir kommen klar«, sagt er. »Sie verehrt Sollie zu sehr, als dass sie es wagen würde, mich gegen sie aufzubringen.« Und dann mustert er mich erneut skeptisch. »Obwohl sie dich schon gegen sich aufgebracht hat. Wie kann das sein, ihr habt euch doch noch gar nicht kennengelernt, oder?«

Dann schweigt er und sieht mich erwartungsvoll an.

Und wartet.

Und wartet weiter. Bis ihm schließlich nichts anderes übrigbleibt, als wieder zu sprechen: »Violet, Schätzchen, du weißt, dass du deinem Onkel Aidan alles sagen kannst, nicht wahr?«

Und dann sprudelt es zu meiner Verwunderung nur so aus mir heraus, die ganze Geschichte, jedes kleinste Detail, von unserer ersten Begegnung an ihrem ersten Schultag bis zu meinem ersten Tag in Balcannon. Die Worte purzeln schneller aus meinem Mund, als ein Windhund seiner Beute nachjagt.

Warum kann ich es ihm erzählen, nicht aber Sol?

Ich nehme an, es ist das alte Lied: Einem Fremden kann man sich eben einfacher anvertrauen; nicht, dass Aidan ein völlig Fremder wäre, aber Sie wissen schon.

Und während der ganzen Zeit, in der es aus mir heraussprudelt wie Wasser aus einer Quelle, nickt er, kräuselt die Lippen, runzelt die Stirn, lächelt und runzelt wieder die Stirn, und natürlich ist das Erste, was er sagt, nachdem ich mit meinem Bericht am Ende angelangt bin:

»Warum hast du es Sol noch nicht erzählt?«

Sehr gute Frage.

»Ich wusste nicht, wie ich es ihm sagen sollte. Wo anfangen. Sie ist seine Schwester, er liebt sie. Er hat mir so von ihr vorgeschwärmt, nur Gutes von ihr erzählt, wie wundervoll sie sei, und dann soll er mir glauben, dass sie zu Schulzeiten die Miniaturausgabe von Cruella De Vil war?«

»Mhm, ich verstehe, was du meinst. Soll ich es ihm sagen?«

Ich schüttle den Kopf.

»Irgendjemand wird es ihm aber sagen müssen, und wenn ich es nicht bin, bleiben eigentlich nur zwei Möglichkeiten: Er bekommt deine Version zu hören oder ihre.«

»Na ja«, fange ich an, und jetzt, wo ich es aussprechen soll, kommt es mir selber ziemlich blöd vor. »Ich hatte irgendwie gehofft, dass ich nichts sagen müsste, weil sie mich vielleicht gar nicht wiedererkennt.«

Er zieht dies einen Moment lang in Betracht. »Sie ist ja wirklich ziemlich egozentrisch. Vielleicht hat sie so viele Leute ins Unglück gestürzt, dass sie den Überblick verloren hat. Dann wärst du nur eins aus einer langen Reihe gesichtsloser Opfer.«

»So wie du das sagst, klingt es ja grauenvoll.«

»Nein, so wie *du* es gesagt hast, klang es grauenvoll.« Er sagt das so voller Anteilnahme, dass ich plötzlich den Tränen nahe bin.

»Das war es ja auch«, erwidere ich. »Aber ich bin jetzt ein großes Mädchen.«

»Und große Mädchen weinen nicht, stimmt's? Jedenfalls nicht, wenn sie keine wasserfeste Wimperntusche tragen, sonst sehen sie aus wie ein Mitglied aus der *Addams Family* und schlagen ihre Verlobten in die Flucht, auch ohne dass es dazu einer fiesen Halbschwester bedarf.«

Ein Mensch, der einen so zum Lachen bringen kann, obwohl es einem elend geht, muss ein Freund fürs Leben sein.

»Du findest mich albern, oder?«, kichere ich und schlucke die Tränen runter.

»Ich finde dich nicht albern, ich finde nur, dass du aus einer Mücke einen Elefanten machst. Okay, ihr wart in der Schule nicht die besten Freundinnen, na und? Man wird erwachsen, man verändert sich. Du hast dich verändert, und Pippa sicher auch, und in ein paar Tagen lacht ihr über das Ganze, glaub mir.«

Ich sehe offenbar nicht besonders überzeugt aus, denn er schreibt seine Handynummer auf ein Stück Papier und überreicht es mir mit einer Umarmung. »Und wenn es wider Erwarten doch nichts zu lachen gibt, rufst du deinen Onkel Aidan an und – sportfanatische Chefs hin, Konferenz in London her – ich komme zurück, um dich zu retten.«

»Danke.« Ich lächle ihn schwach an, und er umarmt mich noch einmal.

»Es wird alles gut, Schätzchen, vertrau mir«, versichert er mir, während sein Kinn auf meinem Kopf ruht, so groß ist er.

Als Sollie zurückkommt, lösen wir uns so schnell voneinander, dass wir aussehen wie zwei schuldbewusste Lausejungs, die bei irgendwelchem Unsinn ertappt wurden, aber Sol lacht nur.

»Was ist denn hier los? Versuchst du mir mein Mädchen auszuspannen, McKenzie?«

»Natürlich! Sie ist gerade dabei, mich umzudrehen … An deiner Stelle, alter Junge, würde ich mich beeilen und sie auf der Stelle heiraten, sonst überlege ich es mir anders, werde doch noch hetero und schnapp sie dir weg!«

Es ist ein schöner Tag, faul und fröhlich, aber dann muss Aidan leider schon wieder fahren.

Kurz bevor er sich in sein Auto setzt, umarmt er mich noch einmal lange und sagt: »Kopf hoch, Liebes«, und dann ballt er seine Hände zu Fäusten und fügt hinzu: »Lass dich nicht unterkriegen.«

Ich sehe seinen Wagen der untergehenden Sonne entgegenfahren und denke: *Ein Schmusekätzchen mit Krallen*? Ich sollte nicht zu viel hineininterpretieren. Ich meine, könnte man nicht jede Frau der Welt so beschreiben?

Aber »Lass dich nicht unterkriegen«? Heißt das, mir steht ein Kampf bevor?

Na ja, es gehören schließlich immer noch zwei zu einem Streit, und ich bin kein streitsüchtiger Mensch.

Die Frage ist, bin ich ein feiger Mensch?

Mir bleiben noch zwei Tage, bis sie kommt; ich kann immer noch einen Arbeitsnotfall inszenieren.

Kapitel 6

Nach Aidans Abfahrt geht die Party auf der Terrasse weiter. Sie ist das perfekte Gegengift für meine Sorgen. Onkel Silas und Marilyn bereiten ein karibisches Abendessen zu: Sie haben superscharfes Hühnchen gekocht, mit Reis, Erbsen und gebackenen Süßkartoffeln. Ihre Lebensfreude ist ansteckend und das Essen köstlich. Es ist wie eine Geschmacksexplosion im Mund.

Um das Ganze so authentisch wie möglich zu gestalten, hat Silas eine Flasche echten jamaikanischen Rums aus seinem Versteck geholt – dem Grund seines Koffers – und reicht ihn nun gläschenweise herum wie ein Heiligtum.

Als ich an der Reihe bin, nehme ich einen Schluck, weil er mich erwartungsvoll ansieht, und dann entfacht das hochprozentige Gesöff ein Feuer in meinem Hals und meinem Magen. Ich möchte ihm eine Freude machen und ihm sagen, dass es großartig schmeckt, aber es ist nicht so einfach zu sprechen, während man husten muss, aber gerade das scheint ihn besonders zu freuen.

»So ist es richtig, Violet, huste nur, trainiere deine Lunge, meine ist stark wie eine Orgel dank dem Rum.«

Mir laufen Tränen übers Gesicht, und er freut sich?

Und dann fängt er an, Bob Marley zu singen.

»No Woman No Cry«.

Wie passend.

Sobald ich mit dem Husten aufhöre, muss ich lachen.

Elspeth schüttelt missbilligend den Kopf, nimmt mir vorsichtig das Schnapsglas aus der Hand und ersetzt es durch ein sehr willkommenes Glas Wasser.

»Also wirklich, Silas, du bringst das Mädchen noch ins Grab, bevor ihr Vater sie in die Kirche führen kann, wenn du so weitermachst.«

»Oh, ich kann mich noch so gut erinnern, wie ich durch die Kirche geführt wurde«, sagt Marilyn verträumt.

»Das wundert mich ein bisschen, liebe Schwester, habt ihr nicht am Strand geheiratet?«

»Ich spreche im übertragenen Sinn, Beth«, erwidert Marilyn. »Ich sah so gut aus, Violet, hast du das Hochzeitsfoto von Silas und mir an der Wand in der Küche gesehen?«

Ich schüttle den Kopf, und sie geht es eilig holen. Stolz zeigt sie mir ein Bild von ihr und Silas im prallen karibischen Sonnenschein, mit den Füßen im Sand und dem Meer im Hintergrund. Silas trägt ein Tropenhemd und Bermuda-Shorts und Marilyn ein Kleid, das eher in die Kathedrale von Winchester passen würde als an einen Strand auf Jamaika.

Sie sieht aus wie ein Heißluftballon mit geblähten Segeln, majestätisch und monumental – und hochexplosiv. Wenn man sie mit einem brennenden Streichholz in Berührung brächte.

»Du siehst toll aus«, sage ich wahrheitsgemäß.

»Ja, nicht wahr?« Sie strahlt beim Anblick ihres Bildes. »Hast du schon über dein Hochzeitskleid nachgedacht, Violet?«

»Nur insoweit, als ich es in einem Camping-Fachgeschäft werde kaufen müssen, wenn ich so weiteresse«, rufe ich, während Silas mir eine große Portion Kokos-Eis mit frischer Ananas überreicht.

Dies nimmt Marilyn natürlich zum Anlass, einen weiteren Kommentar zu meiner angeblichen Ähnlichkeit mit Twiggy abzugeben, aber wir werden mittendrin von einer aus der Dunkelheit dringenden Stimme unterbrochen.

»Hallooo?«

Elspeth erkennt die Stimme sofort. »Das gibt's doch nicht«, sagt sie ungläubig und steht auf, aber die Stimme erklingt erneut, diesmal schon näher.

»Hallooo, ist jemand zu Hause?«

Ein junges Mädchen in einem geblümten Kleid biegt um eine Ecke des Turms; ihr langes blondes Haar leuchtet auf, als sie aus der Dunkelheit in das Licht der Terrassenlampen tritt.

»Misty!«, ruft Elspeth.

Mein Mund bleibt vor Verwunderung offen stehen.

Das kann nicht Misty sein. Sie sieht aus wie neunzehn. Aber dann kommt sie näher, und Licht fällt auf ihr Gesicht. Okay, aus der Entfernung sieht sie aus wie das Mädchen aus der Timotei-Werbung, aber aus der Nähe kann man erkennen, dass sie schon eine ältere Frau ist. Aber eine *sehr* attraktive ältere Frau. Silas holt einen Kamm aus seiner Hosentasche, bevor Marilyn die Kirsche aus ihrem dritten Rum-Cocktail fischen kann, und selbst Aric steht auf und streicht mit den Händen sein Haar glatt.

»Misty? Was um Himmels willen machst du denn hier?«

»Ich dachte eigentlich, ich wäre auf eine Party eingeladen, oder irre ich mich?« Sie sagt das nicht sarkastisch, wie man es bei einer solchen Frage durchaus erwarten könnte, zumal wenn man wirklich eingeladen ist, sondern verwirrt, so, als habe sie vielleicht etwas durcheinandergebracht.

»Natürlich bist du das, meine Liebe«, sagt Elspeth freundlich und sichtlich besorgt mit ihrer Karamellstimme. »Aber wir haben erst morgen mit dir gerechnet!«

»Oje. Habe ich mich etwa im Datum geirrt?«

Elspeth lächelt breit und nickt.

»Dann ist Adam also noch nicht hier? Ist er nicht selbst hergefahren?«

»Wir haben noch nichts von ihm gehört.«

»Oje, kein Wunder, dass er nicht an unserem Treffpunkt war. Und ich habe ihm auch noch eine furchtbar wütende Nachricht auf seinem Handy hinterlassen und mich darüber beschwert, dass ich den ganzen Weg von Cornwall heraufgekommen bin, nur um mich von ihm versetzen zu lassen. Oje!«, sagt sie noch einmal, und dann wühlt sie in einem Leinenbeutel, der wohl so etwas wie eine umweltfreundliche Handtasche sein soll, nach ihrem Mobiltelefon, das in ihren hennagefärbten Händen so fehl am Platz wirkt wie ein halb gegessener Big Mac in der Hand eines überzeugten Veganers, um hastig eine Nummer einzutippen.

»Mist«, sagt sie kurz darauf, »schon wieder die Mailbox... Ich versuch's mal auf der Festnetznummer.« Sie seufzt. »Anrufbeantworter... Hallo, Adam, ich bin's, Mommy, es tut mir so schrecklich leid, mein Junge, ich hab mich im Datum geirrt, aber das hast du wahrscheinlich schon gemerkt, wenn du die Nachricht bereits abgehört hast, die ich dir auf der Mailbox hinterlassen habe, für die ich mich natürlich ausdrücklich entschuldige, denn es ist ja schon wieder meine Schuld, wie immer. Weißt du, wir haben fast zwei Stunden auf dem Parkplatz auf dich gewartet, entschuldige also bitte, wenn ich jetzt etwas entnervt klinge... Du warst ja nicht zu spät, wir waren nur einen Tag zu früh...« Sie lacht nervös. »Wie auch immer, wir sehen uns also morgen, selbe Zeit, selber Ort, richtig? Moment mal, mein Junge, Elspeth sagt gerade etwas...«

»Du bist zwei Tage unterwegs gewesen, Mistral, du kannst auf keinen Fall den ganzen Weg wieder zurückfahren, um Adam zu holen.«

»Natürlich nicht!«, stimmt Aric aufgeregt zu. »Nicht nach dieser strapaziösen Reise.«

»Oje... Sie und Daddy finden, es ist zu weit, um dich abzuholen, also, ich weiß auch nicht, wie wir es jetzt machen sollen … Hallo … hallo, Adam, bist du das? Oh, du bist gerade nach Hause gekommen, wunderbar … Ja, Schatz, es tut mir wirklich leid … Natürlich, Schatz, deine Mutter ist eine Idiotin … Ich weiß … Bist du sicher? … Okay, dann also bis morgen … Und entschuldige bitte noch mal … Es tut mir so leid, mein Junge … Oh, er hat aufgelegt.«

Sie nimmt das Handy vom Ohr und blickt es enttäuscht an; dann fällt ihr ein, dass sie in Gesellschaft ist, und sieht uns alle lächelnd an.

»Er fliegt her«, verkündet sie strahlend, »das Problem ist gelöst.« Und dann wendet sie sich ihrem Exmann zu, als sähe sie ihn erst jetzt, und ruft: »Hallo, Ary, wie geht es dir?«, Sie breitet die Arme aus, um ihn zu umarmen.

Als er ihre Umarmung erwidert, stelle ich überrascht fest, dass sie ihn mitten auf den Mund küsst, und zwar nicht nur kurz, sondern lang und andauernd; dann tätschelt sie noch kurz seine Wangen und lässt von ihm ab.

Ich hätte nicht gedacht, dass Aric noch röter werden kann, als er ohnehin schon ist, aber es geht, obwohl dieses Erröten wohl eher aus Freude denn aus Schamgefühl geschieht.

Misty wendet ihre Aufmerksamkeit und ihre Lippen Elspeth zu, die die enthusiastische Begrüßung etwas gelassener hinnimmt als ihr Mann und dann fragt:

»Wo ist Fleur?«

»Äh …« Mistys Augenbrauen ziehen sich zu einem Runzeln zusammen, als hätte Elspeth ihr eine schwierige mathematische Frage gestellt.

»Sag nicht, du hast Fleur auch vergessen?«

»Ich habe Adam nicht vergessen, wir haben ewig auf Adam gewartet, es war nur das falsche Datum. Und Fleur war ganz sicher bei mir im Auto, sie hat darauf bestanden, die ganze Fahrt über Radio zu hören, dabei hätte ich so gern meine Fleetwood-Mac-Tapes gehört … Vielleicht ist sie mal für kleine Mädchen gegangen. Ah, seht nur, da kommt sie ja …«

Und um den Turm biegt eine Miniaturausgabe von Misty, nur dass sie neunzehn bleibt, während sie näher kommt, und nicht im Zeitraffer altert.

Fleur ist unglaublich hübsch, eine zarte Nymphe mit langem blondem Haar, das ihr bis über die Hüfte und den kleinen Popo fällt, und vergissmeinnichtblauen Augen. Sie hat ein weißes Trägerkleid an und darüber ein blaues Bolero-Westchen, das so winzig ist, als wäre es für eine Puppe gestrickt worden. Sie hat eine wirklich verblüffende Ähnlichkeit mit ihrer Mutter: zart und nicht ganz von dieser Welt, ätherisch wäre das passende Wort.

Das zweitwichtigste Kennenlernereignis nach der Mutter deines Liebsten ist die Schwester, wenn er eine hat, oder die Schwestern, je nachdem.

Die Schwägerin.

Die Frau, die wir lieben wollen, heimlich aber oftmals hassen.

Denn wie sagt Jas immer so treffend? Wer könnte jemals gut genug für den eigenen Bruder sein?

Ich als Einzelkind habe von so was ja keine Ahnung, aber ich muss zugeben, dass ich gehofft hatte, zu meinem wunderbaren Freund auch ein paar gute Freundinnen in Form seiner Schwestern dazuzubekommen.

Und trotzdem befürchte ich jetzt das Schlimmste.

Aber Fleurs Lächeln ist schüchtern und liebenswert, und man sieht ihr sofort an, dass sie ein durch und durch gutartiger Mensch ist. Ich seufze erleichtert auf – wenigstens eine der Schwestern ist ein Traum und kein Alptraum.

Sie umarmt alle, zum Glück aber, ohne sie abzuknutschen,

und dann schiebt mich Sollie sanft nach vorn zu den anderen, um mich ihr vorzustellen. Als Fleur auch mich umarmt und sagt, wie wunderbar sie es finde, mich endlich zu treffen, hellt sich Mistrals Gesicht auf, und sie wendet sich mir aufgeregt zu.

»Oh, natürlich, natürlich, wie konnte ich das vergessen, das ist ja der Grund, warum wir uns überhaupt alle hier versammeln, wie wundervoll, wundervoll, wundervoll ... Du musst Victoria sein, wir haben uns so darauf gefreut, dich endlich kennenzulernen, lass mich dich einmal ansehen, Victoria, soll ich Victoria sagen, oder magst du Vicky lieber ...«

»Sie heißt Violet, Misty, Violet«, klärt Sollie sie auf.

»Wirklich?«, fragt sie ungläubig, als bestünde die Möglichkeit, dass Sollie sie anflunkert.

»Ich habe die ganzen letzten fünf Monate mit Fleur, Adam und Philly nur über eine Victoria gesprochen ... Bist du sicher, dass sie nicht Victoria heißt?«, fragt sie, als wäre es möglich, dass ich meinen eigenen Namen nicht mehr wüsste.

»Ich heiße ganz bestimmt Violet«, sage ich lächelnd.

»Oh, umso besser, Violet ist ja auch ein viel schönerer Name als Victoria. Victoria klingt irgendwie so hart, und ehrlich gesagt war die einzige Vicky, die ich in meinem Leben getroffen habe, eine schreckliche Person, aber Violet ist ein schöner Name, weißt du, Veilchen sind übrigens meine Lieblingsblumen.«

Und dann umarmt sie auch mich, umfängt mich mit einer Mischung aus verschiedenen Gerüchen: dem seifigen Siebzigerjahre-Duft von Sandelholz, einem blumigen Parfüm und, wenn ich mich nicht irre, einer leisen Andeutung von etwas, für dessen Identifizierung ich ein paar Sekunden brauche – einer Ginfahne.

Es ist eine lange Umarmung, aber irgendwann lässt sie mich los – nur meine Hand nicht.

»Ich schätze, ich mache mich mal lieber etwas frisch, bevor ich mich zur Party geselle«, sagt sie zögernd. »Bist du so lieb, Vicky Violet, und hilfst mir, die Sachen aus dem Auto zu holen?« Sie hakt sich bei mir unter. »Dann kannst du mir von dir erzählen … Ich will alles wissen, angefangen von deiner Geburt bis heute …«

Wir laufen ums Haus zur Einfahrt, während Mistral mir Fragen stellt und ich versuche, meine Kindheit auszulassen und mehr von meinem aktuellen Leben mit Sol zu erzählen.

In seltsamem Kontrast zu Sollies schickem Geländewagen parkt daneben eine Ente, die aussieht, als würde sie es kaum die Einfahrt hochschaffen, geschweige denn den ganzen Weg von Cornwall hierher.

Sie ist klapprig wie ein altes, kaputtes Brillengestell, das nur noch von einem Streifen Tesafilm zusammengehalten wird.

Das Gepäck besteht aus zwei Seesäcken und einer schwarzen Mülltüte voller Schmutzwäsche, die prompt reißt, während wir sie zum Haus tragen, und ihren Inhalt auf der Einfahrt verteilt.

»Die Waschmaschine ist mal wieder kaputt«, erklärt sie ohne die geringste Scham oder Befangenheit, während sie Büstenhalter, schmutzige Unterwäsche und bunte Blusen, Röcke und Kleider mit Blumenmuster einsammelt. »Ich dachte, ich schmeiße schnell alles in Elspeths Maschine. Würde es dir was ausmachen, mir dabei zu helfen? Jetzt, wo das Zeug schon aus der Tüte gefallen ist, können wir es auch gleich in die Maschine stecken.«

»Kennst du den Weg zur Waschküche?« Ich unterdrücke ein Grinsen, als ich eine Unterhose vom Kopf einer Engelsstatue fische.

»Ja, natürlich.« Misty nimmt sie mir lächelnd ab. »Ich vergesse zwar so gut wie alles, wie Aric dir sicher bestätigen wird:

Sein Lieblingswitz ist, dass ich angeblich sogar vergessen habe, mit ihm verheiratet zu sein, als ich damals mit meinem süßen Bobby durchgebrannt bin – Gott hab ihn selig –, aber wenn ich irgendetwas kann, dann mir Wege merken. Ich brauche nur einmal irgendwohin gegangen zu sein und finde dann immer wieder dorthin zurück.«

»Das werde ich mir merken, für den Fall, dass ich mich im Labyrinth verlaufe.«

»Ach ja, das Labyrinth.« Sie rollt theatralisch mit den Augen, als teilten wir ein Geheimnis. »Vergiss nie, dein Handy mitzunehmen, wenn du hineingehst. Dann kannst du mir immer ein SOS durchgeben.«

Wie versprochen führt mich Mistral schnurstracks und sicher durch den Kaninchenbau aus Fluren zur Waschküche, wo sie den Inhalt der zerrissenen Tüte umstandslos auf den Boden und dann in die Maschine schmeißt und die Tür der Einfachheit halber mit dem Hintern zudrückt.

»So«, sagt sie zufrieden. »Das hätten wir.«

»Hast du keine Angst, dass sich die Sachen verfärben?«, frage ich sie besorgt, als sie das Ganze auf 60 Grad stellt.

»Aber nein, im Gegenteil! Ich hoffe es sogar. Kleider werden doch nach einer gewissen Zeit so langweilig, und es ist nett, sie alle zusammen reinzuschmeißen und zu sehen, was dabei Lustiges herauskommt. Ein bisschen wie im richtigen Leben, nicht wahr? Nach dieser harten Arbeit haben wir uns aber einen Gin Tonic verdient, meinst du nicht?«

Zurück auf der Terrasse lässt sich Misty in einem Gartenstuhl nieder und bedeutet mir, mich in den Stuhl neben ihr zu setzen.

»Gerade noch rechtzeitig zum Dessert«, strahlt sie und nimmt sich Ananas und halb geschmolzene Eiscreme. »Weißt du, zu

Hause fange ich auch oft mit dem Dessert an. Warum sollte man auf das Beste warten. Apropos, Aric, mein Schatz, ich bin am Verdursten, wärst du so lieb und machst deiner armen ausgezehrten Exfrau etwas Großes, Nasses, mit einer Menge Gin drin, bitte?

Ach, ich liebe diesen Mann«, seufzt sie, als Aric sofort nickt und aufsteht. »Du hast wirklich Glück, ihn zum Schwiegervater zu bekommen. Er ist ein solcher Gentleman. Wenn ich mich nicht Hals über Kopf in jemand anderen verliebt hätte, hätte ich ihn niemals verlassen, weißt du. Nicht dass er mir jemals einen Vorwurf deswegen gemacht hätte, aber wie könnte er auch mit einer Frau wie Elspeth. Sie sind so verliebt, als wären sie noch immer in den Flitterwochen. Also hat es uns beiden Glück gebracht, dass ich damals weggelaufen bin, obwohl ich meinen lieben Bobby vor neun Jahren verloren habe.« Sie unterbricht sich und seufzt schwer, aber dann erscheint Aric mit ihrem Drink, und sie lächelt wieder. »Danke, mein Schatz«, sagt sie und schließt genussvoll die Augen, während sie einen langen Schluck aus dem Glas nimmt. »Er war ein Geschenk Gottes, als es passierte. Ich kam alleine nicht zurecht, Fleur war erst zehn, und Adam steckte gerade mitten in seiner Promotion. Aric hat mich regelrecht gerettet. Er hat sämtliche Vorbereitungen für die Beerdigung getroffen und alles Nötige mit dem Notar besprochen. Er war so wundervoll zu mir, trotz allem, was er durchmachen musste, als ich ihn verlassen habe. Er war wie ein richtiger Vater zu Fleur, hat ihr immer geholfen, egal ob es um Jungs oder die Unigebühren ging. Er war einfach toll. Sie waren beide toll. Haben uns in ihr Haus, in ihr Leben aufgenommen. Und was Elspeth angeht … Elspeth ist eine ganz besondere Lady, Aric hat eine gute Wahl mit ihr getroffen, was man von seiner zweiten Ehefrau nicht gerade behaupten kann. Ich habe natürlich nichts gesagt. Aber er hat eine harte Zeit durchgemacht, als ich ihn wegen Bobby verlassen habe, also ist es einzig und allein meine Schuld, dass sein Urteilsvermögen ein bisschen gelitten hatte. Weißt du, er hat sie nur eine Woche nach dem Inkrafttreten unserer Scheidung geheiratet, nur eine Woche …«

»Und wie lange sind sie zusammengeblieben?«

»Vier Jahre, eine ganz schön lange Zeit, wenn man bedenkt, dass sie sich eigentlich nie wirklich geliebt haben. Ich bin sicher, sie hat es nur solange ausgehalten, weil sie nach Onkel Nesbits Tod Lady Grainger werden wollte. Das hat zwar nicht geklappt, aber wenigstens gab ihr das die Möglichkeit, sich wieder zu verheiraten, denn wenn sie Lady Grainger geworden wäre, hätte sie im Falle einer weiteren Hochzeit ihren Titel verloren. So konnte sie lustig vier weitere Male das Jawort geben. Mensch, war die sauer, als sie und Aric ein Mädchen bekamen, weil sie das ja aus dem Erbschaftsrennen geworfen hat … Ganz schön antiquiert, ich weiß, aber so ist es nun einmal.«

»Ich weiß, Sollie hat mir erzählt, dass Adam alles erben wird.«

»Und der liebe Sollie beneidet seinen Bruder nicht im Geringsten, im Gegensatz zu manch anderen Leuten« – sie rümpft verächtlich die Nase –, »für die es im Leben nur um Erfolg und Ehrgeiz geht … Ari, Schatz, meinst du, ich könnte noch einen kleinen Nachschlag haben?« Sie winkt mit ihrem leeren Glas in seine Richtung, und er eilt, um ihr noch einen Drink zu holen.

»Sollie hat gesagt, Adam sei Künstler, und zwar ein sehr begabter.«

Sie lacht schallend auf, als hätte ich etwas furchtbar Komisches gesagt.

»Das ist die Ironie an der Sache. Er kann einfach nicht anders, als in dieser Hinsicht nach seiner Mutter zu schlagen. Er hat sich so heftig dagegen gewehrt, wie er konnte, aber er kann diese Leidenschaft nicht besiegen, egal wie sehr er es auch versucht. Wusstest du, dass er zwei Doktortitel hat?«

Ich nicke. »Ich weiß vom zweiten: Quantenphysik, hat Sol gesagt. Klingt ein bisschen schwierig.«

»Ein bisschen ist gut!«, Misty rollt mit den Augen. »Er hat einmal versucht, es mir zu erklären, aber ich fürchte, das ist einfach jenseits meiner Möglichkeiten.«

»Und worin hat er seinen anderen Doktortitel?«

»In Missbilligung«, sagt Misty gewichtig, nimmt einen großen Schluck von dem frischen Gin Tonic, den Aric ihr gerade gebracht hat, und lacht erneut schallend.

Da der Gin ihre Zunge löst, habe ich noch einmal den Nerv, ihr die eine Frage zu stellen, die mir schon die ganze Zeit auf den Nägeln brennt.

»Und wie ist Pi… ich meine Philly so?«

Misty sieht mich einen Moment lang an und verdreht dann die Augen. »Wie ihre Mutter.«

»Im Aussehen oder in der Persönlichkeit?«

»Beides«, sagt sie und grinst. »Das ist nicht ganz fair. Philly ist ein liebes Mädchen, während Sophie… Ach, ich sage lieber nichts… Natürlich macht sich aber manchmal der Einfluss ihrer Mutter bemerkbar, wie könnte es auch anders sein. Wir haben sie nicht sehr häufig gesehen, als sie noch klein war. Ihre Mutter ist so furchtbar oft umgezogen. Sie ist immer ihren jeweiligen Männern hinterhergedackelt.« Misty nimmt noch einen großen Schluck Gin. »Ich fürchte, dass hat seine Spuren bei ihr hinterlassen…«

»Inwiefern?«, frage ich und erwarte Wörter wie verbittert, verstört und rachsüchtig.

»Na ja, sie ist ein bisschen widersprüchlich«, sagt Misty nachdenklich. »Auf der einen Seite ist sie unabhängig und selbstbewusst, auf der anderen ziemlich unsicher und gefallsüchtig. Sie war immer schon sehr auf Sollie fixiert, auf Adam auch, aber Sollie ist ihr Liebling; nur für die kleine Fleur hat sie nie viel Zeit gehabt. Mir ist schon klar, die beiden sind nicht blutsverwandt, aber das gilt schließlich auch für Sollie, und er hat Fleur trotzdem immer so behandelt, als wären sie es. Ganz unter uns, ich fürchte, sie ist immer ein bisschen eifersüchtig auf die Frauen in seinem Leben gewesen, wenn du verstehst, was ich meine, und die Tatsache, dass ihr Vater Fleur wie seine eigene Tochter behandelt, verhindert, dass sie sich noch als Daddys einziges Mädchen fühlen kann. Obwohl er sie natürlich wahnsinnig verwöhnt. Er hat ein schlechtes Gewissen, weil er ihre Mutter nie so geliebt hat, wie er das gewollt hätte. Und obwohl es nicht seine Schuld ist, dass er sie in ihrer Kindheit nicht so häufig gesehen hat, hat er auch deswegen ein schlechtes Gewissen. Dabei hat er sich die größte Mühe gegeben; wie oft sie die ganzen 500 Kilometer gefahren sind, nur um sie einen einzigen Tag sehen zu können! Einmal sind sie sogar hingefahren, um dann dort festzustellen, dass sie schon wieder umgezogen waren, ohne es ihnen zu sagen.«

»Dann hatte sie also eine schwierige Kindheit?«, frage ich laut, und leise denke ich, dass das einiges erklären würde.

»Das kommt darauf an, was du als schwierig bezeichnen würdest, aber ich schätze, das kann man schon so sagen. Es war so rastlos …«

Sie schweigt für einen Moment. Ich glaube, sie denkt darüber nach, was sie da gerade gesagt hat, vielleicht bereut sie es, so indiskret gewesen zu sein, aber dann höre ich das Geräusch ihres regelmäßigen, tiefen Atems und verstehe, dass sie nur deshalb schweigt, weil sie eingeschlafen ist. Einfach so im Sitzen eingepennt ist sie! Offenbar haben die lange Fahrt und der intensive Ginkonsum ihren Tribut gefordert.

Während sie leise schnarcht, lasse ich mir noch einmal durch den Kopf gehen, was sie mir erzählt hat.

Verglichen mit ihrer war meine Kindheit ein Spaziergang. Ich hatte ganz normale Eltern, die sowohl lieb zueinander als auch zu mir waren. Und ich bin in einem schönen Haus groß geworden, das sich seit meiner Geburt nicht verändert hat. Meine Eltern wohnen nach wie vor in dem schönen Haus, das sie nicht lang nach ihrer Heirat von meiner Großmutter mütterlicherseits geerbt hatten. Ich habe immer noch das Zimmer meiner Kindheit. Natürlich hat sich die Einrichtung geändert; mit den Jahren hat sich mein Geschmack, was Bettdecken und Unterwäsche angeht, von Pu der Bär und Tiger wegentwickelt.

Was ich damit sagen will: Mein Leben hatte Beständigkeit – jedenfalls solange, bis Pippa in meiner Schule aufgetaucht ist und mein Leben von den Füßen auf den Kopf gestellt hat –, und sie hatte keine. Andererseits ist sie jetzt seit acht Jahren verheiratet. Ihr Leben hat sich geändert und sie sich deshalb vielleicht auch.

Der Cocktail-Kellnerin mimende Silas kommt mit einem Silbertablett vorbei, auf dem noch mehr Drinks stehen.

»Unsere Misty, schläft wie ein Baby«, murmelt er und schüttelt den Kopf. »Das Klirren von Eis wird sie aber sicher wieder wecken.« Er stellt einen frischen Cocktail auf den kleinen Holztisch zwischen uns.

Sie wacht tatsächlich sofort auf, ebenso diskret, wie sie eingeschlafen ist, und weiß nichts davon, dass sie zehn Minuten weg war, bis Marilyn sie mit einem neckischen Grinsen im Gesicht fragt, ob sie sich nach ihrem kleinen Nickerchen wieder erfrischt fühle.

»Habe ich geschlafen?«, fragt sie mich, und als ich nicke, zuckt sie mit den Schultern. »Ich lebe für den Augenblick«, erklärt sie mir. »Ich stehe mit dem ersten Vogelzwitschern auf, schlafe, wenn ich müde bin, und arbeite, wenn ich mich inspiriert fühle.«

»Das klingt ja richtig poetisch«, sage ich, und sie lächelt mich seltsam an und erwidert: »Sollte das Leben im Idealfall nicht poetisch sein? Wie ein Gedicht, ein Sonett oder ein Lied, etwas, das dich zum Lächeln oder Weinen bringt?«

»Oh, dann lächle ich lieber, glaube ich.«

»Ja, natürlich, aber würden wir unsere guten Zeiten so sehr genießen, wenn wir nicht auch schlechte hätten?« Und dann legt sie eine Hand auf meine und sagt: »Weißt du, ich glaube, wir werden uns wunderbar verstehen, Violet. Hast du vielleicht Lust, morgen früh mit mir Yoga zu machen?«

Und alle brechen in schallendes Gelächter aus.

Kapitel 7

Am nächsten Morgen wache ich mit einem Jahrhundertkater auf. Und ich dachte, Sollies Dad sei schlimm, dabei ist Mistral noch viel schlimmer. Man sollte meinen, jemand mit einem so »gesunden« Lebensstil sollte Alkohol als Gift aus seinem Leben verbannen, aber für Misty scheint eine Flasche Gin am Abend ein Tonikum zu sein.

»Bis eben mochte ich Misty noch«, ächze ich, während Sollie mir ein Glas Wasser und Kopfschmerztabletten holt und ich auf dem Rand der Badewanne sitze und mir selber leidtue.

»Sie ist ein schlechter Einfluss«, sagt er lächelnd.

»Sie sind alle ein schlechter Einfluss.« Ich versuche zurückzulächeln, aber es tut zu weh.

»Wenigstens gerätst du wegen all der Verwechslungen und Verschiebungen nicht unter alle gleichzeitig.«

»Stimmt, sie kommen in einzelnen Tropfen wie die chinesische Wasserfolter.«

»Ich wusste nicht, dass du so schroff sein kannst, Violet Templer.«

»Ich mach doch nur Witze«, sage ich, bin aber nicht ganz sicher, ob das stimmt.

»Ich weiß«, erwidert er und schlingt seine Arme um mich.

Während wir uns umarmen, gestehe ich mir ein, dass meine Bemerkung tatsächlich nicht nur scherzhaft gemeint war. Auf Philly zu warten ist wie das kurz bevorstehende Entfernen eines eingewachsenen Fußnagels. Es muss sein, aber man weiß, dass es wehtun wird.

»Sag es ihm!«, kreischt meine innere Stimme, während Sollie mich in seiner Umarmung hält, aber als ich den Mund öffne, kommt nur minziger Atem heraus. Und dann drückt er einen Kuss darauf, und ich kann wieder nicht sprechen. Ausreden, alles Ausreden.

Ich bräuchte nur zu sagen: »Ich bin mit deiner Schwester zur Schule gegangen, und sie war nicht sehr nett zu mir.« Ganz einfach. Das Problem ist, dass dieser einfache Satz bei weitem nicht beschreibt, was wirklich passiert ist.

Die Dusche sticht in meinen Kater wie eine Nadel in eine riesige Eiterbeule. Scharf und schmerzhaft. Als ich es endlich in die Küche schaffe, trifft mich Marilyns Blick, und sie schenkt mir ein großes Glas Orangensaft ein, nach dem ich dankbar die Hand ausstrecke – bis sie zu meinem Entsetzen ein rohes Ei hineinschlägt.

»Runter damit«, sagt sie fröhlich, und als ich zögere, ruft sie: »Friss oder stirb!« und lacht sich schlapp.

Zum Glück kommt Elspeth mir zu Hilfe.

»Ich schätze, Violet mag ihr Ei lieber gekocht.« Sie lächelt mich freundlich an und stellt mir einen großen Teller mit warmem Essen hin. Würstchen und Schinken, Kartoffelpuffer, Wiesenchampignons und Rühreier.

»Das Gleiche wie den Eiern ist meinem Kopf passiert – sie sind durcheinandergerührt«, sage ich und versuche, kein angeekeltes Gesicht zu machen, als mir der Geruch von gebratenem Speck und Fett in die Nase steigt. »Entschuldigt bitte, aber …«, fange ich an, um zu erklären, dass ich jetzt noch nichts essen kann, aber Sol schüttelt den Kopf und gibt mir damit das Zeichen, nicht weiterzureden. Als Elspeth zurück an den Herd geht, schiebt er mir zwei Gläser rüber: eins mit Wasser und eins mit Saft und ohne Ei, die ich beide hinunterschütte, als hätte ich gerade zwei Tage in der Wüste mit einem Kamel als einziger

Begleitung verbracht, und dann isst er pflichtbewusst sowohl sein als auch mein Frühstück, wenn gerade niemand hersieht.

»Liebe ist, wenn man zwei englische Frühstücke auf einmal runterwürgt«, flüstert er mir zu, während er sich mannhaft eine weitere Gabel voll in den Mund schiebt.

»Warum tust du das?«

»Du kannst meine Mutter nur auf eine Weise beleidigen, und zwar, indem du ihr Essen zurückweist«, flüstert er.

Mein brummender Schädel und das Ei in Orangensaft haben mich derart abgelenkt, dass ich erst jetzt das neue Gesicht am Frühstückstisch bemerke. Ein junger Mann sitzt am anderen Ende des langen Holztisches, liest den Kunstteil der Sonntagszeitung und isst Porridge.

Adam ist da.

Aric hat ihn heute Morgen um sieben am Flughafen abgeholt, erklärt Elspeth mir, als sie mit einem riesigen Stapel Buttertoast zurückkommt. Ich bin überrascht. Heute Nacht um zwei war Aric so high vom Whiskey, dass er ohne die Hilfe eines Jumbojets hätte fliegen können.

»Er hat die Konstitution eines Ochsen«, klärt Elspeth mich auf, weil sie das Fragezeichen in meinem Gesicht richtig deutet. »Und er trinkt immer drei Gläser Wasser mit zwei Aspirin, bevor er schlafen geht.«

Mein Kater ist vergessen, als ich den Neuzugang näher betrachte. Ich dachte, Sollie sieht gut aus, ich meine, Sol *sieht* gut aus, sehr gut sogar, aber neben seinem Halbbruder wirkt er wie der schöne silberne Mond, der am Morgen von der gleißenden Sonne hinweggefegt wird.

Er hat die Augen seines Vaters, genau wie Sollie, aber sonst alles von der Mutter – den edlen Knochenbau, das leuchtend blonde Haar, das ihm ein bisschen im Stil von *Wiedersehen mit Brideshead* ins Gesicht fällt, was dazu führt, dass er es sich immer wieder zurückstreichen muss, was er zwischen zwei Bissen von einem riesigen Schinkensandwich tut, das Elspeth ihm gerade serviert hat. Er legt die Zeitung beiseite, um sich mit seiner tiefen leisen Stimme an seinen Vater zu wenden.

Er sieht wirklich unglaublich gut aus.

Ich merke, wie mein Kinn jede Sekunde weiter nach unten sackt.

»Ein junger griechischer Gott«, flüstert mir eine warme Stimme ins Ohr.

Es ist Marilyn, der mein Starren aufgefallen ist. Zum Glück ist Sollie zu beschäftigt mit seinen Schinkenspeckstreifen, um es ihr gleichzutun.

»Eins muss man Aric Grainger wirklich lassen: Für einen Rotschopf hat er sich verdammt schöne Frauen geangelt und mit ihnen noch schönere Kinder produziert.«

»Mistral ist … wunderschön«, stottere ich, weil ich mich ertappt fühle, »und Sophie auch«, murmle ich, einen Blick auf ein Foto von Sophie und Pippa im Schulkindalter mit Aric riskierend, und finde, dass sie sich sehr ähnlich sahen.

»Wenn sie nur nicht so eine hartherzige Ziege wäre«, kommentiert Marilyn und erschrickt sichtbar über ihre Äußerung.

»Ihr kommt nicht gut miteinander aus?«

»Oh, ich komme mit den meisten Leuten sehr gut aus«, ist Marilyns Antwort, womit sie den Schwarzen Peter eindeutig der anderen Seite zuschiebt. »Was sie und Aric betrifft, so hat sie ihn ja wohl eher gepflückt wie eine reife Pflaume.«

Ich runzle die Stirn.

»Nach dem Rückschlag mit Mistral, habe ich mir sagen lassen, war sie seine erste große Liebe.«

»Kann man denn mehr als eine große Liebe haben?«

»Ich denke, man kann so viele große Lieben haben, wie

man will.« Marilyn strahlt wieder. Sie hat zu ihrem normalen Gesichtsausdruck zurückgefunden und lacht voluminös. »Nur manche sind größer als andere. Aric ist dafür doch ein gutes Beispiel. Er war unsterblich in Misty verliebt, aber sieh ihn dir jetzt an…« Sie zeigt auf Aric, der sich in der Zwischenzeit wieder von Adam abgewandt und einen Arm um die Hüfte seiner Frau gelegt hat. Sein gerötetes Gesicht hellt sich strahlend auf, als sie ihm etwas ins Ohr flüstert.

»Sie ist atemberaubend schön«, stelle ich fest.

»Oh ja«, seufzt Marilyn und schüttelt verwundert und, wie ich vermute, ein bisschen selbstmitleidig den Kopf, während ihre Unterlippe sich schmollend vorschiebt. »Sie hat alle guten Gene abgekriegt, ich nur einen dicken Hintern.« Dabei verpasst sie ihrem Po wie zum Beweis einen Klaps.

Marilyn ist, wie soll ich sagen, rund, alles an ihr ist rund, angefangen bei ihrem Nikolaus-Bauch bis zu ihrem dicken Schmollmund, aber sie ist unzweifelhaft auch eine schöne Frau, und je länger ich sie musterte, desto mehr sehe ich eine Ähnlichkeit zu Sol, und je mehr ich denke, dass sie aussieht wie Sol, desto stärker fällt mir auf, wie ähnlich sie ihrer Halbschwester sieht. Ihre Haut ist zwar viel dunkler, aber sie hat die gleichen samtigen braunen Augen wie sie, die gleiche Nase und den gleichen Mund, das gleiche herzförmige Gesicht.

»Weißt du, dass du genauso aussiehst wie Elspeth?«, bemerke ich jetzt auch laut.

Zu meiner Überraschung scheint sie von meiner Beobachtung ziemlich geschmeichelt zu sein.

»Findest du wirklich?«

Ich nicke wahrheitsgemäß.

»Trotz des kleinen Unterschieds von, sagen wir mal, vierzig Pfund?«

»Ja, ganz genauso, du bist nur…«

»Viel größer«, beendet sie den Satz für mich, aber ohne den leisesten Anflug von Ärger oder Befangenheit.

Ich muss lachen, und dann lächelt sie das breiteste, weißeste, strahlendste Lächeln, das ich je gesehen habe.

»Schubidu, ich sehe aus wie Elspeth«, summt sie, bewegt ihre Hüften und lässt ihre Hände in girliehafter Fröhlichkeit darübergleiten. »Ich bin die mollige Ausgabe von Diana Ross.« Zu meiner Überraschung beugt sie sich zu mir, nimmt mein Gesicht zwischen ihre weichen, fetten Finger und küsst mich mitten auf den Mund, um sogleich ihren Tanz wiederaufzunehmen und ihrem Mann zuzurufen: »Silas, mach dich bereit, denn deine Frau ist heiß, heiß, *heiß*.«

»Aber das weiß ich doch schon lange, meine kleine Passionsblume«, brummt er und leistet ihr bei ihrem Siegestanz Gesellschaft.

Ich kann nicht anders und sehe ihnen lächelnd zu. Sie sind so glücklich miteinander, es ist eine Freude, ihnen zuzusehen, eine tolle Werbung für die Ehe; sie necken sich noch, verführen und ärgern einander, amüsieren sich, sie tun all das, wovon man annimmt, dass es im Lauf der Jahre verschwindet. Ich muss allerdings den Blick abwenden, als sie vom Tanzen zum wilden Knutschen übergehen, und widme mich stattdessen lieber Adam.

Als ältester Sohn der Grainger-Kinder wird er die Lairdship von seinem Vater erben. Die Rolle steht ihm durchaus gut zu Gesicht. Ich kann ihn mir sehr gut im Jägerwams vorstellen, in Stiefeln und Lederhose, wie er die Gerte knallen lässt. Ein bisschen zu gut, ehrlich gesagt! Böse Violet, hast Gedanken wie Bridget Jones bei Daniel Cleaver! Oh weh, mein nächster Gedanke gilt Adam auf einem schwitzenden Pferd, mit angespannten Oberschenkeln und in perfekter Haltung. Mir wird plötzlich ganz anders, aber was kann ich dafür, dass er so wahnsinnig gut aussieht, und außerdem sieht er ja auch Sol so ähnlich, und ich finde Sol unwiderstehlich, also schätze ich, dass es ganz natürlich ist, wenn man auch seinen Bruder ein klein bisschen attraktiv findet.

Vielleicht sollte ich ihn Jasmine vorstellen, sie hat fuchsrotes Haar und würde ihn schön an der Nase herumführen. Wenn ich ihn mir so anschaue, ist er bestimmt der Typ, der mehr Wert auf die Jagd legt als auf die Beute.

Zum Glück werde ich bald vom Weiterspinnen dieser seltsamen Gedankenkette abgehalten, als Mistral in der Küche erscheint. Sie schwebt langsam herein, fast ätherisch, lächelt in die Runde und sieht in keiner Weise so aus, als hätten sie die Ereignisse des vorigen Abends in Mitleidenschaft gezogen. Sie trägt einen dünnen Morgenrock und ganz offensichtlich nichts darunter. In der Hand hält sie ein großes Glas, gefüllt mit etwas, das der Farbe nach sehr gut noch immer Gin sein könnte. Sollie kommt von der Spülmaschine zurück, in die er unsere Teller geräumt hat, sieht meinen Gesichtsausdruck und fragt: »Was trinkst du denn da, Misty?«

Ich höre sie schon »Kirschwasser« sagen, aber sie erklärt uns lächelnd, dass sie Wasser mit einem Schuss Zitrone trinkt, und setzt zu einer kleinen Ansprache über die Vorzüge dieses Getränks am Morgen an, als sie Adam entdeckt, und als hätte jemand bei ihr von Zeitlupe auf Schnellvorlauf gedrückt, rast sie um den Tisch und wirft sich ihm in einem Anfall mütterlicher Liebe um den Hals. Sie verteilt Küsse über sein blondes Haar und auf seinem finsteren Gesicht.

»Oh, mein Liebling, wie wunderbar, du bist hier, es tut mir so leid wegen gestern, ich muss zugeben, wir waren so durcheinander wegen der Bienen, dass wir mit den Wochentagen durcheinandergekommen sind, selbst Fleur dachte, es sei schon Sonntag …«

Sein finsterer Gesichtsausdruck macht einem der Resignation Platz, der sich wie eine dunkle Wolke vor seinem viel zu schönen Antlitz zusammenzieht, als Misty davon zu erzählen beginnt, wie ihre Honigbienen aus unerklärlichen Gründen die Stöcke verlassen und wie sie versucht hat, mit dem Verbrennen von Salbei die Luft zu reinigen, um sie zur Rückkehr zu bewegen, aber leider vergeblich.

Während sie weiterredet, werden seine Augen glasig. Es ist offensichtlich, dass er seine Mutter ermüdend und anstrengend findet. Ich mag ihre lebhafte Art ja ganz gern, kann mir aber gut vorstellen, dass, wenn man sie einunddreißig Jahre lang genossen hat, es etwas viel werden kann. Sie sieht allerdings so enttäuscht aus, als er ihr Angebot, mit ihr Yoga zu machen, ablehnt, dass ich mich zusammenreißen muss, um mich nicht freiwillig zu melden.

Die Nächste, die eintrudelt, ist Fleur, und obwohl weniger überschwänglich, ist auch ihre Begrüßung sehr herzlich. Als Adam mit Fleur spricht, wird sein Ausdruck deutlich weicher, er scheint ihr sehr zugetan zu sein. Sie ruft Beschützerinstinkte in anderen hervor, sie ist wie eine wunderschöne Seifenblase, die in allen Farben des Regenbogens schimmernd durch die Luft schwebt, und wenn man ihr dabei zusieht, hat man Angst, sie könne zerplatzen, wenn sich ihr irgendein scharfer Gegenstand in den Weg stellte.

Als Fleur sich Porridge nimmt und Misty sich allein auf den Weg zu ihrer morgendlichen Yogasession macht, kommt endlich jemand auf die Idee, mich Adam vorzustellen, und dieser Jemand ist Aric.

Nach den zahlreichen Umarmungen aller anderen bisher ist seine Begrüßung in Form eines Handschlags mit einem formalen »Schön, dich kennenzulernen«, ziemlich reserviert. Er wirkt ein bisschen unnahbar, aber ich glaube, das hat etwas mit seinem adlerhaften Zinken zu tun. Man kann keine solche Nase haben, ohne die anderen ein bisschen von oben herab zu betrachten.

Nach dem Frühstück macht sich Elspeth an die Vorbereitung eines weiteren gigantischen Festmahls, diesmal ist es der traditionelle Sonntagsbraten. Sie bestreicht einen Truthahn von der Größe des Hoover-Staudamms mit Butter und ruft die restlichen Truppen zusammen, damit sie sich um die Beilagen kümmern.

Ich werde mit dem Putzen von Rosenkohl beauftragt. Von ungefähr drei Tonnen Rosenkohl. Okay, ich übertreibe ein bisschen, aber nach einer halben Stunde sieht der Berg immer noch genauso hoch aus wie vorher, und ich verspüre das plötzliche Bedürfnis nach einem Mittagsschläfchen. Zum Glück bemerkt Elspeth meine missliche Lage und teilt Fleur dazu ein, mir zu helfen.

Sie ist genauso süß, wie ich angenommen hatte, aber auch sehr gesprächig. Obwohl sie mehr redet, als Gemüse putzt, erleichtert sie mir meine Aufgabe doch erheblich, und die Zeit vergeht viel schneller, während sie mir alles vom Leben mit ihrer Mutter auf ihrem kleinen Landsitz in Cornwall erzählt, von den ausreißerischen Bienen, den drei Kühen, fünf Schafen, achtzehn Hühnern und einem Dartmoor-Pony namens Patchouli, das angeblich mit den Zähnen die Türen aufmachen kann und in kalten Winternächten einträchtig vereint mit den zwei Border-Collies und der Katze Boots vor der Küche schläft.

Sollie und Adam schälen Kartoffeln, Aric wickelt Schweinswürste in Speck ein, Marilyn bereitet eine Füllung zu, und Silas ist runter zum Dorfkiosk gegangen, um Zeitungen zu holen. Mistral sitzt uns gegenüber und faltet Servietten in Lotusblütenform, und der Geruch von Wacholderbeeren verrät mir, dass das »Glas Wasser«, das Misty gerade neben mir abgestellt hat, jetzt wirklich der verkappte Gin Tonic ist, den ich ihr am Morgen unterstellt hatte.

Onkel Silas kommt ganz zufällig erst dann aus dem Dorf zurück, als wir anderen mit den Vorbereitungen für das Essen, das für dreißig Leute reichen würde, obwohl wir nur zu neunt sind, fertig sind und alles im Ofen oder auf dem Herd steht.

Das sonnige Wetter vom Morgen hat kaltem Wind und dunklen Wolken Platz gemacht. Obwohl es erst Nachmittag ist, hat man das Gefühl, es wäre schon Abend, und so halten wir uns alle – gemeinsam mit einem Berg Zeitungen – in dem großen Wohnzimmer vor einem lodernden Kaminfeuer auf.

Wir lungern auf Sofas herum oder liegen auf Kissen auf dem Fußboden, Marilyn reicht Pralinen herum, Aric liest uns lustige Meldungen aus der Zeitung vor, und es ist genau wie die gemütlichen Sonntage bei mir zu Hause, nur dass es hier wirklich ist wie bei den Waltons – der Großfamilie, die ich mir als Einzelkind immer so sehnlichst gewünscht habe – und alle durcheinanderquatschen und lachen und sich scherzhaft darüber streiten, wer welchen Teil der Zeitung kriegt und wer als Nächster aufsteht, um nach den Kartoffeln und dem Truthahn zu sehen.

Es ist eine wunderbar heimelige Atmosphäre, und selbst Adam lächelt.

Und wie ich und Sollie so auf dem Teppich vor dem Kaminfeuer liegen – er mit dem Kopf in meinem Schoß und den Füßen auf Fleur, die mit mir übers Backen plaudert und sich mit mir eine große Tüte Fruchtbonbons teilt, die Silas aus dem Dorf mitgebracht hat –, kann ich mir wahrhaft vorstellen, für immer ein glücklicher Teil dieser Familie zu sein.

Wenn nur die drohenden schwarzen Sturmwolken über den Hügeln die einzigen Wolken am Horizont wären.

Kurz vor sechs kommt Mistral aus der Küche, wo sie mit Elspeth nach dem Truthahn gesehen hat, und verkündet, dass das Abendessen fertig sei.

Weil Sonntag ist, essen wir diesmal nicht in der Küche, sondern in dem großen offiziellen Speisesaal.

Der Tisch ist mit dem besten Tafelsilber gedeckt, und überall brennen Kerzen. Sie tauchen den großen, von den mittlerweile über uns angekommenen Regenwolken frühzeitig verdunkelten Raum in ein warmes Licht.

Mit den vielen Kerzen und dem riesigen knusprigen Truthahn im Zentrum des Tisches und Aric davor, der mit gezücktem Messer darauf wartet, ihn zu zerlegen, meinem Berg in Butter schimmernden Rosenkohls und der klassischen Musik im Hintergrund fühlt es sich an wie Weihnachten.

Ich mache den Fehler, das laut zu sagen, und schon greift Elspeth in eine Schublade des riesigen Sideboards und holt strahlend Weihnachtshüte und Knallbonbons heraus.

»Deine Familie ist ja völlig verrückt«, sage ich zu Sollie, während Elspeth eine goldene Papierkrone auf meinen Kopf setzt und einen Piratenhut auf Sols.

»Ja, aber in einem guten Sinne«, erwidert er, rückt sich den Hut schräg auf dem Kopf zurecht und zwinkert mir zu.

»In einem sehr guten Sinne«, sage ich grinsend.

»Sie sind nicht immer so, wirklich nicht, sie sind nur froh, dass wir alle mal wieder zusammen sind. Und weil das so selten vorkommt, nehmen sie es zum Anlass, mal eine Woche lang Party zu machen. Nur wenige von uns kommen regelmäßig hierher, und alle gleichzeitig eigentlich nie.«

Hey, das sind gute Nachrichten. Jedenfalls für mich. Wenn ich mich geschickt anstelle, muss ich Pippa vielleicht überhaupt nicht treffen. Ich muss nur vor Dienstag das Weite suchen und es dann immer so einrichten, dass wir nie gemeinsam mit ihr in diesem Haus sind. Und was die Hochzeit betrifft, kann ich immer noch den ganzen Tag verschleiert bleiben.

Träum weiter, Violet.

Ich komme nicht darum herum, sie zu treffen, und ich muss einen Weg finden, damit umzugehen. Umgeben von diesem wundervollen Klan erscheint mir Pippas Ankunft und alles, was damit zusammenhängt, plötzlich weniger real und gar nicht mehr so schlimm. Wenn sie nur ansatzweise so ist wie der Rest der Familie, kann sie mit dem Mädchen, das ich einmal kannte und verabscheute, eigentlich nichts mehr gemeinsam haben.

Aric zerlegt den Truthahn und reicht die Stücke herum, und wir nehmen uns Bratkartoffeln, Gemüse, Cranberry-Gelee, Füllung, Sauce, und die Berge auf unseren Tellern werden höher und höher, und dann füllt Silas unsere Gläser mit einem tiefroten Bordeaux und schlägt mit einer Gabel gegen seins.

»Bevor wir loslegen, einen Toast … auf die Familie.«

Alle erheben die Gläser.

»Auf die Familie«, wiederholen wir, aber in dem Moment, als ich mein Glas an die Lippen führe, donnert es bedrohlich über unseren Köpfen, und gleich darauf erhellt ein zuckender Blitz den Himmel. Wie in einem Cluedo-Spiel gibt es einen Kurzschluss, Fleur stößt einen Schrei aus, die Tür fliegt mit einem Knall auf, und auf der Schwelle zeichnet sich die Silhouette eines menschlichen Körpers ab.

»Überraschung«, ruft eine Stimme, die mir nur allzu bekannt vorkommt. »Ich bin zu Hause!«

Kapitel 8

Weihnachten ist vorbei.

Schlimmer noch.

Eins der Rentiere hat sich in einen Werwolf verwandelt und den Nikolaus gefressen.

Ich habe das superaufregende, riesige Geschenk aufgemacht, das wunderschön verpackt schon seit drei Tagen unter dem Christbaum liegt und auf mich wartet, und als ich es auspacke, ist es eine Kiste voller Hundehaufen.

Mit anderen Worten: Pippa ist eingetroffen.

Passenderweise begleitet von Blitz und Donner.

Sie nach all der Zeit wiederzusehen, hat einen Effekt auf mich, als wäre ich wieder fünfzehn, und mein kleines Herz pocht so schnell, dass man meinen könnte, ich nähme gerade am London-Marathon teil. Entsetzen kriecht in mir hoch wie Galle.

Ich schlucke es schnell herunter. Ich bin schließlich schon seit Jahren über das Ganze hinweg.

Bin ich das?

Warum stehen mir dann alle Haare zu Berge, und warum verspüre ich das plötzliche Bedürfnis, aufs Klo zu rennen und den Truthahn auszukotzen, den ich noch gar nicht gegessen habe?

Warum bin ich davon überzeugt, dass sie mir folgen und meinen Kopf in der Toilette runterspülen würde?

»Ich habe beschlossen, mir von Jonathans blödem Job nicht unser Wiedersehen verderben zu lassen, und bin einfach früher ohne ihn gekommen …«, ruft sie aufgeregt und macht die Runde durch die Familienmitglieder, die alle begeistert von ihren Stühlen aufgesprungen sind, um sie zu begrüßen, mit Lippen so rot wie englische Briefkästen und zum Kusse geschürzt.

Mir fällt auf, dass ihre Küsse bei Onkel Silas nicht ganz treffen, also einen Millimeter vor jeder Wange ohne direkten Körperkontakt enden.

Ich verstehe nicht, warum, aber irgendwie tröstet mich die Erkenntnis, dass der Mensch, der in so kurzer Zeit schon einer meiner Lieblingsverwandten in spe geworden ist, offenbar kein Liebling von ihr ist.

Silas lässt sich entweder nichts anmerken oder macht sich nichts draus, er nimmt einfach ihr Gesicht zwischen seine Hände und drückt ihr einen fetten Kuss direkt auf den Mund. Ja, gib's ihr, Silas!

Ich bin nicht in der Stimmung, mein Schicksal herauszufordern und mich ihr vorzustellen, also halte ich mich zurück, während mit großem Hallo Umarmungen ausgetauscht werden. Halte mich zurück und horche in mich hinein. Was ich dort finde, ist neben der Angst noch ein weiteres Gefühl: Neugier.

Ich bin neugierig, was aus dem gemeinen Teenager Pippa geworden ist.

Sie war immer schon ziemlich hübsch, aber jetzt ist ihre Schönheit erst richtig erblüht. Ihr strohblondes Haar ist gewachsen und hat sich von einem Haufen kurzer Locken in einen schulterlangen Bob verwandelt, mit dem sie aussieht wie Kate Hudson. Sie ist schlank und langbeinig und sehr, sehr gut angezogen, wahrscheinlich ein Nebeneffekt des Jobs ihres Mannes. Sie trägt ein cremefarbenes Kostüm, das »teuer« schreit und keinerlei Spuren einer zurückgelegten Reise zeigt, und darüber einen Kaschmirmantel mit Pelzkragen. Elegant um ihren

Hals drapiert ist ein Seidentuch von Hermès, und ihre Handtasche und die Schuhe sind von Prada. An Hals und Ohren hängen Diamanten, und der Brilli an ihrem Finger ist so groß wie ein Smartie.

Sie verfügt über jenen gewissen Glamour, den nur ganz wenige Mädchen mit genug Zeit, Geld und den richtigen Connections haben.

Ich weiß nicht, was ich erwartet habe. Wenn ich an Pippa denke, dann eher an die Gefühle, die sie bei mir ausgelöst hat, als an ihre physische Erscheinung. Natürlich hat sich ihr Gesicht für immer bei mir eingebrannt, aber meine Erinnerungen an sie sind eher mit Handlungen verbunden als mit ihrem Aussehen.

Ich schätze, ich hatte gehofft, dass sich all ihre Sünden in ihrem Gesicht abzeichnen würden – für das, was sie mir angetan hat, hätte sie zumindest ein paar haarige Warzen und ein paar Kilo mehr verdient, vielleicht auch einen Pferdefuß und einen Buckel, aber sie sieht ganz und gar aus wie ein Engel.

Das tat sie allerdigs schon immer, und deshalb ist sie auch stets mit allem so gut durchgekommen.

Der Gedanke an den Buckel lässt mich lächeln, eine gute Vorbereitung für den Moment, den ich mehr fürchte als eine Wurzelbehandlung beim Zahnarzt: den Moment, in dem sie sich uns zuwendet. Ich sage »uns«, weil ich mich buchstäblich hinter Sol versteckt habe und mich mit einer Hand am Gürtel seiner Jeans festhalte.

Ich schaffe es, mein Lächeln aufrechtzuerhalten, obwohl ich bestimmt mit den Zähnen dabei knirsche und sich meine Kiefer total verspannen.

»Oh, Sollie, mein lieber, anbetungswürdiger Sollie, du siehst wundervoll aus, kleiner Bruder, einfach herzzerreißend, wie immer.«

Ich lasse meinen Rettungsanker los, als Sollie einen Schritt nach vorn macht und sich lange umarmen lässt, und als sie ihn endlich loslässt, richtet sie ihre blauen Augen fest auf mich.

»Und du musst Victoria sein.«

Sollie fängt laut an zu lachen. »Das hast du von Misty, oder? Vi stimmt, aber sie heißt nicht Victoria, sondern Violet.«

Als mein Name fällt, blinzelt sie einen Augenblick merklich, ihr Willkommenslächeln wird eine Spur schwächer, und ich bin überzeugt davon, enttarnt zu sein. Aber dann kommt das Lächeln noch strahlender wieder als zuvor.

»Ich hoffe, dieser Fehler ist verzeihlich, schließlich hat mir Sollie alles und nichts über dich erzählt … Wie schön, dich endlich kennenzulernen, Violet.«

Und dann beugt sie sich vor und umarmt auch mich.

Verlegen und durcheinander erwidere ich die Umarmung, während mich Erleichterung durchflutet.

Sie erinnert sich nicht an mich.

Kein »Violet, das ist aber ein ungewöhnlicher Name … Ich bin mit einer Violet zur Schule gegangen, sag nicht, das bist du?« Zum Glück.

Kein »Violet? Den Namen kenne ich, den habe ich so oft an die Klowände geschrieben, immer in Verbindung mit so reizenden Kommentaren wie ›Violet Templer riecht nach Hundekacke‹ oder ›Violet Templer ist eine Schlampe‹.«

Einen seltsamen Moment lang bin ich beleidigt. Warum um Himmels willen erinnert sie sich nicht mehr an mich, wenn sie doch aus meiner Kindheit heraussticht wie das Logo auf einem Designerkleid? Aber dann kehre ich sofort wieder zurück in meine warme Badewanne voller Erleichterung und Dankbarkeit.

Sie erinnert sich nicht an mich.

Sie erinnert sich nicht an mich.

Oh, danke, danke, danke, lieber Gott.

Sie erinnert sich nicht an mich, also können wir noch einmal ganz von vorn beginnen.

Die Vergangenheit bleibt Vergangenheit, und die Gegenwart kann ein Neuanfang sein.

Wenn sie vergessen hat, dann kann ich verzeihen. Und wie stelle ich das an? Die Antwort ist ganz einfach: Ich tue es für Sollie. Sollie zuliebe kann ich vergessen und verzeihen. Und wenn ich ernsthaft darüber nachdenke, wenn ich ganz ehrlich bin, dann muss ich zugeben, dass mein Leben ihretwegen heute besser ist, als es ohne sie gewesen wäre.

Das klingt sicher seltsam, aber meine Zeit mit Pippa Langford hat mir nicht nur etwas genommen, sie hat mir auch etwas gegeben. Sie hat mir die Entschlossenheit gegeben, etwas aus meinem Leben zu machen. Sie hat mir ein Selbstvertrauen gegeben, das ich ohne diese Erfahrungen nicht entwickelt hätte. Sie hat mir frühzeitig beigebracht, dass nicht immer alle nett zu einem sind und einen mögen – und dass das nicht immer die eigene Schuld ist. Manche Leute haben einfach Probleme mit irgendwas, und obwohl du gar nichts damit zu tun hast, haben sie aus irgendeinem Grund beschlossen, dass sie dich dafür bestrafen wollen. Man sollte seine Freunde also sorgfältig auswählen. Apropos: Auch Jasmine habe ich in gewisser Weise ihr zu verdanken, denn mal ehrlich, ich hätte sie nie so gut kennengelernt, wenn mich nicht alle meine alten Freunde im Stich gelassen hätten, um sich Pippa anzuschließen.

Und weil ich am Ende meiner Abschlussklasse keine Freunde mehr hatte, habe ich den Sommer mit meiner Mutter verbracht, bei der ich dann kochen und backen gelernt habe – und das hat mir die Inspiration für mein eigenes Unternehmen gegeben. Wer hätte gedacht, dass Violet Templer einmal eine eigene Firma haben würde? Eine eigene erfolgreiche Firma? Und dann auch noch eine, die so viel Spaß macht.

Und so konzentriere ich mich auf das, was sie mir gegeben hat, wenn auch unabsichtlich, und schaffe es, nicht zu schreien, sie wegzustoßen und davonzulaufen oder ihr Hannibal-Lecter-artig meine Zähne ins Gesicht zu schlagen und ihr diese Lippen abzubeißen, die sie gerade an meine Wangen drückt, und sie mit ein paar Fava-Bohnen und einem Glas von Onkel Silas' Rum herunterzuspülen. Und dazu diese typischen Schmatzgeräusche zu machen, wie Anthony Hopkins das so schön kann.

Trotz meines guten Willens, ihr zu verzeihen, genieße ich die Umarmung nicht gerade, aber wenn man bedenkt, dass sie bei unserem letzten Körperkontakt versucht hat, meinen Kopf in eine Toilettenschüssel zu drücken, schlage ich mich ganz gut, finde ich. Schon eine eigenartige Situation.

Angenommen, man hat eine Spinnenphobie: Egal wie oft man sich sagt, dass das Unsinn ist, in dem Moment, wo eine dicke fette Tarantel an einem hochkriecht, dreht man entweder durch oder man erstarrt zu einem Eisklotz.

Zum Glück tue ich das Letztere, das heißt, ich ziehe keine Show ab, aber für sie muss es trotzdem so sein, als umarme sie ein Bügelbrett. Jedenfalls ist es nett, ihre Arme um mich zu spüren, und es ist kein Schwitzkasten. Na ja, richtig »nett« ist es natürlich nicht. Komisch wäre ein passenderes Adjektiv. Aber wenn ich weiter so tun will, als wäre nichts geschehen, muss ich mir vorstellen, sie wäre jemand ganz anders als die Pippa Langford, die ich kannte und hasste. Dies ist Philly Beresford, von der ich so viel Gutes gehört habe. Philly Beresford ist nicht Pippa Langford. Bleibt nur noch zu hoffen, dass Philly Beresford sich nicht daran erinnert, dass Sollies Verlobte die Violet ist, mit der sie zur Schule gegangen ist und die sie ein ganzes Schuljahr lang terrorisiert hat.

Sie hat es vergessen, wiederhole ich innerlich und reibe mir die Worte ins Hirn wie eine beruhigende Salbe. Sie hat es vergessen, und ich kann so tun, als hätte ich es auch vergessen. Wahrscheinlich wäre es trotzdem besser, ich würde mich hypnotisieren lassen, um die fragliche Zeitspanne aus meinem Gedächtnis entfernen zu lassen, und wir könnten ganz ohne Schauspielerei einen Neustart versuchen.

Im Bruchteil einer Sekunde bemerke ich, dass ich meine Augen geschlossen habe, und mache sie schnell wieder auf. Onkel Silas sieht mich neugierig an, und mir wird klar, dass mein Gesicht, das noch auf Pippas Schulter ruht, die ganze Bandbreite der Gefühle von Angst zu Dankbarkeit widerspiegeln muss, was wahrscheinlich ziemlich eigenartig aussieht.

Er zwinkert mir zu.

Ich weiß nicht, warum, aber ich bin ihm dankbar dafür; es ist ein bisschen wie eine tröstende Hand auf deiner Schulter, wenn du traurig bist.

Und dann lässt sie mich endlich wieder los, und ich kann wieder atmen.

Zu meinem Glück sind die anderen alle furchtbar neugierig und wollen tausend Dinge wissen. Sie drängen sie regelrecht, ihr Gepäck ihrem Vater zu geben, der es in ihr Zimmer bringt, und sich auf einen Stuhl zu setzen, wo sie ein Glas mit etwas Sprudelndem ausgehändigt bekommt und dann von Elspeth und Misty mit Fragen bombardiert wird.

»Wie ist es in Paris?«

»Bist du dünner geworden?«

»Wo ist Jonathan, warum kommt er so spät, arbeitet er denn immer noch so viel?«

»Bleibt es dabei, dass er am Dienstag nachkommt?«

»Wie ist das neue Haus, gefällt es euch besser als die Wohnung?«

»Was macht dein Französisch? Du musst es ja mittlerweile fließend sprechen, es war letztes Mal schon so gut.«

»Wie war deine Reise?«

»Hast du keinen Hunger? Du musst doch Hunger haben!«

Sie hat keine Chance, auch nur eine der Fragen zu beantworten, da ist Elspeth schon unterwegs in die Küche, wo sie den Nachtisch holt, eine monströse Kreation aus Baiser, Sahne und Obst in der Größe eines Vulkans. Sie wird von Aric begleitet, der mit zwei Flaschen Champagner winkt.

»Lasst uns darauf anstoßen, dass mein Mädchen zu Hause ist!«, ruft er freudig, und die Party beginnt.

Diese Familie liebt es offensichtlich zu feiern – keine Ausrede ist zu fadenscheinig, um die Musik an- und die Flaschen aufzumachen. Kein Wunder, dass Sollie nur wenige Male im Jahr herkommt, man braucht Monate, um zwischen den Besuchen wieder nüchtern zu werden.

Während also Dessert und Champagner in gleich großen Mengen verteilt werden, sitze ich ein paar Plätze entfernt von Pippa auf derselben Seite des Tisches, sodass wir uns nicht sehen können, wenn wir keine Anstalten dazu machen, was mir wie gerufen kommt.

Ich kann ihr Gesicht allerdings sehen, wenn ich in den Spiegel auf der gegenüberliegenden Seite schaue, was ich auch andauernd verstohlen tue, so wie ein Affe im Zoo Nüsse stibitzt – schnapp und weg, schnapp und weg, schnapp und weg. Und bloß nicht erwischen lassen.

Ich ertappe sie dabei, dass sie das Gleiche tut, und sie sieht mich auch, lächelt aber darüber. Sie wird immer noch von ihrem Vater und ihren Stiefmüttern ausgefragt. Elspeth sitzt zu ihrer einen Seite, Mistral zur anderen, ihr Vater schräg gegenüber am Kopfende des Tisches.

Mann, stellen die viele Fragen, das kommt mir seltsam vor,

aber hey, dies ist Sollies Familie, sie ist eben anders als meine, wo man höchstens fragt, wie es mir geht und was die Arbeit macht, bevor man zur Tagesordnung übergeht.

Nach dem Essen – der Sturm ist mittlerweile vorbei und die Wärme des Herbstes zurückgekehrt – gehen wir zum Kaffee wieder hinaus auf die Terrasse.

Ich liebe den Geruch der Luft und der Erde nach einem Gewitter, es riecht so frisch und rein, als hätte der Regen jeden Schmutz aus der Luft gespült.

Die Pippa-Inquisition ist mehr oder weniger zu Ende, und alle benehmen sich wieder normal. Onkel Silas legt Musik auf und greift nach seinem Cocktail-Shaker, Elspeth und Marilyn kabbeln sich gutgelaunt, Aric bietet weitere Drinks an, und Mistral trinkt sie. Fleur und Sollie plaudern über alte Zeiten.

Nur ich beteilige mich nicht recht am Geschehen heute Abend, weil ich versuche – so unauffällig wie möglich –, hinter Sol zu verschwinden und mich unter dem schützenden Mantel des Efeus zu verbergen, der auf dieser Seite des alten Gebäudes von den Wänden hängt. Ein Trick aus alten Kriegszeiten: Camouflage. Wenn sie mich nicht sieht, denkt sie vielleicht nicht über mich nach. Halb versteckt hinter der Kletterpflanze und halb hinter Sols breitem Rücken behalte ich Pippa, Entschuldigung, Philly im Auge. Ich muss mich daran gewöhnen, sie so zu nennen; wenn ich mich nur einmal verplappere, aktiviert das vielleicht ihre Erinnerung, aber es ist so schwierig, sie war eben immer nur Pippa für mich, oder besser gesagt: Pippa und weniger wohlklingende Namen, die ich an dieser Stelle lieber nicht wiederhole.

Sie plaudert mit Adam, der wie ein lässiger Harvard-Student an der Mauer lehnt; sie stecken die Köpfe zusammen, damit keiner bei ihrer Unterhaltung mithören kann. Zum ersten Mal, seit Adam hier ist, wird er lebendig: Die beiden sind tief ins Gespräch versunken.

Die zwei müssen sich wirklich gut verstehen, ich habe ihn sich bisher mit noch niemandem so angeregt unterhalten sehen. Und dann bemerkt Pippa zu meinem großen Kummer, dass ich sie beobachte, und nimmt das zum Anlass, zu mir herüberzukommen und mir unter dem Efeu Gesellschaft zu leisten.

»Darf ich dir in deinem kleinen Versteck Gesellschaft leisten?«

Ertappt.

»Ich wollte schon die ganze Zeit richtig hallo sagen, aber du weißt ja, wie Verwandte sind, sie lassen einen erst in Ruhe, wenn man ihnen in allen Einzelheiten berichtet hat, was man gemacht hat, seit man sie das letzte Mal gesehen hat. Wenn ich mich hier bei dir verstecke, entdecken sie mich vielleicht nicht, und ich kann mich kurz von all dem Was, Wo, Wann und Wer erholen ...«

»Es ist Platz für zwei«, sage ich so beiläufig wie möglich. »Obwohl wir unseren Kurort mit ziemlich vielen Mücken teilen. Ich bin schon fünfmal gestochen worden.«

Das stimmt sogar.

Hoffentlich schreckt sie das ab.

»Ich habe ein unschlagbares Mittel, um sie zu vertreiben.«

Mist.

Sie holt ein Päckchen Zigaretten aus ihrer Tasche und bietet mir eine an.

»Rauchst du?«

Ich schüttle den Kopf.

»Macht es dir was aus, wenn ich es tue?«

Ich schüttle noch einmal den Kopf.

»Sag mir, ob Dad herschaut«, sagt sie, während sie ein

Feuerzeug herausholt, die Zigarette anzündet und einen tiefen Zug nimmt. Die Glut leuchtet orangefarben in der Dunkelheit. »Er nervt mich wahnsinnig deswegen und meint, es sei eine grauenvolle Angewohnheit, womit er ja auch recht hat, aber es ist schließlich nicht so, als ob er nicht auch seine Laster hätte.« Bei diesen Worten wirft sie einen Blick auf ihren Vater, der sich und Silas gerade ein weiteres großes Glas Whisky einschenkt.

Und dann hält sie inne und sieht mich schweigend ziemlich lange an, was mich entsetzlich nervös macht.

Schlagartig erinnere ich mich an das erste Mal, als wir uns begegnet sind.

Sie hat so eine bestimmte Art, einen anzusehen. Als ob sie jedes Detail an einem wahrnähme und prüfe, als ob es in ihrem Gehirn einen Computerbildschirm gäbe wie bei dem Roboter in *Terminator*, der alles vermisst, aufzeichnet, registriert, einordnet.

Ein sehr prüfender Blick, für eine Fünfzehnjährige.

Das erste Mal, dass ich Phillipa Langford getroffen habe, war am dritten Tag meiner Abschlussklasse auf der Highschool. Sie war ein Neuzugang, und ich hatte die Aufgabe, ihr alles zu zeigen und ihr beim Einleben zu helfen.

Ich nahm sie unter meine Fittiche.

So unglaublich es klingt, wir waren zunächst Freunde. Wahrscheinlich ist das ihre Art, die Sache einzufädeln; sie schmeichelt sich erst mal ein, und dann macht sie sich den Überraschungseffekt zunutze, denn das Letzte, was man von einer Freundin erwartet, ist, dass sie einem in den Rücken fällt.

Sie sagt etwas und unterbricht damit meine kleine Reise in die Vergangenheit.

»Mein Bruder ist wahnsinnig in dich verliebt, weißt du das?«

Ich weiß nicht, was ich dazu sagen soll, und bringe eine Art Nicken zustande.

»Du bist zu beneiden.«

»Ich weiß.«

»Ich liebe ihn sehr, weißt du.«

»Das glaube ich dir gern … Ich übrigens auch«, stottere ich befangen.

»Das glaube ich dir gern«, sagt auch sie, und ich kann nicht anders, als ihr Lächeln mit dem eines Krokodils zu vergleichen: ganz offen, nur Zähne und immer bereit, zuzuschnappen und mir den Kopf abzureißen, sobald ich auch nur einen Zeh in Beißweite halte.

Und dann sagt sie das, was ich befürchtet habe.

»Violet, warum erzählst du mir nicht ein bisschen von dir?«

Also gut, ich bin achtundzwanzig, einen Meter fünfundsechzig groß, habe braunes Haar, eine ungewöhnliche Augenfarbe, betreibe mein eigenes Business, liebe Torten, und mein ganzes Leben trägt die Spuren einer Traumatisierung, die mir während der Schulzeit zugefügt wurde.

Nein, das sage ich natürlich nicht, aber ich denke es.

»Da gibt es nicht so schrecklich viel zu erzählen …«

Erbärmlich, ich weiß.

Sie findet es natürlich auch erbärmlich. Und sie wendet den Trick an, zu schweigen und einem damit das Gefühl zu geben, dass man weiterreden müsste.

»Es ist eigentlich ziemlich langweilig …«, füge ich also noch hinzu. »Also, langweilig ist nicht das richtige Wort, eher ereignislos …«, stottere ich weiter, bis Rettung in Form von Onkel Silas naht.

»Violet, mein Mädchen, sie spielen unser Lied, komm und tanz mit deinem Onkel Silas«, sagt er und beginnt sich vor mir zu wiegen.

Pippa wirft ihm einen Blick zu. »Violet und ich unterhalten uns gerade, Silas.«

»Nein, meine Kleine, das tut ihr nicht, weil Violet und ich jetzt eine Runde tanzen.« Er strahlt breit, schwingt noch mehr die Hüften und streckt die Hände nach mir aus.

Ich ergreife die Gelegenheit zur Flucht, die er mir buchstäblich mit offenen Armen anbietet, und lasse mich von ihm hochziehen und mich führen.

»Alles in Ordnung, Violet, meine kleine violette Passionsblume, du siehst aus, als wolltest du Honig, bekommst aber stattdessen die stechende Biene zu spüren?«, erkundigt er sich, während wir über den steinernen Terrassenboden schwofen und dabei versuchen, auf der unebenen Oberfläche nicht zu stolpern.

»Es geht mir gut, danke, Silas.«

»Wie verstehst du dich mit Philippa?«

»Es ist noch zu früh, um dazu etwas sagen zu können. Wir haben noch kaum miteinander gesprochen.«

»Sie kann am Anfang ein bisschen einschüchternd sein«, erklärt er mit einem Blick zurück auf sie.

Sie sieht uns zu.

»Ich weiß«, sage ich spontan und füge dann hastig hinzu: »Ich meine, das kann ich mir vorstellen.«

Wenn er meinen Versprecher mitbekommen hat, dann lässt er es sich nicht anmerken. Er legt nur einen Zahn zu, als die Musik schneller wird, und ändert den Text des Lieds von »Oh Carolina« in »Oh Violetta«, was mich zum Lachen bringt.

Er ist ein so wunderbarer Mann.

Nach dem peinlichen Moment von gestern Morgen hätte ich nicht gedacht, ihm jeweils wieder in die Augen sehen zu können, aber egal was er so sagt und tut, er hat etwas an sich, dass man sich immer sofort wohl mit ihm fühlt. Man weiß bei ihm einfach, dass er genauso ist, wie er sich gibt, und dass es keine Tricks und Hintertürchen gibt.

Und das sind die Menschen, die ich heutzutage mag.

Und so gebe ich vor, Sollie nicht zu bemerken, der mir Zeichen macht, mich wieder zu ihnen zu gesellen, sondern tanze weiter mit Onkel Silas. Ich bin noch immer der Meinung, dass ich weit besser fahre, wenn ich weiterhin so tue, als wäre nichts gewesen, trotz der offensichtlichen Nachteile, und daher lasse ich mich gern von meinem Lieblingsonkel Silas in Beschlag nehmen.

Den Rest des Abends verbringe ich wie ein Wachhund – aus der Distanz meine Runden drehend. Sie sieht ziemlich oft zu mir rüber, aber ich weiß nicht, ob sie das aus purer Neugier tut oder weil sie sich erinnert. Ich hoffe natürlich, es möge das Erstere sein. Oder sie findet mich total merkwürdig, weil ich immer, wenn sie nur in meine Nähe kommt, wegdrifte, als wären wir zwei gleichpolige Magneten.

Ich schaffe es, diese Taktik bis zum Schlafengehen durchzuhalten, dann bin ich auch völlig erledigt. Es war, wie den ganzen Abend ohne Unterbrechung Fangen zu spielen, und du weißt, wenn sie dich kriegen, endet die Sache tödlich.

In unserem Zimmer werfe ich mich schnurstracks aufs Bett und starre die Decke an, während Sollie im Bad verschwindet.

Ihr zu begegnen war mehr als gruselig, und zu wissen, dass ich sie morgen früh wiedersehen werde und jeden anderen Tag der Woche auch, ist, wie aus einem Alptraum aufzuwachen, nur um festzustellen, dass man gar nicht geträumt hat.

Oje, ich bin wieder zurück in der Schule und habe Bammel vor dem nächsten Tag.

Dann kommt Sollie aus dem Badezimmer zurück. Er ist noch nass von der Dusche und reibt sich das kurze Haar mit einem

Handtuch trocken, und da beschließe ich, Aidans Rat zu befolgen und es einfach auszuspucken.

»Sollie, ich muss mal mit dir … über … Pi … Philly reden.«

Er legt das Handtuch weg und lächelt mich selig an. »Ja, sie ist toll, nicht? Ich bin froh, dass du es ansprichst, ich wollte schon die ganze Zeit mit dir darüber reden, aber ich dachte, ich warte lieber, bis du sie kennengelernt hast … Also, ich wollte dich fragen, ich weiß, es ist ganz und gar deine Entscheidung, aber sie ist meine Schwester, und ich habe mich gefragt, ob du sie vielleicht bitten willst, eine von unseren Brautjungfern zu sein?«

Brautjungfer! Pippa, die Pest, meine Brautjungfer? Ich will ihm sagen, dass Pippa für meine Kindheit war wie der Giftkelch für Romeo und Julia: das schlimme Ende einer Zeit der Qualen. Hass, Enttäuschung, Verwirrung und Bedauern, und er fragt mich, ob ich sie als meine Brautjungfer haben will, eine Schlüsselfigur an einem Tag, der einer der glücklichsten meines romantischen Lebens werden soll?

NEIN!!!!!!!, schreit eine Stimme, aber sie ist nur in meinem Kopf.

Ich muss es ihm sagen, aber immer, wenn ich den Mund aufmache, kommt nur heiße Luft raus. Ich dachte, ich könnte ihm alles sagen, aber das hier sitzt in meiner Luftröhre wie ein verschluckter Kaugummi.

Also sagt stattdessen eine Stimme, die irgendwie nicht wirklich meine ist: »Klar, eine super Idee, warum nicht gleich auch Fleur?« Gegen die habe ich wirklich nicht das Geringste, sie ist eine nette, liebe, aufrichtige, anständige Person, und dann lasse ich ihn mich stürmisch küssen, weil er sich so wahnsinnig freut … und weil er nackt ist, ich meine, das kann einen ja schon ablenken, nicht wahr? Ein total heißer, total nackter Mann bittet dich um einen Gefallen. Bittet dich um einen Gefallen, während er dafür sorgt, dass du auch bald nackt bist, und so sage ich wieder nichts, sondern entspanne mich einfach und lasse die Sorgen mit jedem Kuss weiter von mir abfallen, vergrabe mein Gesicht in seiner Brust wie ein Strauß seinen Kopf im Sand, anstatt mich meinen Ängsten zu stellen.

Kapitel 9

Heute Nacht hatte ich einen Traum.

Oder sagen wir eher einen Alptraum.

Es ist der Tag unserer Hochzeit, und alles ist wunderbar. Die Sonne scheint, die Vöglein singen, und in dem kleinen Dorf in Kent, in dem meine Eltern leben, läuten die Kirchenglocken. Alle warten in der Kirche auf mich, Sollie sieht in seinem Anzug einfach umwerfend aus, und ich bin zu Hause bei meinen Eltern, in einem wunderschönen weißen Kleid. Mein Make-up ist perfekt, mein Haar sieht toll aus und wird von einem entzückenden Krönchen geziert. Ich sehe phantastisch aus. Alles ist so, wie ich es mir immer erträumt habe. Das Einzige, was mein Glück trübt, ist eine manisch grinsende Pippa in Schuluniform mit enormen Diamantohrringen, die garantiert nicht Teil der Schulausstattung sind, und sie steckt meinen perfekt frisierten Kopf in die Kloschüssel.

Ich wache zwar nicht gerade schreiend auf, aber meine Atmung ist offenbar so schwer und ächzend, dass Sollie mich skeptisch ansieht, als ich die Augen öffne.

»Alles in Ordnung?«, fragt er besorgt.

»Mhm« ist alles, was ich zu Bestätigung herausbringe.

»Sicher?«

»Ja. Hab schlecht geträumt … glaube ich …«

»Wovon denn?«

»Ähm … weiß nicht mehr … Du weißt doch, wie das ist, man vergisst es immer, sobald man die Augen aufschlägt.«

Zum Glück ist er noch zu müde, um weitere Fragen zu stellen, und nach einem freundlichen Blick aus seinen großen grünen Augen blinzelt er noch einmal und schließt sie dann wieder. Wenige Sekunden später verrät mir seine regelmäßige Atmung, dass er wieder eingeschlafen ist.

Ich atme aus. Lang und laut. Und um noch einmal zum Ausdruck zu bringen, was ich von der ganzen Sache halte, gebe ich einen lauten Furz von mir. Zum Glück schläft Sollie tief und fest. Wie peinlich. Obwohl mich niemand gehört hat, werde ich rot.

Es ist erst sechs. Der Wecker geht erst in anderthalb Stunden, aber ich habe keine Lust mehr einzuschlafen, es sei denn ich würde träumen, dass es Pippas Kopf ist, der ins Klo gehalten wird, oder besser noch, Pippa käme gar nicht erst in meinen Träumen vor, sondern nur Sol und ich an einem Strand in der Karibik.

Ich seufze noch einmal. Ich hatte mich so gefreut hierherzukommen. Ein bisschen aufgeregt war ich schon, aber im guten Sinne. Jetzt will ich nur noch nach Hause. Ich habe mich vorgestellt, ein paar Gleichgesinnte gefunden, und jetzt ist es Zeit, wieder zu gehen – bevor sie merkt, wer ich bin, und alles ruiniert ist.

Denn sie wird alles ruinieren, jedenfalls, wenn hinter der Philly-Beresford-Hülle noch die alte Pippa Langford steckt. Denn Pippa Langfords einziges Ziel war es, Violet Templers Leben kaputtzumachen. Keine Ahnung, warum, aber es war so. Ihre unbarmherzige Mission endete erst an dem Tag, als sie St. Benedict verließ. Warum sie sich ausgerechnet mich ausgesucht hat, ist mir bis heute schleierhaft. Wahrscheinlich hatte ich irgendetwas an mir, das sie nicht leiden konnte, oder ich war einfach ein dankbares Opfer.

Ich bin einer von diesen Menschen, die erst einmal nicht reagieren, sondern alles in sich aufstauen und es in einer Ecke ihres Kopfes unter »Ungerechtigkeiten« ablegen. Mit »Ungerechtigkeiten« meine ich unfaires oder einfach falsches Verhalten.

Ich tue das nicht, weil ich so nachtragend bin, sondern weil ich im Gegenteil relativ leicht verzeihen kann. Ich gebe nicht nur eine zweite Chance, sondern hundert. Ich stecke hundertmal ein, aber dann ist es vorbei. Ich streite nicht, ich kämpfe nicht, sondern ziehe mich einfach zurück. Denn irgendwann kommt der Punkt, an dem ich das hundertunderste Mal verzeihen muss und es nicht kann. Das ist dann wohl das, was man den Tropfen nennt, der das Fass zum Überlaufen bringt.

Bei meinem Ex und mir war es genauso. Wie ich schon angedeutet habe, war es nicht gerade die ideale Beziehung. Es funktionierte nicht, dauerte aber viel länger, als es gesollt hätte, und endete schließlich in einem Zustand, in dem keiner von beiden mehr glücklich ist, aber nicht den Mut hat, einen Schlussstrich zu ziehen, und einer von beiden – in diesem Falle er – sich wie ein totaler Arsch benimmt. Und wenn ich TOTALER Arsch sage, meine ich nicht nur einen mittelmäßigen, sondern den größten, fiesesten, gemeinsten und asozialsten Arsch, den man sich vorstellen kann. Er war so oft ungerecht zu mir, aber ich wusste, wenn ich etwas sagen würde, würde es nur noch schlimmer werden, denn er hatte so eine Art, alles und jedes am Ende wieder gegen mich zu wenden, dass ich wegen der Ungerechtigkeiten so frustriert wurde, dass ich klein beigab. Und dann kam die Schmollphase – seine wohlgemerkt, nicht meine, ich schmolle nicht. Er musste mich wissen lassen, dass er sauer auf mich war, und setzte deshalb ein grimmiges Gesicht auf, und es folgten endlose Tage des Grummelns und Schweigens. Und das ist das Allerschlimmste für mich, das kann ich wirklich kaum aushalten. Ich bin ein harmoniesüchtiger Mensch und immer die Erste, die den Olivenzweig hinhält, nur um endlich die Anspannung zu lösen, und das sieht dann so aus, als wäre ich im Unrecht, und das war wiederum genau das, was er wollte. Es war zum Mäusemelken.

Und eines Tages beschloss ich dann, dass ich genug davon hatte.

Er beschwerte sich über den Zustand unserer gemeinsamen Wohnung, und es herrschte wirklich das totale Chaos. Es musste dringend gesaugt werden, in der Küche standen noch die Essensreste vom Vortag herum, auf dem Bett lag ein Riesenstapel Bügelwäsche, und vor der Waschmaschine häuften sich Berge schmutziger Kleidung. Aber wir hatten das Chaos gemeinsam angerichtet, und er erwartete von mir, dass ich es alleine aufräumte, obwohl ich zu der Zeit wahnsinnig viel arbeiten musste.

Er war vor mir mit der Arbeit fertig, warf sich aber immer, wenn er nach Hause kam, sofort aufs Sofa und sah sich irgendwelchen Schwachsinn im Fernsehen an, bis es Zeit war, schlafen zu gehen. Von mir erwartete er, dass ich das Abendessen machte, die Wäsche wusch, die Wohnung putzte, seine Sachen bügelte und nebenbei arbeiten ging.

Ich bin kein Faulpelz. Wenn in meinem Haushalt etwas in Unordnung ist, dann deshalb, weil ich noch nicht die Zeit gefunden habe, es in Ordnung zu bringen. Trotzdem beschloss er an jenem Abend, dass ich an allem schuld sei; ich nehme mal an, einfach deshalb, weil ich eine Frau bin und Frauen für solche Sachen eben zuständig sind. Also beschimpfte er mich und schrie herum, belegte mich mit allen nur erdenklichen Kraftausdrücken und verkündete schließlich, er würde gehen, was mir zu dem Zeitpunkt ehrlich gesagt sehr entgegenkam.

Nach einer halben Stunde war er aber schon wieder da, ließ sich erneut aufs Sofa fallen und begann seine zweitägige

Schmollphase, an deren Ende ich umfallen und mich für etwas entschuldigen sollte, das ich überhaupt nicht getan hatte.

Aber dieses Mal kam es anders.

Als er sich dieses Mal wie ein nasser Sack auf die armen ächzenden Sprungfedern unseres Sofas fallen ließ, ich ihn fragte: »Wolltest du nicht gehen?«, und er dies mit einem verächtlichen Blick quittierte, um sein gewohntes Stirnrunzeln aufzusetzen, sagte ich ganz ruhig: »Gut, wenn du nicht gehst, dann gehe eben ich.«

Und so nahm ich meine Tasche und meine Autoschlüssel und ging.

Um nie mehr zurückzukehren.

Nicht einmal, um meine Sachen zu holen.

Das tat meine treue Freundin Jas für mich. Sie verschaffte sich mit meinem Schlüssel Zugang zur Wohnung und hinterließ dort aus Freundschaft zu mir ein kleines Andenken. Was sie im Einzelnen tat, ist zu klischeehaft, um es in aller Länge und Breite wiederzugeben, aber so viel sei verraten: Als mein Ex von der Arbeit zurückkam, waren nicht nur all meine Sachen verschwunden, sondern unter dem Dielenboden befanden sich drei geräucherte Makrelen und eingenäht in die Säume der Schlafzimmervorhänge ein paar Riesengarnelen.

Aber zurück zum Ausgangspunkt meiner morgendlichen Überlegungen.

Ich stecke also eine Menge ein, bevor ich zurückschlage.

Meine Geduld bei Pippa war an dem Tag erschöpft, als sie mir meine Lateinhausaufgaben klaute und abschrieb, weil sie sie nicht gemacht hatte, und als die Gemeinsamkeiten schließlich aufflogen, den Lehrer davon überzeugte, dass ich diejenige war, die abgeschrieben hatte.

Als ich mir an jenem Abend vorstellte, wie sie zu Hause stolz ihre Eins vorzeigte, zu der ich ihr verholfen hatte, während ich wegen Abschreibens nachsitzen musste, beschloss ich, dem Elend ein Ende zu machen, und wenn es das Letzte wäre, was ich täte. Ich ging am nächsten Morgen zur Schule, bereit zum Kampf und aufgepumpt mit Adrenalin wie Mohammed Ali vor den Box-Weltmeisterschaften.

Und sie war weg.

Abgegangen.

Einfach verschwunden.

Wie ein Hurrikan war sie gekommen, hatte alles verwüstet und war wieder verschwunden.

Meinem Ex hatte ich wenigstens noch zeigen können, dass er ein Vollarsch war und ich keine Lust mehr hatte, für ihn geradezustehen. Er glaubt zwar nach wie vor, ich hätte ihn wegen der Sache mit dem Haushalt verlassen, und hat immer noch nicht begriffen, dass der Haushalt nur die Spitze eines riesigen Eisbergs war, der sich unter der Wasseroberfläche ausbreitet wie der Mount Everest, aber sei's drum.

Was ich sagen will, ist, dass ich unfaire Leute einfach nicht ausstehen kann.

Das Schlüsselwort lautet »unfair«.

Ich versuche immer sachlich zu bleiben und den anderen nicht ungerechtfertigt zu beschuldigen.

Nur so als Beispiel: Wenn meinem Ex versehentlich etwas heruntergefallen war, habe ich ihm geholfen, sauber zu machen.

Wenn mir versehentlich etwas heruntergefallen war, stöhnte er und sagte, ich sei ungeschickt.

Ich weiß, dass Religion heutzutage nicht mehr hoch im Kurs steht, aber es fanden sich eine Menge weiser Sachen in der Bibel.

»Was du nicht willst, dass man dir tu, das füg auch keinem andern zu.«

Ich bemühe mich darum, dieses Prinzip zu beherzigen. Ich versuche nett zu den Leuten zu sein. Freundlich, nachsichtig, hilfsbereit.

Ich wünschte, Pippa hätte etwas davon mitbekommen, als wir gemeinsam zur Schule gingen.

Wenn ich Pippa behandeln sollte, wie sie mich behandelt hat, dann müsste ich heute damit anfangen, ihren Kopf ins Klo zu stecken oder ihr einen mit Abführmitteln versehenen Schokoladenmuffin anzubieten oder ihren Kopf beim Schwimmen solange unter Wasser zu halten, dass sie fast ertrinkt, oder ihren brandneuen Hockeyschläger abzufackeln oder ihr während der Kunststunde »Versager« auf die Rückseite ihrer Jacke zu malen oder ihr Tagebuch zu klauen und es in der ganzen Klasse herumzureichen oder vergammeltes Essen zwischen den Büchern in ihrer Schreibtischschublade zu verstauen oder ihren Freunden zu erzählen, dass sie hinter ihrem Rücken schlecht über sie spricht …

Die Liste ihrer Vergehen geht noch endlos weiter. Es ist, als sei sie auf einem Karussell der Bosheit unterwegs gewesen.

Ich schließe die Augen und lasse ihr ganzes Sündenregister an mir vorüberziehen. Wo soll man da nur anfangen? Alles von A bis Z, das sie mir im Laufe der Zeit angetan hat, dringt mir zurück ins Gedächtnis, und wie immer schaltet es sich dann ganz schnell aus, blockiert die Erinnerungen, verdrängt sie. Auch deswegen kann ich es Sollie nicht erzählen … Es war einfach zu viel. Ich falle zurück in einen unruhigen Schlaf.

Es regnet wieder an diesem Morgen, es ist ein unspektakulärer, kalter Nieselregen. Ich erwache zum zweiten Mal in unserem großen antiken Bett, in dem großen antiken Schlafzimmer, und zum ersten Mal friere ich. Nachdem ich heiß geduscht habe und mir einen warmen Pulli angezogen habe, sitze ich mit Sollie und den anderen am Küchentisch beim Frühstück und sehe, wie Mistral ungeachtet der Kälte zu ihrer Nackt-Yoga-Stunde nach draußen geht, gehüllt in nichts als ein dünnes Seidengewand mit handgemalten bunten Blumen darauf.

»Sie wird sich den Tod holen«, sage ich zu Marilyn, nachdem ich mich für den dampfenden Teller Porridge bedankt habe, den sie mir hingestellt hat.

»Die Kälte macht ihr nichts aus. Sie meint, es sei alles eine Frage der Einstellung. Sie streift gern durch die Wälder, egal ob es regnet oder die Sonne scheint oder sogar schneit, weil es sie der Natur näherbringt, wie sie sagt. Wenn du mich fragst, ich würde an ihrer Stelle eine Natur vorziehen, die es etwas besser mit einer alten nackten Lady meint, und warten, bis ich zurück im warmen jamaikanischen Sonnenschein wäre.«

Pippa ist nicht da. Sie will sich nach der Reise gestern wohl erst mal ausschlafen. Nach meinem Porridge und zu vielen Croissants mit Whisky-Marmelade gelingt es mir, mich dem unvermeidlichen englischen Frühstück zu entziehen. Ich überlasse Sollie und seinen Vater einem angeregten Gespräch über »Immobilienangelegenheiten« – wie großspurig das klingt – und ziehe mich mit den Beilagen der gestrigen Sonntagszeitung in die Bibliothek zurück, wo ich es mir in einem Ledersessel neben dem knisternden Kaminfeuer gemütlich mache. Hier ist es schön warm und heimelig, und ich genieße die kurze Pause von der Familie.

Um Missverständnissen vorzubeugen: Ich bin total gern hier bei ihnen, jedenfalls mit dem größten Teil, aber wenn man es gewohnt ist, allein zu leben, braucht man manchmal ein bisschen Zeit für sich selbst, eine kleine Auszeit, in der man nicht reden muss und ganz für sich sein kann. Okay, ich gebe es zu, ich wollte auch aus der Küche verschwinden, bevor Ihr-wisst-schon-wer dort auftaucht.

Als ich die Tür über den dicken Teppich aufschwingen höre, blicke ich unwillig auf, um zu sehen, wer meine kleine Idylle stört.

Ich gebe einen ungewollten kleinen Ächzer von mir, als ich erkenne, wer es ist. Für ein paar liebliche Momente hatte ich fast vergessen, dass sie existiert, aber nein, es ist tatsächlich Pippa, die mit verschränkten Armen im Türrahmen steht.

»Ähm … Morgen«, piepse ich.

Ich merke sofort, dass sie mich sehr merkwürdig ansieht. Sie macht schmale Augen und hat die Lippen geschürzt. Und dann beginnt sie zu lächeln, aber es ist kein besonders nettes oder freundliches Lächeln, sondern eines, das mich erschaudern lässt.

Und dann sagt sie nur zwei Wörter: »Guten Morgen«, und ich weiß Bescheid.

Egal was sie gestern gesagt hat, egal wie herzlich sie mich umarmt und wie freundlich sie mich begrüßt hat … *Sie weiß* ***genau****, wer ich bin.*

Ich merke plötzlich, dass ich die Luft anhalte.

Sie geht durch den Raum auf mich zu, die Arme noch immer vor der Brust gekreuzt, stützt sich auf die Lehne des Sessels mir gegenüber, sieht mich einen langen, stillen Augenblick an und sagt: »Du denkst tatsächlich, ich hätte dich nicht wiedererkannt, stimmt's, Violet Blauauge?«

Das letzte Mal, dass ich diesen nicht sehr liebevollen Spitznamen gehört habe, ist zwar zwölf Jahre her, aber ich möchte daraufhin immer noch davonrennen und mich in einem Geräteschrank verstecken. Stattdessen zwinge ich mich und meine Beine, die ohnehin viel zu weich sind, als dass ich damit rennen könnte, da zu bleiben, wo sie sind, und schließe langsam die Zeitungsbeilage, um mir ein bisschen Zeit zum Überlegen zu verschaffen, was ich antworten soll.

Was soll ich tun, was soll ich sagen?

Ich könnte so tun, als würde ich sie nicht erkennen, aber ich fürchte, das wäre so, als würde man versuchen, einen Mann, mit dem man gerade geschlafen hat, davon zu überzeugen, man sei noch Jungfrau.

Ich weiß einfach nicht, was ich sagen soll, ich weiß es wirklich nicht. Ich kann nichts sagen, ich kann nur fühlen, und ich fühle mich schrecklich. Bevor mir irgendetwas einfällt, das ich sagen könnte, spricht sie weiter.

»Ich habe dich nicht vergessen, weißt du.«

Offensichtlich.

Ich bin noch immer sprachlos, aber das scheint im Moment nicht besonders zu stören, da sie gerade eher darauf aus ist zu reden, als zuzuhören.

»Während du wahrscheinlich versucht hast, mich zu vergessen, hab ich recht …« Ihr Stirnrunzeln vertieft sich weiter, und mein Herz rutscht mir runter bis zu meinen dicken Wollsocken … Und dann glättet sich ihre Stirn wieder, und sie beginnt zu lächeln, aber nicht auf die gruselige Art und Weise wie vorher, als sie auf der Schwelle stand, sondern richtig. Sie lächelt ein breites, freundliches, warmes Lächeln …

»Um ehrlich zu sein, an deiner Stelle hätte ich auch so getan, als würde ich gar nicht existieren. Es wundert mich nicht, dass du niemandem erzählt hast, dass wir uns schon kennen.«

Endlich finde ich meine Stimme wieder. »Du hast ja auch nichts gesagt«, bringe ich heraus.

»Dafür gibt es einen ganz einfachen Grund.« Ihr Mund verzieht sich zu einem bitteren Grinsen. »Es war mir viel zu … peinlich.«

»Wirklich?«

»Natürlich. Es war nicht zu übersehen, dass du genau wusstest, wer ich bin, und dass du nicht gerade erfreut warst, mich wiederzusehen, was ja auch absolut verständlich ist, nach all dem …«, sie macht eine kleine Pause, »was ich dir angetan habe.« Dann fügt sie hastig hinzu: »Aber ich bin nicht mehr dieselbe wie damals. Wir waren so jung, Violet, und ich war unsicher und einsam. Ich habe das alles an dir ausgelassen, obwohl ich kein Recht dazu hatte. Ich war schrecklich zu dir, gemein, wahrscheinlich unverzeihlich gemein. Ich will mich nicht herausreden, aber ich war als Kind sehr unglücklich, und ich habe die anderen auf die niederträchtigste Weise für mein Unglück büßen lassen, aber so bin ich nicht mehr, Violet, bitte glaub mir.«

Sie senkt für einen Moment die Augen, ihre Stimme wird weicher.

»Ich habe oft an dich gedacht, weißt du. Ich habe gehofft, dass ich eines Tages die Gelegenheit haben würde, mich zu entschuldigen, dich um Verzeihung zu bitten. Und jetzt bist du hier …«

Sie sieht wieder auf und lächelt plötzlich, als hätte sie den verlorenen Sohn wiederentdeckt. Und dann schweigt sie einen Moment, nimmt einen tiefen Atemzug und sagt etwas, das ich mir von ihr zu hören niemals hätte träumen lassen.

»Ich hätte nie gedacht, dass ich einmal die Chance haben würde, das zu sagen, und ich bin sehr dankbar dafür, dass ich sie jetzt doch habe … Bitte vergib mir, Violet. Für all die hinterhältigen, gemeinen Dinge, die ich dir angetan habe. Könntest du bitte dem idiotischen Kind verzeihen, das ich war, und können wir noch einmal ganz von vorn anfangen?«

Ich bin noch immer sprachlos.

Sie scheint in sich zusammenzufallen, blickt auf den Teppich.

Endlich finde ich meine Stimme wieder. »Du kannst dich an alles erinnern?«

Sie sieht mich wieder an, mit einem beinahe flehenden Blick. »Natürlich erinnere ich mich, und es tut mir so leid, Violet. Kannst du mir verzeihen? Bitte?«

Kann ich ihr verzeihen?

Ein Teil von mir möchte sie am liebsten zum Teufel schicken, möchte ihr sagen, dass sie da hingehört, für das, was sie mir angetan hat.

Aber dann muss ich lächeln.

Nicht in tausend Jahren hätte ich diesen Augenblick für möglich gehalten. Pippa Langford hat ihre Sünden gestanden und sich bei mir entschuldigt, besser noch, mich um Verzeihung gebeten! Ich will ja meine Genugtuung nicht allzu sehr auskosten, aber die blöde Ziege hat sich verdammt noch mal bei mir entschuldigt!

Ein erhebender Moment in meinem Leben: Ich sitze hier in meinen dicken Socken und zermartere mir seit drei Tagen das Hirn wegen Sorgen, die dreizehn Jahre zurückliegen, und jetzt habe ich die Chance zu sagen: Es ist vorbei. Es ist endlich vorbei.

»Natürlich vergebe ich dir«, sage ich nicht nur, sondern rufe es fast, und sie sieht total erleichtert aus, und plötzlich liegen wir uns wieder in den Armen.

»Oh, danke, danke, du hast keine Ahnung, wie erleichtert ich bin, das zu hören.« Sie setzt sich auf die Armlehne des Sessels mir gegenüber. »Als ich durch diese Tür gekommen bin und dich gesehen habe, ist mir das Herz in die Hose gerutscht, und ich schätze, dir ist es ebenso gegangen, obwohl vielleicht aus anderen Gründen. War es ein schlimmer Schock, mich so plötzlich wiederzusehen?«

»Ich hatte schon die Fotos in der Küche gesehen«, gebe ich zu und schaffe es, ihr Lächeln zu erwidern.

»Also wusstest du, was kommen würde beziehungsweise wer …« Sie schweigt einen Moment und beißt sich auf die Unterlippe. An ihrem Blick kann ich ablesen, dass sie mich etwas Wichtiges fragen will. »Aber du hast Sollie noch nichts erzählt, oder?«

Ich schüttle zur Antwort den Kopf. »Ich weiß nicht, wie ich es ihm sagen soll.«

»Oh, Gott sei Dank!« Sie stößt einen tiefen Seufzer aus und rutscht vom Arm des Sessels in seine Mitte. »Ich könnte es nicht ertragen, wenn er wüsste, wie ich damals war. Ich war kein besonders netter Mensch. Okay, das ist die Untertreibung des Jahrhunderts, ich war ein Riesenmiststück, während mein süßer kleiner Bruder ein Heiliger ist … Und ich will nicht, dass er das über mich erfährt. Das kannst du doch sicher verstehen?«

Ich nicke langsam und weiß schon, was als Nächstes kommt, bin mir aber nicht sicher, was ich davon halten soll.

»Hör mal«, sagt sie vorsichtig. »Ich weiß, dass das viel verlangt ist, und ich würde es auch vollkommen verstehen, wenn du es nicht tun willst, ich meine, du schuldest mir nichts, während ich mich tausendmal entschuldigen müsste, hunderttausendmal, aber ich schäme mich so schrecklich für das, was passiert ist, und ich wäre dir so dankbar, wenn du es schaffen könntest, Sol nichts davon zu erzählen … und dem Rest meiner Familie auch nicht. Ich meine, dass wir zusammen in der Schule waren schon, aber nicht, wie gemein ich zu dir war. Wenn du das für mich tun könntest … Was meinst du, Violet? Wir könnten ihnen ja sagen, dass wir eine Zeitlang auf dieselbe Schule gegangen sind, uns aber nicht besonders gut kannten? Wärst du damit einverstanden?«

»Ich möchte Sol eigentlich nicht anlügen«, gebe ich zu bedenken.

»Wir würden ja nicht direkt lügen, Violet, sondern eben nur nicht alles erzählen…« Sie sieht ängstlich zur Tür. »Du musst mich unmöglich finden, aber ich möchte einfach nicht, dass sie erfahren, wie ich früher war, ich schäme mich so sehr, wenn ich daran denke, wer ich war, wie ich war…« Sie lässt den Kopf hängen und seufzt hörbar. »Es täte mir so leid, sie so entsetzt zu sehen. Aber ich verstehe das, du und Sollie, ihr kennt euch ja noch nicht solange, und es geht ja auch nicht, dass ihr Geheimnisse voreinander habt. Sie werden nur so furchtbar enttäuscht von mir sein… Blöd, nicht, dass ich so von ihrer guten Meinung über mich abhängig bin? Aber es ist so. Ich könnte es nicht ertragen, wenn meine Familie von mir wüsste, dass ich mich so schlecht benommen habe, es würde sie schockieren, und sie haben auch so schon genug durchmachen müssen meinetwegen… Wenn ich ihnen das nur ersparen könnte… Aber es ist natürlich deine Entscheidung, und ich verdiene eine Strafe nach allem, was ich dir angetan habe.«

Ihre Stimme bricht, die Schultern sind ganz eingesunken, sie ist kurz davor, in Tränen auszubrechen, und sogar ihre Hände zittern.

Nicht einmal Pippa Langford wäre in der Lage, so etwas zu schauspielern. Sie muss die Wahrheit sagen.

»Ich werde es ihnen nicht erzählen«, teile ich ihr mit, und ich höre förmlich den Stein von ihrem Herzen fallen; sie nimmt mich noch einmal in den Arm und hält mich so fest, dass ich fast keine Luft mehr bekomme.

»O danke, danke, danke… Vielen Dank, Violet, du kannst dir nicht vorstellen, wie dankbar…«

Eine Stimme unterbricht uns, und wir springen auseinander.

»Was ist denn hier los?«

Es ist Sollie. Er steht in der Tür und lächelt, während er dabei zusieht, wie seine Schwester seine Verlobte umarmt.

Ich sehe Pippa an, Pippa sieht mich an und dann Sollie und dann wieder mich, mit einem unsicheren Lächeln im Gesicht.

»Sagst du es ihm, oder soll ich es ihm sagen?«

»Was denn sagen?« Sol blickt uns verwirrt an.

Sie nimmt die Sache in die Hand, worüber ich ehrlich gesagt froh bin, weil ich immer noch aufgeregt bin und meine Zunge trockener ist als eine Brezel.

»Violet und ich sind alte …« Sie zögert einen Moment, dann sagt sie: »Bekannte.«

Sollie sieht sie ungläubig an. »Ihr kennt euch? Woher denn?«

»Wir sind eine Weile … auf dieselbe Schule gegangen«, stottere ich, als sie mich auffordernd anblickt.

»Macht ihr Witze?«

»Nein, im Ernst.«

»Wirklich? Warum habt ihr das nicht früher gesagt?«

Sie antwortet an meiner Stelle. »Weil wir es selbst gerade erst festgestellt haben. Wir haben uns beide verändert, Sollie, wir sind erwachsen geworden seitdem.« Sie wählt ihre Worte bewusst, und ich verstehe, dass sie nicht nur eine Erklärung für Sollie, sondern auch eine weitere Entschuldigung für mich darstellen, und dann lächelt sie mich so herzlich an, dass ich nicht anders kann, als zurückzulächeln.

Sie hat recht, die Dinge haben sich verändert, sehr sogar.

Sollie ist total überrumpelt, aber glücklich.

»Das ist ja toll!«, sagt er strahlend. »Ich wusste immer, dass wir zusammengehören, und das beweist es nur noch einmal.«

»Der zynische Anwalt glaubt plötzlich an Schicksal«, sagt Pippa schmunzelnd. »Wenn das keine Liebe ist.«

Er schüttelt den Kopf, als könnte er es immer noch nicht glauben.

»Meine Schwester und Vi sind alte Freunde. Ich kann nicht

glauben, dass ihr euch nicht wiedererkannt habt. Bei den vielen Fotos, mit denen die Wände hier tapeziert sind …«

»Na ja, alte Freunde ist ja auch übertrieben«, sage ich zögerlich.

»Aber wir hoffen, es bald zu werden!«, fällt Pippa strahlend ein, und sie streckt eine Hand aus, mit der sie meine ergreift. »Wir waren nur ein Jahr lang in derselben Stufe, das ist alles, wir waren nicht eng befreundet, gehörten zu unterschiedlichen Cliquen, du weißt ja, wie das ist in dem Alter, man kann ewig lange in einer Klasse sitzen und noch nicht einmal den Namen des anderen kennen. Violet war eines von den beliebten Mädchen, weißt du, und ich musste ja schon wieder gehen, bevor ich irgendjemanden richtig kennengelernt hatte, du weißt ja, wie es damals für mich war, ich bin so oft umgezogen und in keiner Schule lange geblieben.«

Sollie nickt traurig und tritt näher, um ihr den Arm um die Hüfte zu legen, aber während er sie tröstet, muss ich daran denken, wie leicht es ihr fällt zu lügen, und das verursacht mir ein seltsames Gefühl.

»Schon gut«, sagt sie seufzend, als würde sie den letzten bösen Geist vertreiben, und richtet sich wieder gerade auf, als mache sie sich für eine bessere Zukunft bereit. »Ende gut, alles gut, wie Shakespeare zu sagen pflegte. Und jetzt habe ich endlich Zeit, Violet besser kennenzulernen.«

Bei diesen letzten Worten strahlt Sollie übers ganze Gesicht. Er sieht glücklich aus.

Ich blicke sie an und bin überrascht, auch sie glücklich zu sehen, erleichtert, und als sie sicher ist, dass Sollie nicht guckt, sagt sie lautlos »Vielen Dank« in meine Richtung, und dann noch einmal: »Vielen Dank.« Ihr Gesicht ist ein Bild aufrichtiger Dankbarkeit, und all meine Bedenken und meine Skepsis lösen sich auf wie Zucker auf der Zunge.

Ich habe das Richtige getan.

Das Vergangene soll man ruhen lassen.

Es da verstauen, wo es hingehört.

In einer fest verschlossenen Kiste mit der Aufschrift: »Schwamm drüber«.

Kapitel 10

Einen besseren Ausgang der Angelegenheit hätte ich mir nicht träumen lassen.

Mein schlechtes Gewissen Sol gegenüber, weil ich ihm nichts sage, wird von meinem nunmehr seit zwölf Jahren währenden Bedürfnis verdrängt, so zu tun, als sei das alles nie passiert.

Darin besteht auch unser neuer Pakt. Es ist nie passiert. Wir können die Vergangenheit begraben und eine Freundschaft eingehen, die allein in der Gegenwart und der Zukunft gründet und darin, dass wir Schwägerinnen sind. Als ich mir sicher bin, dass mich niemand beobachtet, sause ich die Treppe hoch und rufe Jas an, um ihr alles brandheiß zu berichten. Einen Moment lang ist sie ebenso begeistert wie ich, aber dann wird sie plötzlich still.

»Was ist los, Jas?«

»Ach, nichts weiter«, erwidert sie in einer Weise, die sie Lügen straft.

»Los, raus damit, ich merke doch, dass du mit etwas hinterm Berg hältst.«

»Ich will dir deine gute Laune nicht verderben.«

»Zu spät«, sage ich, aber ohne Vorwurf in der Stimme.

»Okay. Also, wenn ich ehrlich sein soll, ich meine, ich würde mich riesig freuen, wenn sie es wirklich so meint, aber wenn du mich fragst, hört sich das zu schön an, um wahr zu sein. ›Ich war furchtbar, bitte verzeih mir‹, das ist wirklich toll und klingt phantastisch, aber kannst du ihr wirklich trauen?

Ich meine, ich will ja keine Spielverderberin sein und euren neuen Frieden untergraben, aber so hat eure Geschichte doch auch das letzte Mal angefangen, richtig? Sie hat auch erst so getan, als wollte sie deine beste Freundin sein?«

Meine große Erleichterung beginnt sich nach diesen kritischen Worten langsam aufzulösen, und einen Moment lang bin ich fast sauer auf Jasmine, weil sie so negativ auf meine guten Nachrichten reagiert, aber dann halte ich mir vor Augen, dass sie immer eine treue und loyale Freundin war und nichts anderes will als nur das Beste für mich.

»Du denkst also, sie meint es nicht ehrlich?«

»Oh, nein, Violet!«, ruft sie erschrocken. »Das habe ich nicht gesagt und auch nicht gemeint, es kann sehr gut sein, dass sie jedes Wort ernst gemeint hat, ich meine nur, man sollte nicht jedem, den man gerade erst kennenlernt, blind vertrauen, und na ja, wie soll ich sagen… Du kennst Pippa Langford bereits, und obwohl es sein kann, dass sie sich bis zur Unkenntlichkeit verändert hat, solltest du immerhin die Möglichkeit in Betracht ziehen, dass es vielleicht doch nicht so ist. Auch wenn du es dir noch so sehr wünschst…«

»Ich schätze, du hast recht«, gebe ich zu. Meine Euphorie hat sich vollständig verflüchtigt.

»Nur nicht den Mut verlieren, Süße«, versucht sie mich aufzumuntern. »Du hast eine gute Menschenkenntnis, Violet, und erkennst einen schlechten Charakter schon aus zehn Metern Entfernung, aber du willst auch um jeden Preis, dass mit Sol und dir alles perfekt läuft. Dein Urteilsvermögen könnte also ein bisschen beeinträchtigt sein. Trotzdem sind das wunderbare Neuigkeiten, wirklich, und ich hoffe sehr, dass Philly Beresford genauso ist, wie sie zu sein scheint, aber solange das noch nicht ganz sicher ist, sieh dich ein bisschen vor, okay?«

»Okay.«

»Sag es noch mal so, dass ich es glauben kann, Violet.«

»Okay. Ich sehe mich vor.«

»Ich hab dich lieb.«

»Ich dich auch.«

Ihr letzter Ratschlag, den sie mir noch mit auf den Weg gibt, lautet: »Sei ganz locker, aber halt die Augen offen.«

Hat sie wirklich recht damit?

Mir wäre »Vergiss die Vergangenheit und umarme die Zukunft« lieber gewesen, aber mit dieser Einstellung riskiere ich, noch einmal ein Messer in den Rücken zu bekommen.

Als ich die Treppe wieder hinuntergehe, hat sich mein Glückszustand in Unsicherheit verwandelt, und der Rest der Familie ist gerade dabei, das Frühstück nahtlos ins Mittagessen übergehen zu lassen. Das Stimmengewirr verrät mir, dass sie fast alle in der Küche sind. Diesmal trägt Fleur Elspeths Schürze. Sie blickt auf und lächelt, als ich den Raum betrete.

»Die Aufgaben sind neu verteilt worden«, sagt sie grinsend und winkt mir mit einem vor Chilisauce triefenden Holzlöffel zu. »Ich glaube, Beth würde dich gern das Abendessen kochen lassen, wenn du nichts dagegen hast.«

»Ganz im Gegenteil.« Ich lächle ein wenig verhalten zurück, mich fröstelt. »Ich vermisse die Wärme meiner Backöfen. Weißt du, wo Sollie steckt?«

»Eben war er noch mit Philly in der Bibliothek, aber sie ist jetzt da drüben«, sagt sie mit einer Kopfbewegung Richtung Esstisch. »Ich nehme an, er ist mit Aric in dessen Arbeitszimmer. Männergespräche, du weißt schon …«

»Männergespräche über was?«, frage ich, wobei ich die Stirn in Falten lege.

Sie beugt sich verschwörerisch zu mir herüber. »Ich glaube, es geht darum, dass ihr gesagt habt, ihr wolltet die Hochzeit allein bezahlen. Er versucht Sol wahrscheinlich gerade einen fetten Scheck auszustellen.«

Pippa sitzt am Tisch und blättert in einer Zeitschrift. Beim Klang meiner Stimme blickt sie auf und lächelt übers ganze Gesicht, während sie mit einer auffordernden Geste auf den leeren Stuhl neben sich klopft.

Einen Moment lang bin ich auf der Hut.

Einen Moment lang denke ich an Jas' warnende Worte.

»Man sollte nicht jedem, den man gerade erst kennenlernt, blind vertrauen.«

Ist Jas zu misstrauisch? Die Frage kann eigentlich ich am besten beantworten, schließlich bin ich diejenige, die Pippa von früher kennt. Sie klopft erneut auf den Platz neben sich, also setze ich mich hin, um nicht total unhöflich zu erscheinen.

»Keine Angst, ich beiße nicht«, sagt sie lachend, und das ist in der Tat ein Witz, denn sie *hat* mich schon einmal gebissen, und zwar so heftig, dass sie Bissspuren auf meiner Haut hinterlassen hat.

»Jedenfalls nicht so doll«, fügt sie hinzu, als ich mich neben sie setze.

Dafür dass sie mich unbedingt neben sich sitzen haben wollte, sagt sie nicht sehr viel. Genau genommen sagt sie in den folgenden Minuten kein Wort und zwingt mich damit, in meinem Hirn krampfhaft nach etwas zu suchen, was ich zu ihr sagen könnte. Wie das immer so ist, wenn man eine Unterhaltung aufgezwungen bekommt: Es fällt einem einfach nichts ein. Kein einziger vernünftiger Gedanke durchströmt meinen armen, von Panik gelähmten Schädel. Also sage ich schließlich etwas wenig Vernünftiges:

»Hat sich hier eigentlich irgendjemand nach dem Frühstück auch nur einen Zentimeter bewegt?«, frage ich mit einem etwas zu bemühten Lächeln, während ich auf die anderen zeige, die noch immer auf denselben Plätzen von heute Morgen sitzen.

Zu meiner Erleichterung lacht sie. »Ich weiß, was du meinst. Hier auf Belcannon geht es immer nur ums Essen. Elspeth hält es für ihre Pflicht als Mutter, uns alle zu mästen, bevor sie uns wieder in die große weite Welt entlässt.«

»Das gelingt ihr auch, ich schätze, ich habe jeden Tag, seit ich hier bin, ein Pfund zugenommen.«

»Ich verrate dir ein Geheimnis. Es fällt ihnen nur auf, wenn du das Essen *verweigerst*. Dann sind sie beleidigt oder beschweren sich. Der Trick ist, so zu *tun*, als würde man essen«, sagt sie und unterbricht sich für einen Augenblick, als Fleur ihr mittlerweile fertiges Chili con Carne auf den Tisch stellt, und lächelt Elspeth zu, die ihr einen Teller Guacamole reicht. Sobald Elspeth sich wieder umgedreht hat, spricht sie weiter. »Du nimmst einfach von allem etwas. Und wenn alle fertig sind, springst du schnell auf und hilfst beim Abräumen und Tellerleeren, und – zack! – kein Mensch wird bemerken, dass du von allem nur einen Mundvoll gegessen hast.«

»Und dann geht das ganze Versteckspiel eine Stunde später wieder von vorn los.«

»Genau.« Sie nickt. »Wahrscheinlich könnte man tagelang hier am Küchentisch sitzen bleiben, ohne sich einen Zentimeter wegzubewegen, und kein Mensch würde sich wundern, denn da sitzen ja sowieso immer alle.«

»Könnte etwas schwierig werden, wenn man mal aufs Klo muss.«

»Stimmt, denn alles, was reinkommt …«

»… muss auch wieder raus«, vervollständige ich ihren Satz, und wir fangen an zu lachen.

Und hören wieder auf.

Das ist schon eine seltsame Angelegenheit. Und ihrem Gesichtsausdruck nach zu urteilen, denkt sie gerade das Gleiche. Wie seltsam, hier zu sitzen und zu plaudern, als wäre nichts gewesen und man verstünde sich blendend.

»Schon komisch, nicht?«, sagt sie schließlich wie zum Beweis, dass ich ihren Ausdruck richtig gedeutet habe. »Komisch, aber richtig nett«, fügt sie hinzu und reicht mir das Knoblauchbrot. »Wäre es noch komischer, wenn ich dich bitte, mir alles zu erzählen, was seit der Schulzeit passiert ist? Sollie hat uns so wenig von dir erzählt, er hat immer nur total verliebt von dir geschwärmt und immer wieder gesagt, wie hübsch du seist, was für ein lieber, netter Mensch du seist und wie glücklich du ihn machst.« Sie rollt künstlich mit den Augen, um sich liebevoll über ihren Bruder zu mokieren, wie er über meine angeblichen Vorzüge monologisiert. »Das einzig Konkrete, was er erzählt hat, war, dass du deine eigene Kuchenfirma hast und deine Wohnung sich über deinem Laden in Battersea befindet.«

»Dann weißt du ja schon so ziemlich alles, was es zu wissen gibt.«

»Mehr gibt es nicht zu erzählen?«

»Mein Leben hat ziemlich lange nur aus Arbeit bestanden«, sage ich achselzuckend.

»Dann arbeitest du viel?«

»Das kann man wohl sagen.«

»Und amüsierst dich viel?«

»Wie meinst du das?«

»Jungs? Ich meine, außer Sollie?«

»Im Moment?«, sage ich und wundere mich, dass ich schon wieder anfange, mit ihr rumzublödeln.

Sie lacht zum Glück. »Ich meinte eigentlich vor Sollie, aber wenn es jetzt auch noch welche gibt, sind wir natürlich alle neugierig, mehr darüber zu erfahren …«

»Nein, nein, keine Angst. Ich würde Sol niemals betrügen. Es gab natürlich ein paar Männer vor ihm. Alle so mehr oder weniger im Vorbeigehen«, sage ich ironisch, und sie grinst mich zustimmend an. »Es war nur eine ernste Beziehung dabei … und die war leider ein Riesenfehler.«

»Oh, von der Sorte hatten wir alle mal einen, nicht wahr?« Sie rollt erneut mit den Augen.

»Unglücklicherweise ja. Du auch?«

»Aber ja. Der Unterschied bei mir ist nur, dass ich noch immer mit ihm verheiratet bin … Das war ein Wiiiitz!«, sagt sie schnell, als ich sie bestürzt ansehe. »Ich habe eine ganze Reihe von Fehlern gemacht in der Hinsicht, bis ich Jonathan getroffen habe.«

»Hiebe statt Liebe«, wirft Mistral ein, die unsere Unterhaltung offenbar verfolgt hat.

Pippa dreht ihr ein bisschen den Rücken zu, um sie von dem Gespräch auszuschließen, und fragt leise: »Und nachdem ich St. Benedict verlassen habe, was hast du da gemacht?«

Wenn ich von der Frage überrascht bin, versuche ich es mir nicht anmerken zu lassen: »Hab mein Leben wieder in Angriff genommen. Mich auf die Prüfungen konzentriert. Neue Freunde gefunden.«

»Dann hast du mich also gar nicht vermisst?«, flüstert sie übermütig.

Ich weiß echt nicht, was ich damit anfangen soll. Macht sie sich über mich lustig? Aber dann gibt sie sich selbst eine Antwort.

»Wie ein Loch im Kopf, stimmt's?«

»Und was hast du gemacht?« Ich beschließe, dass die beste Reaktion darauf eine Gegenfrage ist, und außerdem bin ich wirklich neugierig, ich würde gerne wissen, wie es ihr danach ergangen ist. Hat sie auf ihrer nächsten Schule jemand anderen gequält, oder war das Ende ihrer Schreckensherrschaft auch das Ende ihrer Schulzeit?

»Ich musste runter von St. Benedict, weil meine Mutter wieder umgezogen ist. Zurück nach London. Ich bin dann auf das College in St.-John's-Wood gekommen. Hab irgendwie meinen Abschluss geschafft, allerdings mit grottigen Noten, was keine große Überraschung ist, wenn man immer nur in der Cafeteria sitzt, Kaffee trinkt und total affige französische Zigaretten raucht. Danach bin ich gereist, habe in Rom Jonathan getroffen, was nicht so romantisch war, wie es klingt, ihn in Venedig geheiratet, was auch nicht so romantisch war, wie es klingt, bin nach Frankreich gezogen, wo ich immer noch in Cafés sitze und total affige französische Zigaretten rauche. Da siehst du's, das Leben verläuft in Zirkeln. Ich meine, schau dir uns an, wer hätte je gedacht, dass wir uns einmal wiedersehen würden …«

Mistral hört immer noch zu. »Ach, stimmt ja«, sagt sie und reicht mir einen Teller Florentiner, ungeachtet der Tatsache, dass ich noch keinen Bissen von meinem Chili gegessen habe. »Elspeth hat uns erzählt, dass du mit Philly zur Schule gegangen bist.«

Ich bin gezwungen, etwas zu sagen, weil Pippa nur dazu nickt, »Bis später« sagt, vom Tisch aufsteht, ihren Teller in den Mülleimer entleert und die Küche verlässt.

»Nicht sehr lange«, antworte ich überrascht über ihren plötzlichen Abgang. Sie fühlt sich Fragen von anderen wohl noch nicht gewachsen. »Eigentlich überhaupt nicht lange.«

»Beth findet, dass das ein riesiger Zufall ist, aber ich glaube nicht an Zufälle, ich glaube, es gibt Leute im Leben, denen es bestimmt ist, denselben Weg zu gehen, und auch wenn man nicht die ganze Reise gemeinsam macht, so trifft man sich doch an bestimmten Kreuzungen wieder. Wart ihr beide Freundinnen?«

»Nicht wirklich … Wir waren in verschiedenen Cliquen, du weißt ja, wie das ist in der Schule, alle hängen in ihren eigenen Cliquen zusammen.«

»Dann wart ihr also verfeindet?« Sie macht ganz offensichtlich Witze, aber weil ich Angst habe, dass sie die Wahrheit in meinem Gesicht ablesen kann, lasse ich absichtlich meinen Florentiner herunterfallen, damit ich einen Vorwand habe, den Boden abzusuchen und die Frage zu ignorieren.

»Ich bin so ein Tollpatsch, entschuldige bitte.«

»Mach dir keine Sorgen, Fleur hat ungefähr hundert gemacht, hier hast du einen anderen.« Sie bietet mir einen neuen an, als ich mich wieder aufrichte.

Wunderbar, mein Trick hat funktioniert.

Ich nehme den anderen Florentiner und beiße hinein.

»Fleur hat die gemacht?«, frage ich. »Die sind sehr gut, ganz ausgezeichnet sogar.«

»Oh, sie ist eine fabelhafte Köchin. Sie sollte das beruflich machen, aber sie traut sich nicht; denkt, sie sei nicht gut genug.«

»Wenn der Rest von dem, was sie macht, so gut ist wie diese Florentiner, dann sollte sie unbedingt einen Job daraus machen. Sie sind phantastisch …«

»Oh, das ist aber sehr nett von dir.« Mistrals Gesicht leuchtet auf wie ein Streichholz, das man gerade angezündet hat, so sehr freut sie sich über das Kompliment ihre Tochter betreffend.

»Nein, das ist einfach nur die Wahrheit.« Und das ist es tatsächlich, die Dinger sind köstlich.

»Wenn du das wirklich findest, könntet ihr euch ja einmal unterhalten. Sie nimmt keine Ratschläge von mir an, weißt du, ich bin ja ihre Mutter, und Mütter finden alles toll, was ihre Kinder machen, selbst wenn es der letzte Mist ist, aber wenn jemand wie du ihr es sagt, vielleicht glaubt sie es dann.«

»Das mache ich gern.«

»Oh, danke. Und du bist ja auch noch vom Fach, sie muss dir also glauben. Ach, du bist ein so reizendes Mädchen, Violet. Sollie hat großes Glück gehabt.« Sie drückt vorsichtig meine Hand. »Und mach dir keine Sorgen, weil du und Philippa euch in der Schule nicht verstanden habt. Die Vergangenheit ist nicht so wichtig, viel entscheidender ist das Hier und Jetzt …«

»Aber ich habe doch gar nicht gesagt, dass wir uns nicht …«, platze ich besorgt heraus.

Aber sie hindert mich mit einer Umarmung am Weiterreden. »Das musstest du nicht«, flüstert sie mir ins Ohr. »Aber mach dir keine Sorgen, dein Geheimnis ist gut bei mir aufgehoben … Oh, hallo Fleur, mein Liebling.«

Das Thema ist vergessen, als Fleur, die nach dem Kochen in den Blauen Salon gegangen war, um sich das Tomatenpüree abzuwaschen, wieder zurück in die Küche kommt und sich neben uns an den Tisch setzt. Sie scheint in keiner Weise überrascht, dass Mistral an mir klebt, als wäre ich mit Helium gefüllt und würde, wenn sie mich nicht festhielte, wie ein alter Luftballon zur Decke aufsteigen und dort hängen bleiben, bis alle Luft aus ihm entwichen ist.

Mistral muss eine Menge Leute umarmen.

»Violet findet, dass du eine wunderbare Köchin bist«, sagt sie sofort.

»Findest du?«, sagt Fleur lächelnd, und ich verstehe mit einem Mal, warum ich immer noch so unsicher wegen Pippa bin. Denn sobald man ein wirklich aufrichtiges, ehrlich gemeintes Lächeln sieht, fällt einem der Unterschied auf, wenn jemand nicht so lächelt. »Das freut mich … Oh, übrigens, Violet … Ich glaube, in deiner Handtasche klingelt etwas.«

Zum Glück ist diese Bemerkung Anlass für Misty, mich endlich loszulassen, damit ich aufspringen und durch die Eingangshalle sprinten kann, um ans Telefon zu gehen. Meine Handtasche ist in der Stiefelkammer. Ich habe mir angewöhnt, sie dort zu lassen, weil ich sie so immer in der Nähe habe und nicht erst zurück in Sollies und mein Zimmer muss. Ich habe mich nämlich schon viermal verlaufen, seit ich hier bin. Ich spiele bereits mit dem Gedanken, mir ein Beispiel an der griechischen Mythologie zu nehmen und einen Faden auszulegen, der mich immer wieder an meinen Ausgangspunkt zurückbringt.

Auf dem Display des Handys leuchtet »MUM« auf.

»Hallo, mein Schatz, hier ist deine Mutter«, sagt sie, nachdem ich atemlos aufs Knöpfchen gedrückt habe, als wäre es möglich, dass ich sie nach all den Jahren nicht an der Stimme erkennen könnte.

»Hallo, Mum. Wie ist der Urlaub?«

»Furchtbar warm. Und wie ist es in Schottland?«

»Auch warm, wenn man bedenkt, dass Herbst ist, oder genauer gesagt wechselhaft. In einem Moment ist es total warm, im nächsten regnet es.«

»Genau wie hier. Vielleicht hätten wir unser Geld sparen und nach Schottland fahren sollen?«

»Ich wünschte, das hättet ihr«, sage ich ein bisschen zu emotional.

»Wirklich, mein Schatz?« Ich erkenne am Klang ihrer Stimme, dass ihr Mutterinstinkt ihr bereits verraten hat, wie es um die Gefühlslage ihrer Tochter steht. »Ist alles okay bei dir?«

»Oh ja, natürlich, es wäre nur so schön gewesen, euch auch hier zu haben, als Ausgleich, weißt du. Ich bin allein, und sie sind Hunderte.« Mein Lachen klingt nervös.

»Ihr seid zu zweit, Violet. Du und Sollie. Ihr werdet bald zur selben Familie gehören, genau wie der ganze Rest des Klans. Also bist du nicht in der Minderheit, sondern du bist eine von ihnen.«

So ist meine Mutter, immer vernünftig und besonnen. Sie sieht die Dinge immer so klar, und ich bin schwer versucht, ihr alles zu erzählen und sie um Rat zu fragen, aber wenn ich ehrlich bin, weiß ich schon, was sie mir sagen würde, nämlich genau dasselbe, was sie mir damals in der Schule schon gesagt hat. Halt ihr auch die rechte Wange hin, Violet. Sei die Nettere. Habe solange Vertrauen, bis man dir Grund gibt, keins zu haben. Ihr Lieblingslied ist Monty Pythons »*Always look on the bright side of life*«.

»Abgesehen davon, dass du dich ein bisschen überrumpelt fühlst, gefällt es dir aber?«

»Es ist interessant.«

»Interessant – mehr nicht?«

»Gut«, füge ich hinzu und fühle mich den Tränen nahe, obwohl das »gut« ja der Wahrheit entspricht, aber so viele andere Gefühle haben dieses »gut« bombardiert, bis es ganz schwach geworden ist und sich eher anhört wie ein »Nicht so gut«, was blöd ist, denn ich habe ja nicht nur eine »gute«, sondern sogar eine »tolle« Zeit hier, und das Einzige, was alles hätte kaputtmachen können, ist aus dem Weg geräumt.

»Vergiss ›gut‹, ich meine ›toll‹, ich habe eine tolle Zeit hier!«

»Oh, das ist schön zu hören. Ich freue mich, dass es dir gut geht… Ist Sollies Familie genauso unglaublich wie er?«

»Unglaublich trifft es genau«, sage ich wahrheitsgemäß.

»Wie schön… Was ist denn, Henry?« Ich höre, wie sie sich vom Hörer abwendet, weil sich mein Vater in die Unterhaltung einmischt. »Dad sendet dir viele Grüße.«

»Oh, viele Grüße zurück.«

»Richte ich aus. Warte noch eine Sekunde, dein Vater will noch etwas sagen.« Ich höre, wie sie die Hand auf die Muschel legt und wie mein Vater irgendetwas im Hintergrund sagt. Und dann lacht sie.

»Er möchte wissen, ob er deiner Meinung nach zu alt und zu englisch für Dreadlocks ist?«

In dem Moment pruste auch ich laut los, weil mein Vater fünfundsechzig ist und so kahl wie ein Kinderpopo.

Wir reden nicht lange, meine kostenbewusste Mutter hat sicher genau ausgerechnet, wie groß das Loch ist, das ein Anruf aus Übersee in ihre streng geführte Haushaltskasse reißt, aber es ist unglaublich – da ist das Wort wieder –, wie sehr auch ein kurzes Gespräch mit ihr mich aufbaut. Sie ist so vernünftig und optimistisch in Bezug auf alles, dass ihr Vernünftigsein und ihr Optimismus bei jedem Kontakt mit ihr ein bisschen abfärben. Als wir uns verabschieden, bin ich überzeugt davon, dass Pippa höchstwahrscheinlich aufrichtig ist und ich nur wieder die Paranoia mit mir durchgehen lasse.

Aber dann, als ich mein Handy zurück in die Tasche lege, fällt mir auf, dass etwas nicht stimmt.

Ich kann meine Geldbörse sehen. Ich sollte meine Geldbörse aber nicht sehen können, weil ich sie immer in einer Reißverschlusstasche im Innern meiner Handtasche aufbewahre. Jetzt liegt sie allerdings einfach lose im Innern der Tasche. Ich nehme sie heraus und mache sie auf.

Hinter einer durchsichtigen Plastikfolie im Innern steckt seit Monaten ein Foto von Sollie und mir. Okay, das ist nicht besonders originell, aber was soll's. Es ist eines von den Fotos, die in einem dieser albernen Momente entstanden sind, wenn Pärchen in einen Passfotoautomaten gehen und Schnappschüsse von sich machen lassen, auf denen sie wild, verrückt und dämlich aussehen.

Immer wenn ich meine Geldbörse aufmache, sehe ich darauf und muss lächeln, aber heute werde ich stutzig, weil es auf dem Kopf steht. Es hat sich also ganz sicher jemand an meiner Handtasche zu schaffen gemacht! Jemand hat die Geldbörse herausgenommen, das Foto herausgeholt und es verkehrt herum wieder hineingesteckt. Das weiß ich ganz genau, denn ich habe es nicht mehr angerührt, seit ich es vor vier Monaten hineingetan habe.

Ich sehe nach, ob mein Geld und meine Kreditkarten noch da sind, was mir ein komisches Gefühl verursacht. Ich bin schließlich nicht in irgendeinem Lokal oder Club oder so, sondern zu Hause bei den Angehörigen meines Zukünftigen, um Himmels willen. Ich bin nicht überrascht, dass alles noch da ist, aber dann bemerke ich, dass mit dem Foto noch etwas nicht stimmt.

Ich sehe es mir genauer an, und dann fällt mir auf, was es ist.

Ich habe plötzlich einen Schnurrbart!

Ich höre Sollie in der Eingangshalle und rufe ihn zu mir.

Als ich ihm das Foto zeige, bricht er in Gelächter aus.

»Das war bestimmt Onkel Silas. Er war gestern Abend so betrunken, dass er Penis de Milo Tante Marilyns schönste Unterwäsche angezogen hat.«

»So etwas würde er nicht tun.«

»Meinst du nicht?«

»Na ja, das ist doch ziemlich gemein, findest du nicht? Und das passt nicht zu ihm.«

»Da hat sich nur jemand einen Scherz erlaubt, Vi. Ich würde mir an deiner Stelle keine Gedanken deswegen machen.«

Er zieht sein Portemonnaie hervor und holt die restlichen drei Passfotos heraus.

»Hier, nimm das hier, auf dem schiele ich nicht so.«

»Und ich habe darauf keinen lila Schnurrbart.«

»Genau …«

Sollie nimmt mir das manipulierte Foto aus der Hand und studiert es.

»Obwohl ich sagen muss, dass er dir steht.«

Sollie findet das vielleicht witzig, aber ich bin beunruhigt. Denn ehrlich gesagt ist das genau die Art schlechter Scherz, die Pippa immer gemacht hat, um sich abzureagieren.

War sie das?

Will sie mir auf ihre unnachahmlich subtile Weise sagen, dass ihre Worte sie Lügen strafen und nur ihre Taten die Wahrheit sprechen?

Will sie mir sagen, dass das Spiel nicht zu Ende ist, sondern gerade wieder anfängt?

Dass alles von vorne losgeht?

Ein paar Augenblicke später sind der noch immer kichernde Sollie und ich von einem Haufen Leute umgeben, die ihre Schuhe suchen. Offenbar steht ein Spaziergang auf dem Programm. Ich gehe widerwillig mit, obwohl ich lieber zu Hause bleiben und über das nachgrübeln würde, was gerade passiert ist, und um vielleicht mal in Pippas Tasche nach einem lila Filzer zu suchen … Ich sehe immer wieder rüber zu ihr, während sie plaudernd neben Adam läuft, total unschuldig und normal aussieht und sogar zu mir rüberlächelt, wenn sie mich dabei ertappt, wie ich sie anstarre. Ich betrachte sie und stelle mir tausend Fragen, und irgendwann bemerke ich, dass dieses fiese Gefühl im Bauch Angst ist. Angst vor der Vergangenheit, die sich wie Gift in meine Gegenwart schleicht.

Als wir wieder am Haus sind, hat Sollie allen die Geschichte von mir und dem Foto und meinem neuen Look erzählt. Er lacht sich schlapp, während er Onkel Silas von meiner Verwandlung in eine mexikanische Bandida berichtet. Die anderen lachen alle mit. Alle außer ihr.

Und mir.

Warum lacht sie nicht? Versucht sie angestrengt, unschuldig auszusehen, weil sie es getan hat und mich noch immer hasst und alles, was sie heute Morgen zu mir gesagt hat, nichts als Lügen waren?

Am Ende des Spaziergangs habe ich mich derart in die Sache reingesteigert, dass ich davon überzeugt bin, dass sie eine Reinkarnation des Bösen selbst ist und sie mich noch heute im Schlaf ermorden wird, sodass ich künftig als einer von Balcannons berüchtigten Geistern mein Unwesen treibe.

Ich lasse alle anderen vorgehen, um mich zu sammeln.

Aber als ich meine geliehenen Gummistiefel ausziehe, sehe ich sie in der Eingangshalle stehen und auf mich warten.

»Violet, kann ich dich kurz sprechen?«

Du kannst mich nicht nur kurz sprechen, sondern mich auch am … Nein, ich bin natürlich viel zu anständig, um das zu sagen, also bleibe ich einfach stehen und sehe sie auffordernd an.

»Ich hoffe, du denkst nicht, dass ich es war?«, sagt sie zögernd. »Ich meine, das mit dem Foto.«

Was soll ich dazu sagen? Soweit es mich betrifft, ist sie eindeutig die Hauptverdächtige.

»Doch, natürlich denkst du es. Es steht dir ins Gesicht geschrieben, und wie solltest du auch nicht? Es tut mir so leid, Violet, ich habe dir so viele schreckliche Dinge angetan, aber ich schwöre dir, ich war das nicht.«

In dem Moment kommt Aric aus seinem Arbeitszimmer in die Eingangshalle und sieht amüsiert und aufgewühlt zugleich aus.

»Philly, mein Liebes, da bist du ja ... Hast du schon das Hochzeitsfoto von dir und Jonathan gesehen, das auf meinem Schreibtisch steht?« Er hält uns das gerahmte Bild hin. »Ich habe keine Ahnung, was hier vor sich geht, aber du trägst plötzlich Bart und Brille, und Jonathan sind zwei enorme Brüste gewachsen!«

Kapitel 11

Am nächsten Morgen beim Frühstück ist der Phantomretuscheur das Hauptgesprächsthema.

Zumal Elspeth am Morgen, als sie gerade zu einer neuerlichen Kochorgie ansetzen wollte, feststellen musste, dass jemand alle Fotos an der Küchenwand mit mexikanischen Banditen-Schnurrbärten versehen hatte. Und zwar jedes einzelne davon, vom Baby bis zur Urgroßmutter.

Alle streiten ab, etwas damit zu tun zu haben, und spekulieren darüber, wer es gewesen sein könnte.

Ich bin mittlerweile überzeugt davon, dass es nicht Philly war, die mein Foto so kunstvoll retuschiert hat, und während Sollie und ich uns Fleurs fabelhafte Florentiner zu Gemüte führen – das übliche cholesterintriefende Frühstück schaffen wir einfach nicht mehr –, versuchen wir uns gegenseitig mit Vermutungen darüber zum Lachen zu bringen, wer der Übeltäter sein könnte.

»Ob Mistral sich künstlerisch betätigt hat?«, schlage ich vor.

»Oder Dad hatte Eier mit Speck und Magic Mushrooms zum Frühstück«, entgegnet Sollie und drückt mir einen Kuss auf die Wange.

»Hat sich Onkel Silas nach einer Flasche Whisky mit einem Textmarker bewaffnet?«

»Und ist auf Angus Graingers Geisterpferd ums Haus geritten«, ergänzt Sollie.

»Wer immer es war, das war ein echter Angriff«, beschwert

sich Aric, während er wenig wirkungsvoll mit einem Tuch und etwas Reinigungsmittel versucht, die Glasrahmen zu säubern.

»Angriff der Killer-Retuscheure!«, sagen Sollie und ich im Chor.

Wir krümmen uns vor Lachen, als Mistral auf dem Weg zum Yoga durch die Küche kommt und nicht gemerkt hat, dass ihr jemand heimlich im Schlaf einen exzentrischen Schnauzer ins Gesicht gemalt hat.

Als ich gerade noch verhindern kann, sämtliche Kontrolle über meinen bebenden Körper zu verlieren, und endlich wieder aufhöre zu lachen, fällt mir auf, dass Pippa, Entschuldigung, Philly, sich der allgemeinen Heiterkeit nicht angeschlossen hat. Stattdessen sitzt sie uns am Tisch gegenüber und blickt düster in ihre Porridge-Schüssel. Ich bin überrascht – gestern hat sie sich beim Anblick des Fotos von ihr und Jonathan schlapp gelacht; und das obwohl sie darauf aussah wie Präsident Lincoln und Jonathan wie ein Playmate mit Körbchengröße D und Playboy-Bunny-Ohren.

Jonathan müsste jede Minute eintreffen. Ob das der Grund für ihre gedrückte Stimmung ist? Ich muss gestehen, dass sie eher besorgt als glücklich aussieht.

Ich bin nicht die Einzige, der auffällt, wie bedrückt sie ist.

»Alles okay, Schwester?«, fragt Sollie.

Sie sieht zu ihm hoch, als hätte er sie aus tiefen Gedanken gerissen.

»Wie bitte … Nein, danke, Sol.« Sie wehrt die Florentiner, die Sol ihr hinhält, mit der Hand ab. »Mir geht's gut, ich bin nur ein bisschen müde.«

»Müde? Bist du vielleicht müde, weil du die ganze Nacht auf warst und der gesamten Familie bis zurück zum ersten Laird of Balcannon Schnurrbärte verpasst hast?«, zieht er sie auf.

»Nein, lieber Sollie.« Er sieht erleichtert aus, als sie lächelt. »Das kannst du mir nicht anhängen. Ich war brav um Mitternacht im Bett. Aber ich weiß, wer zu tief ins Glas geschaut hat und bis zum frühen Morgen auf war.« Sie wendet sich Silas und Marilyn zu, die gerade erst verkatert in die Küche stolpern. »Ihr seid die Älteren, ihr solltet eigentlich ein Vorbild für uns sein.«

»Sind wir ja auch.« Silas strahlt sie an, so dass seine weißen Zähne aus seinem schönen dunklen Gesicht hervorleuchten. »Nur eben ein schlechtes.«

Sie antwortet nichts darauf, und obwohl das ganz offensichtlich scherzhaft gemeint war, rollt sie ostentativ mit den Augen, schnappt sich ein Glas Orangensaft und einen Pfirsich aus der Obstschale und stürmt aus dem Raum.

»Geht es ihr nicht gut?«, fragt Silas mit hochgezogenen Augenbrauen und setzt sich auf den von ihr verlassenen Platz. »Sie scheint nicht ganz auf der Höhe zu sein.«

Sollie zuckt mit den Schultern. »Sieht so aus. Möchtest du Toast, oder wollt ihr euch heute Morgen lieber flüssig ernähren?«

»Ich könnte Orangensaft von einem ganzen Zitruswald vertragen … Ah, Violet, du bist eine wundervolle Frau«, seufzt er dankbar, als ich ihm ein großes Glas Saft einschütte und hinüberreiche. »Wann hat man Onkel Silas jemals Nein zu einem schönen dicken Frühstück sagen hören.«

»Oder zu einer schönen dicken Frau«, sagt Marilyn, die von hinten an ihn herantritt und ihm die Hände auf die Schulter legt.

Silas sieht hoch, den Kopf hübsch eingerahmt von Marilyns mehr als üppigem Dekolletee.

»Gebt mir beides, und ich bin ein glücklicher Mann«, verkündet er strahlend.

»Ich mag mich ja irren«, flüstere ich Sollie zu, während

Marilyn Silas mit seinem Porridge füttert und Andeutungen darüber macht, was sie gern mit dem Honig machen würde, den er gerade darüber gießt, »aber ich habe das Gefühl, dass Philly und Onkel Silas nicht besonders gut miteinander auskommen.«

»Sie sind nicht gerade die größten Fans voneinander … Eine alte Geschichte«, sagt er, und als ich fragend die Augenbrauen hochziehe: »Aber was viel wichtiger ist: Ich glaube, sie und Jonathan vertragen sich auch nicht mehr so gut in letzter Zeit.«

»Wie kommst du darauf?«

»Na ja, als wir das letzte Mal alle zusammen waren, war die Atmosphäre ziemlich angespannt, und jetzt macht sie auch wieder so einen gestressten Eindruck. Ich frage mich, ob die beiden gerade eine schwierige Phase durchmachen.«

»Meinst du?«

Er nickt. »Die beiden haben so ihre Höhen und Tiefen.«

»Ist er sehr temperamentvoll?«

»Ganz im Gegenteil. Er ist immer so entspannt, dass er sie damit regelmäßig in den Wahnsinn treibt. Sie macht dann Ärger, um eine Reaktion von ihm zu erzwingen, und dann reden sie tagelang nicht mehr miteinander.«

»Verstehe.«

»Sie hat sich auch einmal beklagt, dass er so viel arbeitet und sie nicht genug Aufmerksamkeit bekommt. Und dann hat sie uns beide heute Morgen miteinander turteln sehen, was bestimmt nicht so toll ist, wenn es in ihrer eigenen Beziehung gerade nicht so gut läuft.«

»Soso«, sage ich lachend. »Dann sind wir also zwei Turteltäubchen.«

»Und wie! Ich wäre auch genervt, wenn ich uns beiden zusehen müsste.« Er blickt sich um, um sicherzugehen, dass uns niemand beobachtet, und dann lehnt er sich vor und gibt mir einen Kuss auf die Nasenspitze. »Erst recht, wenn mein Liebesleben nicht so erquicklich wäre.«

»Und du meinst, das ist der Grund, warum sie heute so verändert wirkt?«

»Das ist jedenfalls die einzige Erklärung, die ich dafür habe.« Er zuckt mit den Schultern. »Ich meine, gestern Abend war sie doch noch ganz normal… Und dann hat sie mich eben so wütend angesehen, als wir uns geküsst haben.«

»Warum redest du nicht einfach mit ihr?«

»Sie würde mich abwimmeln.«

»Und wenn du Jonathan darauf ansprichst?«

»Das könnte ich versuchen…«

»Andererseits, wenn Jonathan der Grund für ihre schlechte Laune ist, vielleicht ist er dann doch nicht der ideale Gesprächspartner…«

»Wenn er der Grund für ihr Unglück ist, dann werde ich nicht mit ihm reden.« Sollie zieht ein Gesicht. »Dann fessle ich ihn an Penis de Milo und versenke ihn im See.«

»Solomon Grainger im Widerspruch mit dem Gesetz?«, sage ich mit großen Augen.

»Niemand legt sich ungestraft mit meiner Familie an«, verkündet er in Marlon-Brando-Manier. »Sonst kriegt er es mit mir zu tun.«

»Wenn Jonathan also Philly übel mitspielt, dann würdest du dich verpflichtet fühlen, ihm einen Tritt in den Hintern zu verpassen?«

Er denkt einen Augenblick nach und fängt an zu grinsen.

»Wahrscheinlich würde ich mich damit begnügen, ihn zu verklagen, dass ihm Hören und Sehen vergeht.«

Jonathan kommt auf Balcannon an, als das Frühstück ins Mittagessen übergeht.

Er fährt einen brandneuen Aston Martin, den er in einer von den durchdrehenden Rädern verursachten Staubwolke und mit einer Handbremsen-Drehung genau in der Lücke zwischen Sollies Range Rover und Mistrals kleinem Schrottauto parkt.

Er sieht gut aus. Zu gut. Leicht gebräunt, glänzendes braunes Haar und Augen von der Farbe flüssigen Goldes. Schlank, aber an den richtigen Stellen kräftig, in einem tadellos sitzenden grauen Anzug, der die eleganten Linien seines Körpers perfekt betont.

Er ist mit dem Auto gekommen, erklärt uns Pippa, weil er in Schottland verschiedene Termine hat, einen in Edinburgh und einen in Glasgow, und es so für ihn einfacher ist, aber ich habe das Gefühl, dass er den ganzen Weg mit dem Auto gekommen ist, um sein neues Spielzeug auszuführen.

Vielleicht ist das auch der Grund dafür, warum er so spät kommt. Nicht weil er Termine wahrnehmen musste, sondern weil es von Paris nach Schottland ein weiter Weg ist …

Ich werde vorgestellt, und er umarmt mich zur Begrüßung, sagt mir, wie wundervoll es sei, mich endlich kennenzulernen, er habe so viel Gutes über mich gehört, und dann fügt er mit einem Blick auf Aric und Elspeth und die anderen hinzu, wie glücklich aber auch ich mich – genau wie er – schätzen könne, so herzlich in den Schoß einer so wunderbaren Familie aufgenommen zu werden. All das sagt er während unserer Umarmung, und bei dieser Gelegenheit stelle ich fest, dass er nicht nur gut aussieht, sondern auch super riecht nach einer Mischung aus feiner Wolle und teurem Aftershave.

Sein ganzes Auftreten erinnert mich an das eines Politikers, er sieht seriös aus und sagt die richtigen Dinge, aber wie in der Politik weiß man nicht: Ist es ernst gemeint oder alles nur Show?

Seine Ankunft wird natürlich erst einmal mit einem opulenten Mahl gefeiert.

Es gibt ein festliches Mittagessen im Garten, und ich fühle mich eher, als sollte ich eine Zwanzigerjahrefrisur, ein niedliches Teekleid und Riemchenschuhe tragen, aber wegen der herbstlichen Temperaturen sind meine Jeans und mein dicker Pulli neben ein paar schwachen Sonnenstrahlen das Einzige, was mich warm halten kann.

Wir sitzen um den großen, mit Blumen und selbstgemachter Limonade beladenen Holztisch, und wenn man ein Foto machen würde, müsste es in der *Vogue* erscheinen. Nicht dass ich mich in den Kreis all dieser gutaussehenden Leute einschließen würde. So eitel bin ich nicht. Die Menschen um mich herum sind es, die toll aussehen. Jeder schaut auf seine Weise gut aus, sogar Aric ist ein schöner Mann, auch wenn er ein paar Kilo zu viel wiegt und die Gesichtsfarbe einer reifen Tomate hat. Okay, schlecht sehe ich auch nicht aus, aber für die *Vogue* reicht es nicht. Die Tatsache, dass ich Torten so sehr liebe, sollte als Begründung dafür ausreichen, dass ich eher der Marilyn-Monroe- als der Keira-Keightley-Typ bin, aber ich bin ganz gern ein bisschen kurvig. Der liebe Gott hat uns schließlich alle nach seinem Abbild geschaffen, und deshalb sind wir meiner Meinung nach alle genau richtig so, wie wir sind, und ich bin eben nicht der Model-Typ. Ich bin alltagstauglich. Und damit total zufrieden.

Jonathan hingegen ist eher Freitag- und Samstagabend in einer Person.

Ein Witzereißer und Charmeur, der genau weiß, dass er gut aussieht und unterhaltsam ist und alle mit seinem Charme umhaut. Selbst Marilyn wirft ihre Locken in Positur und zupft an ihrem Dekolletee herum, wenn sie mit ihm spricht. Er ist genau der Typ Mann, den ich mir für Pippa vorgestellt hatte. Ich kann nicht genau erklären, warum, ich weiß nur, dass sie sich niemals mit jemand Mittelmäßigem zufriedengegeben hätte.

Als ich mir gerade ein köstlich aussehendes Stück Käse-Spargel-Quiche nehme, beugt sich Sollie zu mir rüber.

»Philly und ich dachten uns gerade, dass wir heute als Quartett ausgehen könnten – sie und Jonathan und du und ich.«

»Nur wir vier?«

»Das ist mit Quartett in der Regel gemeint, Vi.«

»Sind die anderen dann nicht beleidigt?«

»Ganz und gar nicht. Im Gegenteil, meine Mutter hat meinem Vater zu verstehen gegeben, dass es Zeit für ihr jährliches Früh-zu-Bett-gehen ist, sie müssen das wenigstens an einem von 365 Tagen machen, um den Rest des Jahres fit zu sein. Und selbst Silas und Marilyn haben zugegeben, dass sie es in letzter Zeit vielleicht ein bisschen übertrieben haben.«

»Was ist mit Fleur und Adam?«

»Adam trifft sich mit einem alten Freund in der Stadt, und Misty hat Fleur überredet, ihr bei einem Reinigungsritual in der Eingangshalle zu helfen. Sie meint, ein seltsamer Geist habe sich ins Haus eingeschlichen oder so was.« Bei diesen Worten zieht er eine Grimasse und lacht. »Als ich sie gefragt habe, ob das was mit dem Geist von Angus Grainger zu tun hat, hat sie geantwortet, dass es um Atmosphären gehe und nicht um irgendeine Geistererscheinung …«

Natürlich hat sich eine seltsame Atmosphäre ins Haus geschlichen; Philippa ist hier, und ich auch.

»Wessen Idee war es?«

»Das gemeinsame Ausgehen? Phillys.«

»Aha.«

»Was ist los, du siehst nicht gerade begeistert aus.«

»Ich bin ehrlich gesagt auch ein bisschen müde.«

»Soll ich lieber nein sagen, und wir beide schließen uns den Früh-zu-Bett-Gehern an?« Das ist ein ernst gemeintes Angebot, aber er sieht dabei so enttäuscht aus.

»Du hast richtig Lust dazu, was?«

»Na ja, ich sehe sie ja so selten, und Jonathan noch seltener, und da dachte ich, es wäre doch nett, auch einmal in Ruhe reden zu können und nicht immer nur so nebenbei in der Gruppe.« Er senkt die Stimme und beugt sich verschwörerisch zu mir herüber. »Und außerdem wäre das eine Gelegenheit, sie zusammen zu erleben … Du weißt schon, wegen der Sache, die wir heute Morgen besprochen haben …«

Ich atme einmal tief durch, bevor ich ihm antworte.

Ich schaffe das. Wir wollen noch mal von vorne anfangen, und wenn ich jetzt absage, wird aus dem Olivenzweig ein Kriegsbeil.

»Okay, das klingt doch gut.«

»Bist du sicher?« Er glaubt mir nicht ganz, also drehe ich mein Lächeln um ein paar Watt rauf.

»Absolut. Wie ist der Plan?«

»Wir gehen einfach nur eine Kleinigkeit essen und was trinken, hier in der Dorfkneipe.«

»Super. Dann muss ich mich ja nicht aufbrezeln, oder?«

»Du kannst auf jeden Fall die Jeans anlassen. Ich war zwar schon lange nicht mehr dort, aber Philly hat gesagt, es sei nicht so schick; entspannt war glaube ich das Wort, das sie benutzt hat. Aber frag sie doch einfach, was sie anzieht, ihr Mädels klärt solche Sachen doch immer gerne.«

»Nein, ist schon okay. Wenn du mit Jeans einverstanden bist, bin ich zufrieden.«

»Na ja, du weißt ja, worin ich dich am liebsten sehe«, sagt er grinsend und zieht mich zu sich heran.

»Schon klar.« Ich lächle ihm neckisch zu. »Aber ich schätze, ich könnte Ärger bekommen, wenn ich nackt in dem Pub aufkreuze.«

»Das sagst du. Mistral hat es schon ein paarmal gemacht, und sie lassen sie immer noch rein«, erwidert er grinsend.

Sie ist jedenfalls nicht in Jeans. Sie trägt etwas, das ich nur an einem ganz besonderen Abend anziehen würde. Ein Hammerkleid, mörderische High Heels, eine hinreißende Clutch und ein todschickes Sechzigerjahre-Mäntelchen. Ich fühle mich im Vergleich mit ihr wie ein hässliches Entlein in meiner Jeans, dem einfachen T-Shirt und meiner abgetragenen Cordjacke.

Zum Glück stellt Sollie die Frage. »Du hast gesagt, wir sollten uns nicht schick machen!«, ruft er und sieht erst recht beunruhigt aus, als Jonathan in einem unglaublichen Seidenanzug von Hugo Boss und sauteuren Markenmokassins die Treppe runterkommt.

»Wir sehen ja aus wie die armen Verwandten.« Er zeigt auf seine Jeans und die abgetragenen Schuhe.

»Sollen wir uns noch schnell umziehen?«, schlage ich vor, weil ich mich schon total unwohl fühle.

»Dazu ist jetzt keine Zeit mehr«, verkündet Pippa fröhlich. »Das Taxi ist schon da«, sagt sie mit einem Blick auf ihre Gucci-Uhr und zieht überrascht die Augenbrauen hoch. »Das ist das erste Mal, dass sie pünktlich sind.«

Die »Dorfkneipe« stellt sich als ein super angesagtes Restaurant heraus, das eher nach Londoner Bistro als nach Provinzlokal aussieht: glänzender Steinboden, stylische Blumenarrangements überall, moderne Kunst an den Wänden, stilvolle Beleuchtung, leise Jazzmusik und eine Menge gut angezogener Leute. Lässig-elegant ist eine ziemliche Untertreibung. In diesem Lokal befinden sich auf jeden Fall mehr Designerkleider als Sonderangebote von der Stange.

»Ich fühl mich total underdressed«, sage ich leise zu Sol. *Sie* überhört meine Bemerkung.

»Es kommt nicht darauf an, wie du aussiehst, sondern dass du in netter Gesellschaft bist.«

»Ich finde, ihr seht toll aus.« Jonathan hat im Taxi kaum etwas gesagt, aber jetzt meldet er sich zu Wort.

»Ja, für irgendeine Kneipe um die Ecke vielleicht«, sagt Sollie lachend. »Seit wann ist dieser Laden denn so vornehm?«

»Seit sie einen kleinen Starkoch in der Küche haben«, antwortet Pippa. »Da kann man mal wieder sehen, was eine halbe Stunde in irgendeiner Kochshow für die Karriere bewirken kann.«

»Dann wollen wir mal hoffen, dass es hier genauso gut schmeckt, wie es aussieht«, sagt Jonathan mit einem Blick auf die große schwarze Tafel an der Wand, die als Speisekarte fungiert.

»Das Essen soll sehr gut sein.«

»Das ist schön, ich hab nämlich …«, setzt Sollie an, hält dann aber inne und runzelt die Stirn. »Warum um alles in der Welt hab ich jetzt schon wieder Hunger? Wenn Essen zur olympischen Disziplin wird, habe ich gute Chancen, mich zu qualifizieren, so viel habe ich in den letzten Tagen gefuttert. Eigentlich hätten wir besser in ein Fitnessstudio gehen sollen, als schon wieder zum Essen!«

Alle lachen, und Pippa lächelt mir zu. Obwohl sie und Fleur nicht blutsverwandt sind, kann ich sehen, dass ihr Lächeln diesmal gleich authentisch ist, und ich entspanne mich augenblicklich so sehr, dass meine Schultern sinken und meine Handtasche davon fast auf den Boden fällt.

Ich ermahne mich, dass es zwischen einem gesunden Selbsterhaltungstrieb und Paranoia nur ein schmaler Grat ist und dass ich aufpassen muss, ihn nicht zu überschreiten. Sei ruhig wachsam, sage ich mir, aber beäuge nicht alles, was sie tut, mit Argwohn, zumal sie sich solche Mühe gibt, nett zu sein.

Als wir zu unserem Tisch geführt werden, wartet dort eine Flasche Champagner in einem Eiskübel auf uns.

»Champagner?«, fragt Sollie erstaunt.

Philly lächelt. »Ich habe ihn bestellt. Die Verlobung meines kleinen Bruders schreit doch danach, gefeiert zu werden, nicht? Und wie Dad immer sagt: Ohne Champagner kann man nicht feiern. Jonathan, machst du die Flasche auf?«

Jonathan lässt den Korken so fachmännisch knallen wie ein Rennfahrer auf dem Siegerpodest, ohne auch nur einen Tropfen zu verschütten.

»Auf Sollie und Violet, hoch sollen sie leben!«, sagt Pippa und erhebt ihr Glas, während Jonathan uns noch einschenkt.

»Du bist ein glücklicher Mann, Solomon Grainger«, fügt er hinzu und hebt seins.

»Und Violet auch«, ergänzt Pippa mit einem Lächeln in Richtung ihres Bruders.

»Oh, ich kann euch versichern, Violet ist ganz sicher kein Mann«, witzelt Sollie.

»Ganz und gar Frau«, betont Jonathan und zwinkert mir zu.

»Bis auf den Schnurrbart«, kommentiere ich, und wir lachen.

Die Kellnerin, die unsere Bestellung aufnimmt, sieht toll aus. Sie ist jung, blond und schlank mit perfekten Rundungen, ihre Lippen sind rot wie reife Erdbeeren, so verführerisch, dass selbst ich sie am liebsten küssen würde.

Auch Sollie sieht zweimal hin.

Jonathan hat die Nase tief in die Weinkarte gesteckt, während Philly, die die Kellnerin ebenfalls ignoriert, uns erklärt, welch hervorragender Weinkenner er ist. »Wir haben einen

Weinkeller in dem neuen Haus, den er mit seinen Lieblingsweinen füllt. Das ist einer der Vorzüge, wenn man in einer Stadt wie Paris lebt. Man hat Zugriff auf exzellente Weine. Was trinkst du am liebsten, Violet? Rot oder Weiß, oder vielleicht Rosé?«

»Wodka«, sage ich mit einem Grinsen in Sols Richtung, der natürlich weiß, dass ich kein großer Weintrinker bin.

»Oh, von der Rebsorte habe ich noch nie gehört«, nimmt Jonathan den Faden auf. »Ist sie französisch oder kalifornisch?«

»Ehrlich gesagt polnisch. Versteh mich nicht falsch«, sage ich freundlich, »ich trinke gern mal ein Glas Wein, aber ich vertrage ihn nicht besonders gut. Roter geht noch, aber gib mir zwei Gläser Weißwein und ich bin reif fürs Bett.«

Jonathan zieht die Augenbrauen hoch und winkt die Kellnerin heran.

»Wenn das so ist: Zwei Glas Chablis für die junge Dame, bitte«, ergreift er die Gelegenheit für einen Scherz.

»Also wirklich, Jonathan«, blafft Pippa ihn an und nimmt ihm die Weinkarte aus der Hand. »Wir nehmen eine Flasche Barolo und eine von dem Chardonnay Columbard, Jahrgang 2002.« Sie klappt die Weinkarte zu, und ihr düsteres Gesicht verwandelt sich wieder zurück in ein schönes Lächeln. »So, und was wollen wir essen?«

Ich sehe sie überrascht an. Ich glaube, ich habe noch nie jemanden getroffen, dessen Stimmungen so blitzartig umschlagen. Im Bruchteil einer Sekunde ist sie wieder so gutgelaunt und fröhlich wie zuvor und beginnt über die Speisekarte zu reden.

Nachdem wir bestellt haben, wendet sie sich mit einem noch immer engelsgleichen Lächeln an ihren Bruder.

»Habt ihr schon einen Termin für die Hochzeit festgelegt?«

»Noch nicht.«

»Wie habt ihr euch eigentlich kennengelernt?«, fragt Jonathan mich.

»Sollie hat eine Torte für die Abschiedsfeier eines Kollegen bestellt.«

»Ah, dann führt der schnellste Weg zum Herzen eines Mannes wohl tatsächlich durch seinen Magen«, sagt er schmunzelnd.

»Und ich dachte, mit einem scharfen Messer durch sein Hemd«, sagt Pippa nicht gerade liebevoll in Jonathans Richtung.

»Und der schnellste Weg zu deinem Herzen, Liebling, führt über ein gut gefülltes Bankkonto«, entgegnet Jonathan, und obwohl er es ganz offensichtlich ironisch und mit einem Lächeln sagt, kassiert er einen bösen Blick von ihr.

Sollie und ich sehen uns an. Seine Worte von vorhin fallen mir wieder ein – ihm offensichtlich auch.

»Und ihr beiden?«, frage ich hastig. »Wie habt ihr euch kennengelernt?«

»Ein gemeinsamer Freund hat uns vorgestellt«, antwortet Jonathan.

»Der mittlerweile kein Freund mehr ist«, ergänzt Pippa und nimmt einen großen Schluck aus ihrem Weinglas.

»War es Liebe auf den ersten Blick?« Jonathan fragt einfach weiter, ohne auf Pippas Kommentar einzugehen.

»Oh, es war Liebe auf den ersten Biss«, sagt Sollie. »Ein kleines Stück von ihrer Schokoladentorte und ich war hin und weg.«

»Ach ja, deine Firma, Violet.« Pippa beugt sich vor und legt ihre Hand auf meine. »Sollie hat erzählt, dass es super läuft. Ich will alles darüber wissen.«

»Gerne, was denn genau?«

»Oh, einfach alles«, sagt sie und fängt an mich auszufragen, von der Temperatur der Öfen bis zur Steuererklärung.

Sie stellt mir so viele Fragen, dass es mich fast ein bisschen beunruhigt.

Wahrscheinlich will sie deshalb so viel wissen, weil sie so herausfinden kann, wie sie mich am besten treffen kann.

Ich ermahne mich erneut, nicht paranoid zu werden. Nur weil sie Jonathan angiftet, muss sie es noch lange nicht auch auf mich abgesehen haben. Ich versuche also, ausführlich zu antworten, bis sie endlich das Thema wechselt und von ihrem Vater redet. Ich kann mich entspannen.

»Es ist so schön, Dad wiederzusehen. Er hat ja eine Tonne zugenommen, seit ich ihn das letzte Mal gesehen habe. Ich schätze, deine Mutter will ihn mästen, bis er platzt.«

»Dann stirbt er wenigstens einen glücklichen Tod«, sagt Sollie und zwinkert mir dabei zu.

»Apropos, wie geht es denn seinem rechtmäßigen Erben? Er schien mir ein bisschen angespannt zu sein am Sonntagabend.«

»Adam? Wir haben ehrlich gesagt noch nicht viel von ihm mitbekommen. Er versteckt sich meistens hinter einer seiner Leinwände.«

»Also alles wie immer.« Sie wendet sich an mich. »Er kann manchmal ganz schön ungesellig sein.«

»Wahrscheinlich wird er einfach sehr von seiner Arbeit vereinnahmt«, sage ich, entschlossen, mich nicht zum Lästern verführen zu lassen. »Er scheint immer mit irgendeinem Bild beschäftigt zu sein.«

»Ja, so war er schon immer, auch als kleiner Junge. Nichts als Kunst, Kunst, Kunst.«

»Apropos kleine Jungen oder vielmehr kleine Mädchen«, sagt Sollie zu Jonathan, »hast du schon gehört, dass Philly und Violet zusammen zur Schule gegangen sind?«

»Du machst wohl Witze«, erwidert Jonathan und zieht eine Augenbraue hoch.

»Du hast es ihm gar nicht erzählt?«, fragt Sollie seine Schwester verwundert.

Ihr Gesicht verrät keine Regung. »Da gibt es nicht viel zu erzählen.« Sie zuckt mit den Achseln. »Violet und ich haben kaum etwas miteinander zu tun gehabt. Wir haben uns ja nicht einmal erkannt, als wir uns wiedergesehen haben…«

Jonathan sieht mich verwundert an. »Und als Sollie dir von Philly erzählt hat, sind deine grauen Zellen nicht angesprungen? Ich kann mich noch immer an jeden einzelnen meiner Klassenkameraden erinnern. Ich kann mir nicht vorstellen, dass dir ihr Name nicht bekannt vorgekommen ist.«

»Warum sollte er?« Pippa nimmt einen Schluck vom Champagner und antwortet für mich. »Ich hatte ja nicht einmal denselben Namen. ›St. Benedict ist eine ganz besondere Einrichtung für ganz besondere Mädchen‹«, zitiert sie in einem affektierten Ton den Lieblingssatz unserer damaligen Klassenlehrerin. »Mein Stiefvater Nummer drei hatte ziemlich viel Mühe, mich dort unterzubringen; ich hatte superschlechte Noten und war von der letzten Schule geflogen, also habe ich eine Zeitlang seinen Namen angenommen. Und klar ist Violet ein ziemlich ungewöhnlicher Name, aber dank Misty hieß sie für mich immer Victoria…«

»Dann habt ihr euch sicher ganz schön gewundert, als ihr euch plötzlich gegenüberstandet?«

»Erst einmal nicht, wir haben uns ja nicht gleich erkannt…«

»Du konntest dich gar nicht mehr an Violet erinnern?«, hakt Jonathan ungläubig nach.

»Das ist wirklich zu blöd. Ich hätte so gern gewusst, wie sie damals war«, wirft Sollie ein. »Ich wette, sie hat total niedlich ausgesehen in ihrer Schuluniform. Wie Britney, nur in Brünett…«

»Oh, sicher viel besser als Britney«, fällt ihm Jonathan ins Wort. »Violet ist viel hübscher als Britney.«

»Ich hab doch gar nicht gesagt, dass ich mich nicht mehr an Violet erinnere«, mischt sich Pippa wieder ein. »Natürlich erinnere ich mich an sie. Aber es gibt eben Dinge, an die erinnert man sich nicht so gern …«

Sie sieht mich an, als sie das sagt, und einen Moment lang denke ich, sie macht vielleicht ein Geständnis und erzählt, was sie mir angetan hat, aber dann wird ihr Lächeln, das schon vorher etwas gezwungen war, noch gezwungener, und sie fährt fort: »Natürlich erinnere ich mich an sie. Ich weiß zum Beispiel noch ganz genau, dass sie damals einen ziemlich scharfen Freund hatte, wie hieß er noch mal, er sah aus wie eine Mischung aus Brad Pitt und James Dean …« Sie schließt kurz die Augen, um sie dann triumphierend wieder aufzureißen. »Nicholas Tremaine! So hieß er, genau, Nicholas Tremaine. Mensch, war der süß, was um Himmels willen ist mit ihm passiert, Violet?«

Was mit ihm passiert ist?

SIE ist ihm passiert!

Was mit ihm passiert ist?!

Was ist mit ihrem Versprechen passiert, noch einmal ganz von vorn anzufangen. Was spielt sie nur für ein Spiel?

Ich überlege mir meine Antwort ganz genau.

»Lass es mich so sagen: Er war nicht gerade der Treueste.« Mit diesen Worten greife ich zu meinem Champagnerglas, aber eher, um etwas zu tun zu haben, als weil ich wirklich trinken will. »Und seitdem ziehe ich Loyalität gutem Aussehen vor.«

»Na, bei Sollie hast du jedenfalls zwei Fliegen mit einer Klappe geschlagen«, erwidert sie mit einem Blick, den ich nicht deuten kann.

Noch mehr teuer gekleidete Leute setzen sich an die Tische neben uns. Noch vor einer halben Stunde wäre ich in Versuchung gewesen, die Kerzen auf unserem Tisch auszublasen, um im Dunkeln zu sitzen und so zu verhindern, dass jemand bemerkt, wie ich aussehe. Jetzt sind meine Klamotten meine geringste Sorge. Warum hat sie dieses Thema zur Sprache gebracht? Vielleicht hat sie ihre Meinung geändert und ist jetzt auf Konfrontationskurs. Soll sie nur, ich habe nichts zu verbergen. Ich würde zu gern wissen, was gerade in ihrem Kopf vorgeht. Vielleicht ist sie mit sich selbst im Zwiespalt, vielleicht quält sie ihr schlechtes Gewissen und verschafft sich auf diese seltsame Weise Luft. So würde es mir an ihrer Stelle jedenfalls gehen, aber sie ist natürlich völlig anders als ich. Vielleicht wäre es das Beste, es alles rauszulassen. Ich sehe zu ihr rüber und versuche ihr mit den Augen zu sagen, was ich nicht laut aussprechen kann: »Na los, wenn du willst, spucken wir es aus«, aber dann kommt die Kellnerin mit unseren Vorspeisen, und sie verstummt.

Während des Essens wird nicht viel gesagt. Jedenfalls nichts Brenzliges.

Das Essen ist hervorragend. Ich habe eine köstliche Linsen-Tomatensuppe bestellt und dann eine Lammhaxe, die so zart ist, dass man sie mit einem Holzlöffel zerteilen könnte. Die Unterhaltung dreht sich jetzt um die üblichen Themen, das Essen, den Wein, Bücher, Politik, Wirtschaft, Filme.

Als wir beim Dessert angekommen sind, ist es wieder richtig lustig, so erstaunlich das klingen mag. Jonathan durfte noch zwei Flaschen Wein bestellen, diesmal welchen nach seinem Geschmack: einen edlen Cabernet Sauvignon und eine Flasche Chablis, die so köstlich ist, dass auch ich davon trinke und begeistert bin. Den meisten Weißwein hat allerdings Pippa getrunken, die jetzt richtig entspannt und lustig geworden ist; die angespannte, zickige Pippa von vorhin ist verschwunden.

Die Kellnerin kommt und fragt, ob wir die Dessertkarte sehen wollen.

»Sollen wir noch einen Nachtisch nehmen? Die Dessertkarte klingt verführerisch«, sagt Pippa, während sie allen die Gläser nachfüllt, und als sie bei mir angekommen ist, wandert ihr Blick von meinem Glas zu meinen Augen, und sie fragt: »Erinnerst du dich noch an den Nachtisch in der Schule, Violet?«

Ich sehe sie überrascht an.

Sie will schon wieder über die Schule reden?

Für jemanden, der mich darum gebeten hat, dieses Thema zu vermeiden, begibt sie sich auf ganz schön dünnes Eis.

»Sie haben echt guten Pudding gemacht…«, fährt sie fort. »Der war so lecker, dass wir uns darum geprügelt haben, einen Nachschlag zu bekommen.«

Mir bleibt der Mund offen stehen.

Es stimmt, wir haben uns geprügelt, aber wörtlich, ich meine, *sie* hat sich geprügelt, und zwar *mit Hilfe* des Puddings. Wer hätte gedacht, dass man dieses traditionelle englische Dessert auch als Waffe einsetzen kann? Ich habe Stunden gebraucht, das klebrige Zeug aus meinen Haaren zu bekommen, weil sie nämlich ähnlich lange dafür gebraucht hat, es erst hineinzureiben, und zwar mit Hilfe meiner ehemaligen besten Freundin, die mich währenddessen festgehalten hat.

Warum spielt sie darauf an?

War die weiße Flagge in Wirklichkeit ein verkappter Totenkopf mit gekreuzten Knochen darunter? Ihr Versprechen, die Vergangenheit ruhen zu lassen, eine Lüge?

Zwei Flaschen guter Wein, und sie lässt alle Vorsicht fahren und spielt Spielchen mit mir.

»Sieh mal, hier gibt es auch Pudding. Wir müssen den nehmen, Violet, um der alten Zeiten willen.«

Zu meiner eigenen Überraschung bleibe ich ganz ruhig und vernünftig. »Mich lacht eher die Erdbeertorte an«, sage ich gelassen.

Sie mag verschiedene Knöpfe drücken, aber bis jetzt hat sie den mit der Aufschrift »Vorsicht, explosiv« noch nicht gefunden. Und so glaube ich einfach weiter daran, dass ihr Freundschaftsangebot ehrlich gemeint war, und im Moment hilft mir der Weißwein dabei.

Immerhin bietet mir ihr Angebot, sollte es ehrlich gemeint gewesen sein, die Möglichkeit, meinen Kopf weiterhin in den Sand zu stecken, und das tue ich doch so gern.

Ich beschließe, uns beiden eine kleine Pause zu gönnen, bitte Sollie, mein Dessert für mich zu bestellen, und verschwinde auf der Toilette.

Als ich wieder herauskomme, stoße ich auf Jonathan. Klar, eigentlich keine große Überraschung, ich bin ja auch mit ihm im Restaurant, aber ich bin überrascht, ihn im Eingangsbereich hinter einer großen Kübelpflanze stehen zu sehen; es wirkt fast so, als würde er sich verstecken, und er späht durch die Palmblätter, als wäre er beim Casting für »Ich bin ein Star, holt mich hier raus«.

Er hat das Handy am Ohr und brummelt ärgerlich. Als er mich sieht, klappt er sein Mobiltelefon einfach zu, ohne sich zu verabschieden, wer immer auch am Apparat ist, und kommt breit lächelnd hinter der Zimmerpflanze hervor, als wäre es der normalste Platz der Welt.

»Arbeit. Nie hat man seine Ruhe«, verkündet er, weil er wohl befürchtet, ich könnte Fragen stellen. »Worte wie ›Urlaub‹ oder ›Wochenende‹ kennen die nicht, ich bin immer auf Abruf, Tag und Nacht.«

»Das muss sehr anstrengend sein«, erwidere ich und denke mir, dass er sich ein bisschen zu heftig beschwert.

»Das ist es«, sagt er und zwinkert mir zu, als hätte er gerade einen Scherz gemacht.

Wir gehen schweigend zurück in den Gastraum.

»Auf der anderen Seite hat es aber doch sicher auch seine Vorteile, in Paris leben zu können«, bringe ich nach ein paar Schritten heraus.

»Ja, Paris ist eine tolle Stadt.«

»Ich war schon mal da, aber das war noch zu Schulzeiten.«

»Du musst unbedingt mal kommen. Ich würde dich gern herumführen und dir die schönsten Plätze zeigen.«

»Das ist sehr nett von dir, vielen Dank«, sage ich mit einem Blick auf unseren Tisch.

Pippa beobachtet uns.

»Ich meine es ernst. Ich würde dir wahnsinnig gern Paris zeigen. Ruf einfach an, egal wann …« Er holt ein Etui aus seiner Jacketttasche und überreicht mir eine Visitenkarte mit Prägedruck, auf der sein Name und seine Telefonnummern stehen.

»Gehen wir zurück ins Gefecht?«, fragt er und reicht mir seinen Arm.

Seine Wortwahl ist auf unheimliche Weise treffend.

Als ich zurück am Tisch bin, macht Pippa da weiter, wo sie aufgehört hat, bevor ich auf die Toilette gegangen bin.

Das war kein gemeinsames Abendessen, das war ein Schlachtfeld, auf dem ich Minen und Handgranaten in Form von doppeldeutigen Kommentaren zu unserer Schulzeit ausweichen musste. Sollie scheint nichts mitbekommen zu haben, aber wie sollte er auch? Alles, was sie gesagt hat, muss in seinen Ohren harmlos geklungen haben … nur in ihren eben nicht.

Jas hatte recht, denke ich, während wir im Taxi sitzen und

die Luft zwischen uns zum Schneiden dick ist und die Jungs dessen ungeachtet über Football plaudern.

Zu meiner großen Überraschung kommt sie zu mir in die Küche, als ich Kaffee mache. Einen Moment lang denke ich, sie will streiten, aber dann sehe ich den Ausdruck in ihrem Gesicht – er ist entschuldigend. Oder das Essen ist ihr nicht bekommen.

Sie braucht ein bisschen, bevor sie es sagen kann.

»Ich dachte, ich komme lieber und rede mit dir … Ich meine, es ging nicht um uns heute Abend …«

Seltsamerweise unterbreche ich sie. »Wie ist das möglich, wenn alles, was du gesagt hast, eine gemeine Anspielung auf früher war?«

Sie beißt sich auf die Unterlippe. Die zwei nächsten Worte treffen mich unerwartet.

»Ich weiß.«

Und die drei danach auch.

»Tut mir leid.«

Ich sehe sie einen Moment lang total verloren an, und dann zeigt sie auf den leeren Küchentisch hinter uns.

»Komm, setzen wir uns für einen Augenblick.«

Als wir sitzen, seufzt sie tief.

»Vielleicht habe ich mich doch nicht so sehr verändert, wie ich es gern hätte. Ich ärgere mich über etwas, und dann lasse ich es an Leuten aus, die es nicht verdient haben. Ich habe mich heute Abend so wahnsinnig über Jonathan aufgeregt … Und dann habe ich dich angegriffen anstatt ihn, es tut mir wirklich sehr leid …«

»Jonathan?«, frage ich schon wieder überrascht.

Ihre Augen blicken hoch zur Decke. »Sag nicht, du hast nicht bemerkt, wie er war. Ich habe ihn eine Woche lang nicht gesehen, und er hat nichts Besseres zu tun, als dieser Kellnerin hinterherzuglotzen … Es war so offensichtlich, so peinlich …« Sie hält inne und sieht mich erwartungsvoll an.

»Meinst du wirklich?«, frage ich vorsichtig. »Das ist mir überhaupt nicht aufgefallen.«

Sie stemmt die Hände in die Hüften und neigt den Kopf zur Seite, und für eine Sekunde bin ich wieder in der Schule. Diese Geste ist so typisch Pippa.

Wenn sie eine Bestätigung von mir erwartet hat, war sie bei mir an der falschen Adresse.

Aber dann lächelt sie erleichtert.

»Ehrlich nicht?«

»Ehrlich nicht. Mir ist auch aufgefallen, wie hübsch sie war …«

»Ich würde eher sagen ordinär …«, unterbricht sie mich und sieht wieder verärgert aus.

»Und ich habe gesehen, dass Sollie sie verstohlen begutachtet hat, und als er gemerkt hat, dass ich ihn dabei beobachtet habe, ist er netterweise wenigstens rot geworden …«

Der verärgerte Ausdruck wird schwächer.

»… Aber Jonathan? Der hat sie doch nicht einmal bemerkt.«

»Bist du sicher?«

»Absolut. Ich sage das nicht nur, um dich zu beruhigen.« Wenn das keine kuriose Wendung der Situation ist. Ich spiele die Trösterin, weil sie sich einbildet, dass ihr Mann mit einer Kellnerin geflirtet hat.

Einen Moment lang strahlt sie ein breites und leicht manisches, betrunkenes Lächeln, aber dann nimmt ihr Gesicht sofort wieder einen traurigen Ausdruck an. »Ich muss zugeben, dass ich auch nicht gerade angetan davon war, wie viele Komplimente er dir gemacht hat. Aber so ist er nun mal. Ich sollte mich langsam dran gewöhnt haben, und wenn er zu mir auch so reizend wäre, würde es mir auch nichts ausmachen, aber ich kriege immer nur die Beschwerden ab, niemals die Komplimente, vielleicht verstehst du jetzt, warum ich so war, und dann noch der viele Wein, und jetzt hasst du mich natürlich wieder, und ich kann mich ja auch nicht deswegen beschweren, ich komme mir so furchtbar vor. Ich bin furchtbar. Aber das weißt du ja am besten …«

Und dann sinkt sie wie ein Häufchen Elend auf der Tischplatte zusammen.

Ich sehe sie an und weiß nicht, ob ich sie trösten oder ihr nicht doch lieber ein Messer in den Rücken jagen soll, um sie und mich von ihrem Elend zu erlösen.

Aber sie überrascht mich mit einem weiteren Geständnis.

»Er hat mich betrogen, weißt du. Ich habe es vor ungefähr zwei Wochen herausgefunden. Er hat geschworen, dass es eine einmalige Sache war, und hat mich gebeten, noch mal von vorn anzufangen, aber es tut so weh, Violet … Was ist, wenn er es noch mal tut? Er hat mir zwar versprochen, es würde nie wieder vorkommen, aber was heißt das schon?«

Endlich finde ich meine Sprache wieder. »Menschen können sich verändern«, sage ich und hoffe, dass meine Worte auch auf sie zutreffen.

Sie hört auf zu weinen und sieht mich mit fiebrigen Augen an, dann nickt sie. »Du hast recht. Nur weil sich jemand in der Vergangenheit schlecht benommen hat, heißt das noch lange nicht, dass er es auch in Zukunft tun wird. Ich meine, schau dir uns an. Wer hätte gedacht, dass wir beide noch einmal Gelegenheit bekommen würden, Freundinnen zu werden, Schwestern zu werden. Weißt du, ich bin wirklich sehr froh, dass du und Sollie zusammen seid. Das hört sich für dich vielleicht seltsam an, aber ich brauche im Moment wirklich eine Freundin …« Und dann umarmt sie mich wieder, und ich höre, wie sie versucht, die Tränen zurückzuhalten.

Sie macht einen Schritt zurück, und obwohl sie geweint hat, sind ihre Augen nicht rot oder feucht; sie lächelt mich einfach an und erklärt fröhlich: »Elspeth hat gesagt, dass morgen der große Tag ist.«

Ich sehe sie verständnislos an, bis mir einfällt, worauf sie anspielt.

Sollie und ich fahren morgen in die Stadt. Um den Ring zu kaufen.

Ich spüre, wie mich eine Welle der Vorfreude packt, und trotz allem, was an diesem Abend passiert ist, muss ich lächeln.

»Du freust dich, stimmt's?«

»Na ja, es ist ja auch irgendwie aufregend.«

»Nur irgendwie? Als Jonathan und ich uns verlobt haben ... Oh, es war so wundervoll, so romantisch ...« Plötzlich sieht sie wieder traurig und bekümmert aus. »Bist du sicher, dass er nicht ... du weißt schon, die Kellnerin ...«

»Fang nicht wieder davon an«, ermahne ich sie und mache eine entsprechende abwehrende Geste mit der Hand.

»Okay, du hast schon wieder recht. Lassen wir das. Zurück zum Ring ... Du zeigst ihn mir morgen Abend, wenn wir alle zusammen essen gehen, oder?«

»Natürlich.«

»Zum Glück gehen wir in ein anderes Restaurant als das von heute Abend.« Sie verzieht das Gesicht.

»Er hat der Kellnerin keine schönen Augen gemacht.«

»Ich weiß. Ich bin paranoid ...« Sie lacht, aber ihr Gesicht sieht nicht fröhlich dabei aus.

Und zum ersten Mal bemerke ich ein echtes Gefühl bei ihr: Traurigkeit.

Plötzlich tut sie mir aufrichtig leid.

Was er getan hat, muss sie sehr verunsichert haben.

Ich sage besser nichts von Jonathans Telefongespräch hinter der Restaurantpalme. Vielleicht ist das der Schlüssel, um Philippa Beresford bzw. Pippa Langford zu verstehen.

Unsicherheit.

Unsicherheit ist der Grund für so manche Misere.

In diesem Moment fällt mir seltsamerweise wieder ein, worum Sollie mich gebeten hat.

»Hör mal, ich weiß, das klingt jetzt vielleicht ein bisschen komisch, und du sollst auf jeden Fall nein sagen, wenn du nicht willst …«

Sie runzelt die Stirn und fragt sich ganz offensichtlich, was jetzt kommt, und ich zögere einen Moment.

»Red weiter«, drängt sie mich.

»Also, Folgendes. Sollie und ich haben uns gefragt, ich meine, ich habe mich gefragt, ob du vielleicht – und ich würde es wirklich total verstehen, wenn du es nicht willst …«

»Was denn, um Himmels willen, Violet?«

»Unsere Brautjungfer sein willst«, erwidere ich und kann im selben Moment nicht fassen, dass ich sie wirklich gefragt habe.

»Meinst du das ernst?« Ungläubigkeit steht ihr deutlich ins Gesicht geschrieben.

»Ja«, antworte ich leise, weil ich die Frage schon bereue.

Sie sagt erst mal nichts.

»Du kannst mir so sehr verzeihen, was ich dir angetan habe, um mir das anzubieten?«

»Ja«, sage ich noch einmal, diesmal entschiedener, als ich mich fühle.

Sie sieht mich an, und ein ganzes Register an Emotionen spiegelt sich auf ihrem Gesicht und in ihren Augen.

»Wie könnte ich da nein sagen!«, ruft sie entzückt, und schon umarmt sie mich wieder und ruft nach Sollie, der mit Jonathan im Wohnzimmer sitzt und auf den Kaffee wartet, den wir noch immer nicht gemacht haben, und er ist natürlich sehr erfreut und ganz aus dem Häuschen, dass ich sie wirklich gefragt habe. Und dann fängt Jonathan an, von ihrer eigenen Hochzeit zu schwärmen, und sagt, wie wundervoll es war und wie wunderschön Philly ausgesehen hat, und dann umarmen und küssen sie sich und flüstern sich etwas zu, um sich kurz darauf zu entschuldigen und kichernd Hand in Hand in Richtung Schlafzimmer zu verschwinden wie verliebte Teenager.

Sollie und ich warten noch ein paar Minuten, bis sie mit dem Knutschen auf der Treppe fertig sind, und gehen dann auch nach oben auf unser Zimmer.

»Das war der prompteste Stimmungsumschwung, den ich je erlebt habe. Während des Essens waren sie doch eher schlecht aufeinander zu sprechen, oder irre ich mich?«, sagt Sollie, während er zu mir ins Bett kriecht.

»Sie dachte, er hätte mit der Kellnerin geflirtet«, erkläre ich.

»Welche Kellnerin?«, fragt Sollie mit Unschuldsmiene.

»Sie wissen ganz genau, mit welcher Kellnerin, Mr. Grainger.«

»Hat er aber nicht.«

»Nein, deine Stielaugen waren im Weg.«

»Sie sah ja auch wirklich toll aus, findest du nicht?«

»Wenn man das Ordinäre mag«, sage ich und ertappe mich dabei, Pippas Worte nachzuplappern.

»Oh, Mrs. Grainger, entdecke ich da einen Anflug von Eifersucht?«

»Du hast noch Glück, Jonathan hat einen ganzen Eifersuchtsanfall abgekriegt.«

»Sie ist normalerweise nicht der Typ für Eifersuchtsszenen; da muss noch etwas anderes dahinterstecken.« Er gibt mir einen Kuss auf die Stirn, gähnt laut und rollt sich auf die Seite, wobei er mir fast die Decke wegzieht.

»Was denn?«, frage ich, plötzlich ein wenig besorgt.

»Keine Ahnung.« Er gähnt noch einmal. »Aber wart's ab, ich kriege es schon noch raus. Wenn ich etwas wissen will …«

»Vielleicht solltest du sie einfach in Ruhe lassen.«

»Das geht nicht. Sie braucht vielleicht meine Hilfe.«

»Aber dann würde sie dich doch sicher darum bitten.«

»Phil bittet nicht von sich aus um Hilfe.«

Wir schweigen einen Moment.

Sollie wird Pippa garantiert darauf ansprechen. Er ist tatsächlich wie ein Bluthund, wenn er erst einmal Witterung aufgenommen hat und etwas herausfinden will. Pippa und ich haben zwar beschlossen, unser Geheimnis zu hüten, aber ich bin sicher, wenn er die Wahrheit über unsere Vergangenheit erfährt, und das wird er früher oder später, wenn Pippa so weitermacht wie bisher, dann soll er sie aus meinem Mund hören.

»Sollie …«

»Mhmmm«, murmelt er.

»Meinst du, deine Familie mag mich?«

»Oh, Vi, du machst dir doch nicht immer noch Sorgen deswegen, oder? Sie finden dich alle großartig. Sie lieben dich.«

»Philly auch?«

»Wieso fragst du das?«

»Vielleicht benimmt sie sich meinetwegen so … du weißt schon, seltsam.«

»Warum um Himmels willen sollte sie?«

Ich sage lange nichts. Die übliche Blockade, darüber zu sprechen, aber am Ende schaffe ich es, sie zu überwinden, und kriege den Satz endlich heraus.

»Ehrlich gesagt haben wir uns in der Schule nicht besonders gut verstanden …«

Ich warte auf seine Antwort.

Warum sagt er nichts?

Erst als ich das Geräusch seines leisen Schnarchens höre, wird mir klar, dass er längst eingeschlafen ist.

Kapitel 12

Der nächste Tag, wie könnte es anders sein, beginnt mit einem ausgiebigen Frühstück. Die Mahlzeiten werden im Hause Grainger sehr ernst genommen und sollten daher auch nicht ignoriert werden. Die Einzige, die es sich offenbar erlauben kann, nicht am Frühstückstisch zu sitzen, ist Mistral, die jeden Morgen ihrem Nackt-Yoga nachgeht.

Es gibt auch feste Regeln darüber, wer kocht und wer saubermacht.

Elspeth ist die Chefköchin und Marilyn ihre persönliche Assistentin.

Die Männer machen den Abwasch.

Ich habe Silas' Spüljob übernommen, und er ist zum Chefabräumer aufgestiegen, was uns beiden ganz recht ist. Ich freue mich, dass ich was zu tun habe, und Silas braucht sich nicht mehr darüber zu beklagen, dass er vom vielen Spülen trockene Hände bekommt.

An diesem Morgen aber finde ich die Dinge verändert vor. Ich komme in die Küche und sehe Elspeth mit der Zeitung am Tisch sitzen, während Pippa in ihrer Schürze am Herd steht und fröhlich Spiegeleier mit Speck brät, und zwar beidhändig mit zwei riesigen Pfannen hantierend wie ein DJ am Mischpult. Sie sieht so frisch aus wie der Morgentau, keine Spur der Gefühlsausbrüche oder des exzessiven Weingenusses vom Vorabend, weder in ihrem Verhalten noch in ihrem zarten Teint.

»Morgen Sol, Morgen Violet. Ich mache Frühstück«, verkündet sie und winkt uns mit einem Pfannenwender zu. »Setzt euch, und in einer Minute serviere ich euch köstliche Spiegeleier mit knusprigem Speck.«

Sie ist blendend gelaunt und scheint wieder zu sein wie vorher, sie lacht und macht Witze beim Kochen, keine Spur Aggression oder spitze Bemerkungen, und ich bin eigentlich ganz froh, dass Sollie meinen letzten Satz von gestern Abend nicht mehr mitbekommen hat.

Aber dann platziert sie einen Teller vor mich und sagt fröhlich: »Hau rein.«

Das letzte Mal, als sie das zu mir gesagt hat, hat sie mich mit dem Gesicht nach unten in eine Schlammpfütze auf dem Hockeyfeld gehalten. Und trotz meiner Bemühungen, gelassen zu bleiben, habe ich plötzlich nicht mehr den geringsten Appetit. Schlimmer noch: Ich könnte keinen Bissen mehr herunterkriegen, und wenn mein Leben davon abhinge. Ausnahmsweise erscheint mir *nicht* zu essen lebenserhaltender zu sein als Nahrungsaufnahme. Egal wie wunderbar verwandelt sie sein mag, ich sehe überall nur noch mit Arsen versetzte Cornflakes, Speck mit Rattengift, Schierling auf Toast, den Pippa die Pest mir in ein Schürzchen gekleidet serviert.

Warum bin ich nur so melodramatisch? Ganz einfach deswegen, weil ich immer, wenn ich das Pech hatte, mit Pippa an einem Tisch zu sitzen, etwas anderes auf meinem Teller vorgefunden habe, als dort hingehörte, wie zum Beispiel frisch abgekaute Fingernägel, schmutzige Pennystücke, den unteren Teil des Gebisses unserer Lateinlehrerin mitten im Kartoffelpüree und, besonders appetitlich, den dicksten Popel, den ich in meinem ganzen Leben gesehen habe.

Das mag meinen Widerwillen erklären, auch wenn jene Ereignisse schon viele Jahre zurückliegen.

Wie komme ich nur aus der Nummer raus?

Weil mir in der Kürze der Zeit nichts Besseres einfällt, verkünde ich in meiner Not: »Danke, für mich lieber nichts, ich wollte Misty beim Yoga Gesellschaft leisten, und mit einem vollen Magen verbiegt es sich nicht so gut.«

Sollie sieht mich an, als wäre ich von allen guten Geistern verlassen, und der Rest der Familie ehrlich gesagt auch.

Mistral hingegen ist begeistert und teilt mir mit, dass ich die Erste bin, die sie bei einem ihrer morgendlichen »Reinigungsrituale« begleitet. Wundert mich nicht. Ich werde wohl auch die Letzte sein, denn ich bin mir nicht sicher, ob ich darauf stehe, mich mitten im Wald nackt auszuziehen und meinen Körper in Haltungen zu verbiegen, die eigentlich nur für Brezeln bestimmt sind.

Ich bin erleichtert, als sie mich darüber aufklärt, dass sie selbst wie immer so nackt wie ein Babypopo üben wird, aber nichts dagegen hat, wenn ich es ihr nicht gleichtun möchte. »Unter Bequemlichkeit versteht nicht jeder dasselbe«, sagt sie grinsend und streift unbekümmert ihren Seidenumhang ab. Zum Vorschein kommt ein Körper, der einer Dreißigjährigen alle Ehre machen würde, und einer Fünfzigjährigen erst recht. »Wenn du deine Sachen lieber anbehältst, ist das völlig okay.«

Zu sagen ich wäre erleichtert, ist eine ziemliche Untertreibung. Während wir mit den Übungen beginnen, kommt mir allerdings sehr schnell die Erkenntnis, dass man mit Misty im Herabschauenden Hund nur ein Kleidungsstück wirklich braucht, und das ist eine Augenbinde.

Danach gehe ich zurück auf unser Zimmer und springe unter die Dusche; in erster Linie, um mir meine Verlegenheit abzuwaschen. Als ich zurück ins Schlafzimmer komme, sitzt Sollie auf dem Bett und wartet schon auf mich.

»Wie war das Yoga?«, fragt er mit nur mit mühsam unterdrücktem Lachen in der Stimme.

»Umwerfend.«

»Es muss dir nicht peinlich sein, uns allen hat sich das Bild ihres nackten Körpers ins Hirn gebrannt, und ehrlich gesagt, wenn ich in ihrem Alter so gut aussehen sollte wie sie, wäre ich auch in Versuchung, splitterfasernackt durch die Gegend zu laufen.«

»Sie sieht wirklich toll aus«, stimme ich ihm zu. »Ich weiß nicht genau, ob es mir nur ihretwegen peinlich war oder ob ich mich einfach neben ihr geschämt habe.«

»Sie ist konserviert in Gin«, sagt Sollie lachend. »Warum um Himmels willen musstest du auch mitgehen, Vi?«

»Ein Moment geistiger Umnachtung«, antworte ich wahrheitsgemäß.

»Dann sage ich Mistral also, dass du morgen nicht mehr dabei bist? Sie erwartet dich nämlich, weißt du«, zieht er mich auf.

»Morgen?« Ich grinse verschmitzt. »Nein, morgen habe ich keine Zeit, da werde ich erst eine Heilkräuterpackung machen und dann dreimal nackt durch den See schwimmen, bevor ich mich kopfüber von einer Eiche baumeln lasse und Mutter-Erde-Lieder singe.«

»Woher weißt du, dass Mistral genau das immer am Donnerstagmorgen macht?«, sagt er todernst.

»Fast hätte ich dir geglaubt. Sie ist eine reizende Frau, aber ihre Vorstellungen von Freizeitgestaltung finde ich doch ein wenig merkwürdig.«

»Es bereiten sich gerade alle auf unseren Ausflug in die Stadt vor«, sagt er und streckt eine Hand nach mir aus. »Bist du so weit?«

»Klar«, witzle ich, »Klamotten brauche ich ja nicht mehr.«

»Ich meinte eigentlich eher, ob du dich bereit fühlst für das, was wir vorhaben?«

»Den Ring besorgen?«

Er zieht mich auf seinen Schoß. »Wir besorgen nicht nur einen Ring, Violet Templer, wir sind im Begriff, alle Vorbereitungen dafür zu treffen, den Rest unseres Lebens miteinander zu verbringen. Letztes Jahr um diese Zeit kanntest du mich noch nicht einmal, also: Bist du bereit dafür?«

»Willst du damit andeuten, du bist es nicht?«

»Doch. Natürlich.«

»Warum fragst du dann, ob ich es bin?«

»Ich will nur wissen, ob du dir sicher bist.«

»Du tätest gut daran, nicht an mir zu zweifeln, Solomon Grainger, denn was dich angeht, war sich mein Herz noch nie so sicher.«

Wir lehnen uns mit der Stirn gegeneinander, die Augen nur wenige Zentimeter voneinander entfernt, und bleiben einen Moment so. Die Verbindung fühlt sich gut an, sowohl körperlich als auch seelisch, und dann seufzt Sollie tief und lehnt sich wieder zurück.

»Ich könnte ewig mit dir hierbleiben«, sagt er mit einem begehrlichen Blick auf meinen nackten Körper, »aber wir müssen uns beeilen. Die anderen sind bestimmt schon fertig und können es nicht erwarten, ihre Hochzeitsoutfits einzukaufen.«

»Ist es dafür nicht noch ein bisschen zu früh?«

»Vielleicht, aber auf die Weise hängen sie uns wenigstens nicht am Rockzipfel, obwohl Mum und Tante Marilyn sicher nichts lieber täten, ungeachtet der Tatsache, dass ich ihnen schon auf mehr oder weniger subtile Weise zu verstehen gegeben habe, dass ihre Anwesenheit bei dieser Sache definitiv nicht erwünscht ist. Es kommt eine Zeit im Leben jedes Mannes, in der er anfangen muss, ohne seine Mutter einkaufen zu gehen, und der Kauf eines Rings gemeinsam mit meiner Verlobten scheint mir dafür der geeignete Anlass zu sein«, erklärt er lachend.

»Verlobte«, wiederhole ich und spüre dem Klang des Wortes nach. »Eigentlich ein blödes Wort, nicht wahr? Versteh mich nicht falsch«, füge ich hastig hinzu, als ich fragende Falten auf seiner Stirn auftauchen sehe, »ich meine, die Bedeutung ist toll, das, wofür es steht, aber das Wort klingt so…« Ich weiß nicht genau, wie ich es ausdrücken soll, aber Sollie nickt zum Zeichen, dass er verstanden hat, was ich meine.

»Ehrlich gesagt finde ich ›Angetraute‹ viel schöner. Ich weiß, es ist altmodisch, aber…«

»Für jemand so Fortschrittlichen wie dich bist du ganz schön konservativ«, bemerke ich.

»Zum Glück magst du ja Widersprüchlichkeiten. Los, zieh dir was an, die anderen können es kaum noch erwarten, ihre Kreditkarten zum Rauchen zu bringen.«

Der Ausflug in die Stadt wird tatsächlich zu einem einzigen Konsumrauschereignis, und wie Sol vorhergesagt hat, kleben Elspeth und Marilyn an uns, sobald wir auch nur in die Nähe eines Juweliergeschäfts kommen. Es dauert ein bisschen, aber irgendwann gelingt es uns, die beiden mit einem Hutmachergeschäft abzulenken und uns heimlich davonzustehlen.

Auf der Schwelle zum Juwelierladen bleibe ich stehen.

»Ich kann nicht glauben, dass wir es wirklich tun.«

»Heiraten?«

»Nein, den Ring kaufen.«

»Sollen wir lieber doch nicht?«, ärgert er mich.

»Doch, natürlich!«, sage ich und knuffe ihn in die Seite. »Ich meine nur, dass es komisch ist: Wenn man so lange auf etwas gewartet hat und es dann endlich passiert, bekommt es fast etwas Surreales.«

»Du denkst also schon lange an deinen Verlobungsring?«

»Ach«, tue ich affektiert, »eigentlich erst, seit ich… vier bin. Soll ich dir ein Geheimnis verraten? Jede Frau macht sich Gedanken über ihre Hochzeit, lange bevor sie denjenigen, den sie heiraten will, überhaupt getroffen hat.«

Er nickt verständnisvoll. »Soll ich dir auch ein Geheimnis verraten?«

Ich nicke.

Er beugt sich vor und flüstert mir verschwörerisch zu: »Alle Männer wissen das. Wir tun nur so, als hätten wir keine Ahnung, weil es uns Angst macht.«

Zehn Minuten später stehe ich im Juweliergeschäft und starre auf das schönste Schmuckstück, das ich je gesehen habe.

Es ist ein Platinring mit einem violetten Stein, schlicht, aber atemberaubend schön, und ich weiß sofort, dass es der ist, den ich will. Der Ring. *Der* Ring. Ich weiß nicht, ob ich lachen oder weinen soll; ich bin überwältigt von einem mir bis dahin völlig unbekannten Gefühl.

Sollie, der vor einem Glasschaukasten voller schöner traditioneller Diamantringe steht, sieht nach mir, und sein Lächeln wird neugierig.

»Was hast du gefunden?«, fragt er sofort.

»Woher weißt du, dass ich was gefunden habe?«

»Du solltest dein Gesicht sehen.«

»Was ist mit meinem Gesicht?«

»Du siehst aus, als hättest du gerade deinen Lottoschein überprüft und festgestellt, dass du einen Sechser mit Zusatzzahl hast.«

»Das wäre toll, dann könnte ich das hier bezahlen.«

»Für die Bezahlung bin ich zuständig«, sagt er und kommt zu mir rüber. »Zeig ihn mir.«

Ich deute auf den Ring, und er sagt nichts, sondern nickt nur und beginnt zu lächeln. Dann ruft er den Verkäufer, der ihn aus der Vitrine nimmt.

Sollie steckt ihn mir an.

Er passt wie angegossen.

Sollie und ich stehen da, blicken auf meinen Finger und grinsen idiotisch, während der freundliche Verkäufer in seinem gestreiften Anzug mit einem reizenden schottischen Akzent auf uns einredet.

»Da haben Sie eine sehr gute Wahl getroffen. Dies ist ein violetter Saphir in Cushion-Cut gearbeitet und von einer ganz speziellen Transparenz – die Farbe ist wirklich phantastisch, und der Ring ist aus Platin …«

»Wir nehmen ihn«, sagt Sollie, bevor der Verkäufer seinen Sermon beenden kann.

»Sir, möchten Sie nicht wissen, wo der Ring preislich liegt?«

»Nein.« Sollie schüttelt den Kopf, holt seine Kreditkarte aus der Geldbörse und sagt: »Sie veranlassen einfach die Zahlung, und ich sehe ja dann, was am Ende des Monats auf meiner Kreditkartenabrechnung steht.«

»Bist du sicher, Sol?«

»Im Moment interessiert mich nur, dass meine schöne Verlobte«, wobei er »Verlobte« mit einer besonderen Betonung und einem Augenzwinkern ausspricht, »diesen Laden mit dem Ring am Finger verlässt, den sie haben will …«

»Oje«, sagt der Verkäufer plötzlich ganz zerknittert, nachdem er uns zuvor so wohlwollend betrachtet hatte, und die Enttäuschung überträgt sich augenblicklich auf mich.

»Gibt es ein Problem?«, fragt Sollie sofort, denn es gibt ganz offensichtlich eins.

»Ich fürchte, dieser Ring ist nicht zu verkaufen, Sir. Er ist ein Ausstellungsstück der Designerin. All ihre Stücke sind schon versprochen, und man muss den Schmuck erst bei ihr bestellen.«

Sollies Stirn legt sich in sorgenvolle Falten; sein Blick wandert vom Verkäufer zu mir und wieder zurück.

»Wie lange würde das dauern?«

Der Verkäufer setzt sofort eine entschuldigende Miene auf, die nichts Gutes verheißt.

»Olivia Drake ist eine sehr beliebte junge Goldschmiedin, ich habe gerade heute Morgen erst ein anderes Paar hiergehabt, das dieselbe Frage gestellt hat. Ich fürchte, es wird drei Monate dauern.«

»Drei Monate!«, platze ich heraus; ich kann meine Enttäuschung nicht verbergen, und dann halte ich mir erschrocken wegen meines Ausbruchs die Hand vor den Mund.

Sollie sieht mich mitfühlend an. »Was wollen wir tun, Vi, sollen wir so lange warten?«

Ich schüttle den Kopf, die Hand immer noch vor dem Mund.

»Dann suchst du dir einen anderen Ring aus?«

Ich schüttle wieder den Kopf. Dann nehme ich die Hand herunter und lächle entschuldigend.

»Nein, ich will diesen Ring, er ist genau der richtige … Aber *drei* Monate …«

»Ja, drei Monate sind lang.«

Wir sehen uns einen Augenblick enttäuscht an, bevor sich Sollie mit seinem gewinnendsten Lächeln wieder an den Verkäufer wendet.

»Und Sie sind ganz sicher, dass wir diesen Ring nicht haben können?«

»Es tut mir leid, Sir. Wenn es in meiner Macht stünde …«

»Vi?« Sol sieht mich fragend an, aber mir fällt nichts Besseres ein, als hilflos mit den Schultern zu zucken.

»Okay. Lass uns einen Kaffee trinken gehen und die Sache noch einmal überdenken.«

Widerwillig ziehe ich mir den Ring vom Finger und gebe ihn zurück.

Gleich rechts neben dem Juwelier gibt es ein süßes kleines Café.

Als wir in das rötliche Licht, die Wärme und den Kaffeeduft eintreten, stellen wir überrascht fest, dass wir schon wieder Hunger haben – eine Folge von Elspeths streng eingehaltenem Speiseplan, denn irgendwann gewöhnt sich der Körper an stetige Nahrungsaufnahme und will immer mehr.

Es gibt köstliche Kuchen und Muffins in allen erdenklichen Geschmacksrichtungen, von Mokka bis Toffee-Banane und Erdbeer-Sahne. Gierig und mit der Ausrede, die Enttäuschung von eben kompensieren zu müssen, bestellen wir vier verschiedene Sorten.

»Alles nur zu Recherchezwecken natürlich«, erkläre ich Sollie auf der Suche nach einer weiteren Rechtfertigung. »Kuchen ist schließlich mein Beruf.«

»Es ist ganz schön voll hier«, sagt Sollie mit einem Blick über die Schulter, während wir in der Schlange an der Theke anstehen. »Geh uns doch mal einen Platz suchen, ich bezahle hier solange und bringe dann die Muffins mit. Es gibt weiter hinten noch einen schönen Raum mit Blick auf einen grünen Innenhof. Schau doch mal, ob es da noch einen freien Platz gibt. Ich komm sofort nach.«

Es stimmt, das Lokal füllt sich zusehends, es ist ja auch Mittagszeit, und Geschäftsleute und müde Shopper machen Pause. Es gelingt mir aber, einen schönen Platz in einer Nische mit Blick auf den reizenden begrünten Innenhof zu ergattern, wo ein paar Unerschrockene und Raucher den Elementen trotzen.

Sollie braucht ein bisschen mit dem Kaffee und den Muffins.

»Tut mir leid, die Schlange war so lang.«

»Von wegen. Du hast heimlich ein paar mehr gekauft und sie auf dem Weg hierher verputzt, stimmt's?« Schnell greife ich nach den köstlichen Muffins.

»Was bleibt mir anderes übrig? So schnell, wie du die Dinger verputzt, bleiben ja sonst nur Krümel für mich übrig. Du musst dir die Dinger nicht als Ganzes in den Mund stecken, weißt du?«, zieht er mich auf.

Aber bevor ich einen Bissen nehmen kann, klingelt mein Handy.

Ich bin überrascht, aber hocherfreut, Aidans Namen auf dem Display zu lesen.

»Hi, neue beste Freundin, ist Sol bei dir?«

»Ja, wir haben gerade nach Ringen geschaut. Jetzt machen wir einen Pit-stop in einem Coffeeshop.«

»Dann kannst du mir jetzt natürlich nicht erzählen, wie es zwischen dir und Pepper läuft, oder?«, kommt seine lachende Stimme aus dem Hörer. Offenbar hat er sich gemerkt, wie ich Pippa in der Schule heimlich genannt habe.

»Nicht wirklich«, sage ich und stelle beruhigt fest, dass Sollie gerade voll und ganz darauf konzentriert ist, seinen Muffin aus dem Papier zu wickeln.

»Da du noch ans Telefon gehst, weiß ich zumindest, dass sie dich noch nicht kaltgemacht hat.«

»Wir treffen heute alle zum Dinner, das wäre doch eine gute Gelegenheit.«

»Gelegenheit?«, fragt Sollie dazwischen.

»Eine gute Gelegenheit, alle noch ein bisschen besser kennenzulernen«, sage ich, so dass Sol und Aidan mich hören können.

»Oder eine gute Gelegenheit für Pepper, ein bisschen Arsen

in deinen Krabbencocktail zu tun«, kommt es von Aidan mit einem hinterlistigen Lachen.

»Genau. Du verstehst mich eben einfach.«

Und dann gibt Sollie mir Zeichen, dass er aufs Klo verschwindet, und ich kann endlich offen mit Aidan reden.

»Sollie ist gerade zur Toilette gegangen, Aidan. Ich erzähle dir schnell, was los ist. Erst hat sie so getan, als hätte sie mich nicht erkannt …«

»So getan?«

»Es hat sich herausgestellt, dass sie sich sehr gut an mich erinnern kann, also muss sie so getan haben.«

»Ein wenig wie du, oder Süße?«

»Hm, schuldig im Sinne der Anklage, fürchte ich. Aber gerade, als ich mich sicher gefühlt habe, hat sie mir eröffnet, dass sie ganz genau weiß, wer ich bin …«

»Ach du Schreck. Und dann?«, fragt Aidan, während ich Luft zum Weiterreden hole.

»Und dann hat sie mich gebeten, die Vergangenheit ruhen zu lassen und noch mal ganz von vorn anzufangen …«

Er seufzt erleichtert. »Oh, halleluja, gelobt sei der Herr«, singt er, aber trotz des etwas schwülstigen Textes macht er sich mit seinem Lobgesang nicht über mich lustig. »Na wunderbar. Das ist doch viel besser, als so tun zu müssen, als sei nichts gewesen.«

»Ich tue aber immer noch so, als sei nichts gewesen, Aidan, ich tue so, als hätte sie mir all das nicht angetan.«

»Aber das tust du doch sowieso schon, solange du denken kannst, das ist doch nichts Neues.«

Seine Logik ist auf erschreckende Weise bezwingend.

»Du hast doch gesagt, du seist glücklich, wie es ist, und du willst nicht, dass es sich ändert, und auf diese Weise ändert sich nichts.«

»Vielleicht habe ich mich geirrt. Vielleicht will ich doch eine Konfrontation, vielleicht will ich es auskämpfen und ihr alles vor die Füße werfen und sie fragen, warum um alles in der Welt sie damals so gemein zu mir gewesen ist. Warum sie meine Freunde gegen mich aufgehetzt hat, warum sie gelogen hat, damit ich schlecht dastand, mich bestohlen hat, mich seelisch und körperlich verletzt hat. Und ironischerweise wird sie jetzt auch noch eine von meinen Brautjungfern, großer Gott!«

Ich bin überrascht über den Zorn und die Giftigkeit in meiner Stimme und halte erschrocken inne.

»Klingt so, als hättest du noch immer eine Stinkwut auf sie.«

»Ja, nicht wahr?«

»Ich fürchte schon, Liebes«, sagt er mitfühlend. »Es tut wohl immer noch weh?«

»Stimmt, obwohl ich alles tue, um mir vorzumachen, dass ich es verarbeitet habe«, gebe ich zu. »Als Sechzehnjährige habe ich mir geschworen, das alles zu vergessen und einfach weiterzumachen, und bis vor einer Woche habe ich das auch ganz gut hingekriegt. Das Problem ist nur, dass die achtundzwanzigjährige Violet sich plötzlich wieder fühlt wie die sechzehnjährige Violet und am liebsten die Zeit zurückdrehen würde, um Pippa mit dem Kopf ins Klo zu stecken.«

Aidan lacht auf. »Du wohnst doch in einem Haus mit ihr, die ideale Gelegenheit, um ihr auch etwas Fürchterliches anzutun, wie zum Beispiel ihre Zahnbürste zu nehmen und damit ein paar Kloschüsseln zu reinigen.«

Darüber muss ich so laut lachen, dass ich einen Mundvoll Kaffee durch die Gegend spucke, sehr zum Missfallen meiner Tischnachbarn. Zum Glück ist Sol noch nicht von der Toilette zurück. Das meiste ist nämlich auf seinem halb gegessenen Muffin gelandet. Ich muss ihm unbedingt einen neuen bestellen, bevor er wiederkommt.

»Das könnte ich niemals tun!«

»Warum nicht? Das täte dir vielleicht gut. Es wäre eine reinigende Übung, eine kloreinigende Übung sozusagen. Es könnte dir helfen, die Sache endlich hinter dir zu lassen.«

»Du meinst also, wenn ich ihre Unterwäsche mit Juckpulver einreibe, könnte ich ihr plötzlich alles verzeihen?«, sage ich und bin froh, dass ich meinen Humor wiedergefunden habe.

»Wenn nur alles im Leben so einfach wäre«, erwidert er. »Aber genug von der Schwägerin in spe. Wie läuft das Verlobungsring-Shopping?«

»Ich habe einen gefunden«, sage ich nur.

»Oh, toll!«

»Ich kriege ihn aber erst in drei Monaten.«

»Oh, nicht so toll. Und jetzt?«

»Ich werde mir wohl oder übel einen anderen aussuchen müssen«, sage ich halbherzig, und dann sehe ich Sol durch die Stuhlreihen auf mich zukommen. »Oh, Sol kommt zurück«, warne ich Aidan, für den Fall, dass er noch einmal auf das Thema Pippa zurückkommen will.

»Wenn das so ist, dann verabschiede ich mich lieber … Dicken Kuss … bis bald …« Er hat aufgelegt.

Sol lässt sich auf seinen Stuhl plumpsen und lächelt entschuldigend. »Tut mir echt leid, Vi, aber jetzt kam auch noch ein Anruf aus dem Büro, das hat ewig gedauert.«

»Macht doch nichts, ich habe solange mit Aidan geplaudert. Er wollte mal hören, wie es so läuft«, füge ich hinzu, als ich Sols überraschtes Gesicht sehe.

»Ich dachte, er wäre *mein* bester Freund«, sagt er grinsend.

»Ja, aber vergiss nicht, dass wir bald verheiratet sind und uns dann alles gemeinsam gehören wird.«

»Was natürlich auch umgekehrt gilt, und daher nehme ich mir jetzt diesen Muffin.« Er zeigt auf mein Schoko-Orangen-Küchlein, das so lecker aussieht, dass ich es nicht einmal UNICEF spenden würde.

»Finger weg!«, sage ich und beschütze es mit den Händen.

Sollie tut so, als würde er schmollen, nimmt einen Bissen von seinem eigenen Muffin und verzieht das Gesicht.

»Seltsam …«

»Was denn, Sol?« Ich versuche das schuldbewusste Grinsen aus meinem Gesicht zu vertreiben, als mir klar wird, dass ich über das angeregte Gespräch mit Aidan ganz vergessen habe, ihm einen neuen Muffin zu besorgen.

»Ich hätte schwören können, ich habe einen Schokomuffin bestellt … aber dieser hier schmeckt eher nach Kaffee …«

»Äh, ach so, ja, ich fürchte, ich muss dir was gestehen …«

»Bist du sicher, dass du noch einen Verlobungsring haben willst?«, beginnt mich Sollie aufzuziehen, während wir weiter von Juweliergeschäft zu Juweliergeschäft ziehen. »Ich habe deine Spucke gegessen. Was für einen Liebesbeweis willst du eigentlich noch?«

»Du meinst, weil ich deinen Muffin versaut habe, ist mein Anspruch auf einen Verlobungsring verwirkt?«

»Er ist schließlich nur ein Symbol, ein äußeres Zeichen meiner Zuneigung, während es doch viel mehr bedeutet, den Speichel seiner Angebeteten …«

»Halt den Mund, und hol schon mal deine Kreditkarte raus«, unterbreche ich ihn. »Ich spüre den Ruf des Platins …«

»Willst du damit sagen, du glaubst, wir finden noch einen, den wir genauso schön finden wie den Saphir?«

»Ganz bestimmt«, erwidere ich mit mehr Überzeugung in der Stimme, als ich wirklich fühle.

Aber Murphys Gesetz sorgt dafür, dass wir die nächsten zwei Stunden durch alle erdenklichen Juwelierläden streifen, ohne etwas zu finden, das uns wirklich gefällt. Natürlich stoßen wir dabei auf schöne Ringe, und wenn ich meinen lila Saphir nicht vorher gesehen hätte, würde ich jetzt sicher einen von ihnen tragen, aber nachdem ich den »einzig wahren« schon gefunden hatte, kann ihm kein anderer mehr das Wasser reichen.

Und so kommt es, dass wir um fünf Uhr nachmittags noch immer keinen Ring haben.

Sollie sieht auf seine Uhr und macht eine bedauernde Geste. »Wir sind in einer Stunde mit den anderen verabredet.«

Ich muss sehr enttäuscht aussehen, denn Sollie fühlt sich aufgefordert, mich zum Trost zu umarmen.

»Wir fahren morgen früh nach Edinburgh und schauen, ob wir da etwas finden.«

»Du hast doch morgen schon etwas vor«, erinnere ich ihn. Aric hat irgendwas von einem Männerausflug gesagt.

»Das sage ich ab.«

»Das wird nicht nötig sein«, erwidere ich und schaue ihn entschieden an. »Wir haben heute ein paar schöne Ringe gesehen, Sol …«

Mehr brauche ich nicht zu sagen.

»Aber keinen wie den Saphir.«

Ich nicke. »Klingt komisch, nicht? Man sollte meinen, ein Ring sei nur ein Ring, aber dieser eine …«

»… war unser Ring«, beendet er den Satz für mich; er hat mich verstanden. »Dann macht es dir nichts aus zu warten?«

»Doch«, sage ich mit einem Schmollmund, aber dann lächle ich wieder. »Aber ich muss, also werde ich es tun.«

»Dann gehen wir hin und sagen es ihnen.«

Aber der Laden ist schon geschlossen, als wir dort ankommen.

»Wir rufen gleich morgen früh an und bestellen ihn«, sagt Sollie bestimmt, als er meine Enttäuschung sieht.

Ich lege die Hände an seine Brust und beuge mich vor, um ihn zu küssen.

»Danke.«

»Wofür?«

»Für dein Verständnis.«

»Dafür, dass du manchmal etwas anspruchsvoll bist? Ich besorge dir ein T-Shirt, auf dem steht: SAH ES, WOLLTE ES, KRIEGTE EINEN TROTZANFALL, BEKAM ES.«

Ich muss lachen.

»So ist es besser. Du siehst wunderschön aus, wenn du lächelst.«

»Und so furchtbar, wenn nicht«, sage ich und verziehe mein Gesicht zu einer Fratze, die den Wasserspeiern auf den Dachrinnen von Balcannon ähnelt.

Sollie weicht zurück und betrachtet mich mit gerunzelter Stirn. »Nö, siehst immer noch toll aus. Komm, lass uns lieber ein Taxi schnappen, sonst kommen wir zu spät zum Essen.«

»Ach so, wir fahren direkt dorthin?«

»Wir haben keine Zeit mehr, erst noch nach Hause zu fahren. Wir waren zu lange shoppen.«

»Aber guck doch mal, wie ich aussehe.« Ich zeige auf die Jeans und die Jacke vom Vorabend. Meine Bluse ist zwar noch sauber und sieht ganz okay aus, aber ich habe keine Lust mehr auf eine Wiederholung von gestern.

»Du siehst doch super aus.«

»Das haben sie gestern auch zu mir gesagt, und du weißt ja, was dabei herausgekommen ist.«

Sollie sieht an mir vorbei in ein Schaufenster.

»Na ja, heute sind wir am richtigen Platz, um die Sache wieder gerade zu rücken.«

Und damit nimmt er mich an der Hand und zieht mich in eine Boutique.

Eine halbe Stunde später fühle ich mich wie Julia Roberts in *Pretty Woman.* Sollie hat mir ein Outfit ausgesucht, sich in einen Sessel gesetzt, während ich es anprobiert habe, zustimmend genickt und dann darauf bestanden, es zu bezahlen.

»Ich wusste gar nicht, dass man so toll mit dir einkaufen kann«, sage ich, während ich mich in dem lila Wollkleid, phantastischen kniehohen Lederstiefeln und einem Seidenschal im Spiegel bewundere.

»Ich auch nicht. Du bringst ganz neue Seiten an mir zum Vorschein, Violet.«

»Und du an mir. Hast du Lust, mit mir in den Kabinen-Club einzutreten?«

»Was soll das denn sein?«

»Na ja, dasselbe wie der Mile-High-Club, nur dass wir es nicht in einem fliegenden Flugzeug tun, sondern in der Umkleidekabine eines exklusiven Modegeschäfts?«

Er schüttelt amüsiert den Kopf. »Wenn ich früher von dem Club gewusst hätte, wäre ich längst mit dir Einkaufen gegangen, aber leider muss ich mit dem Eintritt in diesen Verein bis zur nächsten Gelegenheit warten …« Er küsst mich zärtlich. »Jetzt aber los, wir sind wirklich spät dran.«

Draußen steht schon ein Taxi, das uns hinaus aus der Stadt zum Loch Edge Inn fährt, wo wir den Rest der Familie treffen sollen.

Das Lokal ist in einem niedrigen alten Gebäude untergebracht, das mit grünen Kletterpflanzen bedeckt ist. Wir parken auf dem Kiesparkplatz davor und laufen über den knirschenden Untergrund zur Hinterseite des Hauses, wohin uns ein hölzernes Schild mit der Aufschrift »Restaurant« den Weg weist.

Der Blick von der Rückseite des Hauses aus ist so atemberaubend, dass ich einen Moment auf der steinernen Terrasse stehen bleibe und den Garten betrachte, der sich bis hinunter zum mit Pinien gesäumten Ufer des Loch zieht.

Der laue Herbstnachmittag ist in einen milden, wenn auch etwas windigen Abend übergegangen, und die drohende Kühle wird von Heizpilzen gemildert, die man für jene Mutigen aufgestellt hat, die hier draußen an Tischen sitzen, um dabei zuzusehen, wie die Sonne langsam hinter den fernen Bergen verschwindet.

Sollie sieht von außen durch die Fenster ins Restaurant. Ich folge seinem Blick, kann aber niemanden von der Familie an den mit Kerzen beleuchteten Tischen entdecken.

»Wo sind sie denn alle?«, frage ich ihn.

Er dreht sich um und zwinkert mir zu. »Wahrscheinlich waren sie es leid, auf uns zu warten, und sind schon wieder nach Hause gefahren.«

»Aber wir sind nur zwanzig Minuten zu spät.«

»Ich weiß, das war ein Scherz. Du wartest hier, und ich gehe mal rein und suche nach ihnen. Du kennst meine Sippe ja schon ein bisschen, sie stehen vermutlich alle an der Bar und schreien nach Whisky und Champagner.«

Während Sollie nach drinnen geht, lehne ich mich an das Terrassengeländer und schließe die Augen, um den köstlichen Duft nach Pinien und kalter Seeluft einzuatmen, und dann mache ich die Augen wieder auf und kann sie gar nicht mehr abwenden von dem Loch und den Wäldern und den Bergen in der Ferne.

Es ist der schönste Ort, den ich je gesehen habe.

So romantisch. So überwältigend. Und auch so friedlich. Kein Geräusch ist zu hören außer dem Wind auf dem See und dem gelegentlichen Ruf eines Wasservogels und – ganz, ganz leise – den gedämpften menschlichen Stimmen und der schwachen Musik hinter mir, die aber im Vergleich zu der großartigen Stille der Natur nur ein schwaches Flüstern sind.

Und dann höre ich wieder Schritte, als sich jemand langsam von hinten an mich heranschleicht, und am Geruch seines Aftershaves und seiner Haut und der Tatsache, dass er ganz nahe an mich herankommt, erkenne ich, dass es Sollie ist. Er schlingt seine Arme um mich, schiebt mein Haar zur Seite, küsst mich in den Nacken … und nimmt den Seidenschal, den er mir vorher gekauft hat, um mir die Augen zu verbinden.

»Was um Himmels willen tust du da?«, frage ich mit einem Flüstern.

»Pssst, vertraust du mir etwa nicht?«

»Natürlich vertraue ich dir.«

»Dann sei still, und mach einfach mit.«

»Mit wobei, Sol?«

»Welchen Teil des Satzes ›Sei still‹ hast du nicht verstanden, Vi?«

Er prüft noch einmal, ob der Schal fest sitzt, nimmt mich an der Hand und führt mich weg.

»Vorsichtig, hier sind Stufen.«

»Wo gehen wir hin?«

»Das wirst du gleich sehen. Aber jetzt psssst …«

Da ich meines Sehvermögens beraubt bin, schärfen sich alle meine anderen Sinne.

Ich könnte schwören, dass die Haare auf meinen Armen zu Berge stehen, als er mich von der Terrasse wegführt und, wie ich vermute, in den Garten, weil ich Rasen unter den Füßen fühle. Nach wenigen Minuten werden die Geräusche gedämpfter, und der Wind lässt nach; wir müssen jetzt auf Waldboden laufen, weil ab und zu Zweige unter unseren Schuhen knacken. Sollie hält die ganze Zeit meinen Arm. Schließlich haben wir wieder Gras unter den Füßen, und ich kann das sanfte Geräusch des Wassers hören. Wir müssen also wieder in der Nähe des Sees sein.

Und dann erklingt Musik.

»Gleich sind wir da«, sagt Sollie, und einen Augenblick später gehen wir wieder auf Stein und ich werde eine kleine Treppe hinaufgeführt, hinein in ein Gebäude.

Ich möchte fragen: »Wo da?«, aber ich habe mittlerweile gelernt zu schweigen.

Sol lässt meinen Arm los und nimmt mir den Schal ab.

Ich blinzle einen Moment, bis sich meine Augen an die neugewonnene Freiheit gewöhnt haben.

Wir befinden uns in einem achteckigen Steinhaus, das mitten auf einer vom Wald eingeschlossenen Lichtung am Rand des Wassers steht.

Der Raum ist einfach, aber schön, hat eine gewölbte Decke, Fliesenboden und bleiverglaste Fenster. Beleuchtet wird er von Gaslampen, die ihn in ein warmes goldenes Licht tauchen.

Ein runder Steintisch in der Mitte und zwei solide Holzstühle bilden das Mobiliar. Im Hintergrund läuft Musik; ich meine, die samtene Stimme von Sarah Vaughan zu erkennen. Der Tisch ist für zwei gedeckt: Champagner und Meeresfrüchte, und außer uns beiden ist niemand da.

»Überraschung«, sagt Sollie leise.

Er sieht mich erwartungsvoll an.

»Was ist los? Wo sind denn alle?«

»Hier.«

»Aber …«

»Es sind nur wir zwei, Vi.«

Die Jazzmusik verstummt, und nach einer kleinen Pause erklingt etwas anderes.

Unser Lied.

Crowded House.

»Everywhere you go, you always take the weather with you. Everywhere you go. You always take the weather …«

Und dann kniet Sol vor mir nieder. Mein Herz beginnt schneller zu schlagen, denn das erste Mal hat er es nicht auf die traditionelle Weise gemacht; es war auch schön, unvergesslich, aber nicht so wie das hier. Und obwohl ich nicht gedacht hätte, dass es mir gefallen würde, weil ich befürchtet habe, es könnte kitschig sein, stelle ich fest, dass ich es doch mag, sehr sogar, als er sich vor mir hinkniet wie in *Stolz und Vorurteil*, so sehr, dass ich von einem Ohr zum anderen strahle. Der wundervolle Mann, der mich schon einmal gefragt hat, ob ich ihn heiraten will, tut es ein zweites Mal, und zwar vollendet bis ins Detail und sagenhaft romantisch.

Er sieht verlegen aus. Ich glaube, ich habe ihn vorher noch nie verlegen gesehen. Er lacht ein bisschen und beißt sich auf die Unterlippe.

»Ich dachte, ich mach es noch einmal richtig.«

»Ich dachte, das hast du schon.« Ich lächle ihn an und stelle zu meiner Bestürzung fest, dass mir die Tränen kommen.

»Ja, aber da hatte ich den hier noch nicht.«

Er greift in seine Tasche und holt eine kleine ledergebundene Schachtel heraus, die er in meine Richtung öffnet.

»Wie …«, sage ich leise. Ich bin verwirrt.

Es ist der Ring.

Der Ring.

Mein Saphir.

»Aber … wann …?«, stottere ich verblüfft.

»Als Aidan dich angerufen hat …«

»Und du gesagt hast, du würdest zur Toilette gehen? Du hast das inszeniert?«

Er nickt. »Ich musste dich ja irgendwie ablenken … Und ich

wusste, dass du und Aidan stundenlang ohne Unterbrechung quatschen könnt.«

»Aber… sie wollten ihn doch nicht verkaufen.«

»Sie waren sehr nett. Sie haben die Goldschmiedin angerufen, und ich habe selbst mit ihr gesprochen. Ich habe ihr gesagt, dass er deine Augenfarbe hat und dass er dir sofort gepasst hat. Ich habe ihr gesagt, dass er wie für dich gemacht ist.«

»Und das hat sie davon überzeugt, ihn dir zu überlassen?«, frage ich ungläubig.

Er schüttelt den Kopf. »Ich habe ihr auch gesagt, dass er dich so zum Lächeln gebracht hat, wie ich dich noch nie habe lächeln sehen, und dass ich alles tun würde, damit du noch einmal so lächelst. So wie du jetzt lächelst. Ich habe ihr gesagt, dass ich will, dass du dich den Rest deines Lebens so fühlst, Violet. Für den Rest *unseres* Lebens.« Er berührt mein Gesicht und streicht mir vorsichtig eine Strähne aus der Stirn. »Ich habe ihr gesagt, dass sie sich genauso in dich verlieben würde wie ich, wenn sie dich treffen würde, und dass sie dir ebenso wenig irgendeinen Wunsch abschlagen könnte…«

Er nimmt den Ring aus dem Kästchen und hält ihn so, dass er die Spitze meines Fingers berührt, und dann sieht er mir direkt in die Augen. Sein Blick ist so offen und so voller Liebe, dass ich das Gefühl habe, ich könnte ihm direkt bis ins Innerste seiner Seele blicken.

Und dann redet er weiter.

»Bevor ich dir begegnet bin, dachte ich, ich hätte ein schönes Leben. Ich *hatte* ein schönes Leben. Du, Violet, hast aus meinem schönen Leben ein wundervolles gemacht. Ich möchte nie mehr ohne dich sein. Du hast mein Leben verändert. Du *bist* mein Leben. Ich muss wissen, dass du für immer bei mir bleibst. Ich weiß, ich habe dich schon einmal gefragt, aber ich könnte dich immer wieder fragen… Vi, willst du mich heiraten?«

Voller Champagner, Meeresfrüchte und Lebensfreude schwebe ich zurück nach Balcannon.

Nichts kann mir mehr etwas anhaben.

Ich glaube, ich war in meinem ganzen Leben noch nie so glücklich.

Die Sache mit Pippa macht mir nichts mehr aus, es ist mir egal, ob sie mir die Wahrheit gesagt hat, als sie einen Neustart wollte, oder mir die Hucke vollgelogen und mir Schnurrbärte ins Gesicht gemalt hat. Mir ist ehrlich gesagt alles egal außer Sollie und mir und der Tatsache, dass wir noch mehr Neuigkeiten für die Familie haben.

Wir haben den Termin für die Hochzeit festgelegt.

In genau neun Monaten, was ja einen Hauch ironisch klingt.

Und nein, ich bin nicht schwanger, falls sich jemand die Frage gestellt hat.

Aber es wird der Auftakt zu einem neuen Leben sein, wenn wir mal in die Schmalzkiste greifen wollen, obwohl ich es mir lieber als die Fortführung unserer Romanze vorstelle. Und wenn ich den heutigen romantischen Abend in Seidenpapier packen könnte, würde ich ihn für immer unter meinem Kopfkissen aufbewahren.

Kapitel 13

Unsere Neuigkeiten sind natürlich ein willkommener Anlass zum Feiern für die ganze Familie. Also wird es wieder ein langer Abend mit unzähligen Trinksprüchen und Ahs und Ohs bezüglich meines Rings, die gleich am nächsten Morgen beim Frühstück von neuem einsetzen.

Ich habe natürlich sofort eine MMS an Jas, meine Mutter und Maggie und Ellen, die beiden Mädels, die bei mir im Tortengeschäft arbeiten, geschickt. Mädels ist vielleicht nicht ganz der passende Ausdruck für sie, denn Maggie ist bereits in den Fünfzigern, und Ellen wird demnächst vierzig, obwohl sie viel jünger aussieht.

Sie haben mir alle ganz süß und neidisch zurückgeschrieben. Ich weiß, es klingt furchtbar oberflächlich, aber möchte nicht jede Frau einen so schönen Verlobungsring haben, dass alle, die ihn zu Gesicht bekommen – inklusive der Freundinnen – sie darum beneiden?

Mein Glück wird durch den Umstand vermehrt, dass Pippa und Jonathan nicht da sind. Jonathan musste überraschend zurück ins Büro, und Pippa hat ihn mit dem neuen Aston nach Edinburgh gefahren und will dort die Nacht mit ihm verbringen, bevor er zurück nach Paris fliegt. Sein Flieger geht frühmorgens am nächsten Tag, sie verabschiedet ihn, nimmt den Zug zurück und wird morgen gegen Mittag wieder in Balcannon sein. Ich habe also anderthalb Tage ohne sie und muss mich beherrschen, um nicht »Hurra« zu schreien. Sie war zwar supernett zu mir nach dem kleinen Zwischenfall von gestern Morgen, aber mir ist dieses ganze neue Freundinnen-Ding irgendwie unheimlich. Und unheimlich ist vierundzwanzig Stunden am Tag ein bisschen anstrengend, und deshalb freue ich mich über die Pause.

Nicht dass ich es mir wünschen würde, aber heute habe ich auch eine Pause von Sol.

Die Männer sind nämlich zum nachbarlichen Anwesen eingeladen worden – und wenn ich sage Anwesen, dann meine ich fürstliches Anwesen und nicht irgendein Landhäuschen –, um sich typisch männlichen Aktivitäten zu widmen, wie zum Beispiel Quad fahren, Tontauben schießen, Schottenrock tragen und Grog trinken. Sollie hat sich schon mehrmals für seine Abwesenheit entschuldigt, aber um ehrlich zu sein, macht es mir gar nichts aus, denn wir haben unsererseits einen netten Tag nur unter Frauen geplant, und außerdem ist er zum Abendessen mit Elspeth und einigen ihrer engsten Freunde wieder da.

Sobald die Jungs aus dem Haus sind, trommelt Elspeth alle Frauen zusammen und führt uns in den »Westflügel«, wo sich ihre und Arics Suite befindet. Ich weiß schon, dass Suite mehr als ein Zimmer bedeutet, und mir ist auch nicht entgangen, dass Balcannon so groß ist, dass man locker acht Familien hier unterbringen könnte, ohne dass sie sich gegenseitig auf die Füße treten müssten, aber ich bin dennoch erstaunt darüber, wie groß diese Suite tatsächlich ist.

Ihr Schlafzimmer ist so riesig wie ein kleines Fußballfeld, in dessen Mitte das größte Himmelbett steht, das ich je gesehen habe; es gibt noch einen extra Aufenthaltsraum und *zwei* Ankleidezimmer, eins für sie, eins für ihn.

Der absolute Knaller allerdings ist das Badezimmer.

Ihr Badezimmer. Aric hat natürlich sein eigenes.

Ich dachte, unser Bad hier sei das Nonplusultra, aber ihres

ist wie aus einem preisgekrönten Luxus-Spa: ein riesiges Marmorteil, in dem die Schritte hallen, mit einem runden, in den Boden eingelassenen Whirlpool für sechs Personen und – ich kann es nur glauben, weil ich es mit eigenen Augen sehe, als sie eine schrankähnliche Tür aufmacht – einer Sauna! Ich bin sprachlos. Bis auf zwei Worte, die ich herausbringe, als sie uns fragt, ob wir sie ausprobieren wollen: »ja« und »bitte«.

Alle fünf lassen wir uns auf den Holzbänken nieder, Mistral natürlich splitternackt, wir anderen eingewickelt in Handtücher, die Elspeth uns gegeben hat. Während die Hitze langsam meinen Körper entgiftet, atme ich tief durch, schließe die Augen und entspanne mich.

Eine Minute später öffne ich sie wieder, weil es so seltsam still um mich geworden ist, und diese Damen sind niemals still, und sehe, wie mich alle anstarren.

Ist mein Handtuch heruntergerutscht?

Hängt mir irgendetwas Peinliches aus der Nase?

Elspeth bricht das Schweigen.

»So, Violet Templer, da wir jetzt endlich einmal unter uns sind, wollen wir ALLES über dich erfahren.«

Ah, das war also ihr Plan! Sie haben mich an einen Ort verfrachtet, von dem ich nicht weglaufen kann, um ihre Inquisition zu starten.

»Ich schätze, ich habe euch schon alles erzählt, was es über mich zu wissen gibt«, versuche ich mich mit einem breiten Lächeln aus der Affäre zu ziehen.

»Liebes«, schnurrt Elspeth und klingt dabei wie eine heisere Eartha Kitt, »keine Frau der Welt kann in nur vier Tagen alles von sich erzählen, erst recht nicht den Verwandten ihres Zukünftigen. Wir wollen die echte, die ungeschminkte Violet kennenlernen, inklusive Warzen und allem …«

»Zum Glück habe ich keine Warzen«, sage ich schnell. »Allerdings muss ich gestehen, dass gerade ein ziemlich großer Pickel meinen Hintern ziert …«

»Mit Witzeleien kommst du uns nicht davon«, insistiert Elspeth kopfschüttelnd, während Mistral herzlich lacht.

»Ich dachte, wir wollten hier unsere Unreinheiten ausschwitzen und nicht meine intimsten Geheimnisse«, grummle ich.

»Wir können das eine mit dem anderen verbinden, ist das nicht toll?« Mistral zwinkert mir zu.

»Also, ich weiß wirklich nicht, was ich euch noch erzählen soll.«

»Du könntest damit anfangen, uns zu sagen, was du gerade denkst …«, erklärt sie ernst und lehnt sich vor. Sie sieht mich an, als wolle sie in das Innere meines Kopfes schauen.

»Äh … dass ihr mir Angst macht«, versuche ich weiter zu witzeln.

Zu meiner Erleichterung lacht Elspeth darüber. »Oh, das erinnert mich daran, wie ich zum ersten Mal Arics Mutter begegnet bin.«

»Wieso? Wie war sie denn?«, klammere ich mich an den Themenwechsel wie ein Ertrinkender an ein Stück Treibholz.

»Oh, sie war wie Maggie Thatcher, nur rothaarig!« Elspeth rollt mit den Augen. »Die eiserne Lady mit der eisernen Faust.«

»Und eisernen Unterhosen«, fügt Marilyn hinzu. »Du warst total panisch, als du sie kennengelernt hast, Beth, weißt du noch?«

»Allerdings.« Elspeth schüttelt sich beim bloßen Gedanken daran. »Und ich habe mir geschworen, niemals einem zukünftigen Partner meiner Kinder ein solches Gefühl zu geben. Ich habe dir hoffentlich nicht so ein Gefühl gegeben, oder, Liebes? Wir dachten nur, dass es nett wäre, mehr über dich zu erfahren …«

»Oh, ich bin ganz starr vor Angst«, sage ich bierernst, und sie bricht wieder in Gelächter aus.

»In dem Fall wechseln wir sofort das Thema.«

»Wir könnten eine Runde meditieren«, schlägt Mistral vor und schwingt ihre Beine nach oben, um sich in den Lotussitz zu begeben.

»Vor Mistral habe ich aber noch mehr Angst«, sagte ich und halte mir schützend die Hand vors Gesicht.

Alle lachen, und wie ich geplant habe, sind sie endlich von mir und meinen »Geheimnissen« abgelenkt. Nicht dass ich mehrere davon hätte, nur ein einziges, und davon kann ich ihnen wirklich nicht berichten.

Ich habe zwar das Gefühl, dass es in gewisser Weise einfacher für mich wäre, alles offen auszusprechen, ein für alle Mal, dann würde ich endlich nicht mehr mit meinem zum Glück pickelfreien Hintern auf glühenden Kohlen sitzen. Aber versprochen ist versprochen, und das gilt selbst für eine Pippa Langford.

Das Gespräch kommt zurück auf die Hochzeit und alles, was damit zusammenhängt, wie Autos und Blumen und Wetter und wo sie stattfinden soll, und Elspeth bietet an, sie auf Balcannon zu feiern, und obwohl ich immer davon ausgegangen bin, in der alten Dorfkirche in Kent in der Nähe von Mum und Dad zu heiraten, stelle ich mir vor, wie spektakulär eine Hochzeit hier wäre, und verspreche, mit Sollie darüber zu reden.

Nach der Sauna schlägt Marilyn im Scherz vor, dass es langsam an der Zeit wäre, auch noch einen beheizten Swimmingpool bauen zu lassen, worauf Elspeth antwortet, dass es uns freistünde, einen Sprung in den See zu machen; das wiederum nimmt Mistral ernst und kann nur mit Mühe davon abgehalten werden, mitten im Oktober ins eiskalte Seewasser zu hüpfen.

Statt schwimmen zu gehen, stellen wir uns unter die Dusche, und danach spendiert uns Elspeth Gesichtsmasken. Wir sitzen alle mit den Füßen im Wasser um den Whirlpool herum, wobei wir versuchen, unsere Gesichter beim Reden möglichst bewegungslos zu halten, was lustig ist, weil Marilyn, die uns allen eine Frikadelle ans Ohr redet, nach kurzer Zeit die Maske in Fetzen vom Gesicht hängt. Sie beschließt kurzerhand, uns in den Genuss einer »Michael-Jackson-in-Thriller-Video«-Einlage kommen zu lassen, an dessen Ende sie aber auf dem nassen Marmorboden ausrutscht und sich mit einem schrillen »Au!« in den Schritt fasst. Michael Jackson hätte es nicht besser machen können, nur war es bei ihr keine Absicht, denn sie hat sich beim Ausrutschen einfach wehgetan.

Mein Highlight des Tages wird die Besichtigung von Elspeths Ankleidezimmer.

Wie Sollie mir erzählt hat, waren sie nicht besonders reich, bevor sie Balcannon geerbt haben. Na ja, arm waren sie auch nicht gerade. Aric war Anwalt, daher auch Sollies Neigung zu diesem Berufsstand, und sie haben ein komfortables Leben geführt. Aber seit dem Erbe spielen sie in einer ganz anderen Liga. Sie haben nicht nur Balcannon geerbt, sondern auch eine Menge altes Geld. Sollie hat mir nicht gesagt, wie viel, und ich würde ihn das auch nie fragen, aber so weit ich verstanden habe, wird der Großteil dieses Vermögens für die Instandhaltung von Balcannon verwendet. Dem Imelda-Marcos-Charakter von Elspeths Schuhschrank nach zu urteilen, ist aber wohl noch genug Taschengeld übrig.

Ich habe nie Geld für Luxus übrig gehabt, und wenn ich mir mal ein paar teure Markenschuhe leiste, dann meistens im Schlussverkauf, daher ist das hier das Paradies auf Erden für mich. Jede Frau hat ihre Shopping-Achillesferse, und meine ist die Schwäche für ein Paar schöne Schuhe, ganz wie bei Carrie Bradshaw. Und Elspeth hat massenhaft schöne Schuhe.

Sie hat alles von Jimmy Choo über Manolo Blahnik und Christian Louboutin, von Miu Miu über Marni bis zu Gucci, von Chanel über Burberry zu Bally. Der Schuhhimmel in den Highlands – 'tschuldigung, Lowlands.

Ich klatsche vor Begeisterung in die Hände.

Und Elspeth wiederum ist begeistert von meiner Begeisterung. Erst recht, als sie feststellt, dass wir die gleiche Schuhgröße haben, nämlich nur 37, was aber verglichen mit den süßen 35 einer Fleur geradezu elefantös wirkt.

»Du bist die Einzige in der Familie, die meine Schuhgröße hat! Dann habe ich wenigstens jemanden, dem ich meine Schuhsammlung vermachen kann, wenn ich mal – entschuldigt den blöden Witz – aus den Latschen kippen sollte.«

»Den Designerlatschen«, fügt Marilyn lachend hinzu. Sie hat sich zum Glück schnell wieder von ihrer »Jackson-Schwalbe«, wie wir sie scherzhaft genannt haben, erholt.

»Ist das dein Ernst?« Ich schnappe nach Luft.

»Ich meine es immer ernst, wenn es um Schuhe geht«, sagt Elspeth mit Bestimmtheit.

»Wenn mir jemand seine komplette Picasso-Sammlung hinterlassen wollte, könnte ich nicht glücklicher sein«, erkläre ich hocherfreut.

»Wenn das so ist, fangen wir am besten gleich damit an«, ruft sie aufgeregt und nimmt so lange Schuhe aus den Regalen und überreicht sie mir, bis ich fast unter ihnen begraben werde.

»Das kann ich nicht annehmen«, protestiere ich, allerdings nicht allzu vehement, während ein Paar nach dem anderen in meinen Armen landet.

»Oh doch, das kannst du …«, insistiert Elspeth und überreicht mir zu allem Überfluss auch noch eine Reisetasche aus Leder. »Du kannst sie alle hier reintun, ich habe sie solange nicht benutzt, dass ich kein Recht mehr habe, sie noch länger zu behalten.«

Ich falle fast in Ohnmacht, als ich das »Mulberry«-Logo auf der Tasche entdecke.

»Aber das ist doch alles viel zu viel …«

»Mach dir keine Gedanken. Du tust ihr einen Gefallen«, erklärt Misty mir mit einem Augenzwinkern. »Jedes Paar, das du mitnimmst, schafft Platz für ein neues. Sie wird schon morgen neue kaufen gehen.«

Elspeth strahlt kokett. »Schuhe sind meine einzige Schwäche. Das Einzige, wozu ich nicht nein sagen kann …«

»Das Einzige?« Mistral weiß es ganz offensichtlich besser und zieht die Augenbrauen hoch.

»Okay, also, es gibt drei Dinge.«

»Das zweite ist Champagner. Zu Champagner kannst du nicht nein sagen«, fällt Fleur ein. »Aber was ist das Dritte? Was passt zu Schuhen? Handtaschen?«

Mistral schüttelt den Kopf. »Nein, ich habe Beth schon mal eine Handtasche zurückweisen sehen, obwohl das so selten vorkommt wie ein Flamingo in einem schottischen Loch. Denkt doch mal nach, Mädels. Es gibt nur noch eine einzige Sache auf der Welt, zu der Elspeth nicht nein sagen kann.«

»Aric in verführerischer Pose mit Schokolade und Schlagsahne überzogen!«, ruft Marilyn prustend vor Lachen.

Ich stelle mir das gerade vor, und zwar mit einer Kirsche obendrauf, Himmelherrgott! Oje, jetzt fängt er auch noch an, vor mir zu tanzen. Das sind die Tücken einer zu lebhaften Phantasie. Ich versuche mich auf ein besonders verführerisches Paar Jimmy Choos zu konzentrieren, das Elspeth mir soeben überreicht hat, und nach ein paar Sekunden intensiven Choo-Betrachtens verschwindet der halbnackte, mit einer Kirsche verzierte Aric aus meinem Kopf.

Die anderen versuchen immer noch, Elspeths dritte Schwäche zu erraten.

»Ich habe dich noch nie nein zu einem Wochenende in London sagen hören«, erklärt Marilyn. »Erst recht nicht, wenn es einen Besuch bei Harvey Nichols umfasst.«

»Eine kleine Schwäche vielleicht, aber nicht ihr Kryptonit«, sagt Mistral mit einem Lächeln.

»Du weißt, was es ist, stimmt's?«, fragt Fleur ihre Mutter, die wie Elspeth ein verschmitztes Gesicht aufgesetzt hat und sich ganz offensichtlich darüber freut, die Antwort im Gegensatz zu uns zu kennen.

»Das liegt doch auf der Hand.«

»Ja?« Fleur runzelt die Stirn und denkt angestrengt nach. »Wozu sagt Elspeth niemals nein?«

»Ich gebe euch einen Hinweis. Es ist kein Was, sondern ein Wer …«

Marilyn und Fleur sehen sich eine Sekunde lang an, und dann beginnen sie zu grinsen.

»Solomon«, sagen sie unisono.

»Ich wette, Violet hat dasselbe Problem.« Marilyn lässt wirklich keine Gelegenheit für einen Scherz aus. »Oh, seht mal, Violets Gesicht hat die Farbe dieser Schuhe angenommen«, sagt sie und zeigt auf ein Paar Christian Louboutins.

Zum Glück ist Elspeth taktvoller und wechselt schnell das Thema. Sie zeigen mir ihre Einkäufe von gestern.

Elspeth hat natürlich etwas sehr Teures und Elegantes gekauft, ein kleines Chanel-Kostüm in Pink und Creme, in dem sie im wahrsten Sinne des Wortes zum Anbeißen aussehen wird, wahrscheinlich sogar besser als ich, aber hey, ich bin so high wegen meiner Heels, dass mir das gerade völlig egal ist.

Marilyn hat sich einen Hut in der Größe des Millennium-

Domes gekauft. Eine lustige Mischung aus Blumen und Plastikobst. Sie sieht damit aus wie eine Drag Queen, die sich als Carmen Miranda verkleidet hat.

»Wie findest du ihn?«, fragt sie mich neugierig und stolziert mit einer Hand in der Hüfte vor mir auf und ab.

»Darf ich ehrlich sein?«

»Oh ja, bitte, ich ziehe die Wahrheit immer Lügen vor, brich mir nur mein kleines Herz, wenn du mein Hütchen nicht magst.«

»Ehrlich gesagt«, fange ich so unsicher an, dass es ganz holprig herauskommt, »finde ich, er sieht aus wie eine meiner Torten.«

Zum Glück findet sie das sehr komisch, und wir kommen alle in den Genuss ihres bauchigen Gelächters.

»Apropos«, meldet sich Elspeth zu Wort, während sie ihr schönes neues Kostüm wieder auszieht, das sie uns gerade vorgeführt hat. »Wir haben uns gefragt, ob wir dich um einen Gefallen bitten können …«

»Ihr könntet mich darum bitten, mir die Haare abzurasieren, und ich würde es ohne zu zögern tun«, sage ich grinsend, während ich mit meiner großen Tasche voller Schuhe wedle.

Elspeth strahlt übers ganze Gesicht, und für einen Moment sieht sie genauso aus wie Marilyn.

»Wir wissen, dass du im Urlaub bist, aber wir fänden es toll, wenn du eine Torte für Samstagabend backen könntest. Wir können natürlich auch eine bei der Konditorei hier im Ort bestellen, aber da deine ja hundertmal so gut schmecken …«

»Tausendmal so gut«, korrigiert Marilyn sie.

»Ein Million Mal so gut!«, ruft Misty mit ihrem üblichen Hang zur Übertreibung.

»Deine Torte war wirklich köstlich«, pflichtet Fleur ihr bei. »Du kannst so toll backen.«

»Ich wette, dass Sollie auch total auf deine Rosinenbrötchen steht.« Marilyn findet das ungemein witzig.

»Wie auch immer«, unterbricht Elspeth. »Ich weiß, dass es ziemlich unverschämt ist, dich darum zu bitten, deine eigene Verlobungstorte zu backen, aber ich würde dich zu gern in Aktion sehen.«

»Oh, ich auch!«, stimmt Mistral ein. »Was sagst du dazu, Violet?«

»Sag ruhig nein, wenn du keine Lust hast«, fügt Elspeth so hoffnungsvoll hinzu, dass ich ein Nein noch nicht einmal in Betracht ziehen kann.

»Ich mache das gern.«

»Hurra!« Marilyn klatscht in die Hände. »Und ich esse sie gern. Hat Sollie dir erzählt, dass sein Vater und Onkel Silas gestern Nacht runter in die Küche geschlichen sind und die ganze oberste Schicht von der Torte aufgegessen haben, die du mitgebracht hast?«

»Wirklich? Es wundert mich, dass ihnen davon nicht schlecht geworden ist«, sage ich. Die Schokoglasur war nämlich wahnsinnig gehaltvoll.

»Schlecht nicht, nur dick werden sie davon«, erwidert Elspeth.

»Und trotzdem soll ich noch eine backen?«

»Wir hoffen, dass auch ein paar andere Leute Gelegenheit haben werden, davon zu essen, bevor die beiden Schleckermäuler ihre Krallen hineinschlagen können. Sollen wir uns schnell umziehen und uns in – sagen wir – einer Viertelstunde in der Küche treffen?«

»Klar«, nicke ich begeistert. »Aber da ich von hier aus noch nie auf mein Zimmer gegangen bin, müsst ihr einen Suchtrupp losschicken, wenn ich nicht rechtzeitig da bin.«

Zurück auf unserem Zimmer verstaue ich meine neue Tasche mit den Schuhen unter dem Bett, und als ich mir vor dem Spiegel das Haar zusammenbinde, stelle ich fest, dass ich ein breites Grinsen im Gesicht habe.

»Hilfe, ich sehe aus wie Marilyn, das muss ansteckend sein«, sage ich zu meinem Spiegelbild, aber die Wahrheit ist natürlich, dass ich es einfach toll hier finde, alle sind so nett zu mir, so lustig, so offenherzig und guten Willens, mich in die Familie zu integrieren, dass ich mich superwohl fühle. Wenn Pippa nicht ein solcher Wackelkandidat wäre, wäre einfach alles perfekt.

Wild entschlossen, mir von dem Gedanken an sie nicht die Laune verderben zu lassen, finde ich zurück in die Küche, wo die anderen bereits Schränke aufreißen, um Backformen, Messbecher und Rührgeräte herauszuholen.

Elspeth hat einen ziemlich beeindruckenden Vorratsschrank; offen gesagt ist ihr Vorratsschrank so groß wie meine gesamte Küche in London. Ein richtiger Kühlraum voller Regale mit allem, was man braucht: von Grundnahrungsmitteln bis zu exotischen Delikatessen.

»Ich achte darauf, dass er immer voll ist«, erklärt sie mir, während wir ihn durchforsten. »Für den Fall, dass wir hier einschneien.«

»Warum, passiert das häufiger?«

»Eigentlich jeden Winter. Ich weiß noch, wie wir unser erstes Weihnachten hier verbracht haben. Ich war überhaupt nicht darauf vorbereitet, und Aric, Sollie und ich mussten uns mindestens eine Woche lang von Dosenbohnen auf Toast ernähren. Sogar an Heiligabend haben wir die gegessen. Wenn die Straßen am zweiten Weihnachtstag nicht wieder frei gewesen wären, hätten wir Haggis und Sporran grillen müssen.«

»Haggis und Sporran?«

»Die beiden Cocker-Spaniel, die mit uns hier gelebt haben. Wir haben sie zusammen mit dem Haus übernommen, wovon wir erst nicht besonders begeistert waren, aber es ist erstaunlich, wie schnell die Hunde unsere Herzen erobert haben. Sol war untröstlich, als sie irgendwann gestorben sind, und wir haben es nicht über uns gebracht, uns einen neuen Hund zuzulegen, obwohl ein Haus wie dieses eigentlich Hunde braucht. Aber wir sind ja keine typischen Landbewohner, die auf die Jagd oder Angeln gehen würden ...«

»Nein, ihr habt es mehr mit dem Trinken und Tanzen, richtig?«, kommt der Kommentar von Marilyn, die mit einer Weinflasche winkt, die sie gerade in einem der Regale ihrer Schwester gefunden hat.

»Erstens einmal«, sagt Elspeth mit Bestimmtheit und einem Kopfschütteln, nimmt Marilyn die Flasche aus der Hand und stellt sie zurück ins Regal, »ist dieser Wein nur zum Kochen gedacht, deshalb steht er ja auch hier, und zweitens muss Violet uns mittlerweile für die reinsten Alkoholiker halten, so viel wie wir getrunken haben, seit sie da ist.«

»Na, damit hätte sie ja auch vollkommen recht, und was hat es für einen Zweck, einem künftigen Familienmitglied etwas vorzumachen ...«, verkündet Marilyn fröhlich, schnappt sich erneut die Flasche und läuft damit weg.

Zwei Minuten später höre ich aber, wie Wasser auf dem Herd kocht.

»Schokolade oder Früchte?«, fragt Elspeth, in der einen Hand Rosinen, in der anderen eine große Tafel dunkle Schokolade.

»Was ihr lieber habt.«

»Beides«, sagt Marilyn und steckt hoffnungsvoll den Kopf durch die Tür.

»Muss man Früchtekuchen nicht drei Monate oder so im Voraus backen?«, fragt Fleur auf dem Weg in die Vorratskammer, wo sie sich ein paar eingelegte Kirschen aus einem Glas nimmt.

»Im Allgemeinen ist es schon besser, wenn der Kuchen ein bisschen durchziehen kann, aber ich habe ein sehr schönes Rezept für einen, den man sofort essen kann, also könnt ihr es euch wirklich aussuchen.«

»Es ist doch deine Verlobungsfeier, was möchtest du denn?«, fragt Elspeth.

»Beides«, grinse ich in Marilyns Richtung, die die Hände zusammenschlägt und ein tonloses »Ja« mit dem Mund formt.

»Doppelt hält besser. Das gefällt mir.«

Ich brauche nicht lange, um mir ein passendes Motiv auszudenken. Ich bin ein altmodisches Mädchen, und romantisch bin ich auch, also entscheide ich mich für eine dreistöckige Torte mit schneeweißer Glasur und pinkfarbenen Rosen darauf.

Das Einzige, was Elspeth nicht in ihrer Vorratskammer hat, sind Lebensmittelfarbe für die Zuckerrosen und genug Eier, also wird Fleur zum Tante-Emma-Laden der Ortschaft geschickt, um beides zu holen, während Misty, Elspeth und Marilyn alles Nötige mit mir aus der Speisekammer tragen und mit dem Abwiegen beginnen.

Schon diese einfache Tätigkeit begeistert sie.

»Wirst du auch deine eigene Hochzeitstorte backen?«, fragt Elspeth, die bei dem Gedanken an die Feierlichkeiten lächeln muss.

»Oh, das weiß ich noch nicht. Wahrscheinlich wäre mir nichts, was ich mache, gut genug, andererseits kann ich das natürlich auch nur schwer jemand anderem überlassen, also werde ich sie wohl doch selber backen.«

»Isst du jeden Tag Kuchen während der Arbeit?«, will Marilyn wissen.

»Natürlich, ich muss doch alles probieren.«

»Oh, Wahnsinn, kann ich einen Job bei dir haben?«, kreischt sie, verzückt von dem Gedanken, mit Kuchenessen ihren Lebensunterhalt zu verdienen.

»Natürlich«, antworte ich wahrheitsgemäß. Wie schön wäre es, Marilyn jeden Tag um sich zu haben; jeder Tag wäre angefüllt mit Lachen und Sonnenschein.

»Vielleicht ein bisschen weit, wenn du pendeln willst«, erinnert Elspeth ihre Schwester.

»Ich weiß, aber ich müsste ohnehin nach London ziehen und in Violets Küche wohnen, denn wenn ich alles probiert habe, was Violet ihren Kunden anbietet, passe ich sowieso nicht mehr durch die Tür, geschweige denn in einen Jumbo Jet nach Jamaika. Da gibt es Gewichtsgrenzen, weißt du. Und ich wäre mehr als Übergepäck, wenn ich Violets Chefkuchentesterin wäre. Nun, dann muss ich eben alles jetzt schon probieren. Zitrone, Schokolade, Vanille, Fruchtkuchen, Erdbeer ... Wo bleibt denn nur meine kleine Fleur mit den Eiern? Wir müssen mit dem Backen anfangen.«

Fleurs Rückkehr wird vom Knattern des kleinen Citroën angekündigt, das von den Wänden widerhallt wie Kanonenschüsse, und kurz darauf sind wir dabei, alle Zutaten zusammenzurühren, und Marilyn versucht, die Schüssel auszulecken, bevor wir die Backmischung auch nur hineingefüllt haben. Es bereitet ihr keinerlei Mühe, einen riesigen, mit Teig umhüllten hölzernen Kochlöffel ganz in den Mund zu stecken.

Ich bin in meinem Element, aber wenn ich an Elspeths Ofen denke, wird mir mulmig.

Ich habe noch nie mit so einem speziellen Ofen gebacken«, sage ich unsicher und halte ihr die Kuchenform hin wie eine heilige Opfergabe.

»Das Einzige, was du beachten musst, ist, dass er genauso ist wie meine Schwester«, erklärt Elspeth mir.

»Immer heiß?«, fragt Marilyn.

»Und völlig unvorhersehbar.« Elspeth streckt ihr die Zunge raus.

Während wir darauf warten, dass alle drei Schichten backen, kommt Elspeth Marilyns Bitten nach und öffnet eine Flasche sehr guten Weins, den sie zur Belohnung für die getane Arbeit ausschenkt.

Zum Glück gelingen alle drei Böden, erst die beiden Schokoladenschichten und dann, anderthalb Stunden später, auch der Früchtekuchen, der die unterste Schicht werden soll.

»Gut, jetzt müssen wir alles über Nacht abkühlen lassen«, sage ich.

»Was, wir machen jetzt nicht die Glasur?« Fleurs Enttäuschung ist nicht zu übersehen.

»Wir sollten die Böden wirklich bis morgen ruhen lassen, aber wir können schon mal mit den Rosen anfangen.«

»Au ja, zeigst du mir, wie das geht?«

»Klar.«

»Ich würde wahnsinnig gern so gut backen können wie du.«

»Nach allem, was ich gesehen habe und was deine Mutter mir erzählt hat, bist du auf dem allerbesten Weg, eine hervorragende Köchin zu werden.«

Fleur lächelt und wird rot dabei.

»Mum übertreibt, du weißt ja, wie Mütter sind: Du singst als Kleinkind eine schiefe Version von ›Three blind mice‹, und schon bist du die nächste Judy Garland.«

»Deine Florentiner waren hervorragend.«

»Danke …« Sie sieht mich einen Moment lang an. »Ich überlege, ob ich den Kurs sausen lasse, den ich gerade mache, und mich stattdessen in der Kochschule einschreibe …«

»Was studierst du denn im Moment?«

»Kunstgeschichte. Es ist okay, aber …« Sie zögert einen Moment und zuckt dann mit den Schultern. »Es ist eine Sache, sich anzugucken, was andere Menschen geschaffen haben, aber vielleicht würde ich lieber gern selbst kreativ sein … Und ich koche einfach wahnsinnig gern. Ich weiß aber nicht, wie man es anstellt, das beruflich zu machen, und ich habe schon drei Semester studiert … Was ist, wenn ich das jetzt einfach abbreche und später merke, dass ich einen Riesenfehler gemacht habe?«

»Wenn du es unbedingt willst, ist es bestimmt auch das Richtige.«

Als ich sehe, dass sich ihre Mundwinkel bei dem Gedanken herunterziehen, füge ich hinzu: »Wenn du es nicht probierst, wirst du es nie herausfinden.«

»Ich glaube, ich habe Angst, dass ich es nicht schaffe.«

»Wenn man etwas erreichen will, muss man manchmal mutiger sein, als einem lieb ist.«

Sie schluckt, nickt aber. »Danke, Violet.«

»Kein Problem.«

»Ich bin echt froh, dass du Sol heiratest. Ich wollte immer eine große Schwester.«

»Du hast doch schon eine«, erinnere ich sie.

»Oh, ja, stimmt«, sagt sie überrascht. »Stimmt.«

Das mit den Zuckerrosen gestaltet sich schwierig, in erster Linie weil Marilyn sie so schnell aufisst, wie ich sie mache – und ich bin so geübt, dass ich ziemlich schnell bin.

»Die sind so niedlich«, murmelt sie und stopft sich noch eine in den Mund.

Als wir fertig sind, ist Fleur eine Expertin in Sachen Zuckerblumen, Marilyn hat zwölf Rosen gegessen und Elspeth eine weitere Flasche Wein aufgemacht, Mistral ist auf Gin umgestiegen, und auf der Uhr ist es schon fast sechs. Weil wir am Abend so viele sein werden, hat Elspeth ausnahmsweise ein Catering bestellt, und daher müssen wir aus der Küche, um den Caterern Platz und uns frisch zu machen.

Und so steige ich ein weiteres Mal in meine wunderbare Badewanne – mit einem zweiten Glas köstlichem Chablis und beruhigender Musik aus der Stereoanlage –, schließe genüsslich die Augen und stoße einen tiefen Seufzer aus, aber es ist ein Glücksseufzer. Klar ist es noch schöner, wenn Sollie da ist, aber heute habe ich seine Anwesenheit nicht *gebraucht*. Heute bin ich auch allein zurechtgekommen, und es war schön, sehr schön sogar, und zwar weil seine Familie, die zu treffen ich solche Angst hatte, ebenso wunderbar, warmherzig und liebevoll ist wie er.

Ich habe nicht gesagt: seine *ganze* Familie.

Aber gerade jetzt ignoriere ich diesen Umstand und genieße die segensreiche Wirkung des Vergessens.

Kapitel 14

Ich liege noch immer genüsslich mit geschlossenen Augen im duftigen, schaumigen Wasser, als die Tür aufgeht.

»Ist da noch Platz für mich?«

»Solange Sol fragt und nicht Onkel Silas …«, murmle ich, umgeben von Wärme und dem Duft von Jasmin und Lavendel.

»Da ist nicht nur noch Platz für mich, sondern für ein ganzes Rugby-Team«, sagt er, während er sich am anderen Ende der riesigen Wanne ins Wasser sinken lässt.

»Sie haben sich alle im Schaum versteckt.«

»Und wenn ich sie freipuste?«

»Dann wirst du auf den Hackler der All Blacks stoßen, der in der Nähe des Abflusses die Luft anhält«, sage ich grinsend, während ich die Augen aufschlage, um ihn richtig zu begrüßen. »Und der Mittelstürmer sucht unter Wasser nach der Seife … Hallo, mein Ehemann in spe, hattest du einen schönen Tag?«

»Ich bin Quad gefahren und dabei in eine Schlammpfütze gefallen, bin geritten und dabei in eine Schlammpfütze gefallen, und ich habe mit einem Jagdgewehr geschossen und bin dabei rückwärts in eine Schlammpfütze gefallen.«

»Du hast also jede Sekunde genossen.«

»Es war super«, sagt er strahlend. »Ich musste meine Klamotten dort lassen. Sie waren so starr vor Dreck, dass sie von selber stehen konnten. Sie sahen aus wie eine von Mistrals Skulpturen.«

»Dann bist du nackt nach Hause gekommen?«

»Noch etwas, das ich mit Mistral gemeinsam habe«, sagt

er vergnügt. »Nein, Evis hat mir was zum Anziehen geliehen. Und bei dir? Mum hat gesagt, ihr hattet einen tollen Tag. Erst habt ihr ein bisschen Wellness gemacht, und dann habt ihr eine Torte für Samstagabend gebacken.«

»Und dass sie mir Schuhe im Wert von ein paar tausend Pfund geschenkt hat, hat sie vergessen zu erwähnen?«

»Oh, hat sie dir ein bisschen was aus ihrer tollen Schuhsammlung vermacht? Dann hattest du definitiv einen schönen Tag.« Seine Augen weiten sich vor Überraschung. »Du musst sie mir alle vorführen.«

»Ich liege nackt in der Badewanne.«

»Hört sich nach dem perfekten Outfit dafür an«, sagt er und beugt sich nach vorn, um seine Arme um mich zu legen und mir einen langen, glitschigen Kuss zu geben. Dann lässt er mich wieder los, und als er mich irgendwie verschämt ansieht und seine langen Wimpern anfangen zu flattern, weiß ich sofort, dass er mir etwas sagen muss, das meinen bisher so wundervollen Tag etwas weniger wundervoll machen könnte.

»Was ist los, Sol?«

»Bitte sei nicht sauer«, ist das Erste, was er sagt.

»Ah, verstehe. Du musst mir etwas Unangenehmes sagen, und der Kuss sollte mich besänftigen.«

»Der Kuss war spontan, aber wenn du einen zur Besänftigung willst, kannst du gern noch einen haben.«

»Ich schlage vor, du sagst mir erst mal, was du zu sagen hast, und ich überlege mir dann, ob ich noch einen will.«

»Also … Ich weiß, heute Abend sollst du schon wieder neue Leute kennenlernen, und das Letzte, worauf du Lust hast, ist, das allein zu tun …«

»Alleine? Was meinst du mit allein?«

»Ich muss weg.«

»Und warum sollte ich deswegen sauer sein?«

»Weil ich schon den ganzen Tag weg war und auch heute Abend wieder wegmuss und dich allein lasse, und du hast nicht mal Philly, die dir Gesellschaft leistet …«

Na ja, ein Gutes hat die Sache wenigstens.

»… und Aidan ist auch nicht da. Es tut mir so leid. Ich wollte eigentlich nicht, aber Aneka hat gesagt, es sei sehr wichtig …«

Aneka ist die Chefsekretärin in Sollies Büro. Aneka findet mich nicht so toll. Jas und ich denken beide, dass sie ein bisschen in Sol verknallt ist, ach was, nicht ein bisschen, sondern total und bis über beide Ohren. Sie war nie wirklich unfreundlich zu mir, aber trotz ihres sterilen Sekretärinnenlächelns haben ihre feindlichen Augen sie verraten, und sie überschlägt sich mir gegenüber nicht gerade vor Nettigkeit.

Jas sagt immer, wenn Sol ihr Freund wäre, würde sie sich Aneka »vorknöpfen«. Wie sie das genau machen würde, verrät sie nicht, aber während sie den Satz sagt, macht sie stets eine Menge Karate-Handbewegungen. Sie redet immer mit den Händen, was ich sehr an ihr mag. Sie ist sehr temperamentvoll und redet nicht nur mit einem, sondern webt ganze Geschichten aus Worten und Gesten.

Ich für meinen Teil habe nicht das geringste Bedürfnis, sie mir »vorzuknöpfen«, weil ich Sollie blind vertraue. Selbst wenn sich die ziemlich ansehnliche Halbschwedin Aneka splitternackt auf seinem Schreibtisch rekelte und ihm ein Schild mit der Aufschrift *Nimm mich jetzt, mein Hengst* hinhielte, würde er sehr höflich ablehnen. Schriftlich.

Warum ich mir da so sicher bin? Ich weiß eben einfach, dass Sollie nicht so einer ist.

Ein Zyniker würde jetzt sagen, dass so was in allen Männern steckt.

Sollie sagt sehr süß, aber auch ziemlich obszön – zartere Naturen also bitte den nächsten Satz überspringen –, dass ich die Einzige bin, in die er etwas »stecken« will. Ich werde rot und lächle süffisant.

»Wo musst du denn hin?«, frage ich und gebe mir Mühe, nicht enttäuscht zu klingen. »Wozu braucht Aneka dich?«

»Ich weiß es ehrlich gesagt nicht genau, ich habe nur eine Nachricht auf meinem Blackberry erhalten, in der steht, dass der Chef persönlich mit mir über einen heiklen Fall reden will, und daher haben sie eine Videokonferenz angesetzt, und der nächste Platz, an dem so was geht, ist das Loch Inn …«

»Okay, aber ich könnte doch einfach mitkommen.«

»Sie haben mir aber nicht mal eine genaue Uhrzeit genannt, nur eine ungefähre Zeitspanne. Ich werde also wahrscheinlich ziemlich lange warten müssen, und du würdest dich zu Tode langweilen, aber was noch wichtiger ist …«, fügt er schnell hinzu, als ich den Mund aufmache, um ihm zu widersprechen, dass ich sehr gut an der Bar auf ihn warten könne. »Meine Eltern brennen darauf, dich ihren Freunden vorzustellen, und wären furchtbar enttäuscht, wenn du nicht dabei wärst.«

»Verstehe.« Ich beiße mir auf die Unterlippe, um ein Lächeln zu unterdrücken. Ich habe zwar keine Lust, die nächste Vorstellungsrunde ohne Sol zu absolvieren, aber ich bin ziemlich geschmeichelt, dass seine Familie mit mir angeben will, denn das muss ja heißen, dass sie mich mögen, denn sonst würden sie Sollie anflehen, mich mitzunehmen, und nicht umgekehrt.

»Bitte, Vi, ich weiß, das ist viel verlangt, aber würdest du das für mich tun?«

»Nur für dich«, sage ich und halte ihm mein Gesicht hin, um zur Belohnung einen Kuss zu bekommen.

Und so stehe ich um Punkt acht allein in der Eingangshalle – okay, nicht ganz allein, die anderen sind auch alle da, alle bis auf Sollie –, aber unser Frauentag wirkt noch so nach, dass ich mich nicht allzu unwohl oder peinlich berührt fühle.

Adam ist auch da. Seit er angekommen ist, hat er sich extrem im Hintergrund gehalten. Er hat sich jeden Morgen nach dem Frühstück mit einer leeren Leinwand nach draußen verdrückt, um bei Sonnenuntergang mit einer komplett in Stoff eingewickelten Leinwand wieder zurückzukehren, so dass niemand einen Blick auf sein Tagwerk erhaschen konnte. Obwohl er sich aus seinen farbverschmierten Klamotten geschält hat, hat er immer noch Ocker unter den Fingernägeln. Er sieht schon jetzt gelangweilt aus, dabei hat der Abend noch nicht einmal angefangen. Wie kann jemand, der so schön ist, nur so viel die Stirn runzeln? Man sollte meinen, dass jemand wie er jedes Mal, wenn er an einem Spiegel vorbeikommt, vor Begeisterung darüber lächeln muss, dass er so von der Natur begünstigt wurde. Das ist natürlich eine ziemlich oberflächliche Bemerkung, denn allein die Tatsache, dass man gut aussieht, bedeutet ja noch lange nicht, dass man auch glücklich ist.

Die süße kleine Fleur ist auch da und hat von Sollie den Auftrag gekriegt, »auf seine Frau aufzupassen«. Daher steht sie auch ganz brav neben mir, um mir beizustehen. Er hat mich diese Woche schon oft so genannt, aber wer bin ich, ihn darauf hinzuweisen, dass das ein bisschen voreilig ist …

Die ersten Gäste sind Arics und Elspeths beste Freunde Margaret und Evis McDougal. Bei ihnen haben die Jungs heute den Tag verbracht. Margaret wirkt ein bisschen statuenhaft, sehr elegant und ehrlich gesagt ziemlich vornehm. Eigentlich genauso, wie man es von einer Frau erwarten würde, die in einem Anwesen wohnt, das doppelt so groß ist wie Balcannon. Doppelt so groß! Ist das dann so groß wie Balmoral Castle? Sind Margaret und Evis am Ende das verkleidete Königspaar? Wenn sie verkleidet sind, dann ziemlich gut. Evis sieht ganz und gar nicht aus wie Prinz Philip, er könnte eher Arics Bruder sein, so sehr ähneln sich die beiden. Stattlich, fröhlich, ein blühendes, humorvolles Gesicht – der einzige Unterschied ist eigentlich die Haarfarbe. Während Aric flammend rote Löckchen hat, sind Evis' Haare schokobraun und so wild wie das Meer an einem stürmischen Tag.

Margaret dagegen erinnert mich mit ihrem vor Haarspray starren Haar, ihren Siebzigerjahreklamotten, dem leuchtend blauen Lidschatten und den vornehmen Manieren ein bisschen an Margot Leadbetter aus der alten Fernsehserie *The Good Life*. Sie ist aber wahnsinnig nett, bescheiden und höflich.

Sie haben fünf erwachsene Kinder zwischen achtzehn und achtundzwanzig, die alle mit von der Partie sind: drei Jungs und zwei nicht eineiige Zwillingsschwestern, von denen die eine ihrer Mutter aufs Haar gleicht, mit Ausnahme des Haarsprays, und die andere ihrem Vater ähnlich sieht, aber natürlich dünner ist. Fleur ist offensichtlich mit den Zwillingen gut befreundet, und ich, auf die sie eigentlich aufpassen sollte, bin sofort vergessen, weil sie sich ein ganzes Jahr nicht mehr gesehen haben.

Nicht dass ich Gelegenheit hätte, sie zu vermissen. Elspeth zelebriert die Vorstellungsrunde und zeigt mich so stolz herum wie ein Hundehalter seine neueste Züchtung auf einer Hundeshow.

»Das ist meine Schwiegertochter Violet«, verkündet sie ebenso voreilig wie Sollie.

»Na ja, noch nicht ganz«, sage ich schüchtern, weil ich das Gefühl habe, das klarstellen zu müssen.

»In nur neun Monaten ist es so weit. Was macht das schon für einen Unterschied?«, beharrt Elspeth und tätschelt zärtlich meine Hand.

»Oh, einen ziemlichen, wenn man ein Fötus ist«, sagt Evis und lacht selbst am lautesten über seinen Witz.

Noch mehr Freunde und Nachbarn treffen ein. Elspeth stellt mich ihrem »besonderen Freund« Norris Stewart vor. Er ist klein und fast glatzköpfig, trägt eine Hornbrille und stottert, Letzteres aber erst, seit seine Frau vor zwei Jahren gestorben ist, wie mir Elspeth erklärt.

Er ist süß und lustig und erzählt mir, wie es ist, der einzige männliche Single seines Alters in der ganzen Gegend zu sein. Ständig muss er die Annäherungsversuche unzähliger Witwen abwehren, die ihn anrufen und ihm alles mögliche Selbstgemachte vorbeibringen wie Gemüsekuchen, Marmelade und Kekse.

»Du solltest dir einen Hund zulegen, Norris«, mischt sich Margaret ein. »Ich sage ihm das schon solange, Violet. Es gibt keine bessere Gesellschaft als einen Hund.«

»Vielleicht sollte ich das wirklich, Margaret«, erwidert er nickend, und dann beugt er sich verschwörerisch in meine Richtung und flüstert: »Ich könnte ihm beibringen, Mrs. McDougal zu beißen, wenn sie mit ihrem selbst gemachten Schüttelbrot bei mir vorbeikommt.« Er winkt einer fülligen Dame in Schottentracht zu, die ihn zur Belohnung anstrahlt. »Die letzte Packung, die sie mir geschenkt hat, benutze ich noch immer als Türstopper fürs Wohnzimmer.«

»Ich habe fünf Hunde«, fährt Margaret fort. »zwei Labradore, einen Springer-Spaniel, einen Jack Russell und einen irischen Wolfshund. Ich könnte nicht mehr ohne sie leben. Und sie machen viel weniger Ärger als Kinder.«

»Obwohl sie davon auch fünf haben, meine Liebe«, erinnert Norris sie.

»Wohl wahr«, stimmt sie zu, als wäre ihr dieser Umstand kurzzeitig entfallen und als wäre das Leben ohne sie weitaus schöner. »Wohl wahr.«

»Haben Sie Kinder?«, frage ich ihn.

Er zeigt auf ein hübsches, zierliches Mädchen mit rotem Haar und grünen Augen, das sich angeregt mit Fleur und den Zwillingen unterhält.

»Bonnie, meine Tochter.«

»Ein sehr schöner Name. Sie ist bildhübsch.«

»Oh ja, das ist sie. Das perfekte Abbild ihrer Mutter.«

Trotz des allgemeinen Geräuschpegels schnappt Bonnie ihren Namen auf und sieht lächelnd zu uns herüber. Es müssen mittlerweile so um die sechzig Leute hier sein, und die »Youngster«, wie die älteren Gäste sie nennen, scheinen diese Art Abende gewohnt zu sein. Jedenfalls läuft eine deutliche Schneise durch den Raum: Auf der einen Seite stehen die jungen Leute, auf der anderen die älteren. Und als die Älteren sich in die Küche begeben, gehen ihre Söhne und Töchter raus auf die Terrasse.

Ich weiß nicht, ob ich mit ihnen gehen soll, und bin froh, als Elspeth meinen Arm nimmt und fragt: »Ich weiß, es ist nicht so wahnsinnig aufregend mit uns Oldies, aber könntest du uns trotzdem ein bisschen Zeit opfern? Ich habe das Gefühl, Norris hat schon einen Narren an dir gefressen, und er braucht dringend ein bisschen Aufheiterung.«

»Klar, gerne.«

»Du bist ein absoluter Engel. Ich verspreche dir, wir werden dich nicht lange in Beschlag nehmen.«

Nicht lange ist in diesem Fall anderthalb Stunden. Nicht dass es mir etwas ausmachen würde, die »Oldies« sind lustig; sie trinken wie die Fische, erzählen schmutzige Witze und sind so liebenswürdig wie ein Cocker-Spaniel, den man gerade gefüttert hat und der es sich jetzt auf dem Sofa vor dem Kaminfeuer gemütlich machen darf.

Irgendwann werde ich von Elspeth aus dem Reich der Gemütlichkeit entlassen. Sie entschuldigt sich bei mir dafür, mich so lange festgehalten zu haben, und fordert mich auf, noch ein bisschen Spaß mit den »Kids« zu haben.

Ich bin jedoch nicht sicher, ob ich dazu Lust habe. Es war so nett, mit ihren Freunden zu plaudern und meinen Ring herumzuzeigen, und als Elspeth meine Zögerlichkeit spürt, versichert sie mir noch einmal, dass die jungen Leute eine tolle Truppe seien, die Sollie schon seit vielen Jahren kennen und sich wahnsinnig darauf freuen, auch mich kennenzulernen.

Ich spähe auf die Terrasse. Die jungen Leute sind alle weiter draußen auf dem Rasen, wo sie wie die Wildgewordenen Krocket spielen. Keine Ahnung, nach welchen Regeln sie spielen, jedenfalls nicht nach den offiziellen. Lautes Lachen und anfeuernde Rufe dringen zu uns herein.

Das sieht alles sehr nett und lustig aus, aber ich war noch nie besonders gut darin, mich selbst einer Gruppe von Leuten vorzustellen, jedenfalls nicht, wenn ich fast niemanden von ihnen kenne. Ich bin im Allgemeinen nicht gerade ungesellig, aber da Sollie nicht da ist, würde ich lieber in die Bibliothek gehen, um die Sonntagsbeilage zu Ende zu lesen, die ich am Montag angefangen hatte, bevor Pippa mich mit ihrer Enthüllung und ihrer Bitte überrumpelt hat.

Und so gehe ich nicht gleich rüber zu den anderen, sondern sage mir, dass Sol bestimmt bald zurück ist und wir uns dann gemeinsam ins Getümmel stürzen können. Ich schleiche auf Zehenspitzen wieder ins Haus und mache es mir in einem Sessel der Bibliothek gemütlich, wo ich durch das Magazin blättere, bis ich an die Stelle gelange, wo ich zu lesen aufgehört hatte. Nach nur fünf Minuten werde ich von einem Geräusch gestört, das von draußen kommt. Erschrocken darüber, dass meine ungeselligen Vergnügungen aufgeflogen sind, springe ich auf, und sehe, wie ein Schatten über den Tisch huscht. Als ich den Kopf zum Fenster drehe, erschrecke ich mich noch mehr, denn davor huscht behände eine geisterhafte Erscheinung vorbei.

Ich kneife ungläubig die Augen zusammen. Vor Überraschung habe ich so sehr den Kopf zurückgeworfen, dass er mit einem steifen Genick protestiert.

Die geisterhafte Figur ist wirklich gespenstisch. Es ist unbestreitbar Pippa. Jedenfalls denke ich, dass es Pippa ist, und dann denke ich, wenn ich nur denke, dass es Pippa ist, gehe ich fehl darin zu behaupten, dass es unbestreitbar Pippa ist? Habe ich mich klar ausgedrückt? Sie sieht auf alle Fälle mehr aus wie Pippa als irgendjemand sonst, den ich kenne. Aber sie sollte doch eigentlich nicht hier sein heute Abend; sie sollte sich in irgendeinem Superluxushotel in Edinburgh aufhalten, in einem Himmelbett mit ihrem gutaussehenden Ehemann und einer Flasche Champagner.

Wenn das nun aber doch Pippa ist, obwohl sie nicht hier sein sollte, dann führt sie irgendetwas im Schilde. Und wenn Pippa etwas im Schilde führt, bedeutet das für mich in der Regel nichts Gutes. Ich schleiche mich schnell nach draußen.

Sie scheint verschwunden zu sein.

Ich blicke mich einen Moment lang um, bevor ich in einiger Entfernung einen Schatten in den Eingang des Labyrinths huschen sehe.

Was um Himmels willen macht sie im Labyrinth?

Ich muss es wissen. Ich schlüpfe aus meinen neuen Elspeth-High-Heels, verstecke sie vorsichtig hinter einer steinernen Vase und renne so schnell ich kann barfuß über den kalten Rasen. Als ich bei dem dunklen Eingang ankomme, bleibe ich zögernd stehen.

Ist das wirklich eine gute Idee?

Was ist, wenn sie mich sieht?

Was ist, wenn sie etwas völlig Harmloses vorhat?

Ausgeschlossen, sie sollte ja nicht einmal hier sein, und sie schleicht ums Haus wie ein Einbrecher. Los, rein mit dir, Violet, du Angsthase, und finde ein für alle Mal heraus, was diese Frau im Schilde führt.

Ich mache einen Schritt nach vorn und versuche meine inneren Stimmen zu ignorieren, aber dann drängt sich mir doch eine Frage auf.

Was, wenn ich mich verlaufe?

Ich müsste so lange da drin bleiben, bis mich jemand vermisst, und nach den Geräuschen aus dem Haus und von der Krocket-Partie zu urteilen, vermisst mich bisher noch niemand und wird es auch nicht so schnell.

Aber dann höre ich Stimmen, eine leise, angespannte, geflüsterte Unterhaltung, nicht weit entfernt zu meiner Linken. Von meinem Ausflug mit Sollie weiß ich noch, dass die Stimmen aus der Richtung kommen, wo sich die Lichtung mit Penis de Milo befindet, die den Eingang zur Liebeslaube bewacht.

Und so nehme ich meinen Rock und meinen Mut zusammen und gehe auf Zehenspitzen ins dunkle Dickicht, wobei ich mir noch einmal vorsage, was Sollie mir beigebracht hat: »Zehn Schritte nach links, dann rechts abbiegen, zwanzig Schritte nach rechts, dann links abbiegen. Gehe hinter die Penis von Milo, und dann bist du am Eingang zur Liebeslaube.«

Als ich um die seltsame Statue schleiche, entdecke ich sie: zwei Menschen, die sich umarmen, wobei das Wort »umarmen« die Sache nur schlecht beschreibt, sie klammern sich aneinander, als würde ihr Leben davon abhängen, als würden Wölfe ihre Zähne in sie geschlagen haben und versuchen, sie auseinanderzubringen.

Es ist die Verzweiflung, die von ihnen ausgeht, die mich davon abhält, im Namen der Diskretion zu verschwinden.

Und während ich neugierig auf sie starre, wird mir klar, dass ich nicht Pippa in einer kompromittierenden Situation erwischt habe, wie es mein Plan war, sondern jemand ganz anderen. Die zwei jedenfalls haben sich heimlich getroffen.

Ich kann nur das Profil der Person ausmachen, die mir am nächsten steht, und an seiner Adlernase erkenne ich Adam sofort. Aber mit wem steht er da? Es kann nicht Pippa sein, weil Geschwister sich niemals so leidenschaftlich umarmen würden.

Und dann lösen sie sich voneinander, und ich sehe, dass es kein Mädchen ist, mit dem sich Adam versteckt.

Es ist Aidan.

Aidan! Auch er sollte nicht hier sein. Ich muss gestehen, dass mir vor Überraschung der Mund offen stehen bleibt. Nicht, weil ich gerade entdeckt habe, dass auch Adam Brad Pitt mag, sondern weil sein auserwählter Brad Pitt Aidan ist und er diese Tatsache besser versteckt hält als eine Felswand einen Diamanten.

Warum?

Ich dachte eigentlich, hier hätte niemand etwas zu verbergen, aber jetzt muss ich feststellen, dass hier mehr Leichen im Keller liegen als auf dem Highgate Cemetery.

Aus irgendeinem Grund halten sie ihre Beziehung geheim, und sie würden es sicher nicht gern haben, dass ich hier stehe und sie ausspioniere, also versuche ich mich davonzuschleichen, aber so ganz klappt es nicht.

Rückwärts zu gehen ist keine so gute Idee, wenn man dabei nur nach vorne sehen kann. Obwohl Penis de Milo keine Arme hat, begrapscht sie meinen Hintern, was mich aufschrecken und dann hinfallen lässt, und während ich falle, lasse ich einen mädchenhaften Schrei los, bevor ich hart auf dem Boden aufschlage.

Mein wenig damenhaftes Gekreische lässt die beiden Liebenden auseinanderstieben und ängstliche Blicke in meine Richtung werfen.

Ich frage mich, ob sie mich sehen können, wenn ich hier unten auf dem Boden bleibe? Vielleicht halten sie mich dann für einen heruntergefallenen Ast oder so was.

Und dann höre ich Adams furchtsam-anklagende Stimme:

»Wer ist da?«

Aidan kommt näher und blinzelt in der nur vom Mond erhellten Dunkelheit.

»Vi? Bist du das, Vi?«

Ich stottere Entschuldigungen, stehe auf und ordne mir die Haare.

»Äh, ja … 'tschuldigung, Jungs, ich wollte euch nicht … ich meine, es war nicht meine Absicht … äh … Ich dachte, ihr wärt jemand anders … Ich überlasse euch jetzt wieder eurem … Ich meine, ich lasse euch weitermachen … Oh shit, ich gehe einfach.« Rot wie eine Himbeere drehe ich um, sprinte zurück zum Haus, wobei ich bei den »Youngstern« vorbeikomme, die mittlerweile auf der Terrasse zu Onkel Silas' geliebtem Bob Marley tanzen. Ohne zu überlegen renne ich weiter zu dem Ort, an dem ich mich immer sicher fühle, egal wo ich bin: in die Küche.

Die Senioren haben ganz offensichtlich eine kleine Party gefeiert, während ich weg war. Sie sitzen alle um den Tisch herum, auf dem eine Unmenge leerer Flaschen stehen, während die Gläser aller Anwesenden gut gefüllt sind und lautes Gelächter und deftige Sprüche ertönen.

Aric ist der Einzige, der noch steht. Er hält ein Glas Whisky in der Hand und gibt gerade eine Geschichte zum Besten.

»… und im Eifer des Gefechts rufe ich völlig betrunken ›Mistral‹, worauf Elspeth ganz ruhig antwortet: ›Nein, Liebling, es ist nur eine leichte Brise!‹«

Alle fangen schallend an zu lachen.

»Nenn du mich mal bei einem anderen Namen, Silas Grant, und du bekommst es mit mir zu tun!«, gackert Marilyn.

»Für mich hat es immer nur eine Frau gegeben, meine Taube«, antwortet er sofort.

»Ich weiß, und es ist wirklich zu blöd, dass sie nicht dich geheiratet hat, sondern Bobby Brown …«

»Oh Whitney, warum hast du mich verlassen«, nimmt Silas die Vorlage sofort auf, und Marilyn fällt ihm lachend in die Arme, und er küsst sie auf den Mund, was allgemeinen Applaus und Pfiffe nach sich zieht.

»Also, ich fände so was auch nicht toll.« Die vorhin noch so nüchterne Margaret klappert mit ihren schweren blauen Augenlidern, während sie Silas und Marilyn dabei zusieht, wie sie heftige Zungenküsse austauschen. »Wobei ich zugeben muss, dass ich Evis auch manchmal ›Toby‹ nenne.«

»Toby ist unser Wolfshund«, sagt Evis lachend und füllt sein Glas mit Whisky. »Was ist schlimmer«, fragt er, an Elspeth gewandt, »wie der Hund oder wie die Exfrau genannt zu werden?«

Elspeth lächelt nachsichtig. »Ich habe kein Problem damit, ich weiß schon lange, dass Misty Arics große Liebe war.«

»Nein, mein schönes Eheweib.« Aric schüttelt seinen roten Kopf und legt einen Arm um sie. »Misty war meine erste Liebe, und wie man so schön sagt: Alte Liebe rostet nicht …« Und dann erhebt er sein Glas und prostet Mistral zu: »Sie hängt so lange rum, bis die Unterhaltszahlungen aufhören!«

Alle schreien vor Lachen, sogar Mistral, deren Lachen allerdings von einem starken Schluckauf behindert wird.

»Du, Elspeth Grainger, bist die Liebe meines Lebens und das Leben meiner Liebe, ohne dich wäre ich einfach tot, und zwar sowohl körperlich als auch seelisch.«

Silas lässt von Marilyn ab und schüttelt vorwurfsvoll den

Kopf. »Schnell, nehmt ihm den Whiskey weg, Aric wird schon wieder philosophisch.«

»Komisch«, sagt Marilyn grinsend. »Ich dachte, er wäre einfach nur betrunken.«

»Und ich dachte, ich wäre romantisch!«

»Seltsam, wie sehr beides in unserem Alter Hand in Hand geht.«

»Was, Romantik und Alkohol?«

»Ja, wir brauchen Schnaps, um noch in Fahrt zu kommen.«

»Oder beide betrinken sich so dermaßen, dass sie am nächsten Morgen behaupten können, es getan zu haben, weil sie sich an nichts mehr erinnern können«, grölt Aric. »Das ist immer noch besser als zuzugeben, dass nichts mehr läuft. Haben wir es heute Nacht getan, Liebling? Oh, Aric, das kann schon sein. Das ist toll, das beweist, dass wir es immer noch draufhaben, nicht wahr?«

Und wieder allgemeines Gelächter.

Und dann bemerken sie mich.

»Violet!« Ein Chor betrunkener Stimmen begrüßt mich, und Elspeth sieht mich besorgt an. Ihre Augen sind vom Alkohol getrübt und ganz schmal.

»Um Himmels willen, Kind, wie siehst du denn aus? Wo bist du gewesen?«

»Mir geht's gut, danke ... Ich bin nur ... Ich war nur kurz im Garten, um etwas frische Luft zu schnappen.«

»Du bist ja leichenblass! Sieht sie nicht blass aus, Silas?«, ruft Elspeth voller Sorge. »Sag bloß, du bist dem Geist von Angus Grainger begegnet! Vielleicht hat er sein Turmzimmer verlassen, um eine Runde durch den Garten mit dir zu machen?«

»So was in der Richtung«, sage ich mit einem bemühten Lächeln.

Misty wirft einen Blick auf mein Gesicht und gibt mir ihr mit Gin gefülltes Glas.

Der Gin ist so stark, dass einem die Augen davon tränen, aber ich schütte ihn trotzdem in einem Zug hinunter und bin dankbar, als Misty das Glas sofort wieder auffüllt.

Keiner fragt mehr, wo ich gewesen bin, sondern sie beschließen, Karten zu spielen, und ich werde Norris als Spielpartnerin für eine Runde Cribbage zugeteilt.

Sollies Eltern und ihre Freunde sind so liebenswert, so umgänglich und freundlich, wie sie sich hier in der Küche verstecken, Karten spielen und zu viel Gin trinken, dass mir die Seltsamkeiten der letzten Tage so unwirklich vorkommen wie ein Alptraum kurz nach dem Erwachen.

Plötzlich lugt ein Kopf zur Tür herein, der den Raum absucht, bis sein Blick auf mich fällt.

Aidan lächelt zögerlich. »Vi, hier steckst du, ich habe überall nach dir gesucht. Kommst du bitte mal kurz? Nur eine Minute?«

»Wir befinden uns mitten in einer Partie Karten, Junge, siehst du das nicht?« Silas nimmt das Cribbage-Spiel sehr ernst.

Sie sind alle so betrunken, dass sich niemand darüber wundert, warum Aidan schon da ist, obwohl er doch erst am Freitag zurück auf Balcannon erwartet wird.

»Ich leihe sie mir nur für eine Minute aus.«

»Kuchenpause?«, schlägt Elspeth vor, und Silas' finstere Miene verwandelt sich augenblicklich in ein glückliches Strahlen.

»Soll das heißen, du hast noch was von der Torte übrig?«, frage ich besorgt, weil ich Angst habe, dass Silas sich an der Torte vergreifen könnte, die wir heute gemacht haben.

»Ich habe die Hälfte der unteren Schicht versteckt – für Notfälle«, sagt Elspeth grinsend.

»Oh, die untere Schicht! Köstliche Zitronencreme, jetzt kommt Silas!«

»Ich auch, ich auch!«, schreit Aric und greift zur Untermauerung seines Anspruchs nach einer riesigen Kamingabel bei der Feuerstelle. Die Karten und wir sind vergessen, und alle stürzen lachend und kichernd wie Kinder zur Vorratskammer.

»Die sind doch alle verrückt«, sage ich kopfschüttelnd.

»Die sind alle betrunken«, korrigiert mich Aidan und reicht mir seine Hand. Als ich sie nehme, führt er mich wieder nach draußen, aber nicht auf die Terrasse, sondern um das Haus herum und hinunter in den Garten, wo unter ein paar Kastanienbäumen ein kleiner Tisch mit zwei Stühlen steht, an dem Aric und Elspeth häufig am späten Vormittag Tee trinken oder ein Glas Wein vor dem Abendessen.

»Ich wollte euch nicht hinterherspionieren, es ist einfach so passiert«, platze ich sofort entschuldigend heraus, während er sich hinsetzt und mir bedeutet, dasselbe zu tun.

»Ich habe nicht eine Sekunde lang geglaubt, dass du uns hinterherspioniert hast. Wenn das dein Plan gewesen wäre, hättest du dich im Übrigen ziemlich dumm angestellt dabei.«

»Oh, ich weiß, es tut mir wirklich so leid, ihr wart ja ganz offensichtlich … äh … beschäftigt, und dann komme ich und mache alles kaputt.«

»Nein, Süße, du hast gar nichts kaputt gemacht, es war nämlich alles schon längst kaputt, bevor du gekommen bist …«

»Ehrlich?« Ich riskiere ein kleines Lächeln. »Soweit ich das beurteilen kann, sah es nicht gerade so aus, als …«

»Was du gesehen hast, war eine versöhnliche Umarmung nach einem Riesenstreit«, unterbricht er mich, wobei er kläglich mit dem Kopf schüttelt und die Lippen schürzt. »Derselbe Streit, den wir schon seit zwei Jahren führen.«

»Ihr seid schon seit zwei Jahren zusammen!«, rufe ich überrascht.

Aidan nickt.

»Und worüber habt ihr euch gestritten?«

»Darüber, dass wir beide uns seit zwei geschlagenen Jahren nur heimlich treffen.«

»Ja, so weit war ich auch schon, aber warum um Himmels willen?«

»Er will nicht, dass irgendjemand erfährt, dass er …«

»… ein Brad-Pitt-Fan ist?«, beende ich den Satz für ihn, und zum Glück lacht Aidan. »Warum nicht? Kein Mensch in Balcannon würde ihm Probleme deswegen machen. Hier herrscht doch die Devise, dass jeder nach seiner Fasson selig werden soll.«

»Auf jeden Fall«, stimmt er mir nickend zu. »Das sage ich Adam ja auch immer, aber das Problem ist nicht seine Familie, sondern er selbst. *Er* ist der Altmodische, *er* denkt, dass es falsch ist, *er* findet, dass Männer Frauen heiraten und im Durchschnitt zwei Komma fünf Kinder kriegen sollen, und, was noch schlimmer ist, er schämt sich schrecklich dafür, dass er nicht auch so ist.«

»Aber das ist doch heutzutage alles kein Problem mehr. Was bedeutet das Wort ›normal‹ heute schon noch?«

»Mir brauchst du das nicht zu sagen. Die Leute können es treiben, wie sie wollen, und kein Mensch zuckt auch nur mit der Wimper. Aber nicht mein Adam, seine Moralvorstellungen sind so viktorianisch, dass du sie sammeln und in einem Museum ausstellen könntest. Was die Sache auch nicht besser macht, ist der Umstand, dass er sich als ältester Sohn von Aric Grainger in der Erbfolge der Lairdship sieht und sich verpflichtet fühlt, den Stammbaum fortzusetzen.«

»Aber das ist doch völlig antiquiert!«

»Das kannst du wohl sagen«, erwidert er schmollend. »Dabei ist es ja nicht einmal so, dass er der einzige Erbe wäre, aber er weiß, dass Sollie mit seinem Leben in London sehr glücklich ist und es nur ungern aufgeben würde, um hierherzuziehen und die ›Angeln-, Jagen- und Highland-Nummer‹ durchzuziehen, während Adam das nur zu gern täte.«

»Ja, er hat so was Nobles an sich«, sage ich nickend. »Und ehrlich gesagt kann ich mir auch nicht vorstellen, dass Sol sein Leben als Rechtsanwalt gegen das eines Lairds eintauschen würde.«

»Genau. Aber darf ich sagen, dass du eine reizende Lady Grainger abgeben würdest? Du hast sogar den richtigen Namen dafür: Lady Violet. Klingt das nicht total nobel und vornehm?«

»Findest du?« Ich muss lachen.

»Oh, absolut.«

Ich denke einen Moment nach.

»Nein«, sage ich schließlich lachend und schüttle den Kopf. »So sehe ich mich nicht. Adam wird die Sache übernehmen müssen, und du trägst das Diadem dazu.«

»Damit habe ich kein Problem, aber was ist mit der Erbfolge?«

»Wieso? Aric hat das Anwesen und den Titel doch auch von seinem Onkel übernommen, weil der unverheiratet und kinderlos war, warum sollte Adam nicht das Gleiche tun dürfen?«

»Du meinst, das Erbe einem Neffen übergeben? Wow, das wär's doch. Du würdest einen Haufen Kinder kriegen, und wir suchen uns dann den Sohn aus, der uns am besten gefällt«, sagt er lachend.

»Oder ihr vergesst diesen ganzen Käse mit der Erbfolge und macht mit eurem Leben einfach, was ihr wollt.«

»Wäre das nicht wundervoll? Aber Adam sieht sich viel zu sehr in der Verantwortung, um das zu tun. Er ist eben einfach altmodisch.« Aidan seufzt. »Ich schätze, das ist auch eine Form von Widerstand gegen seine New-Age-Mutter und ihren spirituellen Firlefanz, aber er übertreibt damit ein bisschen.«

»Aber du liebst ihn trotzdem.«

»Wie könnte ich nicht? Du weißt ja, wie er aussieht. Ich wünschte, es wäre möglich, dass wir Kinder zusammen kriegen könnten; stell dir vor, wie schön die wären!«

»Wunderschön«, stimme ich zu.

»Und hinter diesem ernsten Gesicht verbirgt sich ein Herz aus purem Gold. Ein Mann mit Prinzipien hat auch seine Vorteile, weißt du. Es bedeutet nämlich in der Regel auch Anstand und eine gute Seele.«

»Aber der Nachteil ist, dass er nicht zu eurer Beziehung steht.«

»Noch nicht«, sagt Aidan resolut.

»Mach dir keine Sorgen, von mir wird jedenfalls keine Menschenseele etwas erfahren. Aber was ist eigentlich aus deinem Kongress geworden?«

»Der geht ohne mich weiter. Wir hatten heute einen fürchterlichen Streit am Telefon.«

»Und deshalb bist du den ganzen Weg hier heraufgefahren, um alles Auge in Auge zu besprechen?«

Er nickt. »Ich bin einfach früher gegangen, um noch einen Flieger zu erwischen, aber morgen früh werde ich Ärger kriegen, weil ich nicht bis zum Ende geblieben bin.«

»Was tut man nicht alles für die Liebe ...«

»Selbst wenn der Geliebte es nicht verdient hat«, sagt er traurig.

»Na ja, du weißt ja, was Dolly dazu sagen würde, nicht wahr?« Ich grinse ihn an.

Er grinst zurück.

Und dann singen wir gemeinsam: »*Stand by your man ...*«

Als wir mit unserem Stegreif-Karaoke fertig sind, lächelt er wieder, aber dann seufzt er doch, zuckt mit den Achseln und nimmt mich in den Arm.

»Tja, Violet, es ist hart, ein Geheimnis zu hüten, das man nicht hüten will, nicht wahr?«

»Falls es dich tröstet: Ich werde dich morgen Abend begrüßen, als hätte ich dich eine Woche nicht mehr gesehen. Dein Geheimnis ist sicher bei mir.«

»Natürlich ist es das. Ich schätze, es gibt noch ein paar andere Dinge, die sicher bei dir sind. Wie zum Beispiel Solomons Herz. Der Mann ist ein Glückspilz…«

»Danke.«

»Es ist die Wahrheit. Wie geht es dir denn? Ich meine, an der Philly-Front…«

»Ich bin misstrauisch«, antworte ich.

»Auf der Hut.«

Ich nicke.

»Ich schätze, das ist gut so.«

»Auf die Weise kann sie mich nicht so leicht hereinlegen«, stimme ich zu.

»Wir verstehen uns blind«, sagt Aidan und nimmt meine Hand.

»Zum Glück mag mich wenigstens einer aus der Familie.«

»Die anderen mögen dich auch alle. Und ich gehöre nicht zur Familie, falls ich dich daran erinnern darf.«

»Wirst du aber, wenn du Adam heiratest«, sage ich grinsend, und als er meine Hand nimmt und einen zarten Kuss darauf platziert, füge ich hinzu: »Und darf ich mir die Bemerkung erlauben, dass du auch eine bezaubernde Lady Grainger abgeben würdest?«

Kapitel 15

Als Aidan weg ist und Sollie immer noch nicht wieder da, beiße ich in den sauren Apfel und stelle mich den jungen Leuten selber vor, die sich ironischerweise in die Bibliothek zurückgezogen haben, wo sie Brettspiele spielen. Bei ihnen geht es auch hoch her, und sie erzählen mir Geschichten aus Sollies Jugend und versuchen mich zum Whiskytrinken zu bewegen, was ihnen aber nicht gelingt, und zu einer Runde Trivial Pursuit, was ihnen gelingt. Und dann sehe ich aus den Augenwinkeln, wie mir jemand von der Tür aus zuwinkt. Überraschenderweise ist es Adam.

Er will ganz offensichtlich mit mir reden.

Es gibt immer ein erstes Mal.

Ich lächle zaghaft und gehe zu ihm. Ich weiß natürlich, worum es geht, bin aber trotzdem überrascht, dass er gleich zur Sache kommt. Nach allem, was Aidan mir von ihm erzählt hat, hätte ich gedacht, dass wir erst lange um den heißen Brei herumreden müssen, aber so ist es nicht.

»Aidan hat gesagt, dass du das warst … im Labyrinth … dass du Bescheid weißt … über …« Er unterbricht sich, weil er es nicht einmal aussprechen kann.

»Über dich und ihn«, nehme ich es ihm ab, und das scheint ihn erst recht zu erschrecken, denn sein vornehmes Gesicht verdüstert sich noch mehr, sein furchtsamer Blick wird noch etwas härter, und er sieht mir prüfend über die Schulter, weil er wissen will, ob uns jemand zuhört, aber alle anderen sind vollkommen mit dem Trivial-Pursuit-Spiel beschäftigt.

»Mach dir keine Sorgen«, sage ich hastig, »ich werde niemandem etwas verraten … Wenn du wirklich ein Geheimnis daraus machen willst.«

»Was willst du damit sagen?«, blafft er mich an und tritt einen Schritt zurück, als würde ich ihn bedrohen oder so was.

Einen Moment lang bin ich versucht, klein beizugeben, aber dann denke ich an den armen Aidan und wie traurig er aussah, als er mir von sich und Adam erzählt hat. Also nehme ich meinen ganzen Mut zusammen und sage: »Willst du das wirklich wissen? Also gut. Warum versteckst du dein wahres Ich?«

Er sieht mich finster an. »Du kennst mich seit zwei Minuten und nimmst dir heraus, mir zu sagen, wie ich mein Leben führen soll?«

»Nein, ich sage dir nicht, wie du dein Leben führen sollst«, antworte ich schnell. »Ich sage nur, dass ich überrascht darüber bin, wie du es führst.«

»Das ist Haarspalterei.«

»Nein, ist es nicht. Das ist ein großer Unterschied. Ich sage dir nur meine Meinung. Was du mit dieser Meinung machst, ist ganz und gar deine Sache, du kannst sie ignorieren, dich darüber aufregen oder nach ihr handeln.«

Er schweigt einen Moment, bevor er erwidert: »Du bist ganz schön von dir überzeugt, was?«

Ich muss lachen, ich kann nicht anders.

Er sieht mich überrascht an.

»Das ist nicht dein Ernst, oder? Wenn du Anschauungsmaterial in Sachen Selbstzweifel brauchst, dann häng mich an eine Museumswand und zeige vor Schulkindern mit dem Laserstift auf mich.«

»Aber in dieser Sache lehnst du dich ziemlich weit aus dem Fenster. Warum?«

»Aidan«, sage ich nur.

»Du hast ihn doch gerade erst kennengelernt.«

»Ich weiß, wer meine Freunde sind«, sage ich mit einem Achselzucken. »Ich erkenne sofort, wenn jemand ein guter Mensch ist, und Aidan ist ein sehr guter.«

»Ich weiß«, sagt er peinlich berührt. »Aber die Sache ist ziemlich kompliziert.«

»Nur, weil du sie dazu machst. Du versuchst, alle anderen glücklich zu machen, und machst dich dabei selbst unglücklich. Und was das ›Oh Gott, ich kann nicht zugeben, dass ich schwul bin‹-Ding angeht, also, es tut mir echt leid, aber das ist doch total überflüssig. Deine Familie ist so offenherzig und so tolerant, denen würde es doch nicht mal etwas ausmachen, wenn du dich grün anmalen und kopfüber von den Bäumen baumeln lassen würdest, solange dich das glücklich machen würde. Und was die Lairdship betrifft, so hat dein Vater sie von seinem Onkel geerbt. Wenn es wirklich Blutsverwandte sein müssen, die alles erben, dann ist die Familie doch groß genug. Es musst ja nicht du sein, der ein Kind in die Welt setzt. Und ehrlich gesagt klingt das als Grund auch ziemlich vorgeschoben. Ich schätze, du benutzt das nur als Vorwand, weil du in Wirklichkeit immer noch nicht damit klarkommst …«

Ich weiß, dass ich mich zu weit vorgewagt habe, und ich bin ehrlich überrascht über mich selbst. Er sieht mich so wütend an, dass ich instinktiv einen Schritt zurücktrete, aber dann verändert sich sein Gesichtsausdruck, und er fängt an zu lachen. Es ist, als würde eine riesige Trennwand einstürzen.

Dann hört er wieder auf zu lachen und sieht mich einen Moment lang genau an, als würde er mich studieren, um mich auf Leinwand zu bannen.

Und dann streckt er seine Hand nach mir aus, die ich unsicher betrachte.

»Komm mit«, drängt er mich.

»Wohin?«

»Wir gehen eine Runde.«

»Willst du mich in den See schmeißen?«

Er lacht. »Keine Sorge, ich will nur in Ruhe mit dir reden, aber nicht hier im Haus.« Dabei sieht er sich in einer Weise um, als hätten selbst die Wände Ohren.

Entgegen seiner Ankündigung sagt er nichts, während wir über den Rasen gehen, zum Glück ein Stück entfernt vom See, der heute ziemlich eisig aussieht, in Richtung Obstgarten. Als er endlich den Mund aufmacht, spricht er über Äpfel.

»Wir wissen nicht, warum, aber dieser Baum hier trägt selbst im Winter Früchte.« Er pflückt zwei Äpfel vom Baum und wirft mir einen zu. »Und sie schmecken sogar.«

Ich reibe meinen gegen den Ärmel meiner Jacke und beiße hinein. Er hat ein süß-saures Aroma und ist sehr saftig.

Und dann fragt er mich: »Hat Aidan viel von uns erzählt?«

»Nur dass er sehr an dir hängt und die ganze Situation für ihn extrem frustrierend ist.«

Er nickt und nimmt seinerseits einen Bissen von seinem Apfel. Dann noch einen, und er kaut langsam, bevor er wieder spricht.

»Meine Mutter ist eine so seltsame, exzentrische Person, dass ich mich in meiner Kindheit nach nichts so sehr gesehnt habe wie normal zu sein, und zack, kaum bin ich in der Pubertät und alle meine Freunde sind scharf auf Angelina Jolie, ist das Einzige, woran ich denken kann, Brad Pitt. So viel zur Normalität.«

Ich lache laut auf.

»Findest du das komisch?«, fragt er, wieder misstrauisch geworden.

»Nein, ich habe gelacht, weil Aidan mir genau das Gleiche erzählt hat. Von wegen Brad Pitt und so.«

Als Aidans Name fällt, wird sein Gesicht wieder weicher. »Ja, das ist genau die Art und Weise, wie er sich gern ausdrückt …« Und dann seufzt er und wirft seinen Apfel mit so viel Schwung von sich, dass er gegen einen Baumstamm prallt und zerplatzt. »Er hat so sehr unter mir zu leiden … Ich bin nicht gerade ein einfacher Mensch, nicht mal unter normalen Umständen, aber wenn ich hierherkomme, ist es wie in einem Irrenhaus. Willkommen in *Einer flog übers Kuckucksnest*, dabei sind die alle noch verrückter als Jack Nicholson und Johnny zusammen … Wenn ich daran denke, dass das hier meine Zukunft ist, ob ich will oder nicht … Denn egal was sie sagen, das ist es, was sie von mir erwarten, sie reden ja auch die ganze Zeit davon: Oh, Adam erbt das alles … Der nächste Laird of Balcannon … Die ganze Zeit geht das so … Familie kann echt nervig sein …«

»Nur wenn man sie lässt«, unterbreche ich seinen Redefluss, bevor er vor lauter Frustration platzt. »Sie können dir nur etwas anhaben, wenn du sie lässt.«

Ich sehe, wie er innehält und diesen Satz in sich aufnimmt, und dann sieht er mich mit seinen blauen Augen neugierig an.

»Das hört sich an, als würdest du aus Erfahrung sprechen.«

»Nicht was meine Eltern angeht, da habe ich ziemliches Glück gehabt. Sie waren immer hilfsbereit, ohne sich allzu sehr einzumischen, und sie sind so normal und vernünftig, dass es schon fast wieder verrückt ist, wenn du verstehst, was ich meine.«

Er lächelt schief. »Willst du tauschen?«

»Du vergisst wohl, dass ich deine ganze Bagage erbe, wenn Sol und ich nächstes Jahr heiraten, warum sollte ich also etwas tauschen, das ich sowieso geschenkt bekomme?«

»Stimmt.« Sein angespanntes Gesicht löst sich, und er fängt an zu lachen. »Weißt du, was eine große Erleichterung ist? Die Sache mit dem ›Geteiltes Leid ist halbes Leid‹.«

»Ich weiß, was du meinst«, sage ich nickend. »Andererseits ist es manchmal auch ein Problem, ein gemeinsames Problem zu haben …« Jetzt bin ich diejenige, die seufzt, weil ich an mein eigenes Dilemma mit einem meiner künftigen Familienmitglieder denken muss.

Er sieht mich von der Seite an. »Diesem Seufzer nach zu urteilen, mögen die Eltern ja eins a sein, aber irgendjemand anders macht dir das Leben schwer, kann das sein?«

»So was in der Art«, versuche ich abzuwiegeln. »Wir haben alle unsere Leichen im Keller, nicht wahr?«

»Meine hast du ja nun ans Tageslicht gezerrt. Wie wär's, wenn du mir jetzt deine Leiche zeigen würdest?«

Eine verführerische Vorstellung, mein Geheimnis zu lüften, aber es geht wieder nicht. Sollie ist Pippas Bruder, genau wie Adam, und obwohl ich mir ganz und gar nicht mehr sicher bin, ob ihr freundschaftliches Angebot ehrlich gemeint war, finde ich es noch immer nicht richtig, mein Versprechen zu brechen, solange ich nicht ganz genau weiß, ob ich entweder paranoid bin oder sie immer noch dieselbe intrigante Kuh ist wie früher.

Wer hätte das gedacht, Violet in Kampflaune!

Früher hat der Gedanke an sie nur ein einziges Gefühl in mir hervorgerufen, nämlich das Bedürfnis, mich im nächsten Schrank zu verstecken. Jetzt geht mir gerade auf, dass die Tatsache, nicht über sie reden zu wollen, kein Zeichen von Unsicherheit mehr ist, sondern eher damit zu tun hat, dass ich mich mittlerweile in der Lage fühle, mit Pippa Langford bzw. Philly Beresford allein fertig zu werden.

Und so tue ich wieder das Gleiche, was ich auch tue, wenn Sollie oder irgendjemand anders zu sehr nachbohren will.

Ich sage gar nichts.

Und wechsle das Thema.

»Wirst du also aufhören mit der Geheimniskrämerei und allen

sagen, dass du und Aidan ein Paar seid?«, frage ich mit einem herausfordernden Grinsen.

In gespielter Raserei bleibt ihm der Mund offen stehen. »Worauf willst du hinaus, raus damit!«

»Ich muss es einfach wissen. Ich habe schließlich eine Hochzeit zu organisieren, Sitzordnungen zu machen; setze ich dich und Aidan nebeneinander, oder soll ich dich neben meine Cousine Isobelle setzen? Weißt du, sie redet über nichts als Daily Soaps, und ich schwöre dir, sie sieht ganz und gar nicht aus wie Brad Pitt, eher wie ein Pit Bull, ein aggressiver Pit Bull, der auf einer Wespe herumkaut…«

Wir gehen in ganz anderer Stimmung zum Haus zurück, als wir losgegangen sind. Arm in Arm, als Freunde.

Erst als ich allen gute Nacht gesagt habe und auf dem Weg ins Schlafzimmer bin, fällt mir etwas wieder ein: Wenn es Aidan war, der sich heimlich mit Adam im Labyrinth getroffen hat, wohin zum Teufel ist dann die Person verschwunden, die ich für Pippa gehalten habe?

Und als ich ins Badezimmer gehe, um mir das Gesicht zu waschen, bevor ich in das bedauerlicherweise leere Bett sinke, fällt mir auf, dass etwas nicht stimmt.

Ein feuchtes Knäuel liegt auf dem Boden der Badewanne.

Als ich genauer hinsehe, stelle ich fest, dass ich dieses »Knäuel« sehr gut kenne.

Das »Knäuel« ist mein neues Seidenkleid, das ich mir extra für die Party am Samstag gekauft habe.

Ich versuche mich zu erinnern, was ich am frühen Abend genau gemacht habe. Ich hatte die Gelegenheit von Sollies Abwesenheit beim Schopfe ergriffen und das Kleid aus seinem Versteck, dem Koffer, geholt, um es über die Badewanne zu hängen, während ich unter der Dusche war. Das ist ein alter

Trick, weil der Dampf dabei hilft, die letzten Falten aus dem empfindlichen Stoff zu zaubern.

Und jetzt liegt das Kleid, das ich extra für die Verlobungsfeier gekauft habe, das Kleid, für das ich einen erklecklichen Anteil meiner mageren Ersparnisse hingeblättert habe, weil ich für Sollie so schön wie möglich sein wollte und meine anderen billigen Kleidchen auf keinen Fall in Frage gekommen wären, in der Badewanne, und obendrauf liegt eine Plastikflasche mit Bleichmittel, deren Inhalt sich auf mein Kleid ergossen hat.

Ich kreische vor Verzweiflung und Empörung auf.

Wie ist das möglich? Das kann nicht sein!

Ich greife mit rasendem Herzen zu, ziehe das Kleid aus der sauren Flüssigkeit und halte es so lange unter den laufenden Wasserhahn, bis die Bleiche fortgewaschen ist, aber es ist zu spät, sie hat ihr Unheil schon vollendet. Der schöne, pflaumenfarbene Seidenstoff ist nicht mehr pflaumenfarben, sondern nikotingelb wie die Finger eines Kettenrauchers.

Es ist unrettbar hinüber.

Und was noch schlimmer ist: Das war kein Unfall.

Es soll wie einer aussehen, aber ich kenne die Wahrheit. Ich weiß, es hätte nichts passieren können, weil ich nämlich die Schlingen des Kleids um den Hals des Kleiderbügels geknotet hatte. Wie hätte es da von selbst herunterfallen können? Ich sehe sie mir genauer an, sie sind nicht gerissen. Und was die Flasche mit Bleichmittel angeht, bin ich ganz sicher, dass sie auf dem Boden neben dem Klo gestanden hat und nicht auf dem Rand der Badewanne. Wie soll etwas vom Fußboden in die Wanne »fallen«? Und wie kann eine Flasche, die mit einem Sicherheitsverschluss ausgestattet ist, einfach so aufgehen?

Ich kenne nur einen Menschen, der zu so etwas fähig ist.

Ein Mensch, den ich ohne Zweifel noch an diesem Abend vor dem Bibliotheksfenster habe vorbeihuschen sehen. Ein

Mensch, von dem ich jetzt weiß, dass er immer noch genauso ist, wie er immer war, zumindest in Bezug auf mich.

Ein Feind.

Ich sinke auf die Knie, das ruinierte Kleid noch immer in den zitternden Händen, und sage mir, dass ich jetzt nicht weinen werde. »Wegen so einer dummen Bleichmittel-Ziege weinst du nicht«, sage ich laut, um mich selbst zum Lachen zu bringen. Es funktioniert nicht. Ich versuche es noch einmal. »Es ist doch nur ein Kleid. Du kannst mir mein Kleid nehmen, aber nicht meine Würde.«

Es hilft nichts – ich bin immer noch drauf und dran, in Tränen auszubrechen, denn es geht ja nicht nur ums Kleid, sondern auch um das Ende meiner Hoffnungen. Der Hoffnung, dass sie sich geändert haben könnte, und der Hoffnung, dass sich die Vergangenheit nicht auf unser zukünftiges Verhältnis auswirken würde, und auf mein Verhältnis zu Sol.

Es gibt nur einen Menschen, mit dem ich in einer Situation wie dieser reden kann. Nur einen Menschen, der es mir nicht übel nehmen wird, wenn ich ihn mitten in der Nacht anrufe und hysterisch in den Hörer schluchze.

Jas hört mir zu, wie ich heule und schimpfe, und beruhigt mich erst mal so weit, dass ich die ganze Geschichte verständlich von vorn bis hinten erzählen kann. Am Ende seufzt sie schwer und sagt: »Violet, sie ist wirklich total durchgeknallt, aber es ist schließlich nur ein Kleid. Wenn es tatsächlich Philly war – und du weißt noch nicht sicher, dass sie es war –, dann hat sie es getan, um dich aus dem Konzept zu bringen, und wenn sie sieht, dass du aus dem Konzept gebracht bist, dann hat sie erreicht, was sie wollte, und das willst du nicht, oder? Dann erwischt sie dich doppelt. Wie sagte noch Oscar Wilde ...«

»Verzeihe stets deinen Feinden, nichts ärgert sie mehr«, zitiere ich mein altes Motto.

»Gut. Du gehst jetzt zum Kleiderschrank, suchst dir ein anderes Kleid aus, das du anziehen kannst, und setzt ein Lächeln auf. Lass sie nicht merken, dass es dir etwas ausmacht. Wenn sie es überhaupt war. Du weißt es schließlich nicht hundertprozentig genau.«

»Weißt du, was das Schlimmste ist, Jas? Dass ich hierherkomme, um festzustellen, dass meine große Liebe mit der Person verwandt ist, die ich am meisten hasse. Ich lebe in Angst, bis sie kommt und mir ihre Freundschaft und einen Neubeginn anbietet, und ich weiß nicht mal, ob das nicht auch alles gelogen war… Ich war glücklich, na ja, glücklich ist vielleicht nicht ganz das richtige Wort, aber ich war bereit, Philly Beresford zu meiner Freundin zu machen, aber ich will auf keinen Fall Pippa Langford zurück in meinem Leben. Ich dachte, das läge schon weit hinter mir.«

»Das tut es ja auch, und sie kann die Zeit nicht zurückdrehen, wenn du sie nicht lässt. Du bist nicht mehr in der Schule, auch wenn sie sich so verhält, als wärst du es noch. Die Dinge haben sich geändert. Du bist nicht mehr dieselbe, Vi.«

»Aber wenn sie es wieder schafft, alle gegen mich aufzubringen?«

»Wie um Himmels willen sollte sie das anstellen? Wie ich schon sagte, ihr seid keine Kinder mehr. Sie kann dir nur dann etwas anhaben, wenn du es zulässt. Lass es einfach nicht zu…«

Sie braucht eine halbe Stunde dazu, aber sie lässt nicht locker, bis ich mich wieder beruhigt habe, und dann höre ich, wie der alte Türknauf sich bewegt.

»Sollie ist zurück«, flüstere ich.

»Gut. Dann kannst du ihm ja alles erzählen«, sagt sie entschlossen. »Das solltest du jetzt tun.«

»Aber ich habe ihr versprochen, dass ich es nicht tun würde…«, wende ich halbherzig ein.

»Und sie hat dir einen Neubeginn versprochen, und wenn sie das hier gemacht hat, dann hat sie ihr Versprechen gebrochen, und du schuldest ihr nichts mehr. Okay?«

»Okay.«

»Hab dich lieb.«

»Ich dich auch, Jas.«

Sie hat recht, ich muss reinen Tisch machen und ihn um seine Hilfe bitten, aber als er zur Tür hereinkommt, verdüstert ein Stirnrunzeln sein sonst so heiteres Gesicht.

Er ist ärgerlich, was sehr selten vorkommt, und so vergesse ich sofort meine eigenen Sorgen, um mich um seine zu kümmern.

»Sollie, was ist mit dir? Geht's dir nicht gut?«

»Mir geht's gut, Vi. Ich bin nur extrem genervt.«

»Von der Konferenzschaltung?«

»Es gab keine Konferenzschaltung.«

»Wie meinst du das?«

»Irgendein Idiot hat mich an der Nase herumgeführt, das meine ich damit. Ich habe da über drei Stunden gesessen und auf etwas gewartet, das gar nicht geplant war!«

»Aber Aneka hat dir doch eine E-Mail geschrieben.«

»Ich habe sie natürlich angerufen, als es schon acht war und ich immer noch nichts gehört hatte, aber sie war nicht mehr in Büro und hat mich erst spätabends zurückgerufen, weil sie zum Abendessen eingeladen gewesen war. Jedenfalls hat sie gesagt, dass sie mir überhaupt keine E-Mail geschrieben hat.«

»Aber war die Mail nicht mit ihrem Absender versehen?«

»Das ist ja auch so was Seltsames, Vi …« Er lässt sich neben mir aufs Bett fallen, und seine Stimme wird etwas ruhiger, als ich seine Hand in meine nehme. »Nach dem Gespräch wollte ich die Mails noch mal in meinem Blackberry überprüfen, aber sie waren nicht mehr da …«

»Willst du damit sagen, dass sie dich angelogen hat?«

»Sie kann manchmal schon etwas eigen sein, aber ich glaube nicht, dass sie sich so etwas ausdenken würde; das könnte sie den Job kosten. Ich verstehe es einfach nicht. Warum? Warum sollte jemand so etwas tun? Auf diese Weise meine Zeit verschleudern?«

Ich weiß, dass sie es war.

Sie wollte ihn ganz offensichtlich aus dem Weg haben, aber wofür? Sollie hätte nicht wegfahren müssen, nur damit sie hier herumschnüffeln und mein Kleid ruinieren konnte. Was hat sie sonst noch angestellt?

Ich höre Jasmines Worte nachklingen: »Dann kannst du es ihm ja jetzt erzählen …«

Ihm erzählen, dass seine Schwester eine Lügnerin und unausstehliche Tyrannin ist und dass ich glaube, dass sie es war, die ihn unter Vorspiegelung falscher Tatsachen weggelotst hat. Seine Schwester, die angeblich über hundertfünfzig Kilometer von uns entfernt ist, sich aber heimlich hierhergeschlichen hat. Die in unser Zimmer gekommen ist und mein Zweihundert-Pfund-Kleid in Bleiche getaucht hat.

Aber wie kann ich das zu ihm sagen, ohne den geringsten Beweis dafür zu haben?

Ich möchte ihm schon erzählen, was in der Schule mit mir und Pippa los war, aber er ist gerade so aufgebracht, dass es bestimmt klüger ist zu warten, bis er wieder bessere Laune hat. Außerdem möchte ich das Thema nicht unbedingt mit dem in Zusammenhang bringen, was heute passiert ist. Ich werde ihm nur sagen, dass sie mir das Leben in der Schule schwergemacht hat und dass ich meine Zweifel habe, ob sie es jetzt ehrlich mit mir meint. Schlicht und ergreifend.

Und so sage ich wieder nichts. Auch das Kleid erwähne ich nicht.

Sollie weiß ja nicht mal, dass ich dieses Kleid überhaupt habe.

Und er weiß nicht, dass ich glaube, dass alles noch viel schlimmer kommen wird.

Ich verbringe eine unruhige Nacht mit verstörenden Alpträumen.

Am nächsten Morgen bin ich immer noch entschlossen, alles offenzulegen, aber im Gegensatz zu ihr möchte ich es nicht hinter dem Rücken der anderen tun. Ich habe mich entschieden, in ihrer Anwesenheit mit ihm zu reden, aber offiziell ist sie ja noch nicht hier, sondern wird erst nach dem Mittagessen zurückerwartet, und so machen wir weiter wie immer, beginnen den Tag mit einem ausgiebigen Frühstück, nach dem Elspeth die Männer aus der Küche vertreibt und »ihre Ladys« um sich versammelt, wie sie uns nennt, um den Guss für die Torte zu machen. In dem fröhlichen Durcheinander, das folgt, bin ich fast versucht zu vergessen, was ich vorhabe, und mich stattdessen in das Idyll zu flüchten, was ja so einfach wäre. Es ist eine Fortsetzung von gestern, alle verstehen sich prächtig, wir haben Spaß zusammen und lachen viel, als wären wir alte Freundinnen. Als die Torte fertig ist und von allen als Meisterwerk bezeichnet wird, werde ich rot, freue mich aber sehr. Anschließend verschwindet Elspeth mit der Torte an einem geheimen Ort, den nur sie kennt. Sie versteckt sie in einem Raum, den sie sogar abschließt, damit Aric und Silas sie auf keinen Fall finden können. Aber ich bin noch aus einem anderen Grund froh, dass sie weggeschlossen wird: weil ich noch jemand anderen im Verdacht habe, der an ihr herumpfuschen könnte.

Nach getaner Arbeit gehe ich auf unser Zimmer, um mich zu waschen und umzuziehen. Als ich fünfzehn Minuten später zurück in die Küche komme, ist die Stimmung von heiter-beschwingt in bedrückt umgeschlagen.

Alle stehen um ein Ende des Tisches herum. Als ich in den Raum trete, sehen sie mich verdrossen an. Elspeth, Marilyn und Mistral.

Sie sind das personifizierte Elend. Elspeth ist so wütend, dass ihr sonst so glattes, heiteres Gesicht ganz zerknittert ist, Marilyns Mundwinkel hängen tief nach unten, was ich bei ihr noch nie gesehen habe, und Mistral sieht aus, als würde sie gleich losheulen.

»Was um Himmels willen ist denn hier los?«, frage ich.

Sie blicken sich an, bevor sie mir antworten, als müssten sie sich erst untereinander versichern, dass es in Ordnung ist, es vor mir auszusprechen. Dann sagt Elspeth barsch:

»Es ist etwas abgegeben worden.«

Mistral schnieft betrübt. »Jemand hat Philly Blumen geschickt.«

»Na ja, das ist doch nett, oder?«, frage ich, sehe aber an ihren Gesichtern, dass es das nicht ist.

»Nicht wirklich.« Elspeth hält sie mir hin.

Ein Kranz aus weißen Nelken.

Ich brauche einen Moment, um zu verstehen, dass das Friedhofsblumen sind.

»Wie furchtbar!«, ächze ich.

»Was ist los?«, erklingt eine bekannte Stimme in meinem Rücken.

Obwohl sie erst am Nachmittag zurückerwartet wird, steht Philly hinter mir.

Sie ist schon wieder zu früh. Das wird langsam zu einer schlechten Angewohnheit.

Weil ich nicht weiß, was ich sonst machen soll, drehe ich mich um und lächle sie eine Spur zu breit an.

»Oh, hi, du bist früher zurück, als wir dachten. War es schön in Edinburgh?«

Die drei Frauen stellen sich mehr als ungeschickt bei dem Versuch an, den Kranz zu verstecken. Statt von ihm abzulenken, ziehen sie so erst recht die Aufmerksamkeit auf ihn.

»Was ist das?«, fragt Pippa und versucht, an ihnen vorbeizulugen.

»Oh, gar nichts, überhaupt nichts«, quiekt Misty, die den Kranz prompt auf den Boden fallen lässt, und ihn wahnsinnig subtil unter den Tisch zu kicken versucht.

»Überhaupt nichts?«, sagt Pippa lachend, aber das Lachen klingt sarkastisch. »Warum versucht ihr dann so angestrengt, dieses Nichts vor mir zu verstecken?«

Elspeth gibt auf und zieht den Kranz unter Mistrals Flipflops hervor. Sie überreicht ihn Pippa, die ihn überrascht betrachtet.

»Ich schätze, der ist für mich?«

Elspeth nickt, und Pippas Gesicht nimmt einen grüblerischen Ausdruck an.

»Aber wer …« Sie macht eine Pause und atmet schwer aus, als würde ihr die Brust wehtun. »Wer weiß denn überhaupt, dass ich hier bin, außer der Familie und …«

Aber sie beendet den Satz nicht.

»Und wer, Liebes?«, fragt Elspeth sanft.

Sie sieht Elspeth an und zuckt mit den Schultern. »Das war's. Nur die Familie … niemand ›und‹, überhaupt niemand.«

»War eine Nachricht dabei?«, fragt Mistral verwirrt.

»Ich schätze, die Blumen sagen schon alles, oder?« Pippa schnaubt verärgert, dann packt sie den Kranz und marschiert über den Steinboden und aus der Küchentür nach draußen.

»Was hast du vor, Philly?«, ruft Misty ihr nach, und wir alle folgen ihr.

»Es gibt nur einen Platz, wo die hier hingehören«, sagt sie stoisch, geht zum Ufer des Sees und wirft den Kranz so weit sie kann aufs Wasser – wo er friedlich auf der leicht gekräuselten Oberfläche treibt und sich langsam im Kreis zu drehen beginnt.

»Oh, Mist«, flucht Pippa, als wir keuchend neben ihr zum Stehen kommen. »Ich dachte, das blöde Ding würde sinken.«

Und dann dreht sie sich auf dem Absatz um und läuft wieder zurück ins Haus.

Jeder hat die Blumen mittlerweile entdeckt, sie sind auch schlecht zu übersehen, weil sie immer noch majestätisch wie ein ausgestopfter Schwan auf dem See schwimmen. Aric und Sollie sind außer sich vor Wut. Aric ist schon drauf und dran, die Polizei zu rufen, aber sie möchte nicht, dass er das tut.

»Lass gut sein, Dad«, sagt sie bestimmt. »Da hat sich irgendein Idiot einen üblen Scherz erlaubt, und die beste Art, mit so was umzugehen, ist, es zu ignorieren.«

Ob sie noch jemand anderen gegen sich aufgebracht hat?, frage ich mich im Stillen, während mein Verlobter und sein Vater Blicke tauschen. Nach diesem neuen Vorfall kann ich mich fast nicht mehr überwinden, die geplante Konfrontation in die Tat umzusetzen, bis mir der schreckliche Gedanke kommt, dass sie annehmen könnte, ich hätte den Kranz geschickt. Und mir wird klar, dass ich die Sache jetzt erst recht offen ansprechen muss, egal ob sie mein Kleid ruiniert hat oder nicht.

Die Gelegenheit dazu ergibt sich schneller, als mir lieb ist. Weil ich mich beim Frühstück bereiterklärt habe, für alle Abendessen zu kochen, geht Sollie mit mir in die Küche, um mir alles zu zeigen, was ich zum Kochen benötige.

Als wir eintreten, sitzt Pippa noch immer am Tisch, trinkt eine Tasse Kaffee und blättert in der Zeitung.

»Hey, Philly, geht's wieder?«, fragt Sol so besorgt, dass ich schon wieder fast beschließe, alles für mich zu behalten.

Sie nickt, schüttelt den Kopf und nickt wieder, und er läuft schnell zu ihr, um sie zu umarmen.

»Mach dir keine Sorgen deswegen. Wie du schon gesagt hast, das war irgendeine arme Socke, an die wir keinen Gedanken verschwenden sollten. Ich weiß schon, womit wir dich aufheitern können. Vi zaubert nämlich jetzt ihre berühmte Lasagne mit selbstgemachtem Knoblauchbrot, das ist doch dein Lieblingsessen, und ich sage dir, Vis Lasagne ist einfach köstlich, so was hast du noch nie gegessen.«

Sie sieht zu mir rüber. »Gibt es eigentlich irgendwas, was du nicht kannst?«, kommt ihr verbitterter Kommentar, der mich sofort wieder auf der Hut sein lässt, aber Sollie versteht ihn nur als Kompliment.

»Vi ist eine tolle Köchin«, sagt er enthusiastisch. »Ist Jonathan gut weggekommen?«

»Hat alles super geklappt, danke.«

»Schön. Kopf hoch, okay?«

Sie nickt, und er umarmt sie noch einmal. Dann wendet er sich wieder mir zu.

»Die Vorratskammer kennst du ja schon, du müsstest also eigentlich alles finden, was du brauchst, aber Mum bewahrt ihre Ofenformen hier auf. Bist du sicher, dass ich dir nicht doch helfen soll? Ich meine, ich habe Dad zwar versprochen, dass ich mir das Spiel mit ihm ansehe, aber …«

»Das ist überhaupt kein Problem, wirklich nicht, aber könntest du bitte noch eine Minute dableiben? Ich muss mit dir reden.« Ich sehe zu ihr rüber, um sicherzugehen, dass sie mich auch gehört hat, und gebe ihr mit einer Kopfbewegung zu verstehen, näher zu kommen. Sie soll unmissverständlich wissen, worüber ich reden will.

»Es geht um mich und Pip... Ich meine, es geht um mich und Philly...«

»Um dich und Philly?«, fragt Sol besorgt, weil ich so ernst geworden bin.

Aber bevor ich irgendetwas sagen kann, macht sie mich mundtot, indem sie aufspringt und sich laut einmischt.

»Ich fürchte, Violet hat mein kleines Geheimnis gelüftet.«

»Dein kleines Geheimnis?«, wiederholt er und sieht uns abwechselnd an, während ein unsicheres Lächeln seine Lippen umspielt.

»Ja, ich wollte eigentlich schon früher etwas sagen, aber ich war ein bisschen abgelenkt von dem, was vorhin passiert ist...« Ihre Stimme stockt für einen Moment. »Ich muss dir etwas erklären... euch beiden erklären, und zwar was deinen vergeblichen Ausflug von gestern Abend betrifft...«

»Woher weißt du...«, fängt er an, aber sie hebt die Hand, um ihn zum Schweigen zu bringen.

»Ich muss gestehen, dass ich diejenige war, die dir das eingebrockt hat.«

Er blinzelt ungläubig. »Du hast mich wegen einer Videokonferenz, die gar nicht stattfinden sollte, den ganzen Weg bis in die Stadt geschickt?«, fragt er, als könne er es nicht glauben.

Sie nickt und senkt beschämt den Blick. »Es tut mir total leid, kleiner Bruder, aber ich wollte etwas machen und musste sichergehen, dass du nicht hier warst. Und das Einzige, was mir eingefallen ist...«

»Was hattest du vor, Philly?«

Ja, was hatte sie vor? Hat sie geahnt, dass ich alles ausplaudern würde, und will jetzt selbst ein Geständnis ablegen?

Sie steht auf. »Kommt mit und seht es euch an.«

Jetzt bin ich auch verwirrt.

Geht sie mit uns auf unser Zimmer und zeigt uns das ruinierte Kleid?

Da er sich nicht in Bewegung setzt, nimmt sie Sollies Hand und führt ihn, mit mir im Schlepptau, in die große Eingangshalle und weiter durch die doppelten Türen, die sie weit aufstößt, ins Wohnzimmer.

»Was wird das?«, fragt Sol und blickt sich suchend um. Dann bleibt er mitten auf dem riesigen Perserteppich stehen, der den ganzen Fußboden bedeckt.

Sie zeigt an die Wand, an der die Familienfotos hängen. Wir brauchen einen Moment, bis wir entdecken, dass dort etwas Neues hängt. Ein ziemlich großes Foto in einem schönen goldenen Rahmen.

Wir betrachten es stumm.

Es ist ein Foto von mir und Sollie, ein umwerfendes Foto. Wir sitzen aneinandergelehnt, unsere Wangen berühren sich kaum sichtbar, und wir lächeln. Unsere Hände berühren sich zart, ein wirklich schönes Bild, das Intimität und Vertrautheit ausstrahlt.

Einen Moment sagt keiner etwas, und dann stottert Sollie, von seinen Gefühlen überwältigt: »Aber wie … wann …«

»Am Dienstag beim Abendessen. Ich habe nicht nur den Champagner bestellt, sondern auch einen Fotografen, der sich im Hintergrund versteckt gehalten hat. Das ist Jonathans und mein Verlobungsgeschenk für euch. Deshalb musste ich gestern nach Edinburgh, um es abzuholen. Und deshalb habe ich dich umsonst in die Stadt geschickt, damit ich es hier ungestört aufhängen konnte. Es tut mir wirklich leid, dass ich dich so an der Nase herumgeführt habe, aber ich wusste, dass du mich erwischt hättest. Der Haufen betrunkener junger Leute hingegen hätte mich nicht einmal bemerkt, wenn ich eine Horde Elefanten hier hereinbugsiert hätte. Und bitte sei nicht sauer auf Aneka, es war ja für eine gute Sache …«

Sollies Gesicht glättet sich wieder, und dann strahlt er.

Ich bin so verwirrt wie noch nie. Hin und her gerissen zwischen Entzücken und Misstrauen.

Wie kann jemand etwas so Wunderbares, Aufmerksames organisieren und zwischendurch in unser Zimmer gehen und mein teures Kleid bleichen? Es passt einfach nicht zusammen. Vielleicht war es also doch ein Unfall? Vielleicht habe ich mir nur eingebildet, dass die Bleiche neben dem Klo stand und ich das Kleid richtig aufgehängt habe. Vielleicht liege ich falsch, und sie will wirklich mit mir befreundet sein.

Und dann sieht sie mich über Sols Schulter an, der sie immer noch voller Dankbarkeit umarmt, und sagt: »Das Einzige, was ich nicht bedacht habe, war, dass Violet nicht mit dir kommen würde. Damit hatte ich nicht gerechnet, und ich glaube, du hast mich gesehen, stimmt's, Violet? Als ich an der Bibliothek vorbei zurück zu meinem Auto geschlichen bin. *Was du dir da gedacht haben musst?*«

Vielleicht bilde ich es mir nur ein, aber der Ton ihrer Stimme bei diesem letzten Satz gibt mir das Gefühl, als wolle sie mir damit etwas sagen. Doch dann lächelt sie mich wieder an, es ist ein süßes, scheinbar ehrliches Lächeln, und sie streckt die Hand nach mir aus und fügt hinzu: »Komm schon, Violet, ich finde, wir sollten uns alle drei umarmen.« Ich komme mir vor wie ein Zombie, als ich sie meine Hand nehmen und mich in eine Umarmung mit Pippa Langford ziehen lasse … Aber stimmt ja, jetzt ist sie ja wieder Philly Beresford, und natürlich hat die eine mit der anderen nichts mehr zu tun … Sie trennen Welten, oder?

Kapitel 16

Violet?« Ich bin gerade dabei, meine Béchamelsauce umzurühren, als ich ihre Stimme hinter mir höre.

»Ja?«, erwidere ich, ohne mich umzudrehen, weil ich keine Lust habe, ihr ins Gesicht zu blicken. Aber was sie dann sagt, lässt mich doch herumsausen und sie ansehen.

»Du wolltest Sollie alles sagen, oder?«

Ich nicke. Denn Ehrlichkeit ist meine Stärke.

»Ich dachte, wir hätten eine Übereinkunft getroffen.«

»Das dachte ich auch.«

»Und du dachtest, ich hätte sie gebrochen, weshalb du sie deinerseits brechen wolltest. Warum?«

Ich mache den Mund auf, um ihr zu antworten, aber dann will ich plötzlich doch nichts mehr über das Kleid sagen, und bevor ich mir wirklich klar darüber werde, wie ich es ihr erklären will, platze ich schon heraus: »Als ich dich gestern Abend gesehen habe, dachte ich …« Und als ich nicht weiterrede, gibt sie sich die Erklärung selbst.

»Dachtest du, dass ich nichts Gutes im Schilde führe.«

Ich will schon zustimmen und mich entschuldigen – oh Mum, warum hast du mich nur so zur Höflichkeit erzogen? –, aber dann schenkt sie mir ein verknittertes Lächeln und entschuldigt sich selbst.

»Oh, Violet, es tut mir so leid. Mir war bisher nicht klar, was für eine nachhaltige Wirkung das bei dir hinterlassen hat, was ich dir als Kind angetan habe. Wie furchtbar von mir. Was für ein schreckliches Kind ich doch war. Aber so bin ich nicht mehr, Violet, bitte glaub mir das. Als ich gesagt habe, dass ich noch mal von vorne anfangen will, habe ich das ganz ehrlich gemeint. Deshalb habe ich auch das Porträt von euch machen lassen und es zu den anderen im Wohnzimmer gehängt. Ich wollte es irgendwie wiedergutmachen und dir zeigen, dass du jetzt zur Familie gehörst und wie froh ich darüber bin. Ich möchte wirklich einen Neubeginn. Können wir es versuchen? Bitte?«

Ich zwinge mich zu einem Nicken. Trotz ihrer Beteuerungen bin ich noch nicht überzeugt, aber was soll ich sagen? Nein? Ich will nicht?

Sie macht mit ausgebreiteten Armen einen Schritt nach vorn, um mich zu umarmen, aber ich kann nicht anders und mache unwillkürlich einen Schritt gegen die Herdplatte, die natürlich heiß ist, so dass ich zusammenzucke.

»Vorsichtig, du verbrennst dich noch«, sagt sie, als ich einen Satz mache, und einen Moment lang sehe ich sie als Wolf in Großmutters Kleidern, der sich scheinbar liebevoll um Rotkäppchen kümmert, während er in Wirklichkeit nur darauf wartet, seine Klauen in sie zu schlagen und sie zu verspeisen.

»Violet, darf ich ehrlich zu dir sein?«

Ehrlich ist sie mir lieber als maskiert. Ich nicke.

»Ich weiß, dass es sehr schwierig für dich ist. Unsere Startbedingungen waren nicht die besten, und es wäre für uns beide einfacher gewesen, wenn wir uns vorher nie begegnet wären, aber du weißt ja, wie viel Sollie mir bedeutet, und ich könnte wirklich nicht glücklicher darüber sein, dass ihr beide zusammen seid. Ihr seid ein tolles Paar, Violet, du weißt das, aber glaub mir, ich weiß das auch. Ich sehe es Sollie an, wie sehr er dich liebt, man kann sehen, wie glücklich du ihn machst.«

Eine hübsche kleine Ansprache, mit der sie es tatsächlich schafft, ein Loch in den Abwehrpanzer um mein kleines verletztes Herz zu bohren. Der gute Teil in mir kommt wieder zum Vorschein.

»Du kannst das sehen?«, frage ich.

»Ich müsste blind sein, es nicht zu sehen. Er ist ganz vernarrt in dich, und zwar so über alle Maßen, dass man es sogar auf Fotos noch sehen kann …«

Das Bild.

Wie kann ein so grässlicher Mensch etwas so Schönes tun?

»Du findest das wirklich, nicht wahr?«, sage ich, weil selbst ich sehen kann, dass es stimmt. »Und du hast es auch ehrlich gemeint, als du mich um einen Neuanfang gebeten hast?«

Sie nickt. Es ist eine einfache, ernste Art der Antwort, aber die beste, die sie geben kann, und so mache ich einen Schritt auf sie zu und umarme sie fest. Ich bin wirklich dankbar für das, was sie gesagt und für uns getan hat.

»Danke«, sage ich.

»Wie wär's, wenn ich dir bei deiner berühmten Lasagne helfe?«, schlägt sie vor, als wir uns wieder voneinander lösen.

»Das wäre toll.«

Das Abendessen ist um sieben fertig, genau in dem Moment, als alle in die Küche strömen – wie Kühe, die zurück in den Stall gehen, weil sie instinktiv wissen, wann es Zeit zum Melken ist.

Alle sind ganz aus dem Häuschen wegen des Fotos und betonen, wie wunderschön es ist, wie toll wir zusammen aussehen und wie raffiniert Philly es angestellt hat, dieses Foto machen zu lassen, ohne dass wir es bemerkt haben, und wie viel Mühe sie sich damit gemacht hat. Und es stimmt ja auch, sie hat sich sehr viel Mühe gegeben, und das Ergebnis kann sich wirklich sehen lassen.

Wir haben sehr gut zusammengearbeitet an diesem Nachmittag. Wir haben nicht viel geredet, sondern einfach still unsere Dinge getan. Es war ein kameradschaftliches Schweigen, könnte man sagen. Ich glaube, dass wir vielleicht wirklich einen Wendepunkt in unserer Beziehung erreicht haben. Irgendwann habe ich sogar angefangen zu pfeifen, was ich normalerweise immer mache, wenn ich backe, sehr zum Missfallen von Maggie und Ellen.

Wir setzen uns auch ganz selbstverständlich beim Essen nebeneinander. Alle Frauen sitzen zusammen an einem Tischende und plaudern über alles Mögliche, vom Thema Backen bis zur Bikini-Enthaarung. Es ist supernett, ein bisschen wie eine Wiederauflage vom Mittwoch, nur dass diesmal auch Philly dabei ist – sie ist ganz normal und umgänglich. Und dann kommt das Thema natürlich irgendwann auf die Party am nächsten Abend.

»Du musst ja wahnsinnig aufgeregt sein wegen morgen …« Mistral sieht dabei selbst aufgeregt aus. Ihre Augen glänzen schon jetzt vor Vorfreude auf in Strömen fließende Gin Tonics.

»Ich freue mich sehr darauf. Vielen Dank, dass ihr das organisiert habt, ihr seid alle so nett.«

»Einen schöneren Anlass zum Feiern könnte es gar nicht geben«, sagt Elspeth und drückt meine Hand. »Wir sind so froh, dass du und Sollie heiratet.«

»Ja, auf unsere neue Schwägerin!« Fleur ist vom Rotwein ein bisschen beschwipst und hält Philly ihr Glas zum Anstoßen hin.

»Auf unsere neue Schwägerin!«, wiederholt Philly pflichtschuldigst. Und dann sagt sie etwas, das mich umhaut.

»Was ziehst du morgen an?«

Eine unter normalen Umständen völlig nachvollziehbare und harmlose Frage, eine Frage, die jedes Mädchen einem anderen stellt, wenn sie beide gemeinsam auf eine Party gehen.

Aber nach dem, was gestern Abend mit meinem Kleid passiert ist, kann ich diese Frage nicht mehr ganz so harmlos finden. Sie bringt mich im Gegenteil wieder völlig aus dem Konzept.

Ich bin so verwirrt, dass ich meinen Arsch nicht mehr von meinem Ellbogen unterscheiden kann, wie mein lieber alter Großvater zu sagen pflegte.

Ich blicke in ihr Freundlichkeit und Neugierde ausstrahlendes Gesicht und versuche zu ergründen, was in dem Gehirn dahinter vorgehen mag. Sie verwandelt sich vor meinen Augen von einer Kate-Hudson-Doppelgängerin in ein Krokodil, das mit aufgesperrtem Maul in aller Ruhe auf einen verirrten Fisch wartet, und dann wieder zurück in die unschuldige Kate Hudson.

Und ich ertappe mich zum x-ten Mal bei der Überlegung, wer dieser Mensch neben mir eigentlich ist.

Ist sie die liebe, nette, lustige Philly Beresford?

Oder ist sie Pippa Langford, die Königin der Biester?

Und die ehrliche Antwort ist: Ich habe keine Ahnung. Während mir meine Ratlosigkeit klar wird, geht mir die Lösung auf, wie ich mit dieser ganzen Situation umgehen werde.

Indem ich nämlich einfach gar nichts tue.

Egal womit sie mich angreift oder wovon ich denke, dass sie mich damit angreift, ich werde darauf reiten wie auf einer Welle, die mich mit sich hochträgt, anstatt mich davon wie von einer Sintflut in die Tiefe reißen zu lassen, um in meiner eigenen Unsicherheit zu ertrinken.

Ich sage mir einfach Folgendes: Wenn sie ein Problem mit mir hat – *falls* sie ein Problem mit mir hat –, dann ist es *ihr* Problem. Was mich betrifft, so haben wir vereinbart, die Vergangenheit ruhen zu lassen, und genau das werde ich auch tun. Egal ob sie es auch tut oder nicht.

Und so verbanne ich das Stirnrunzeln, das im Begriff war,

sich meines Gesichts zu bemächtigen, aus meinen Zügen, und mit dem natürlichsten Lächeln, das ich zustande bringe, erkläre ich: »Ich weiß es ehrlich gesagt noch nicht. Ich hatte nämlich blöderweise gestern einen Unfall mit dem Kleid, das ich eigentlich anziehen wollte …«

»Wirklich?«, fragt sie mit einem unschuldig-besorgten Gesicht. »Was ist denn passiert?«

»Oh, es hatte eine kleine Auseinandersetzung mit einer Flasche Bleichmittel. Es war meine eigenen Schuld, ich hatte es über die Badewanne gehängt, damit sich die Falten aushängen können … Aber die Falten waren leider nicht das Einzige, was sich ausgehängt hat …«

»Wie meinst du das?«

»Das Kleid ist vom Bügel gerutscht und hat beim Fallen eine Flasche Bleichmittel mitgerissen. Es ist komplett hinüber.«

»Oh, wie furchtbar!«, ruft sie mit entsetzter Miene.

»Ach, weißt du, es ist eigentlich halb so schlimm«, erwidere ich lächelnd und kichere zu allem Überfluss auch noch ungezwungen. »Ich *dachte*, ich hätte mein neues superteures Kleid dabei, aber ich habe so hastig meine Sachen gepackt, dass ich aus Versehen das falsche in den Koffer geworfen habe. Zum Glück eins, das ich noch nie besonders mochte, es sah nur so ähnlich aus wie das neue, ähnliches Material, ähnliche Farbe. Ich wollte es sowieso schon in die Altkleidersammlung geben«, sage ich fröhlich. »Also ist gar nichts Schlimmes passiert, weil mein schönes neues Kleid ja noch zu Hause im Schrank hängt … Und außerdem habe ich jetzt wieder einen Vorwand, um noch mal shoppen zu gehen.«

Ich sehe sie gespannt an und warte auf ihre Reaktion.

Natürlich kann das, was ich gesagt habe, niemanden auch nur im Geringsten empören, der mit der Zerstörung meines Kleides nichts zu tun hat, aber wenn sie es war, muss sie mein

Kommentar treffen. Ich fühle mich schon erheblich besser mit der ganzen Angelegenheit.

Bilde ich es mir nur ein, oder beißt sie so heftig die Zähne zusammen, dass sie zu zerspringen drohen?

»Vielleicht hast du etwas Hübsches, das Violet gefallen könnte?«, schlägt Elspeth vor, während sie sich etwas von dem Knoblauchbrot abbricht und es sich in den Mund steckt. »Du hast so viel zum Anziehen; ich glaube, das kommt daher, dass du als Kind immer alles doppelt hattest, weil deine Mutter keine Lust hatte, immer wieder deine Sachen packen zu müssen. Himmel, Violet, dieses Knoblauchbrot ist einfach unglaublich köstlich. Findest du nicht auch, Philly?«

»Ich habe es noch gar nicht probiert«, sagt sie schmallippig.

»Meinst du nicht, du könntest Violet etwas leihen, da ihr Kleid doch hinüber ist?«

»Natürlich, sehr gern.«

Ich bringe ein dankbares Lächeln zustande und sage: »Vielen Dank, ich würde wahnsinnig gern mal einen Blick in deinen Kleiderschrank werfen.«

Und dann verschwindet die schmale Linie ihrer Lippen und macht einem Lächeln Platz.

»Wie konnte ich das vergessen …«, sagt sie und steht auf.

»Was vergessen, Liebes?« Aric lächelt sie liebevoll an.

»Ich habe noch ein Geschenk für euch«, verkündet sie, woraufhin ich überrascht blinzle. »Ich bin sofort wieder zurück.«

Ich sehe Sol an, der mit den Achseln zuckt.

Einen Moment später ist sie mit einem in Geschenkpapier eingepackten Kästchen zurück.

»Mach es auf«, sagt sie und überreicht es mir.

Ich verdränge Gedanken an Briefbomben und öffne es.

Es ist noch mal das Foto von uns, nur kleiner. Sollie nimmt es mir aus der Hand.

»Damit ihr auch eins mit nach Hause nehmen könnt«, sagt sie zu ihm.

»Oh, Phil, dass du daran gedacht hast. Ist das nicht toll, Vi?«

»Sehr toll«, sage ich und schenke ihr ein Lächeln aufrichtiger Dankbarkeit. »Aber in welchem Zuhause wollen wir es aufhängen? Bei dir oder bei mir?«

»Ihr könnt es doch einfach da aufhängen, wo ihr nach der Hochzeit gemeinsam leben werdet«, schlägt sie vor.

Derzeit sind wir unter der Woche bei mir und am Wochenende bei ihm. Wobei Wochenende bei mir eigentlich nur Sonntag bedeutet, und auch den muss ich manchmal mit Arbeit verbringen. Wir arbeiten beide so viel, dass die getrennten Wohnungen kein Problem waren. Bisher.

»Es ist doch ganz einfach«, sagt Sollie und gibt seiner Schwester einen Kuss auf die Wange. »Violet zieht bei mir ein, also hängen wir es bei mir auf.«

Davon wusste ich noch gar nichts.

»Tue ich das?«, frage ich mit hochgezogener Augenbraue.

»Nun, wir können ja schlecht beide bei dir wohnen, oder?«

»Wieso, was stimmt denn nicht mit der Wohnung?«, fragt Pippa gut aufgelegt.

»Die Wohnung ist sehr hübsch, daran liegt es nicht«, antwortet Sollie. »Sie ist nur nicht gerade riesig.«

»Ist sie wirklich so klein?«, fragt sie sofort.

»Na ja, sagen wir mal so: Das Badezimmer ist so winzig, dass ich gleichzeitig duschen und pinkeln könnte, wenn ich die Kabinentür auflassen würde«, erwidert Sollie.

»Silas macht das auch immer«, wirft Marilyn kichernd ein. »Nur dass er dafür nicht die Duschkabine aufmacht …«

»Aber nur, wenn ich den Weg in mein eigenes Badezimmer finde, Weib«, entgegnet er lachend.

»Stimmt, sie ist sehr klein«, gebe ich zu. Ehrlich gesagt bin ich ein bisschen beleidigt, weil mein Heim auf so wenig Gegenliebe stößt. »Aber sie gehört mir – oder sagen wir besser, sie gehört zu einem Großteil noch der Bank –, aber das Wichtigste ist, dass sie direkt über meinen Geschäftsräumen liegt. Insofern ist es mir relativ egal, wie groß die Wohnung ist.«

»Aber sie ist zu klein für uns beide, Vi.«

»Ich muss aber wegen der Arbeit dort wohnen bleiben.«

»Na, du musst doch nicht wirklich über deinen Geschäftsräumen wohnen, oder?«, mischt sich Pippa ein.

»Woher willst du das wissen?«, antworte ich ihr zugegebenermaßen ein bisschen schnippisch, aber auch nicht allzu unhöflich. Ihre Frage klang einfach so herablassend. Ich bin absolut überrascht, als Sollie mich deswegen zurechtweist.

»Sei doch nicht so schnippisch, Vi«, sagt er, und auf seiner Stirn machen sich Falten bemerkbar.

Ich sehe ihn verdattert an.

»Was Philly sagt, ist doch ganz vernünftig, finde ich.«

Und dann fällt mir etwas wieder ein, das ich in einer spinnwebenüberzogenen Ecke meines Gedächtnisses verstaut hatte, aus der ich es nie wieder hatte hervorholen wollen.

Sie ist eine meisterhafte Manipulatorin.

Hat sie das hier gerade eingefädelt?

Und so besinne ich mich wieder auf meine Strategie von eben, unterdrücke meine Verärgerung und folge einmal mehr dem Pfad der Vernunft.

»Ihr habt recht. Beide. Natürlich ist meine Wohnung zu klein, als dass wir uns beide häuslich darin einrichten könnten, aber mein Geschäft läuft auch deswegen so gut, weil ich immer vor Ort bin. Ich fände es schön, wenn du das bei der Entscheidung, wo wir wohnen wollen, in Betracht ziehen könntest.«

Na? War das nicht einsichtig, vernünftig und vollkommen sachlich?

Ich freue mich, als ich Sol zustimmend nicken sehe.

»Vielleicht ist das hier auch nicht der richtige Platz, um das auszudiskutieren«, sage ich noch.

»Du hast recht«, erwidert Sol und greift über den Tisch nach meiner Hand.

Dann fragt Fleur nach meinem Lasagne-Rezept, und der Rest des Abendessens verläuft relativ friedlich.

Trotzdem herrscht eine seltsame Atmosphäre. Ich schätze, wir sind beide überrascht, dass wir über etwas so Fundamentales noch gar nicht geredet haben und dass wir jetzt, wo das Thema endlich aufkommt, feststellen, dass wir total unterschiedlicher Auffassung sind. Dabei sind wir sonst immer einer Meinung. Als wir wieder in unserem Zimmer sind, bringt Sollie das Thema noch einmal zur Sprache, und jeder von uns beschreibt seine eigene Wohnung als die ideale Lösung. Als wir merken, dass wir uns nicht einigen können, regen wir uns beide ziemlich auf, und Sollie sagt mir am Schluss, er habe gar nicht gewusst, wie stur ich sein könne, und ich kontere, ich hätte gar nicht gewusst, wie rechthaberisch er sein könne. Dann schweigen wir beide erschrocken.

Und gehen ins Bett.

Wir haben uns noch nie vor dem Schlafengehen gestritten, in erster Linie deshalb, weil wir uns bis heute überhaupt noch nie gestritten haben. Es ist eine neue, nicht gerade erfreuliche Erfahrung für mich. Wir liegen beide stocksteif im Dunkeln und wissen, dass der andere auch noch wach ist. Keiner sagt einen Ton, weil keiner einen Ton sagen will, jedenfalls nicht, solange der andere sich nicht entschuldigt oder wenigstens einen Versuch zur Versöhnung gemacht hat.

Ich würde gerne den ersten Schritt tun, aber er ist schließlich derjenige, der so kompromisslos ist, und mich soll der Blitz treffen, wenn ich jetzt als Erste einknicke.

Eine Stimme erklingt in der Dunkelheit.

»Was meinst du, war das unser erster Krach?«

Mich durchströmt ein Gefühl großer Erleichterung.

»Zählt so was schon als richtiger Krach?«

»Wir haben einander nicht mit Gegenständen beworfen, haben uns nicht geprügelt oder sind wutentbrannt weggestürmt, also war es vielleicht eher so was wie eine kleine Reiberei?«

»Vielleicht. Aber wir haben da ein nicht gerade kleines Problem.«

»Wir werden schon eine Lösung finden.«

»Meinst du?«

»Natürlich. Es gibt für jedes Problem eine Lösung.«

»Das hoffe ich. Wir haben vorher noch nie gestritten, mir gefällt das nicht.«

Ich höre die Decke rascheln. Sollie dreht sich zu mir um und legt die Arme um mich. »Wir hatten auch noch nie Versöhnungssex. Sag nicht, das gefällt dir auch nicht.«

»So ein Streit hat also offensichtlich auch seine guten Seiten.«

»Man sagt, dass es gesund ist, auch mal alle Hüllen fallen zu lassen«, murmelt er mit seinem Gesicht ganz nah an meinem.

»Oh, das würde auch erklären, warum du mir den Schlafanzug ausziehst ...«

Ich schrecke aus dem Schlaf hoch. Irgendein Geräusch, das von draußen kommt, hat sich in meine Träume geschlichen und mich aufgewühlt.

Es ist noch immer stockfinster, und ein Blick neben mich auf die Uhr auf dem Nachttisch sagt mir, dass ich nur wenige Stunden geschlafen habe. Was um alle Welt hat mich aufgeweckt? Ich bin nach einem Tag in Balcannon normalerweise so müde, dass ich einfach durchschlafe. Sollie schnarcht ganz leise neben mir, das kann mich nicht geweckt haben. Es muss irgendetwas anderes gewesen sein.

Und dann höre ich es.

Schritte, die im Flur widerhallen. Es ist definitiv jemand unterwegs da draußen.

Ich schlüpfe leise aus dem Bett, schleiche über den kalten Holzfußboden zur Tür und ziehe sie vorsichtig einen Spaltbreit auf, um hinaus in den kaum erleuchteten Flur zu spähen.

Ich kann die Schritte zwar noch hören, aber ich sehe nichts.

Das ist mir unheimlich. Ich fliehe zurück ins Bett und schlüpfe unter die Decke, wo ich Sollie so lange rüttle, bis er mit einem unwilligen Grunzen wach wird.

»Da draußen ist jemand!«, sage ich, sobald ich das Gefühl habe, dass der Schlaf ihn so weit aus seinen Klauen entlassen hat, dass er in der Lage ist zu hören, was ich sage.

»Wahrscheinlich der Geist von Angus Grainger und sein treues Pferd«, erwidert er mit einem breiten Gähnen.

»Super. Es ist mitten in der Nacht, draußen gibt es unheimliche Geräusche, und dir fällt nichts Besseres ein, als mit mir über Geister zu reden.«

»Vi, Süße.« Er gähnt noch einmal und streckt sich ein bisschen. »Dies ist ein altes Haus, und alte Häuser sind hellhörig.«

»Ich habe eindeutig Schritte gehört.«

»In diesem Haus halten sich schließlich fünfzehn Leute auf. Nächtliche Schritte sind also nichts Ungewöhnliches. Erst recht nicht, wenn keiner sein eigenes dämliches Badezimmer wiederfindet. Schlaf weiter.«

»Aber ich habe rausgeschaut und niemanden gesehen.«

»Dann müssen es wirklich Geister sein. Warum steckst du nicht den Kopf aus der Tür und sagst Angus und seinem blöden Pferd, sie sollen ein bisschen leiser sein. Gute Nacht, Liebling«, murmelt er verschlafen, bevor er sich auf die Seite rollt und wieder leise zu schnarchen beginnt.

»Ich habe Schritte gehört, kein Pferdegetrappel«, sage ich zu seinem Rücken, aber weil es wieder still ist, verkrieche auch ich mich unter der Decke und schließe die Augen, um ins Land der Träume zurückzukehren.

Zwei Minuten später höre ich es erneut. Diesmal sind die Schritte schneller, als würde jemand rennen. Dann höre ich Gelächter und unterdrücktes Kichern. Was um Himmels willen geht da draußen vor?

Ich denke sofort an Pippa. Sie ist bestimmt wieder unterwegs, um irgendetwas auszuhecken. Dann mahne ich mich zur Vernunft, aber sofort ertönt wieder Gekicher, gefolgt von einem drängenden »Schschschschsch…«

Ich wusste doch, dass ich mir das nicht eingebildet habe. Irgendjemand macht da draußen Blödsinn. Ich setze mich im Bett auf, aber diesmal achte ich darauf, Sollie nicht zu wecken, als ich meine Beine aus dem Bett schwinge, mit den Füßen in meine Puschen schlüpfe und erneut zur Tür schleiche.

Das Gelächter ist wieder zu hören, kurz und fast hysterisch. Ich zögere einen Moment, weil mir beim Gedanken an noch mehr Leichen im Keller von Balcannon ganz anders wird. Aus irgendeinem seltsamen Grund fällt mir der Roman *Jane Eyre* ein, den wir im Englischunterricht akribisch auseinandergenommen haben, und ich frage mich, ob Aric eine Art Mr. Rochester ist und auf dem Dachboden eine weitere Frau versteckt hält, die noch verrückter ist als seine anderen drei und freitagnachts immer durchs Haus stolpert, um die Leute zu erschrecken.

Jetzt bin ich erst recht neugierig geworden und mache die Tür erneut einen Spaltbreit auf, aber statt einer fiktiven Irren sehe ich eine Frau, die ich schon kenne. Es ist Mistral, die in einem durchsichtigen Nachthemd und mit einer Taschenlampe in der Hand über den Flur flitzt. In der anderen Hand hält sie etwas, das verdammte Ähnlichkeit mit einem Tacker hat.

Was um Himmels willen tut sie da?

Vielleicht macht sie auch nachts Yoga, aber wofür braucht sie da einen Tacker? Vielleicht stabilisiert sie sich damit in den gewünschten Haltungen, wenn es ihr zu anstrengend wird?

Ein paar Sekunden später höre ich noch mehr Schritte, und als ich mich nach rechts wende, sehe ich Aric in einem karierten Bademantel Mistral folgen. Er grinst breit und hüpft fast vor Vergnügen in seinen ebenfalls karierten Hausschuhen. Auch er hat etwas Seltsames bei sich: ein großes Knäuel Bindfaden und eine Rolle Isolierband.

Mir bleibt der Mund offen stehen.

Was haben sie vor? Irgendwelche Fesselspielchen?

Ich unterdrücke ein Lachen bei dem Gedanken daran – zum Glück, denn nur wenig später kommt auch Elspeth vorbei; sie ist ausgerüstet mit einem Hammer und einer Kiste Nägel, und Marilyn und Silas folgen ihr mit einer Leiter.

Ich schrecke hoch, als sich eine Hand auf meine Schulter legt und mir eine Stimme ins Ohr flüstert: »Was zum Teufel machst du hier?«

Ich war so gebannt, dass ich nicht mal mitgekriegt habe, dass Sollie aufgestanden ist.

»Du hast mich erschreckt!«, zische ich zurück.

»Nicht so, wie du mich. Ich bin aufgewacht und hab dich in der Tür stehen sehen. Ich dachte, Onkel Silas würde auf der Suche nach einer Toilette bei uns einbrechen. Was machst du hier, Vi?«

»Es geht hier nicht um das, was ich mache, sondern um das, was sie machen.« Ich zeige mit dem Finger nach draußen. »Deine Eltern, Stiefeltern, Freunde, Onkel, Tanten, Nachbarn und wahrscheinlich auch der Milchmann und der Junge aus dem Tante-Emma-Laden mit seinem Fahrrad, sie rennen alle in ihren Schlafanzügen hier herum und sind furchtbar albern.«

»Und du stehst hier rum und beobachtest sie.«

»Ich will einfach wissen, was sie machen.«

»Vielleicht spielen sie ›Bäumchen wechsle dich‹, wir wissen doch, wie sehr Dad Misty noch immer mag, und ich bin mir ziemlich sicher, dass Onkel Silas auch Mum nicht von der Bettkante stoßen würde, wenn sich die Gelegenheit dazu böte. Und Tante Marilyn hatte schon immer was für Norris übrig, muss wohl damit zusammenhängen, dass er seinen kleinen kahlen Kopf genau zwischen ihre Brüste stecken könnte, ohne sich extra dafür bücken zu müssen …«

»Haha«, erwidere ich, weil ich nicht zugeben will, dass sein Scherz fast identisch mit meiner Theorie ist. »Norris ist zwar nicht da, aber dein Vater ist gerade mit einer großen Rolle Isolierband und einem Knäuel Bindfaden hier vorbeigekommen.«

»Na, dann haben wir es doch. Sie sind alle unterwegs nach unten in die geheimen Sexräume, wo sie eine kleine Fesselorgie feiern werden.« Er küsst mich auf den Scheitel meines Kopfes und geht.

»Was machst du?«, frage ich ihn.

»Ich gehe wieder ins Bett.«

»Willst du denn nicht wissen, was die vorhaben?«

»Nicht unbedingt, nein. Komm zurück ins Bett, du Dussel.«

»Ich kann nicht schlafen«, entgegne ich, weil ich weiter den Flur beobachten will.

»Wenn du wirklich nicht schlafen kannst, könnten wir ja auch ein kleines Fesselspielchen inszenieren.« Er hält die Decke hoch und klopft einladend auf meine Seite des Betts.

Ich tue so, als würde ich einen Moment darüber nachdenken, bevor ich mit einem Lächeln alles sage, was es zu sagen gibt.

»Dann verbinden wir dir mal die Augen«, verkünde ich grinsend. »Ich weiß nämlich schon, an welcher Stelle ich den Tacker ansetzen werde.«

Kapitel 17

Am nächsten Morgen stolpere ich mit vom Schlafmangel roten Augen hinter Sol die Treppen hinunter, wobei ich eine Hand auf seine Schulter lege, um nicht hinzufallen.

Ich muss unbedingt ein Mittagsschläfchen machen, bevor die Party losgeht, sonst halte ich wie Aschenputtel nicht bis Mitternacht durch. Diese Woche war ein bisschen wie eine Achterbahnfahrt: Höhen und Tiefen haben sich in affenartiger Geschwindigkeit abgewechselt, und du wirst in den Sitz gepresst und schreist, und am Ende der schaurig-schönen Fahrt bist du vollkommen erschöpft, dein Adrenalin ist verbraucht, der rote Zeiger steht auf »Leer«.

Als wir also die Eingangshalle erreichen und uns ein Stimmenchor »Überraschung!« entgegenruft, weiß ich nicht, ob ich mich freuen oder aus den Latschen kippen soll.

Ich sehe mich zum ersten Mal an diesem Morgen richtig um und stelle fest, dass die große Eingangshalle nicht mehr nur eine Eingangshalle ist. Sie ist ein Wunderland aus Flaggen und Schildern und Ballons, auf denen »Herzlichen Glückwunsch«, »Gratulation« und »Verlobung« steht, und zwar in allen möglichen Schriften, Farben und Formen.

Das war also heute Nacht hier los.

»Überraschung«, wiederholt auch Sollie.

»Du wusstest davon?«, frage ich mit vor Überraschung und Freude geweiteten müden Augen.

Er nickt. »Meine Aufgabe war es, dich zu … äh … beschäftigen.«

»Oh, dann war das heute Nacht alles reine Pflichterfüllung, was?«, flüstere ich ihm zu.

»Irgendwie musste ich dich ja davon abhalten, alle fünf Minuten das Bett zu verlassen.«

»Und ich dachte, es war eine Verlängerung des Versöhnungssex«, hauche ich, werfe meine Arme um ihn und gebe ihm einen Kuss aufs Kinn. Und dann fällt mir wieder ein, dass wir nicht allein sind, sondern in der Eingangshalle stehen, wo uns ein Haufen Leute erwartungsvoll ansieht.

Ich werde ein bisschen rot, löse mich aus der Umarmung mit Sol, drehe mich zu den anderen um und rufe: »Ihr seid so toll! Vielen Dank, das sieht großartig aus!«

Alle stürmen auf mich zu, um mich zu umarmen, und während sich auch die anderen um den Hals fallen, sich gegenseitig zu ihrem gemeinsam vollbrachten Werk gratulieren und so erfreut aussehen, weil sie mir eine Freude gemacht haben, überkommt mich eine Welle großer Emotionen.

Sie haben das alles getan, um mich glücklich zu machen.

Sie haben sich die halbe Nacht um die Ohren geschlagen, um wie die Verrückten die Eingangshalle und den großen Saal für die Party heute Abend vorzubereiten, und das alles nur, um mich damit zu überraschen. Sie haben es *für mich* getan.

Diese Menschen mögen mich.

Diese Menschen möchten von mir gemocht werden.

Ich bin überrascht davon, was ich mir sogleich zum Vorwurf mache. Ich bin schrecklich, weil ich immer denke, dass die anderen mich nicht mögen könnten. Das ist ein Überbleibsel aus Zeiten, in denen mich andere wirklich nicht mochten. Zeiten, in denen Menschen, die vor kurzem noch meine Freunde waren, die mit mir ihre Bücher, Klamotten, ihr Essen und ihr Lachen teilten, Menschen, die mit mir durch dick und dünn gingen, plötzlich zu Menschen wurden, die mir im Flur ein Bein stellten, die mich mit Schimpfnamen belegten, überall schlecht über mich redeten und mich für etwas bestraften, von dem ich bis heute nicht weiß, was es war.

Neue Leute zu treffen ist deshalb schwierig für mich, und gerade fühle ich mich wieder wie damals in der Schule. Ich lasse mich nicht hängen, ich hoffe jedenfalls, dass ich das nicht tue. Ich suhle mich nicht mehr im Selbstmitleid. Ich habe das lange Zeit getan, und aus heutiger Sicht ist mir das auch peinlich, schließlich mag niemand einen Jammerlappen. Aber man wird älter, das Leben geht weiter, man übernimmt die Verantwortung für sein eigenes Glück und findet heraus, was einen überhaupt glücklich macht. Aber was geblieben ist, ist der unterschwellige Glaube, dass, wenn Leute mich kennenlernen … Na ja, Sie wissen schon. Ich versuche das zu bekämpfen. Ich sage mir, dass ich ein anständiger, ehrlicher, hart arbeitender Mensch bin und dass es nicht so furchtbar viel an mir gibt, was man nicht mögen könnte, es sei denn, man findet diese Eigenschaften abstoßend, aber es ist ein Riesenunterschied, ob man etwas mit dem Verstand *weiß* oder ob man etwas aus tiefster Seele *glaubt*.

Und so stehe ich hier und sauge die Liebe und Zuneigung auf, die in den Gesichtern all dieser Menschen hier aufleuchten, bis ich bemerke, dass eine bestimmte Person nicht unter ihnen ist.

Die eine Person, deren angeblicher Zuneigung ich mir alles andere als sicher bin.

»Wo ist Philly?«, frage ich, wobei es mir zum ersten Mal gelingt, ihren neuen Namen ohne Zögern auszusprechen.

»Oh, die ist gleich nach dem Frühstück weg«, erklärt mir Elspeth auf meine so beiläufig wie möglich auf dem Weg in die Küche gestellte Frage. »Sie ist nach Edinburgh zum Einkaufen, um sich etwas Tolles zum Anziehen für die Party heute Abend zu besorgen. Dabei fragt man sich wirklich, warum das nötig ist. Hast du die Berge Gepäck gesehen, die sie mit hierhergebracht hat? Oh, wo wir vom Einkaufen reden – ein Päckchen ist vor einer halben Stunde für dich angekommen.«

Sie deutet auf eine Kiste, die auf einer riesigen hölzernen Kommode steht.

»Für mich?«

»Ja«, sagt sie lächelnd.

Verwundert gehe ich zur Kommode und nehme das Päckchen in die Hand. Es ist tatsächlich an mich adressiert, und ich erkenne die Handschrift sofort. Es ist von Jas. Ich öffne den Umschlag, der auf der Kiste klebt, und finde eine kurze Nachricht von ihr.

»Ich wäre so gern dabei. Hoffe, das hier hilft ein bisschen. Mach es heimlich auf und verstecke es gut bis zur Party. Hab dich so lieb. Und daran wird sich auch nie etwas ändern! Viele Grüße und Küsse, Jas.«

»Was ist es denn?«, erkundigt sich Elspeth freundlich.

»Oh, das sind ein paar Sachen, die ich zu Hause vergessen hatte«, erfinde ich schnell. »Meine Freundin Jas hat sie mir netterweise nachgeschickt.«

»Ach ja?«

»Ein Paar Schuhe.« Was für eine erbärmliche Lüge. Nachdem Elspeth mir Hunderte von ihren geschenkt hat, ist das Letzte, was ich jetzt noch brauche, ein Paar Schuhe. »Ich brauche sie, weil sie zu dem Kleid passen, das ich heute Abend anziehen will. Hör mal, Elspeth … Ich fühle mich völlig zerschlagen heute Morgen …« Ich blicke auch in Sols Richtung und schenke ihm ein entschuldigendes Lächeln. »Wäre es sehr unhöflich von mir, wenn ich heute auf das Frühstück verzichte und mich noch für eine Stunde hinlege?«

Reizenderweise verliert sie kein Wort über die Schuhe, sondern zeigt sich nur besorgt darüber, dass ich so müde bin, was mein schlechtes Gewissen, dass ich sie angelogen habe, nur noch schlimmer macht. Sie schickt mich mit einem Teller Toast und einem großen Becher Tee zurück ins Bett und verspricht mir, mich nicht zu stören, bis ich meinen Schlafmangel aufgeholt habe.

Als ich zurück in meinem Zimmer bin, stürze ich mich sofort auf das Päckchen.

Ich weiß schon, was es ist, bevor ich es aufmache.

Jas hat mir ein Kleid geschickt.

Ich weiß das, weil es genau das ist, was Jas in einer solchen Situation tut. Und da ich sie so gut kenne, bin ich total aufgeregt. Ich freue mich schon jetzt so sehr über ihren Freundschaftsdienst, dass mein ganzer Frust wegen des ruinierten Seidenkleides wie weggeblasen ist. Jas kennt sich mit Mode besser aus als die genetisch vorbelasteten Kinder von Coco Chanel und Yves Saint Laurent. Sie ist Personal Shopper für eine exklusive Modefirma, und sie macht ihren Job so gut, dass sie für die nächsten acht Monate ausgebucht ist. Ihr ganz großes Ziel ist es, die Stars in Modefragen zu beraten und zu stylen, und ich weiß, dass sie auch das schaffen wird. Sie kann ein Mädchen auf fünfzig verschiedene Weisen einkleiden. Sie kann eine Frau mit einem kleinen Budget wie eine Millionärin aussehen lassen. Sie fischt noch aus einem Müllhaufen etwas Brauchbares heraus. Ihre eigenen Sachen sind meist Fundstücke aus Wohltätigkeitsbasaren in feinen Wohngegenden, wo die abgelegten Klamotten reicher Ladys verscherbelt werden. Sie ist für Designermode das, was ein Schwein für Trüffel ist.

Als ich das Päckchen aufmache, sehe ich sofort, dass dieses Kleid keins ihrer »Schnäppchen« ist. Das Etikett hängt noch dran, und es steht der Name des Luxuslabels »Issa« drauf. Obwohl sie das Preisschild sorgfältig geschwärzt hat, schreien der

Schnitt, das Material und die Marke TEUER. Sie schreien SEHR TEUER.

Es ist ein unglaublich schönes, kobaltblaues Seidenkleid mit V-Ausschnitt. Ich ziehe es hastig an und sehe sofort, dass es mein Dekolletee betont und meine Hüften und den Hintern so vorteilhaft umschmeichelt, dass ich heulen könnte vor Glück. Fast bin ich dankbar dafür, dass mein anderes Kleid hinüber ist, so gut steht mir dieses. Das bin einfach ICH. Oder sagen wir: Das wäre ich als Millionärin. Jedenfalls sieht es einfach toll aus, und ich sehe auch toll darin aus. Ich liebe es. Ich liebe Jas.

Ich rufe sie sofort an, um mich zu bedanken, und als ich sie nach dem Preis frage, schimpft sie erst mit mir, weil es unhöflich ist, sich nach dem Preis eines Geschenks zu erkundigen, aber dann verrät sie mir, dass sie ihren Personalrabatt dafür eingesetzt hat. Ich schätze, dabei ist ihr Personalrabatt für ein ganzes Jahres draufgegangen. Entweder das, oder sie hat es sich »ausgeliehen«, man beachte die Anführungszeichen. Ich bin zwischen Beschämtheit und Dankbarkeit hin- und hergerissen. Ich verrate ihr meine Gedanken dazu, und sie lacht und sagt, ich solle nicht albern sein: Ob ich sie jemals mehr als zwanzig Pfund für irgendetwas habe ausgeben sehen. Das habe ich wirklich nicht. Ich fühle mich schon besser. Also bedanke ich mich ausgiebig, verspreche ihr, sie die nächsten zwei Jahre jeden Sonntag mit ihren Lieblingsmuffins zu versorgen, und stelle mich schnell wieder vor den Spiegel, um mich in all meiner neuen Pracht zu bewundern.

Mein Spiegelbild strahlt mich an, und zwar nicht nur, weil ich mich in diesem Kleid fühle wie Marilyn Monroe – ich sehe vielleicht nicht aus wie sie, aber ich fühle mich wie sie –, sondern auch, weil Jas sich für mich ins Zeug gelegt hat. Nur für mich. So gern hat sie mich.

Und wenn jemand, der nicht zur Familie gehört, mich so sehr mag, kann ich nicht so schlecht sein, oder?

Eine Stunde später klopft Sol an die Tür. Ich liege längst im Bett und habe das Kleid sorgfältig in seine Plastikhülle zurückgeschoben, unter Sols tollem Anzug versteckt und beides in die hinterste Ecke des Kleiderschranks gehängt. Was immer mit dem anderen teuren Teil passiert ist, ob ich es selbst versaut habe oder ob es Philly war, diesmal gehe ich auf Nummer sicher.

»Alles okay?«, fragt er und setzt sich auf die Bettkante.

»Ja, ich bin nur müde. Man muss sich Gedanken machen, wenn man nicht mehr mit Leuten mithalten kann, die doppelt so alt sind wie man selbst.«

»Da würde ich mir keine Sorgen machen. Die Jungs und Mädels sind eingefleischte Partygänger, während du und ich nur arme Workaholics sind, die nicht mal dann jeden Abend feiern könnten, wenn Mick Jagger persönlich uns Unterricht geben würde. Ich bin selbst auch total erschöpft. Mach mal Platz für mich.«

Ich rutsche von der Mitte des Betts auf meine Seite und sehe ihm beim Ausziehen zu.

»Was denkst du gerade?«, fragt er mich, als ihm auffällt, wie ich seinen schönen Körper betrachte.

»Dass, wenn es irgendjemand gäbe, der er sich leisten könnte, nackt herumzulaufen, du das wärst.«

Er lacht, schlüpft zu mir unter die Decke, legt seine Arme um mich und gähnt ausgiebig.

»Gut, dass ich überhaupt keine Lust habe, diesen Gedanken in die Tat umzusetzen.«

»Was für ein Jammer«, murmle ich ebenfalls gähnend.

»Ist ein bisschen spät geworden gestern, was?«

»Mhm…«, brumme ich und muss auch an den unangenehmeren Teil des Abends denken. Ich warte, bis er die Augen wieder aufschlägt.

»Sol, ich streite mich nicht gern.«

»Ich mich auch nicht, wir sollten es also nicht zur Gewohnheit werden lassen… Vi, darf ich dich was fragen?«

»Klar«, murmle ich schlaftrunken.

»Ist mit dir und Philly alles okay?«

Ich reiße die Augen wieder auf. »Wieso?«

»Na ja, ich habe gestern eine merkwürdige Spannung zwischen dir und ihr gespürt.«

»Hast du?«

»Du nicht?«, kontert er.

Ich antworte nicht.

»Komm schon, Vi. Es war wirklich sehr lieb von ihr, was sie da für uns getan hat.«

»Stimmt…«, gebe ich unwillig zu.

»Wo liegt dann das Problem? Raus mit der Sprache.«

Ich entscheide mich für einen kleinen Teil der Wahrheit, weil ich ihm die ganze nicht sagen kann.

»Okay, ich gebe zu, dass ich es nicht so toll fand, wie sie ihren Senf dazugegeben hat, als wir darüber geredet haben, wo wir nach der Hochzeit wohnen wollen.«

»Das war in der Tat nicht zu übersehen.«

»Tut mir leid.«

»Sie wollte doch nur helfen…«

Dazu sage ich lieber nichts.

»Sieh mal, Vi, ich weiß, wie sehr du deine Wohnung liebst.«

»Nicht so sehr wie dich«, sage ich mit einem entschuldigenden Lächeln.

»Das hoffe ich doch, wir heiraten schließlich im Juni.«

»Am 10. Juni, um genau zu sein… Bis dahin haben wir uns

darüber geeinigt, wo wir wohnen werden, nicht wahr? Das wird dann sicher kein Thema mehr sein, meinst du nicht auch?«

»Wir werden alle Probleme lösen, die sich uns stellen, Violet«, murmelt er verschlafen. Seine grünen Augen schließen sich, als er mich küsst. »Wir sind ein Team. Nichts kann uns auseinanderbringen.«

Ich träume, dass ich in der Küche von Balcannon bin und Pippa mich mit Florentinern vollstopft. Sie stopft sie mir in den Mund, bis ich beginne zu würgen. Dann weckt Sollie mich.

»Wach auf, Vi.« Er zieht mir sanft die Decke weg.

»Nein«, sage ich und ziehe mir die Decke wieder über den Kopf.

»Es ist schon gleich fünf.«

»Das ist nicht dein Ernst!« Ich sitze aufrecht im Bett.

»Ich fürchte doch, mein zukünftiges Eheweib. Wir können schließlich schlecht zu spät zu unserer eigenen Verlobungsparty kommen, oder?«

»Erst recht nicht, wenn man schon Frühstück und Mittagessen verpasst hat.«

»Stimmt. Wenn du noch eine Mahlzeit im Hause Grainger verpasst, wirst du wahrscheinlich von der Familie vergestoßen, weißt du.«

»Drei Fehler, und man ist draußen?«

»Wenn du das Herz meiner Familie erobern willst, musst du dir von ihr den Magen füllen lassen. Also los. Auf sie mit Gebrüll. Willst du zuerst unter die Dusche oder soll ich?«

»Ich hatte eigentlich gehofft, dass wir zusammen mit dem Rugby-Team noch mal in die Wanne gehen?«

»Dafür bleibt keine Zeit, fürchte ich.«

»Ich dachte, es würde Zeit sparen, gemeinsam zu baden.«

»Du willst mich wohl veräppeln?« Er grinst breit. »Aus irgendeinem Grund brauche ich immer doppelt so lange, um dir den Rücken zu waschen, als meinen eigenen.«

Trotz seiner Proteste ist es nicht sehr schwer, ihn zum Baden zu überreden, und als wir damit fertig sind, unter dem Badeschaum nach Gavin Henson zu suchen, sind wir wirklich spät dran. Sollie schmeißt sich seinen Kilt über – ja, er trägt heute Abend einen Kilt, und ja, in dieser Hinsicht ist er total konservativ –, wirft mir einen Kuss zu, ermahnt mich, nicht zu lange zu brauchen, und eilt die Treppe hinunter, um mich allein im Bad zurückzulassen.

Darauf hatte ich gehofft, seit wir hier angekommen sind. Eine Treppe wie die von Balcannon flößt einem unweigerlich Phantasien von einem großen Auftritt ein, und wie kann ich einen großen Auftritt haben, wenn Sol neben mir diese Treppe hinuntergeht? Besser ist es, wenn er unten auf mich wartet.

Und daher brezle ich mich schwer auf.

Gleich werde ich alle treffen, die ich bisher noch nicht getroffen habe. Der gesamte Grainger-Klan ist auf dem Weg zu uns, um Sollies und meine Verlobung zu feiern. Ebenso wie alle Freunde, die am Donnerstag nicht da waren, und Dutzende Verwandte.

Ich möchte unbedingt perfekt aussehen. Also bloß keine Eile.

So viel Mühe mit meinen Haaren und meinem Make-up habe ich mir in meinem ganzen Leben noch nicht gegeben. Zum Glück hat mein Haar, genau wie ich, heute einen besonders guten Tag, und beim Schminken geht auch nichts schief.

Jasmines Kleid sitzt perfekt. Und ich trage meine absoluten Lieblingsschuhe, die ich sogar noch lieber trage als die schönen Paare, die Elspeth mir geschenkt hat. Es sind Secondhand-Wildleder-Peep-Toe-Pumps von Moschino, die ich in einer heiß umkämpften Auktion bei eBay ersteigert habe. Ich liebe sie fast so sehr wie Sollie. Fast, denn sie küssen nicht so gut wie er, ich meine, sie küssen überhaupt nicht, aber die Frauen unter uns werden verstehen, wenn ich sage: Wenn diese Schuhe ein Mann wären, ich würde sie heiraten.

Ich bin ziemlich sicher, dass Jas das Kleid passend zu den Schuhen ausgewählt hat, denn beides ist farblich perfekt aufeinander abgestimmt. Dazu trage ich die tropfenförmigen Brillantohrringe meiner Mutter, die einmal meiner eleganten Großmutter gehört haben, und ihre altmodische Markasit-Uhr, die im Abendlicht, das durch die Fenster fällt, dezent glitzert.

Ich muss es einfach sagen, auch wenn Eigenlob stinkt: Ich sehe heiß aus. Und das soll auch so sein, weil ich nämlich unbedingt will, dass Sollie stolz auf mich ist.

Je länger ich darüber nachdenke, desto mehr kommt es mir eigentlich gelegen, dass mein Kleid hinüber ist, denn so sehr ich es auch mochte, es war längst nicht so atemberaubend schön wie das, das ich jetzt trage.

Nun gibt es nur noch einen Gegenstand, und mein Outfit ist vollständig.

Obwohl ich geschworen habe, ihn niemals abzunehmen, kann ich es doch nicht riskieren, seinen Glanz zu ruinieren, indem ich ihn beim Baden oder unter der Dusche anbehalte. Erst recht nicht heute, wo Bodylotion und Haarkuren eine wichtige Rolle bei meiner Verwandlung vom Mädchen um die Ecke in die glamouröse Verlobte gespielt haben.

Und daher steckt der Ring im Moment noch in seinem wundervollen blutroten Lederkästchen auf dem Schminktisch. Mich durchströmt ein warmes Gefühl, als ich es betrachte, als würde ein Schluck von Onkel Silas' Rum durch meine Brust fließen.

Es wäre schön, wenn Sol jetzt hier wäre, um ihn mir anzustecken, aber wenn er hier wäre, könnte ich nicht die Treppe hinunterschweben und meinen großen Auftritt haben, den ich so perfekt vorbereitet habe. Also mache ich das Kästchen selbst auf. Ich tue es langsam, um den Moment auszukosten, genieße den Widerstand des leicht schwergängigen Scharniers in Erwartung des großartigen lila Glitzerns.

Und dann sterbe ich fast an einer Herzattacke, als ich sehe, dass das Schmuckkästchen leer ist.

Mir fällt erst die Kinnlade und dann das Kästchen herunter, und dann krieche ich auf dem Boden herum und suche nach beidem, obwohl ich weiß, dass der Ring nicht an seinem Platz ist. Aber ich kann nicht glauben, dass der kleine Schlitz im Samt leer ist.

Er muss da sein. Er kann einfach nicht weg sein.

Ich habe die Tür abgeschlossen, nachdem Sollie das Zimmer verlassen hat, und dann habe ich den Ring sicher in dem Kästchen verstaut, bevor ich wieder ins Bad gegangen bin.

Aber ich kann die kleine steife Lederbox so oft aufmachen, wie ich will, sie ist und bleibt leer.

Es gibt nur eine Erklärung.

Jemand hat ihn mir weggenommen.

Jemand hat mir meinen Verlobungsring weggenommen.

Kapitel 18

Es ist dunkel, still und warm, einer dieser perfekten Abende, an dem die Sterne klar an einem wolkenlosen Himmel stehen und der Ruf einer Eule so süß durch die Luft schallt, dass man ihn fast zum Dessert verspeisen könnte.

Die ganze Familie Grainger ist draußen im Garten. So viele Menschen! Mit so vielen Verwandten hatte ich nicht gerechnet. Die Party hat schon angefangen, Musik wird gespielt, Stimmen und Gelächter durchdringen die Luft, alle scheinen sich wohlzufühlen. Zahlreiche Gäste sind bereits da, und ich kann am Knirschen des Kieses in der Einfahrt erkennen, dass weitere Gäste gerade in ihren Autos heranrollen. Bunte Laternen hängen in den Bäumen und verbreiten Fröhlichkeit. Elspeth und Aric stehen auf der Terrasse und begrüßen die eintreffenden Gäste, Silas wacht mit kritischem Blick über die gemietete Bar, und ich sehe Adam, Aidan und Fleur bei Sollie stehen, der beunruhigt auf die Uhr schaut. Ich kann sogar Pippa sehen. Sie sieht hinreißend aus in ihrem hautengen, flammend roten Seidenkleid und hält Hof inmitten einer Gruppe sie bewundernder Männer. Auch sie wirft ab und zu einen Blick auf die Uhr.

Und wo bin ich, während meine Verlobungsfeier schon in vollem Gange ist? Ich hänge wie ein Insekt am Fliegenpapier, wie Spiderman, der seine übernatürlichen Kräfte verloren hat, die Finger um zwei Dachziegel geklammert, an der Balustrade von Balcannon. Meine Füße ruhen auf einem besonders fies blickenden Wasserspeier.

Wie ich hierhergekommen bin? Was zum Teufel ich hier zu

suchen habe? Heute ist meine Verlobungsfeier, aber wie kann ich meine Verlobung feiern ohne meinen Verlobungsring?

Ich weiß, dass sie ihn hat, ich weiß es einfach.

Sie muss ihn irgendwo in ihrem Zimmer versteckt haben. Und wenn ich durch die Tür nicht hineinkomme, was ich natürlich versucht habe, aber sie ist felsenfest verschlossen, dann habe ich wohl nur eine Alternative.

Pippas Zimmer ist oben im Tower. Von ihrem Zimmer führt eine Fenstertür raus auf einen Balkon, und diese Fenstertür hat sie offen gelassen, weil es ein so milder Abend ist … Und weil ich bescheuert genug für so was bin, habe ich beschlossen, von oben hinunterzuklettern.

Ich habe es zwar durch eine Dachluke nach draußen geschafft und bis hoch auf das zinnenbewehrte Dach des Turms, aber jetzt muss ich mich auf den Balkon hinunterplumpsen lassen, und es wäre besser, ich würde ihn erwischen, denn sonst falle ich die zirka dreißig Meter bis runter auf die Erde.

Ich schätze die Höhe zwischen dem Punkt, an dem ich mich befinde, und Pippas Balkon auf maximal drei Meter. Ich bin genau eins fünfundsechzig groß, wenn ich also mit den Fingerspitzen an der Balustrade hänge, muss ich nur ungefähr einen Meter tief fallen. Ich muss mich bloß ganz vorsichtig über die Dachkante bewegen und meinen Körper hinunterschwingen und dann loslassen, indem ich so tue, als könnte diese Aktion nicht damit enden, dass ich zerschmettert auf der Terrasse liege wie ein Käfer auf der Windschutzscheibe eines schnellen Autos. Vielleicht mache ich die Augen zu? Violet, sei nicht albern, dies ist eine Reise, auf der du besser sehen solltest, wohin es geht. Und so nehme ich all meinen Mut zusammen, konzentriere mich auf das Unrecht, das man mir angetan hat und das meine Motivation war, überhaupt bis hierherzukommen, und umklammere mit einer Hand die zum Glück sehr massive Nase eines Wasserspeiers und mit der anderen die Regenrinne. Ich manövriere mich vorsichtig bis zum Bauch über die Dachkante, sodass meine Füße herunterbaumeln.

Mit einer monumentalen geistigen – nicht so sehr körperlichen – Anstrengung gelingt es mir, so weit hinabzurutschen, bis ich mit den Händen an der Dachrinne hänge.

Jetzt muss ich nur noch die Finger vom Dach lösen, und ich falle auf ihren Balkon. Eigentlich ziemlich simpel, und dann muss ich bloß noch einen Weg finden, wie ich Pippas verschlossene Tür von innen aufkriege, aber das sollte wohl ein Spaziergang sein im Vergleich zu dem, wie ich reingekommen bin.

Fünf Minuten später hänge ich immer noch da. Ich kann mein Gehirn einfach nicht dazu überreden, die Finger meiner Hand von der Dachrinne zu lösen, und nur der Umstand, dass ich weitere zwei Minuten später einen Krampf in der Hand kriege, bringt mich dazu, schließlich loszulassen und mich dem freien Fall zu übergeben.

Ich lande mit einem Plumps auf dem Balkon, und in meinen Knien macht es leise »knack«, als das volle Gewicht meines Körpers auf ihnen landet. Einen unsicheren Moment lang bewege ich testweise meine Glieder, um sicherzugehen, dass ich mich nicht verletzt habe, und dann stehe ich aufrecht vor der geöffneten Fenstertür.

Pippas Zimmer.

Ich weiß nicht, was ich mir vorgestellt habe. Fotos von mir in Form von Zielscheiben, kleine Voodoo-Puppen in Küchenschürzen, die Napfkuchen in der Hand halten und über und über mit Nadeln durchbohrt sind? Einen Schrein, wie sie ihn für Aidan in ihrer Jugend angefertigt hat, nur eben einen der schwarzen Magie, in dem sie Verwünschungen aufbewahrt, zum Beispiel dass mein Ofen kaputtgeht oder ich Hämorrhoiden kriege oder so was?

Aber als ich eintrete, finde ich ein ziemlich normales Zimmer vor. Es sind zwar Fotos da, eine Menge sogar, sie hat eine ganze Wand damit dekoriert, aber es sind ganz normale Familienfotos; lächelnde Gesichter, viele Fotos von ihr selbst. Ein paar tolle Aufnahmen von Sol im Teenageralter sind auch dabei, die einen Moment lang meine Aufmerksamkeit fesseln, bis mir wieder einfällt, warum ich hier bin.

Das Bett ist riesig, ebenso wie die königliche Garderobe und ein Schminktisch, auf dem so viele Kosmetikutensilien und Parfüms stehen, dass man damit mindestens fünf verwöhnte Frauen ein Jahr lang gut aussehen lassen könnte. Das Bett ist auf jeder Seite mit einem Nachttischchen ausgestattet. Auf einem steht ein Glas Wasser, daneben liegt ein offenes Buch, das andere ist leer. Das Bett ist sorgfältig gemacht und mit einem schönen grünen Seidenbezug und passenden Kissen bezogen, der Boden ist aus Holz und wird von einem weichen Teppich geziert, dessen helle Rosatöne und jadegrüne Farben perfekt zum Bettüberwurf passen.

An der Wand gegenüber befindet sich ein altmodischer, abgenutzter, mit Samt bezogener Stuhl, über dem ein schöner Seidenmorgenmantel liegt, und darunter steht ein Paar bestickter japanischer Hausschuhe.

Das ist alles. Ein bezauberndes Zimmer.

Für eine nicht ganz so bezaubernde Bewohnerin.

Ich fange an zu suchen: in den Schubladen, unter dem Bett, zwischen den Kissen, unter den Furnieren, aber ich finde nichts. Sie hat den Ring auch weder zwischen ihrem Schmuck in der Jadekiste auf dem Schminktisch noch in ihrer teuren Unterwäsche versteckt. Da ist kein Ring im Inneren der seidenen Kissenbezüge. Ich schaue überall nach: Keine losen Dielenböden, keine Löcher oder Kratzer in den Möbelstücken, die ich nicht untersuche, und trotzdem finde ich nichts.

Ich stülpe jede Tasche ihrer Kleidungsstücke um, ich spähe in Kisten und Kästchen, ich öffne Umschläge alter Liebesbriefe, ich schütte sogar eine Packung Tampons auf ihrem Bett aus und durchwühle ihren Inhalt … Und da wird mir plötzlich klar, was ich hier mache.

Ich bezweifle zwar stark, dass Pippa ist, wer sie zu sein vorgibt. Ich glaube, sie ist immer noch genauso, wie sie früher war: eine Lügnerin, eine Diebin, eine Intrigantin und eine Königin der Täuschung.

Aber was ist aus mir geworden? Ich bin gerade auf ihr Niveau gesunken. Nein, noch darunter. Ich bin derart in ihre Privatsphäre eingedrungen, nur aufgrund eines leisen Verdachts!

Ich war so sicher, den Ring hier zu finden, aber ich habe ihn nicht gefunden.

Es gibt schließlich auch keinen Beweis dafür, dass Pippa ihn mir gestohlen hat, ich habe das nur angenommen, und ich könnte mich total geirrt haben.

Vielleicht bin ich einfach nur paranoid, was die ganze Sache angeht. Ich bilde mir das alles vielleicht nur ein. Andererseits ist mein verschwundener Ring keine Einbildung.

Vielleicht gibt es eine andere Erklärung. Aber welche?

Ich setze mich auf den Rand von Pippas Bett und schüttle verzweifelt den Kopf.

Vielleicht trägt sie ihn bei sich?

Aber ich habe sie vom Balkon aus in ihrem hautengen Kleid gesehen, wo soll sie da einen Ring verstecken – in ihrer Unterhose?

Vielleicht hat Sollie ihn und wartet unten, um ihn mir vor den Augen aller anzustecken?

Vielleicht hat sie ihn auch irgendwo in den weitläufigen Fluren Balcannons versteckt, wo er so unauffindbar ist wie die Mitte des Labyrinths für Nichteingeweihte?

Wie auch immer, der Ring ist nicht hier.

Ich sollte verschwinden.

In dem Moment, wo ich schon die Türklinke in der Hand habe – meine Sucherei hatte zumindest den Vorteil, dass ich einen Schlüssel gefunden habe, der ins Schloss passt –, fällt mir plötzlich etwas ein.

Als sie mir damals meinen Elefanten gestohlen hat, hat sie ihn im Saum ihrer Uniformbluse versteckt. Ich weiß, das klingt seltsam, wie soll man einen Elefanten in einer Schulbluse verstecken? Aber es war kein afrikanischer Viertonner, sondern ein kleines silbernes Amulett, das mir mein Großvater als Glücksbringer für die Abschlussprüfungen geschenkt hatte … Elefanten vergessen nichts, und er wollte, dass ich mich an das Gelernte erinnern würde.

Weil ich sehr an dem kleinen Elefanten hing, war dies der einzige ihrer Diebstähle, den ich den Lehrern meldete. Zum Glück haben die meinen Hinweis ernst genommen und sie aufgefordert, ihren Ranzen und ihre Taschen zu leeren. Er war nicht darin. Und weil sie das Amulett nirgendwo sonst hätte verstecken können, hat man sie gehen lassen.

Später an diesem Tag – die Prüfungen sollten erst am nächsten Tag stattfinden – hat man uns raus zum Hockeyspielen geschickt. Nach einem besonders bösartigen Angriff, dreimal darf man raten, von wem der ausgegangen war, wurde ich zurück in die Umkleideräume geschickt, weil ich mir böse am Fußgelenk wehgetan hatte. Ich ziehe mich also um und bleibe sitzen, um auf das Ende des Spiels und die anderen zu warten, und ich bin schwer versucht, noch einmal in ihren Sachen zu wühlen. Aber dann fällt mir auf, dass eine Stelle an ihrem Blusensaum seltsam ausgebeult ist. Ich sehe aus dem Fenster, um sicherzugehen, dass das Spiel noch nicht zu Ende ist, und werfe einen genaueren Blick darauf.

Schuluniformen werden immer zu groß gekauft, weil Kinder so schnell wachsen, und Pippas Bluse war da keine Ausnahme. Der Saum war mindestens fünf Zentimeter breit, und sie hatte ein paar Fäden herausgezogen, um dadurch eine geheime Tasche zu schaffen. Und natürlich befand sich in dieser geheimen Tasche mein Amulett. Ich habe es mir also einfach zurückgenommen und es vor ihr in Sicherheit gebracht, aber nichts gesagt. Ich habe sie nicht zur Rede gestellt, habe sie nicht einmal wissen lassen, dass ich das Amulett zurückhatte, sondern sie in dem Glauben gelassen, dass es wohl zufällig herausgefallen sein musste.

Ich hätte natürlich auch zu den Lehrern gehen und ihnen sagen können, wo ich es gefunden hatte, aber dieser kleine geheime Triumph wärmte mein Herz mehr, als irgendeine Anklage oder Bestrafung Pippas es hätte tun können.

Ich hatte es ihr »zurückgegeben«. Mein Glückselefant hatte seinem Namen alle Ehre gemacht. Ich habe ihn übrigens immer noch. Er hat mich stets daran erinnert, dass jede dunkle Wolke einen Silberstreifen hat, egal wie schwer zu sehen er ist.

Und er hat mir dabei geholfen, mich daran zu erinnern, wo Pippa ihr Diebesgut versteckt.

Ich gebe zu, ich komme mir vor wie ein Idiot, als ich ihre Sachen durchgehe und alle ihre Säume abtaste, erst recht, als ich nach mindestens fünf Minuten angestrengten Saumabtastens immer noch nichts gefunden habe. Ich hätte wissen müssen, dass sie keine zu großen Sachen mehr trägt, sondern nur die feinsten Designerklamotten.

Aber dann entdecke ich sie. Während meiner hektischen Wühlaktion hatte ich sie vorher übersehen, weil sie etwas weiter hinten im Schrank und zwischen einem Haufen anderer, offensichtlich nicht mehr getragener Sachen hängen … modrig und muffig – aber unzweifelhaft eine Reihe Schuluniformen.

Warum hebt sie ihre Schuluniformen hier auf? Und dann fällt mir wieder ein, was Elspeth erzählt hat: Pippa hatte alles doppelt, wahrscheinlich auch ihre Schuluniformen. Und sie hat sie alle aufgehoben. Es sind insgesamt fünf verschiedene, aber meine alte Highschooluniform erkenne ich sofort.

Wir waren zwar nicht einmal in der Nähe Schottlands, aber unsere Röcke hatten ein knallblaues Tartanmuster. Wir vermuteten den Grund dafür damals in der Tatsache, dass man uns in diesen Dingern immer sofort aufspüren konnte, wenn wir damit draußen waren oder irgendwo, wo wir nicht hätten sein sollen. Aber heute bin ich froh, dass sie so auffällig sind.

Mir ist die Ironie der Situation wohl bewusst, als meine Finger ein zweites Mal den Saum ihrer Uniformbluse abtasten. Ich komme mir auch dementsprechend blöd vor, aber meine Bemühungen werden bald belohnt.

Es dauert nicht lange, da habe ich ihn gefunden, und ich weiß nicht, welches Gefühl dabei überwiegt: die Erleichterung, dass ich ihn wiederhabe, oder die Wut und Enttäuschung darüber, dass nun kein Zweifel mehr daran besteht, dass Philly Beresford noch immer Pippa Langford ist, deren oberstes Ziel zu sein schien, mir wehzutun, wo immer sie nur kann.

Nicht nur mein Ring steckt in diesem Saum, sondern auch noch ein paar andere Gegenstände. Ich bringe ein hübsches kleines Silberkruzifix zum Vorschein, eine alte Swatch-Uhr in Kindergröße mit einem Tennisschläger als großem Zeiger, einen antik aussehenden Ring in Altgold, ein Paar Perlenohrringe und einen Teddy aus Glas.

Wem hat sie diese Sachen weggenommen?

Repräsentieren diese Dinge andere arme Seelen, die unter Pippa Langford, Pippa Grainger, Philly Beresford oder Philippa Beelzebub, oder wie auch immer sie sich zu nennen pflegte, zu leiden hatten?

Ganz hinten im Saum erfühle ich noch einen letzten Gegenstand, und als ich ihn herausziehe, muss ich unwillkürlich ächzen. Es ist ein Gefühl, als würde ich mit einem scharfen Gegenstand gestochen. Die Erinnerung ist noch immer glasklar. Es ist ein schönes Armband aus goldenen, weißen und rosafarbenen Gliedern … Es ist das Armband, das meine Eltern mir zu meinem sechzehnten Geburtstag geschenkt haben und das ich eine Stunde lang stolz getragen und danach zwölf Jahre nicht mehr wiedergesehen habe.

Die Vergangenheit hat mich wieder eingeholt.

Aber diesmal werde ich nicht vor ihr davonlaufen.

Den erhofften großen Auftritt habe ich dann doch nicht, jedenfalls nicht, indem ich die Treppe hinunterschwebe, während alle Augen auf mich gerichtet sind. Ich trete stattdessen durch die Terrassentür, die von der Bibliothek auf die Veranda führt, nach draußen, damit sie mich bemerkt.

Ich weiß, dass ich nichts dafür tun muss, sie wird schon dafür sorgen, dass ich im Mittelpunkt der Aufmerksamkeit stehe. Sie tanzt nicht weit entfernt von mir, selbst im Zentrum der Aufmerksamkeit, was ihr sichtlich gefällt, aber dann sieht sie mich, und natürlich unterbricht sie ihren Tanz, geht hinüber zu Sol und flüstert ihm etwas ins Ohr, der freudestrahlend seine Zustimmung nickt. Dann geht sie zum DJ, und während Sol ein paar Sekunden später auf mich zugeht, erklingt unser Lied.

Everywhere you go, you always take the weather with you, everywhere you go …

Genau so ist es, Baby, und heute bringe ich ein Donnerwetter mit.

Sollie kommt mir entgegen, noch immer breit lächelnd, und er hat die ganze applaudierende Familie im Schlepptau. Die anderen Gäste schauen auch alle her.

»Du hast zwar ein bisschen lange gebraucht, aber das war die Sache wert. Du siehst wunderschön aus.«

Er streckt die Hand nach mir aus, um mich die Verandatreppe hinunterzuführen, und langsam und ganz bewusst reiche ihm meine Linke.

Sie schnappt hörbar nach Luft, und zwar so laut, dass es sogar die Musik übertönt, und alle sehen sie an, als hätte sie gerade vor Schmerz aufgeschrien.

Und dann sagt sie genau das, was ich erwartet hatte. Sie spricht laut und vernehmlich:

»Violet, wo ist dein Ring?«

Sollie sieht auf meine Hand, und tiefe Furchen breiten sich auf seiner Stirn aus.

Alle sehen mich erwartungsvoll an.

Dies ist der Moment, den ich mir in Gedanken zurechtgelegt habe, während ich zurück auf mein Zimmer geeilt bin, um mein Armband in Sicherheit zu bringen, den Ring zu verbergen und mich von der Einbrecherin zurück in die schöne Verlobte zu verwandeln. Ich habe mir meine Worte sorgfältig überlegt.

Ich möchte nicht sein wie sie, aber sie hat mich mit ihrer Doppelzüngigkeit und Verlogenheit dazu gezwungen.

»Ähm … ich … äh … Ich fürchte, ich habe ihn verlegt …«, stottere ich so überzeugend, dass ich stolz auf mich bin.

Ich sehe, wie sie genau das richtige Gesicht aufsetzt, zwischen schwesterlich-besorgt und ungläubig-abgestoßen, um zu unterstreichen, was für eine undankbare dumme Kuh ich bin, etwas so Symbolträchtiges zu verlieren, und dann geht sie zum nächsten Punkt über, wobei sie darauf achtet, so laut zu reden, dass auch jeder sie verstehen kann.

»Oh, mein Gott! Wie konntest du nur so achtlos sein, Violet? Sollie hat solche Mühen auf sich genommen, um ihn für dich zu beschaffen, und du verlierst ihn nach nur drei Tagen…«

»Verlierst ihn?«, sage ich unschuldig.

»Ja, wie konntest du nur deinen schönen Verlobungsring verlieren?«, wiederholt sie noch einmal unmissverständlich. Sie legt ein bisschen zu viel Gewicht in den Satz, aber die Musik läuft noch, und sie will natürlich sicherstellen, dass auch noch der Allerletzte mitbekommt, was für ein unverbesserlicher Vollidiot ich doch bin.

Ich warte einen Herzschlag lang, um die Wirkung meiner Worte zu verstärken.

»Oh, ich habe ihn nicht verloren«, sage ich lächelnd. »Ich habe ihn nur einen Moment *weggelegt*, während ich in der Badewanne war. Ich könnte doch niemals etwas so Wichtiges *verlieren…*« Und dann greife ich in die Innentasche meiner Clutch und hole ihn heraus, halte ihn ihr so vor die Nase, dass auch alle anderen ihn sehen können, und sage: »Ich habe ihn hier sicher verstaut, damit Sol ihn mir wieder anstecken kann.« Ich wende mich sanft lächelnd Sollie zu. »Ich habe ihm nämlich versprochen, dass, wenn ich ihn mal abnehmen sollte, er es ist, der ihn mir stets wieder anstecken wird.«

Ihr klappt dermaßen offensichtlich die Kinnlade runter, dass man Angst haben muss, dass sie auf den Boden fällt. Ich lese in ihrem Gesicht, wie sie sich fragt: »Wie ist das möglich? Wie? Wie?« Ihr Blick schreit es, ihr Mund murmelt stumm: »Aber, aber, aber«, wie ein Goldfisch im Aquarium.

»Mach dir keine Sorgen, *Pippa*«, sage ich zu ihr, während Sol ihn mir ehrfürchtig wieder an den Finger steckt. »Ich verstehe deine Besorgnis, aber ich würde *niemals* zulassen, dass diesem Ring etwas zustößt, dafür bedeutet er mir viel zu viel.«

Unsere Blicke treffen sich, und sie hat ganz genau verstanden. Ich hätte nie gedacht, dass ich abgebrüht genug sein könnte,

Pepper Langfords gefürchtetem bösem Blick standzuhalten, aber dann muss ich doch die Augen senken. Allerdings nicht, weil ich ihrem Blick nicht standhalten könnte.

Sondern weil ich mich plötzlich furchtbar fühle. Wirklich grauenvoll. Als hätte jemand heißes Öl nicht nur über mein schönes Kleid geschüttet, sondern auch über meinen Kopf und in meine Unterwäsche.

Aber warum fühle ich mich so schlecht?

Ich habe doch erreicht, was ich wollte. Ich habe ihr gezeigt, dass sie nicht mehr wie gewohnt mit mir umspringen kann. Ich bin kein Kind mehr, das sie mit ihren Lügen und Tricks manipulieren kann. Dies ist *mein* Moment der Wahrheit, und sie weiß es. Und trotzdem ist mir zum Heulen zumute. Denn ich mag diese Schlacht gewonnen haben, aber wir befinden uns mitten in einem blutigen Krieg.

Und ich wollte keinen Krieg… Ich wollte einen einvernehmlichen Friedensbeschluss.

Und dann fragt mich Sollie, ob ich mit ihm tanze, und ich kann mein Gesicht in seiner Schulter vergraben und seinen vertrauten, tröstlichen Geruch einatmen. Ich versuche die Tränen zu unterdrücken, und als er mich enger an sich zieht und sich mit mir im Takt der Musik zu bewegen beginnt, flüstert er mir ins Ohr:

»Ich wäre nicht böse gewesen, wenn du ihn verloren hättest, Violet. Es ist doch nur ein Ring. Also gut, es ist nicht nur *irgendein* Ring, aber das Wichtigste sind doch wir. Du und ich… Du und ich und die Menschen, die uns lieben.«

Wie recht er hat! Und ich würde ihm am liebsten antworten: »Und was ist mit den Menschen, die uns hassen, Sol? Was ist mit den Menschen, die uns hassen?«

Kapitel 19

Während wir tanzen, singt Sollie mir die ganze Zeit den Text des Liedes ins Ohr.

Und während er mich fest an sich drückt, höre ich noch eine andere Stimme in meinem Kopf: Sie hat es versucht, aber sie hat es nicht geschafft.

Ich werde nicht zulassen, dass sie mir diese Party versaut.

Heute geht es um Sollie und mich und unsere Liebe, eine Liebe, die uns gemeinsam durch dick und dünn gehen lassen wird, so haben wir es uns versprochen.

Heute Abend wird gefeiert. Und morgen werde ich ihm alles sagen, ich meine wirklich alles. Keine Geheimnisse mehr, keine Lügen, und dann werden wir entscheiden, wie wir am besten mit der ganzen Sache umgehen. So, wie es sein sollte. So, wie es von Anfang an hätte sein sollen.

Am Ende des Liedes nimmt er mein Gesicht in seine Hände und küsst mich lange und voller Liebe auf den Mund, und ich spüre, wie mein Herz einen Satz macht.

Alles wird wieder gut. Wie könnte es anders sein mit einem Mann wie Sol an meiner Seite?

Auf meiner Seite.

Als wir uns voneinander lösen, stehen Adam und Aidan da und warten auf uns.

»Wir wollten den ersten Tanz nicht unterbrechen«, sagt Aidan. Er klingt ganz aufgeregt und sieht auch so aus. »Aber wir haben euch etwas zu sagen …«

Sie brauchen nicht weiterzusprechen.

Sie halten Händchen, und das erklärt alles.

Sollie sieht sie an, dann mich, und zu unser aller Überraschung fängt er an zu lachen.

Adam macht sofort ein düsteres Gesicht. »Bist du überrascht?«, sagt er barsch. Er sieht sehr unsicher und verletzbar aus.

Aber Sollie lächelt ihn freundlich an. »Du machst wohl Witze. Na ja, ich bin vielleicht ein bisschen überrascht, dass es du und *Aidan* seid, weil Aid mir nie etwas erzählt hat, aber dass du einen Freund hast … Du bist mein Bruder, Adam, ich kenne dich schon mein ganzes Leben. Glaubst du wirklich, ich hätte mir nie etwas in der Richtung gedacht? Ich gebe es nur ungern zu, aber du bist der bestaussehende von allen Graingers, und du hast nicht ein einziges Mal ein Mädchen mit nach Balcannon gebracht. Das sagt doch schon alles. Aber was dich angeht, McKenzie«, und hierbei tut er so, als sei er tiefbeleidigt, »du bist mein bester Freund und hast es vor mir geheim gehalten?«

»Manchmal haben wir gute Gründe, nicht alles, was wir sind oder was wir tun mit denen zu teilen, die wir am meisten lieben«, sagt Aidan mit einem Augenzwinkern in meine Richtung. »Sieht aus, als würdest nun doch du Lady Violet werden müssen«, flüstert er mir ins Ohr, während wir uns umarmen. »Er hat seinen Eltern alles gesagt, inklusive seiner tiefen Abneigung gegen alles, was mit der Lairdship zu tun hat. Wir haben wie King Edward VIII. und Mrs. Simpson auf alles verzichtet und hauen wahrscheinlich nach Frankreich ab. Oder vielleicht doch nicht Frankreich, denn dann haben wir ja Du-weißt-schon-wen zum Nachbarn, vielleicht irgendwo, wo es nett und unkompliziert ist, wie zum Beispiel San Francisco oder Fire Island oder Glasgow. Danke, Violet Templer, zukünftige Grainger, zukünftige Lady Grainger. Ich weiß, dass ihr euch ein bisschen unterhalten habt, obwohl er mir nicht verraten will, was genau du zu ihm gesagt hast. Egal was es war, der Zauber hat gewirkt …«

»Ich habe ihn nur dazu aufgefordert, sich selbst treu zu sein«, erwidere ich, als er mir noch einen Kuss gibt.

»Ein guter Rat, den wir alle beherzigen sollten«, sagt er weise nickend zu mir.

Adam hat Sol offenbar gerade dieselben Neuigkeiten eröffnet wie Aidan mir.

»Ich fürchte, Dad will jetzt mit dir reden …«, sagt Adam.

»Kann das nicht warten? Dies ist unsere Verlobungsfeier. Es ist ja nicht so, dass er den Titel heute Nacht weitergibt.«

»Man kann nie wissen, ob meine Neuigkeiten ihm nicht die Herzattacke bescheren werden, von der er uns immer erzählt, wenn er wieder zu tief in sein Whiskyglas geschaut hat. Geh und rede mit ihm, Bruder, gib seiner Seele Frieden und versichere ihm, dass die ehrwürdige Aufgabe, den Namen Grainger bis in die Ewigkeit fortzuführen, wenigstens von einem seiner Söhne wahrgenommen wird.«

»Du hast gerade gesagt, er sei ein altes Schlachtross, das einfach ewig weiterlebt, wenn es sein muss, als du dir dein Gewissen darüber erleichtern wolltest, dass du Balcannon in meine Obhut gibst.« Sol schüttelt den Kopf, aber er sieht nicht unglücklich aus. »Vi, macht es dir etwas aus?«

»Geh nur und rede mit deinem Vater.«

»Ich meinte eigentlich die Tatsache, dass das alles eines Tages mal uns gehören wird?«

»Na ja, da ich so viele Schuhe von Elspeth bekomme, habe ich dann wenigstens ausreichend Platz, sie alle unterzubringen«, tue ich die Frage mit einem Scherz ab, weil ich mich im Moment nicht in der Lage fühle, mir vorzustellen, was das für uns als Paar bedeuten würde. Welche Veränderungen das bringen würde, ob wir wollen oder nicht. Die Unmöglichkeit, uns von familiären Feierlichkeiten fernzuhalten, familienpolitischen Angelegenheiten … Familienmitgliedern.

»Alles in Ordnung?«, fragt Aidan, nachdem Sol mich auf die Wange geküsst und sich auf die Suche nach seinem Vater gemacht hat.

Ich nicke.

»Willst du reden?«

»Ja«, antworte ich, »aber nicht heute Abend. Heute Abend wird gefeiert. In unserem Namen, aber auch in eurem.«

Und dann höre ich die ersten Takte eines Bob-Marley-Songs erklingen, und Onkel Silas wirbelt wieder vor mir herum.

»Kann ein hässlicher alter Mann es wagen, mit einer schönen jungen Frau zu tanzen?« Er streckt seine Hände nach mir aus.

»Natürlich.« Ich lächle und nehme sie. »Wenn du mir einen hässlichen alten Mann suchst, mit dem ich tanzen könnte. Aber in der Zwischenzeit: Kann eine noch recht junge, mit ihrer Kriegsbemalung nicht allzu schlecht aussehende Frau es wagen, mit einem wenn auch etwas älteren, aber keineswegs alten, dafür aber teuflisch attraktiven Mann zu tanzen?«

Silas' Grinsen wird noch breiter als üblich. »Komm schon, Süße«, sagt er und schwingt bereits die Hüften. »Ich glaube, sie spielen unser Lied.«

Silas plappert fröhlich, während wir tanzen. Er sagt mir mit seiner rumgetränkten Stimme, wie schön ich aussehe, wie schön alle aussehen heute Abend, wie Marilyn in ihrem gelben Kleid strahlt, das ihn an die karibische Sonne erinnert, wie glücklich er und Marilyn darüber sind, dass Sollie und ich heiraten werden, dass wir sie vielleicht auf Jamaika besuchen könnten, und obwohl ich versuche, mich auf meinen neuen Freund zu konzentrieren und mich über seine netten und warmherzigen Worte zu freuen, lassen mein Lächeln und meine Antworten offenbar zu wünschen übrig, denn nach einer Weile bleibt er stehen und sieht mich forschend an.

»Ist alles in Ordnung, meine Blume? Du siehst nicht so glücklich aus, wie du anlässlich des Ereignisses eigentlich sein müsstest.«

Ich will abwiegeln und »Doch, natürlich« sagen, aber ich kann nicht.

Die Tränen, die ich seit einer halben Stunde stoisch hinunterschlucke, lassen sich nicht mehr unterdrücken und drängen wieder mit Macht nach oben. Hinter Silas' Schulter, der für mich der Inbegriff an verwandtschaftlicher Perfektion ist, sehe ich Pippa stehen. Sie lächelt, nein, sie strahlt übers ganze Gesicht, sie hat ihre Haltung komplett wiedergefunden. Sie sieht fast unheimlich zufrieden aus, geradezu ekstatisch.

Als sie merkt, dass ich zu ihr hinsehe, hat sie die Dreistigkeit, mir mit ihrem Glas zuzuprosten. Und mir wird schlagartig klar, dass das hier niemals funktionieren wird. Denn solange diese Hexe in der Nähe ist, gibt es für mich kein Happy End.

Sie wusste, wie Sollie auf den Verlust des Rings reagieren würde. Er hat ein so ausgeprägtes Unrechtsbewusstsein, er ist Anwalt, um Himmels willen, und sie wusste, dass er vielleicht entsetzt gewesen wäre, wenn der Ring verschwunden wäre, aber sie wusste auch, dass er ein materielles Ding niemals über die Gefühle zu jemandem stellen würde, den er liebt.

Das Vergnügen, das sie an der ganzen Sache hatte, lag nicht in der Szene auf der Party, sondern in dem Teil, den sie nicht gesehen hat; dem Teil, als ich das Fehlen des Rings bemerkt habe und sie wusste, wie ich mich fühlen würde, welche Ängste ich ausstehen, wie verzweifelt ich ihn suchen würde. Meine Panik, mein Entsetzen.

Natürlich konnte sie nicht ahnen, was ich alles unternehmen würde, um ihn zurückzubekommen, aber meine extreme Reaktion auf ihr Vergehen hat ihr Vergnügen an der Sache nur noch gesteigert.

Die ganze Angelegenheit zeigt nur, wie abgrundtief ihre Verachtung für mich ist.

Ich komme damit klar, dass sie mich nicht mag. Ich bin nicht mehr so naiv zu glauben, dass die ganze Welt mich lieben muss, weil ich ein guter Mensch bin. Solange sie mich nur in Frieden lässt.

Aber ich weiß, dass das nicht passieren wird, weil ich das alles schon einmal mitgemacht habe. Und dieses Mal gibt es kein Entkommen. Sie wird nicht plötzlich auf eine andere Schule wechseln. Dieses Mal bleibt sie mir erhalten … mein Leben lang.

Pippa Langford, Geißel, Erzfeindin, Peinigerin … und meine Schwägerin.

»Violet? Geht es dir nicht gut?«, fragt Silas freundlich.

Ich schüttle den Kopf.

»Was ist denn los, Liebes? Kann dir dein Onkel Silas vielleicht helfen?«

Ich schüttle erneut den Kopf. »Ich muss mit Sol reden.«

»Dann geh, mein Mädchen.« Er lässt mich los. »Aber wenn du mich brauchst, weißt du, wo ich bin, wo Marilyn und ich sind, okay? Du gehörst doch jetzt zur Familie … zur Familie …«

Ich muss es ihm sagen, und zwar sofort. Es kann nicht so weitergehen, nicht mal mehr für eine Minute. Aber ich kann ihn nirgends finden. Und je drängender ich nach ihm suche, je aufgeregter ich werde, je panischer, desto mehr fühle ich, dass es aus mir hervorbrechen wird wie das Alien aus Sigourney Weaver, wenn ich es mir nicht bald von der Seele rede. Schließlich stoße ich auf Adam, der mir sagt, dass Sollie und Aric in der

Bibliothek miteinander geredet haben. Vielleicht sind sie noch da?

Ich bin sehr erleichtert, als ich durch das Fenster sehe und seine Umrisse auf dem Sofa ausmache. Ich öffne die Fenstertüren und trete so außer Atem ein, dass die Worte beim ersten Ausatmen aus mir herauspurzeln.

»Oh, Sollie, da bist du ja, ich habe überall nach dir gesucht, ich muss dir etwas sagen … Wir müssen miteinander reden …«

In dem Moment sehe ich, dass neben ihm jemand sitzt, eine kleine, zusammengesunkene Figur mit roten Augen, die schnieft und sich an seiner Hand festhält, als drohe sie zu ertrinken. Sie. Sie ist das.

Sie sieht mit tränenverschmiertem Gesicht und herunterlaufender Wimperntusche zu mir hoch. Eine elende Clownsmaske.

»Ich kann das nicht, Sollie, es ist immer noch zu schlimm für mich«, schreit sie und verlässt laut schluchzend den Raum.

Ich sehe ihr verdattert nach.

Was war denn das nun wieder? Hat sie ihm alles gestanden? Hat sie ihm gesagt, was für ein elendes Miststück sie war beziehungsweise ist, dass sie nun vor Schuld und Reue zerfließt?

Ich fürchte, leider nicht. Und die Art, wie Sollie mich ansieht, lässt mir das Herz bis hinunter in meine blauen Wildlederschuhe sinken. Wie er mich ansieht … So hat er mich noch nie angesehen, so anklagend. Die Wärme und Zuneigung, die sonst in seinem Blick liegen, sind verschwunden und haben einem bitteren Gesichtsausdruck Platz gemacht.

»Seit wann wusstest du schon, dass du meine Schwester kennst?«, ist das Erste, was er mich fragt, und er sieht mich dabei so misstrauisch an, dass ich ihn fast nicht wiedererkenne.

»Ich habe sie auf den Fotos in der Küche wiedererkannt, gleich am Abend unserer Ankunft«, antworte ich ruhig.

»Aber du hast nichts gesagt …«

Ich schüttle den Kopf.

»Warum um Himmels willen hast du nichts gesagt?«

»Weil ich nicht wusste, was ich hätte sagen sollen.«

»Das kann ich mir vorstellen.«

»Wie bitte?«

Er steht auf. »Du kannst mir alles sagen, das weißt du. Ich dachte, wir sagen uns *alles*, und du hast mir etwas so … Entscheidendes vorenthalten …«

»Es gibt einen Grund, warum ich es dir nicht sagen konnte …«, unterbreche ich ihn.

»Das denke ich mir …«

»Und ich bin gerade gekommen, um es dir …« Und dann wird mir klar, was er gerade gesagt hat und mit welcher Stimme er es gesagt hat. Hart, verletzt, feindlich.

»Das denkst du dir?«, wiederhole ich ungläubig.

Er sieht mich schmallippig an. »Ja, Philly hat mir gerade von eurer Schulzeit erzählt. Ihr wart … wie soll ich sagen … nicht die allerbesten Freunde …«

Es liegt so viel Anklage in diesen letzten vier Worten.

»Nein, das waren wir nicht«, sage ich tonlos, und plötzlich weiß ich ganz genau, worum es in der Unterhaltung der beiden gegangen ist. »Was hat sie dir erzählt?«

Er sieht mich an, mit Augen, die nicht mehr die eines Freundes sind, eines Geliebten, eines Vertrauten, sondern die eines Anklägers.

»Sie hat mir erzählt, dass du sie schikaniert hast, Violet, und zwar nicht nur auf kindliche oder kindische Weise, sondern gnadenlos, grausam, ohne Unterlass und Pause, dass du ihr das Leben auf der Schule regelrecht zur Hölle gemacht hast …«

»Sie hat dir *was* erzählt?!«

»Du hast mich sehr gut verstanden«, sagt er ruhig und mit versteinertem Gesicht.

»Ich habe dich verstanden, aber ich kann es nicht glauben.«

»Willst du also behaupten, dass sie lügt?«

»Allerdings will ich das sagen … Weil es nämlich genau umgekehrt war: Sie war diejenige, die mich tyrannisiert hat!«

Er lacht ein hohles, trockenes Lachen, in dem nicht die Spur von Humor liegt. »Oh, sehr gut, Violet. Sie hat mich gewarnt, dass du genau das sagen würdest.«

Ich kann nicht glauben, was ich da höre. Wie leicht sie es gehabt hat, ihn gegen mich aufzubringen.

»Weil es die Wahrheit ist, Sol.«

»Philly würde so etwas niemals tun«, sagt er geringschätzig.

»Und du denkst tatsächlich, *ich* würde?«, frage ich entsetzt.

Zum ersten Mal zeigt sein Gesicht eine Spur von Verwirrung. »Sie ist meine Schwester, ich kenne sie …«

»Du kennst eine Seite von ihr.«

»Sie hat keine Seiten.«

»Wenn du das denkst, dann kennst du sie überhaupt nicht. Und wenn du denkst, ich könnte etwas so Furchtbares tun, dann kennst du auch mich nicht.«

Jetzt sieht er erst recht verwirrt aus. »Sie hat sich die Augen ausgeweint, Violet. Das war nicht gespielt. Sie war völlig verzweifelt!«

»Ja, klar war sie das, und jetzt wo sie uns da hat, wo sie uns haben wollte, sitzt sie wahrscheinlich in ihrem Zimmer und lacht sich schlapp …«

Dieser spontane Kommentar, der mir aus dem Herzen spricht, verblüfft ihn ganz offensichtlich, er weicht sogar einen Schritt vor mir zurück.

»Sie hat recht, du kannst sie also wirklich nicht ausstehen«, stellt er fest. Seine Stimme ist höher geworden, aufgebrachter.

»Ich kenne sie nicht, Sol. Ich habe sie nie kennengelernt, sie hat es mir nie erlaubt, sie kennenzulernen. Alles, was ich je von ihr zu sehen bekommen habe, war meisterhafte Manipulation, und sie hat sich kein Stück verändert. Ich habe vorher nichts davon gesagt, wie sie in der Schule zu mir war, weil das die schlimmste Zeit meines Lebens war. Sie war schrecklich zu mir, einfach nur grauenhaft, gemein, hinterhältig, und als ich dieses Foto gesehen habe, ist es alles wieder über mich hereingebrochen wie ein Alptraum, der nicht zu Ende geht, obwohl man aufgewacht ist. Ich habe nichts gesagt, weil ich gehofft habe, dass sie sich geändert haben könnte. Ich habe nichts gesagt, weil ich vergessen wollte, dass es je geschehen ist, ich wollte, dass sie sich nicht an mich erinnern kann. Ich wollte einen Neuanfang, eine zweite Chance. Ich wollte einen Neustart mit einer Pippa, die mich nicht kennt. Mit einer Pippa, die mir vielleicht eine Chance geben würde …«

»Laut *Philly*«, er betont diesen Namen, »ist es genau das, was sie dir angeboten hat, trotz all dem, was *du ihr* angetan hast, und du hast ihr Angebot ausgeschlagen …«

»Sie lügt, Sol, so war es nicht …«

»Sie hat keinen Grund zu lügen«, wiederholt er und schießt mir die Worte ins Gesicht wie Gewehrkugeln.

»Sie hasst mich!«, schreie ich zurück.

Ich sehe, wie er um Fassung ringt. Als er wieder spricht, ist seine Stimme leise und fest.

»Sie hat allen Grund, dich zu hassen, nach dem, was du ihr angetan hast … Aber sie sagte, sie war bereit, das Vergangene vergangen sein zu lassen, es sei lange her, und sie hat gehofft, dass du dich vielleicht geändert haben könntest. Sie hat versucht, deine Freundin zu sein, mir zuliebe, sie hat sich wirklich Mühe gegeben, und das habe ich ja mit eigenen Augen gesehen, Violet. Wir alle haben gesehen, wie sehr sie sich um dich bemüht hat. Denk an das Abendessen und den Champagner, den Fotografen, das Porträt … Wohingegen du sie auf Abstand gehalten hast; ich habe gesehen, wie du ihr aus dem Weg gegangen bist, wie du grob zu ihr warst, du hast sie beim Abendessen wegen einer Nichtigkeit angefahren …« Er redet gar nicht mehr mit mir, er erörtert die Sache mit sich selbst, der Anwalt wägt die Argumente ab, ich gegen Pippa. »Sie konnte mir nichts sagen, weil sie dir versprochen hat, es nicht zu tun, und weil sie mir nicht wehtun wollte, aber als es offensichtlich wurde, dass du noch immer dieselbe bist … Ich musste es ihr aus der Nase ziehen, sie wollte es mir nicht sagen, sie wollte mein Glück nicht zerstören. Ich habe sie noch nie so aufgebracht gesehen, sie hat nicht gelogen …«

Ich kann es nicht glauben.

»Aber warum sollte *ich* dich anlügen?«, werfe ich ein. »Wenn ich all das getan hätte, warum würde ich es nicht einfach zugeben und sagen, wie schrecklich ich als Kind war? Warum entschuldige ich mich dann nicht und sage, dass all das Vergangenheit ist …«

»Weil es laut meiner Schwester nicht nur um die Vergangenheit geht, sondern um das Hier und Jetzt, es passiert immer noch …«, sagt er matt. »Auf dem Weg hierher hast du zu mir gesagt, dass wir uns noch gar nicht lange kennen, und vielleicht hast du recht, Violet. Vielleicht bist du nicht der Mensch, für den ich dich gehalten habe …«

Da haben wir es also.

»Du glaubst mir nicht, oder?«, frage ich ihn ruhig.

»Du musst schon zugeben, dass es ziemlich bequem ist, einfach alles auf Philly zu schieben. Sie sagt, dass du ihr in der Schule das Leben zur Hölle gemacht hast, und du drehst den Spieß einfach um und sagst, dass sie die Tyrannin war. Ich erlebe das andauernd vor Gericht. Der Angeklagte tut so, als sei er das Opfer, und will damit die Richter hinters Licht führen …«

Pepper Langford hat es wieder geschafft. Freunde in Feinde zu verwandeln war schon damals ihre Spezialität, aber wer hätte gedacht, dass es ihr auch bei Sollie gelingen würde? Meinem Sollie. Meinem Seelenverwandten.

»Ich kann nicht glauben, dass du das sagst.«

»Ich mag keine Intriganten, Violet.«

»Ich auch nicht!«, rufe ich. »Ich hasse sie, und es ist alles nur die Schuld deiner Schwester.«

Er antwortet nicht.

»Jasmine weiß über alles, was passiert ist, Bescheid«, höre ich mich sagen.

»Jasmine ist deine beste Freundin.«

»Und deswegen wird sie mich decken, ohne Rücksicht auf Verluste? Ist es das, was du sagen willst?«

Er zuckt mit den Schultern. »Ich weiß nicht mehr, was ich denken soll. Was soll ich denken, Violet?«

Ich sehe ihn einen Augenblick an.

Er begegnet meinem Blick.

Er sieht mich zwar verwirrt, aber immer noch so anklagend, so feindlich an, dass ich nicht mehr weiß, wer er eigentlich ist. Und mir wird klar, dass es gar nicht darauf ankommt, wer noch die Wahrheit kennt, ob Jasmine, ob Aidan oder sonst wer, weil Solomon, der weise Solomon, sie nicht einmal glaubt, wenn er sie aus meinem Mund hört.

»Das genau ist das Problem, Solomon Grainger«, sage ich traurig und leise. »Du solltest nicht denken, du solltest *wissen*.«

Und ich verlasse den Raum.

Im großen Saal gegenüber haben sie sich versammelt. Ihre Stimmen klingen gedämpft, aber scharf. Ich bleibe stehen und sehe hin: Aric, Elspeth, Mistral, Silas und Marilyn reden wild durcheinander, sie hören sich bestürzt, entsetzt, ungläubig, empört an.

Hier hat sie offenbar dieselbe Story zum Besten gegeben, dieselben Lügen aufgetischt, noch mehr Leute gegen mich aufgebracht. Als würden sie meine Anwesenheit spüren, drehen sie sich alle auf einmal um und sehen mich an, wie ich in der offenen Tür stehe.

Soll ich all meinen Mut zusammennehmen und reingehen, meine Sicht der Dinge schildern, versuchen, sie zu überzeugen? Während ich zögere, kommt die warmherzige, liebenswerte Elspeth zu mir herüber. Ihr Gesicht ist hart und vorwurfsvoll, und sie knallt mir die Tür vor der Nase zu.

Ich stehe einen Augenblick mit vor Entsetzen offenem Mund da, bis eine sachliche Stimme hinter mir erklingt.

»Na, das war aber nicht sehr nett.«

Ich drehe mich um und sehe sie auf den Stufen sitzen. Sie hat es sich gemütlich gemacht, hat ihre Schuhe ausgezogen und verspeist genüsslich eine Banane. Ihr Gesicht ist noch immer von der Wimperntusche verschmiert.

Jetzt sieht sie wieder aus wie das fiese kleine Mädchen, mit dem ich zur Schule gegangen bin. Es fehlen eigentlich nur noch die Schuluniform und auf die Knöchel heruntergerutschte Strümpfe.

Aber wir befinden uns im Hier und Jetzt, das Kind hat sich in einen Teufel im roten Seidenkleid verwandelt.

Und sie sieht so verdammt glücklich aus.

Ich bin den Tränen nahe, und sie grinst wie ein Honigkuchenpferd, ein Honigkuchenpferd, das gerade den Jackpot im Lotto geknackt, fünf Mai Tais getrunken und als krönenden Abschluss noch die supersexy Nachbarshonigstute bestiegen hat.

Die schiere, unverschämte Selbstgefälligkeit.

Sie dringt aus jeder ihrer Poren wie ein Gestank. Ich könnte kotzen.

»Sind wir plötzlich nicht mehr so beliebt, Violet?«, sagt sie und beißt kräftig in ihr Obst. »Als sie erst mal rausgefunden hatten, dass du mir den Kranz geschickt hast…« Sie schürzt die Lippen und schüttelt den Kopf. »O weh, dafür hassen sie dich wirklich.«

»Aber… das war ich doch gar nicht… Ich würde so etwas nie tun…«, stottere ich.

»Ich weiß«, sagt sie fast tröstend. »Natürlich nicht. Dafür bist du viel zu nett, klar. Aber die fiese, rachsüchtige Violet Blauauge, die mir das Leben in St. Benedict zur Hölle auf Erden gemacht hat, die mir das blaue Auge verpasst hat, das ich trug, als sie mich mal am Wochenende in London besuchten… Erinnerst du dich noch daran, Violet? Die würde so etwas schon machen. Und als sie dann noch festgestellt hatten, dass der Kranz mit *deiner* Kreditkarte bezahlt worden ist! Mein lieber Dad war nämlich so besorgt, dass er seinen Freund, den Dorfpolizisten, gebeten hat, der Sache mal auf den Grund zu gehen, und der hat vor ein paar Minuten angerufen und gesagt, wer die rachsüchtige Furie war… Sie konnten ja nur einen Schluss aus der Sache ziehen. Nicht dass ich dieses Beweisstück wirklich gebraucht hätte, nicht wahr, denn mein lieber Bruder Solomon, der immer so gerecht und weise ist, hat dir den Prozess gemacht und dich verurteilt, noch bevor es dazu gekommen ist.«

»Also warst du es…«

»Du meinst das Geschmiere auf deinem Foto?« Sie hält kurz inne und lacht. »Kindisch, ich weiß, aber ich konnte nicht widerstehen. Ich wollte eigentlich nur deine Kreditkartennummer notieren, aber du hast so selbstzufrieden gegrinst auf dem Foto, du sahst mal wieder so aus, als hättest du das Glück mit

Löffeln gefressen. Ich schätze, das Leben ist jetzt nicht mehr so toll für dich, was, Violet Blauauge?«

»Und das Kleid?«, frage ich leise.

»Ups, das Kleid«, sie rollt mit den Augen. »Da ist mir wohl versehentlich das Bleichmittel runtergefallen, wie ungeschickt von mir.«

»Du hast alles akribisch geplant, von Anfang …«

»… bis Ende«, schließt sie für mich. »*Finito*, *fini*, aus und vorbei, *adiós*, *thank you and good night*, Violet Templer … Aber sag noch schnell, bevor du gehst, hat Sollie mit dir Schluss gemacht, oder bist du ihm zuvorgekommen?«

Das muss ich mir nicht länger anhören. Ich gehe an ihr vorbei die Treppe hinauf.

»Ja, lauf nur weg, wie du es als Kind auch immer getan hast«, provoziert sie mich.

Ich weiß nicht, warum ich ein paar Stufen über ihr stehen bleibe und mich noch einmal nach ihr umdrehe. Vielleicht ist es die unverhohlene Abscheu in ihrer Stimme, aber ich muss es endlich wissen.

Als sie hört, dass ich stehen geblieben bin, dreht auch sie sich um. »Ich dachte, du wolltest gehen? Also dann, leb wohl, mach's gut, bye-bye und auf Wiedersehen.«

»Ich möchte dich gern etwas fragen«, sage ich, wobei ich mit aller Macht versuche, meinen Atem und meine Stimme unter Kontrolle zu behalten.

Sie sieht überrascht aus, sagt aber nichts.

»Warum?«

»Warum?«, wiederholt sie.

»Ja, warum?«, sage ich bestimmter.

»Warum ich dich und Sol auseinanderbringen wollte?«

»Nein. Eigentlich nicht. Das überrascht mich nicht, nicht mehr. Was ich wissen will, ist, warum du mir all das in der Schule angetan hast? Ich will dich das schon seit Jahren fragen. Warum ich? Was habe ich dir je getan, außer dass ich versucht habe, nett zu dir zu sein? Ich habe dir geholfen, als du kamst und noch niemanden kanntest. Ich habe dir meine Freundschaft angeboten, ich habe mich um dich gekümmert …«

»Du hast mich bevormundet.«

»Das war niemals meine Absicht.«

»Du tust es immer noch, du merkst es nur nicht, heilige Violet, süße, liebe, nette, Alle-lieben-dich-Violet. Als ich mit dir fertig war, mochten sie dich nicht mehr so gern, stimmt's? Und Sol mag dich auch nicht mehr«, provoziert sie mich.

Ich beiße mir ins Innere meiner Wangen, meine Nägel graben sich so tief in meine Handflächen, dass das Blut kommt, aber irgendwie schaffe ich es, meine Wut zu beherrschen, und frage sie noch einmal. Und wenn ich sonst nichts mitnehme aus diesem ganzen Chaos …

»*Warum*, Pippa?«

»Niemand hat mich seit Jahren mehr so genannt«, sagt sie amüsiert. »Ich wette, du musstest dir immer auf die Zunge beißen, um es nicht zu sagen. Du willst wissen, warum? Gut, vielleicht sage ich es dir einfach.« Sie macht eine Kunstpause, legt sich einen Finger auf den Mund und lässt die Augen nach oben wandern, als würde sie nach einer Antwort suchen. »Lass mich mal nachdenken … Warum? Warum? Warum, warum, warum? … Vielleicht war ich neidisch auf dich?« Sie sagt es so, als wäre es eine Frage.

»Neidisch auf mich?«

Sie nickt.

»Könnte sein. Du hattest alles. Eltern, die dich auf Händen getragen haben. In allen Fächern gute Noten. Der Liebling der Lehrer. Und du warst das beliebteste Mädchen auf der ganzen Schule.«

»War ich das?«

»Tu nicht so, als wüsstest du das nicht. Du hattest alles. Und alle mochten dich.«

»Nur so lange, bis du mit mir fertig warst.«

Sie lacht. »Wenn ich etwas mache, dann mache ich es richtig … Und nach St. Benedict zu kommen war wie ›Willkommen in Violets Welt‹: Ich hatte die Wahl, weiter als eine Außenseiterin dahinzuvegetieren oder die Königin von ihrem Thron zu stoßen und mich selbst zur Königin zu machen. Wie du weißt, war ich noch nie jemand, der sich gern untergeordnet hat.«

»So hast du mich gesehen?«

Ist es nicht unglaublich, wie die Wahrnehmung anderer von einem selbst sich von der eigenen Einschätzung unterscheiden kann?

Sie antwortet nicht. Stattdessen legt sie sich die Hand aufs Herz und sagt affektiert: »Vielleicht ging es auch gar nicht um dich, vielleicht ging es nur um mich? Was hältst du davon, Violet? Ich war jedes Jahr ›die Neue‹, weil Mum es nie lang genug an einem Ort ausgehalten hat und meist schon vor Ablauf eines einzigen Schuljahres Hummeln im Hintern hatte und weiterziehen musste. Kannst du dir vorstellen, wie das war, immer das neue fremde Mädchen zu sein? Sich immer wieder anzupassen, neue Freunde zu suchen? Das verstehst du nicht, oder? Du hattest alles, was ich wollte, und du warst dir dessen noch nicht einmal bewusst. Ich habe dich gehasst, weil ich du sein wollte. Und das habe ich gemacht: Ich habe mich in dich verwandelt, in Fräulein Superbeliebt, und du wurdest ich, die Außenseiterin.«

Sie hält einen Moment inne, als würde sie sich noch einmal an alles erinnern. Ihr Lächeln dabei ist bitter.

»Und dann komme ich nach Hause und stelle fest, dass dich

meine Familie mit offenen Armen empfangen hat, dass du im Begriff stehst, ihr Lieblingskind zu heiraten, mit dem du dann das perfekte Paar bilden würdest. Nein, das konnte ich ja wohl nicht zulassen, nicht nachdem ich so viel Zeit investiert hatte, um dich fertigzumachen, nur um dann festzustellen, dass du dich von ganz allein wieder berappelt hattest und schon wieder alles bestens bei dir lief. Das Leben ist für Violet eben ein großer, reifer, saftiger Pfirsich …«

»Und für dich ist es nichts als saure Trauben?«

»Schön gesagt, aber, ja, verglichen mit deinem ist es das. Rein äußerlich betrachtet könnte man meinen, ich hätte alles, was man sich nur wünschen kann, einen gutaussehenden Ehemann, die schönsten Kleider, ein Haus in Paris, viel Geld, für die meisten Menschen der Traum vom Glück schlechthin. Aber genau das ist es ja, mein Leben ist ein Traum, nichts als Traum, Fassade, Schein. An der Oberfläche ist alles Cocktails und Haute Couture und Küss-die-Hand, aber untendrunter ist alles nur erbärmlich.« Sie vergräbt das Gesicht zwischen den Händen, und während sie weiterspricht, wird sie von Schluchzern geschüttelt. »Habe ich eigentlich schon erwähnt, warum mein wunderbarer Ehemann schon früher abgehauen ist? Nicht wegen der Arbeit. Sondern weil er Zeit mit seiner Geliebten verbringen will, die er angeblich längst verlassen hat. Er hatte zwei Wochen Urlaub und hat es geschafft, davon nur zwei Tage mit mir zu verbringen!«

Die Schluchzer steigern sich in regelrechtes Wehklagen, ihre Schultern beben heftig.

Sie ist nichts als ein Häufchen Elend. Eine einzige Ansammlung von Unsicherheiten. Ich weiß nicht, ob ich sie schlagen oder umarmen will. Oder halt, wenn ich sie jetzt umarmen würde, dann nur, um sicherzustellen, dass das Messer, mit dem ich sie ersteche, sich auch tief zwischen ihre Schulterblätter gräbt.

Aber dann spreizt sie ihre Finger und sieht mich durch sie an, und trotz des herzzerreißenden Geheuls hat sie keine Tränen in den Augen, und als sie ihre Hände ganz vom Gesicht nimmt, verstehe ich, dass das, was ich für unterdrückte Schluchzer gehalten habe, unterdrücktes Gelächter war.

»Gott, du bist immer noch so gutgläubig wie eh und je.«

»Wie bitte?«

»Wenn du diesen Schwachsinn glaubst, kann man dir alles verkaufen. Jonathan würde mich niemals betrügen, das würde er nicht wagen, genauso wenig, wie Sollie jemals dich betrügen würde … Er würde nie jemanden betrügen.« Ihr Ausdruck wechselt von provozierend zu triumphierend. »Aber er würde mich dir vorziehen … Er hat es schon getan, nicht wahr, Violet, er hat sich für mich und gegen dich entschieden, und dafür hasst du mich. Du hasst mich dafür, stimmt's, gib es zu.«

Das ist es, was sie will. Ihr Ziel ist, dass ich sie hasse.

Aber diesen Triumph gönne ich ihr nicht.

Ich richte mich zu meiner vollen Größe auf, immer noch ein paar Treppenstufen über ihr, und blicke zu ihr hinunter, blicke *auf* sie herunter.

»Ich hasse dich nicht«, sage ich leise. »Ich habe ehrlich gesagt Mitleid mit dir.«

Und zum ersten Mal sehe ich sie wirklich erschüttert, aber dann reißt sie sich blitzartig wieder zusammen, wie *RoboCop*, als man denkt, er sei in tausend Stücke zerborsten, und er sich unversehens wieder zu einem gruseligen Ganzen zusammensetzt. Und schon steht sie auf, wirft ihr glänzendes Haar in den Nacken, lächelt mich mit ihren perfekten Zähnen an, stößt ein grelles Lachen aus und sagt vergnügt: »Oh, du brauchst kein Mitleid mit mir zu haben, Violet Templer … Du hast mir eine Frage gestellt, du willst wissen, warum. Vielleicht sage ich dir jetzt die Wahrheit. Warum? Weil ich Lust dazu hatte. Weil nicht alles im Leben Friede, Freude, Eierkuchen ist und du eine Närrin bist, wenn du das glaubst.« Sie kommt näher und lächelt verschlagen. »Weil die Gute vielleicht ihr Happy End bekommt, die Rolle der Bösen aber viel, viel mehr Spaß macht.«

Sie schweigt.

Ich schweige.

Nase an Nase sehen wir uns direkt in die Augen.

Ein langsames Klatschen ertönt hinter ihr, und danach erklingt ätzend und laut Aidans Stimme: »Oh, bravo! Bravo! Brillante Vorstellung, aber ehrlich, Philippa, du müsstest doch wissen, dass man private Unterhaltungen besser nicht an öffentlichen Plätzen führen sollte.«

Unsere Blicke lösen sich voneinander, ich sehe an ihr vorbei, sie dreht sich um. Da steht Aidan mit Adam, der sich vor Verachtung schüttelt.

»Wie konntest du nur?«, sagt er zu seiner Schwester, aber sie zuckt nur mit den Schultern.

Dann dreht sie sich wieder zu mir um und flüstert mir schnell und so leise ins Ohr, dass die anderen sie nicht hören können: »Weißt du, das ist nicht weiter tragisch. Ich habe nie erwartet, dass diese kleine Farce ewig so weitergehen würde. Wie das Klischee schon sagt: Am Ende kommt die Wahrheit immer ans Licht. Ich schätze mal, in zirka …«, sie wirft einen Blick auf die Uhr, »zehn Minuten wird der liebenswerte, zuverlässige Aidan die guten Neuigkeiten im ganzen Haus verbreitet haben, und alle werden ein schlechtes Gewissen haben und sich bei dir entschuldigen, und mich werden sie verfluchen. Aber weißt du was, Violet? Sie können mich nicht ewig hassen, ich gehöre schließlich zur Familie, sie werden mir am Ende verzeihen. Die arme kleine Philly, sie ist so unsicher und unglücklich, was machen wir bloß mit ihr? Aber bei dir Violet, so gut kenne ich dich, bei dir ist der Schaden nicht wiedergutzumachen, denn

Sollie hat sich auf meine Seite geschlagen, er hat meine Lügen für die Wahrheit gehalten und deine Wahrheit für Lügen. Er hat dich im Stich gelassen, und zwar auf ziemlich spektakuläre Weise, und du bist viel zu ängstlich und verletzt, um jemandem zu trauen, der dich schon einmal hat hängen lassen. Vielleicht ist er doch nicht ganz so perfekt, wie du dachtest…« Und zum Schluss sagt sie noch leiser: »Er ist nicht mehr dein Held.«

Kapitel 20

Als ich zurück in meinem Zimmer bin, schließe ich die Tür ab und schmeiße meine Sachen in meine Reisetasche. Es mag lächerlich klingen, aber obwohl ich eigentlich innerlich triumphieren müsste, weil Pippa Langford in diesem Moment als diejenige entlarvt wird, die sie ist, fühle ich mich so verletzt, als hätte jemand ein Messer genommen und in aller Ruhe ein großes Loch an die Stelle geschnitten, wo mir vorher das Herz in der Brust schlug.

Pippa hat es immer geschafft, dass ich mich fühlte, als würden sich meine Eingeweide von innen nach außen stülpen und vor aller Augen offen daliegen, und sie müsste nur noch ab und zu darauf herumtrampeln.

Ihre Intrigen, ihre Manipulationen haben mich immer so traurig gemacht, traurig und perplex, verloren und so schrecklich einsam.

Und jetzt hat sie es wieder getan.

Nur dass sie diesmal den einen Menschen gegen mich aufgebracht hat, der versprochen hatte, für immer an meiner Seite zu sein, egal was das Leben für Hindernisse bringen würde.

Und er ist gleich über das erste gefallen.

Ich habe oft darüber nachgedacht, wie ich mich damals verhalten habe. Als ich mich meiner Mutter anvertraut habe, hat sie mir geraten, auch die andere Wange hinzuhalten, wegzugehen. Aber wie soll man das in der Schule hinkriegen, wenn man gar nicht selbst darüber entscheiden kann, wo man sich aufhält, was man tut oder mit wem. Wie kann man von jemandem weggehen, der mit dir in derselben Klasse ist, der dich auf Schritt und Tritt verfolgt, dir Gras ins Haar und Steine und Schimpfwörter an den Kopf wirft und dich mit Freundinnen auslacht, die früher mal *deine* Freundinnen waren, der Lügen über dich verbreitet, der immer in deiner Nähe ist, damit er die Wirkung jedes seiner üblen Tricks beobachten kann.

Dumme kleine Scherze, dafür aber ohne Unterlass. Und jetzt hat sie den schmutzigsten Trick von allen angewendet. Die dummen kleinen Scherze sind kulminiert in etwas Großem, Bedeutsamem. Ich hätte nie gedacht, dass Pippa Langford mein Leben noch einmal so tief berühren könnte.

Ich habe mich geirrt.

Aber jetzt stehen die Dinge anders.

Jetzt, erst jetzt habe ich verstanden, dass ich nicht mehr das ängstliche kleine Mädchen bin, das sie in der Schule tyrannisieren konnte. Jahrelang habe ich geglaubt, darüber hinweg zu sein, aber erst jetzt bin ich es wirklich.

Ich bin heute stärker, und das weiß ich, weil ein neues Gefühl mich ergriffen hat, das den üblichen grauenhaften, magenumdrehenden, krank machenden Schmerz überlagert.

Ich bin WÜTEND.

Ich bin so wütend, dass es sich anfühlt, als würde ein Feuer in mir brennen.

Aber es gibt noch einen anderen Unterschied zu früher. Früher konnte ich nicht weggehen, ich musste in der Schule bleiben, aber heute habe ich mein eigenes Leben, weit weg von hier, weit weg von ihr, sogar weit weg von Sol. Und hey, ich bin trotz allem frei wie ein Vogel.

Meine Tasche ist gepackt.

Ich nehme sie, ziehe mir den Ring vom Finger, den ich niemals abzunehmen versprochen hatte, und lege ihn auf Sols Kopfkissen.

Ich gehe schnell und leise durch die verlassene Eingangshalle.

Sie ist so anders, als sie bei meiner Ankunft war, bei der sich alle versammelt hatten, um mich zu begrüßen.

Niemand sieht mich gehen.

Sie sind alle viel zu beschäftigt. Im großen Saal stehen sie und tuscheln, flüstern, streiten, noch immer in zwei Parteien geteilt, obwohl Aidans Stimme sich lauter als alle anderen erhebt und Pippas Lügengebäude mit der Wahrheit zum Einsturz bringt.

Ungeachtet des Tumults im Haus plätschert die Party draußen ohne die Gastgeber weiter vor sich hin.

Meine Verlobungsparty, meine Willkommensfeier in eine Familie, die ich nun verlasse.

Aber als ich gerade die Haustür erreiche, höre ich das Geräusch eines alten Spülkastens, und Fleur tritt aus dem blauen Zimmer.

Sie bleibt abrupt stehen, als sie mich sieht, wie ich mich mit meinen gepackten Sachen davonstehlen will, sagt aber nichts, sondern geht in die Stiefelkammer, wo die große Leinentasche ihrer Mutter hängt, und nimmt den Schlüssel für die Ente heraus.

Und dann lächelt sie.

»Ich bring dich zum Flughafen.«

Zehn Minuten nachdem wir losgefahren sind, richtet sie das Wort an mich.

»Ich wünschte, du würdest nicht gehen.«

»Warum hast du mich dann nicht zum Bleiben überredet, als wir noch im Haus waren?«

Sie zuckt mit den Schultern und schüttelt den Kopf. »Weil ich an deiner Stelle dasselbe getan hätte. Er hätte dir von Anfang an glauben müssen.«

»Du denkst also nicht, weil ich gehe, bin ich …« Ich suche noch nach dem richtigen Wort, aber sie weiß schon, was ich sagen will.

»Sie ist eine eifersüchtige gemeine Ziege. An deiner Stelle hätte ich sie in den See geschleift und so lange unter Wasser getaucht, bis sie aufgehört hätte zu treten.«

Sie sagt das so heftig und ernst, dass ich trotz allem lachen muss. Das wiederum bringt mich fast zum Weinen, also höre ich auf. Fleur sieht mich mitfühlend von der Seite an.

»Sie hat die Atmosphäre mit ihrem Schandmaul schon sehr lange vergiftet, aber Taten sprechen eine deutlichere Sprache als Worte. Indem du gehst, beweist du, dass du genau die bist, für die er dich gehalten hat! Es beweist Würde. Es beweist, dass du zu deinen Überzeugungen stehst. Es beweist, dass du dich nicht mehr billig abspeisen lässt, weder von ihr« – für einen Moment nimmt sie den Blick von der dunklen Straße und sieht mich an – »noch von ihm.«

»Bist du sicher, dass ich ihm damit nicht nur zeige, dass ich zu schnell aufgebe?«

»Nein. Wenn du gegangen wärst, bevor er erfahren hatte, dass du die ganze Zeit die Wahrheit gesagt hast, vielleicht, aber so nicht. Jetzt weiß er, dass die Lügen alle auf ihr Konto gehen und dass du diejenige warst, die eine furchtbare Zeit in der Schule durchgemacht hat, und nicht umgekehrt.«

»Er weiß es?«

Sie nickt. »Sie streitet immer noch alles ab, der Himmel weiß, warum, aber jeder kann die Wahrheit in Adams und Aidans Gesicht ablesen. Und jetzt, wo du weißt, dass er Bescheid weiß, möchtest du da nicht doch lieber mit zurückkommen und das alles klären?«

Ich schüttle den Kopf. »Er hätte die Wahrheit auch in meinem Gesicht ablesen können«, sage ich ruhig. »Er hat es erst aus dem Mund von jemand anderem geglaubt. Das ist nicht richtig.«

Sie nickt heftig. »Stimmt. Er hätte dir in jedem Fall glauben müssen. Wenn du jemanden heiratest, wird man ein Team. Du passt auf den anderen auf, du lieferst ihn nicht anderen aus.«

»Auch nicht, wenn dieser andere deine Schwester ist?«

»Okay, sie mag seine *Halb*schwester sein«, sagt sie, wobei sie das »Halb« so übermäßig betont, als schäme sie sich für die Verbindung, »aber er hätte trotzdem genau auf das achten müssen, was du zu sagen hattest, bevor er sich eine Meinung darüber bildet, wer von euch beiden die Wahrheit gesagt hat. Es stimmt schon, dass sie ziemlich überzeugend sein kann und auch sehr manipulativ ist, aber das ist keine Entschuldigung, im Gegenteil, denn er kennt sie ja schließlich seit langem. Sie ist nur zu ihm meist nicht so. Das Problem bei Philly ist, dass alle sie mit Samthandschuhen anfassen, weil sie denken, dass sie eine so furchtbare Kindheit hatte, aber furchtbare Kindheiten sind was Relatives, richtig …?« Sie macht eine Pause, und als sie wieder spricht, liegt keine Spur von Selbstmitleid in ihrer Stimme. »Ihre Eltern mögen geschieden sein, aber sie sind beide noch am Leben …«

Jetzt ist es an mir, ihre Hand zu nehmen und beruhigend zu drücken, und ich kann förmlich sehen, wie sie sich innerlich aufrichtet und sich zusammenreißt.

»Ich denke, er hat ihr in erster Linie deshalb geglaubt, weil sie in seinen Augen überhaupt keinen Grund hatte, sich das alles auszudenken.«

»Während ich tausend Gründe dafür hatte.«

Sie nickt. »Aber ich habe dir von Anfang an geglaubt.«

»Ehrlich?«

»Das sieht ein Blinder mit Krückstock, dass du nicht der Typ für so etwas bist, Violet.«

»Schade nur, dass er es nicht gesehen hat.«

»Jetzt kennt er die Wahrheit.«

»Ja, das tut er wohl«, sage ich traurig.

»Aber du willst trotzdem fahren«, stellt sie eher fest, als dass sie fragt.

Nach ein paar Augenblicken des Schweigens redet sie weiter. »Sollte ich jemals heiraten, werde ich sichergehen, dass es fürs ganze Leben ist. Und um da sicher sein zu können, musst du ganz genau wissen, dass du den absolut Richtigen heiratest. Also wahnsinnig schwer. Heutzutage werden so viele Ehen geschieden. Was sagen noch mal die Statistiken? Jede dritte, das muss man sich mal vorstellen! Du musst jemanden finden, dem du blind vertrauen kannst, jemanden, von dem du weißt, dass er sich nicht nur körperlich, sondern auch emotional um dich kümmern wird, jemanden, mit dem du dich entwickeln kannst, wenn du älter wirst…«

Eine Achtzehnjährige erklärt mir das Wesen der Ehe. Natürlich zeichnet sie da ein Idealbild, aber manchmal schadet es nicht, sich an seine Ideale zu halten.

War ich mir mit achtzehn derart meiner selbst bewusst? Ich glaube nicht. Ich bin zehn Jahre älter als sie und fürchte, sie ist besser orientiert als ich.

»Jemanden, der dich unterstützt, während man gemeinsam durchs Leben geht, der dich aufmuntert, wenn du niedergeschlagen bist, der nicht nur die guten, sondern auch die schlechten Zeiten mit dir teilt, und der dir verzeihen kann, wenn du mal etwas richtig versemmelt hast…« Sie sieht mich durch ihre langen Wimpern an, und jetzt verstehe ich, worauf sie die ganze Zeit hinauswollte. »Ich schätze«, fährt sie fort und blickt wieder auf die Straße, »wenn ihr das hier übersteht, dann wisst ihr zumindest, was es bedeutet, auch ›in schlechten Tagen‹ nicht aufzugeben.«

In schlechten Tagen. Unwillkürlich muss ich an die guten, die schönsten Tage denken. Mittwochabend noch habe ich gedacht, ich könnte nicht glücklicher sein, obwohl schon die dunklen Wolken meines schlecht gehüteten Geheimnisses wie die Vorboten eines drohenden Sturms am Horizont standen.

Und dann der heutige Tag. Wer hätte das vorhersehen können?

Ich schlucke einen Riesenkloß herunter, und Fleur muss es bemerkt haben, denn sie entschuldigt sich sofort.

»Tut mir leid. Das Letzte, was du jetzt gebrauchen kannst, ist jemand, der noch weiter darauf herumreitet.«

»Oh doch, das ist genau das, was ich brauche.«

Wir schweigen für die nächste halbe Stunde, bis wir an der Ausfahrt zum Flughafen angekommen sind. Als sie abbiegt, sagt Fleur: »Es geschieht ihm recht, dass du fährst.«

»Ich tue das nicht, um ihn zu bestrafen, Fleur.«

»Warum dann?«

»Ich dachte, du hättest verstanden, warum.«

»Ja, das dachte ich am Anfang auch, aber je länger ich darüber nachdenke … Nun, ich verstehe es doch nicht mehr so ganz … Er liebt dich wirklich, Vi …«

»Ich weiß …«

»Dann solltet ihr zusammen sein … zusammenbleiben …«

»Ja, das sollten wir, aber manchmal läuft eben nicht alles so, wie es sollte.«

»Das ist leider wahr«, stimmt sie mir zu.

Als wir aus dem alten Auto steigen, kommt Fleur rüber zu mir und umarmt mich fest und lange.

»Nur weil ich dir bei der Flucht behilflich bin, heißt das nicht, dass ich mir nicht wünschen würde, ihr beide kämt wieder zusammen. Ich hätte dich noch immer sehr gern als Schwägerin.«

»Du weißt nicht, wie gut es tut, das zu hören.«

»Und jetzt, wo Adam abgedankt hat, könntest du sogar eines Tages Lady Grainger werden.«

Ich lache trocken. »Es hängt nicht vom Titel ab, ob andere dich respektieren.«

Ihr Gesicht hellt sich auf, weil sie versteht. »Ah, darum geht es dir. Es geht um Respekt. Also, ich respektiere dich. Und ich respektiere, was du tust. Ich weiß nicht, ob ich die Stärke hätte, von jemandem wegzugehen, den ich so sehr liebe, wie du ganz offensichtlich Sollie liebst ... Du liebst ihn doch noch, oder?«

Ich nicke, und sie umarmt mich erneut, diesmal noch fester.

Nach einer guten halben Minute löst sie ihre Umarmung und fragt mit einem bemühten Lächeln: »Soll ich warten, bis du weißt, ob du heute noch einen Flieger bekommst?«

Ich schüttle entschieden den Kopf. »Das würde gar nichts nützen, weil ich so oder so nicht wieder mit zurück nach Balcannon fahren würde.« Ich lächle sie traurig an. »Mach's gut, Fleur, und vielen Dank für alles.«

Ich setze mich in Bewegung.

»Du verlässt ihn nicht ernsthaft, oder?«, ruft sie mir plötzlich ängstlich nach.

Ich bleibe stehen und drehe mich nach ihr um.

Ich brauche einen Moment für die Antwort.

»Ehrlich gesagt weiß ich selbst nicht genau, was ich gerade mache. Ich weiß nur, dass ich *jetzt*, in diesem Moment, nicht mit ihm zusammen sein kann und auch nicht mit ihm zusammen sein will.«

Ich habe Glück, wenn man so will. Ich bekomme einen Platz in einem halbvollen Nachtflug. Wie ferngesteuert durchlaufe ich Check-in und Boarding, mein Gesicht ist reglos wie eine von Mistrals Statuen.

Und aus irgendeinem Grund gestatte ich mir nicht einmal während des Flugs, als alle Lichter ausgegangen sind und die Passagiere in Schlaf sinken, zu weinen.

Kapitel 21

Jasmine hat vor meiner Wohnung über dem Laden, wo ich meine Torten backe und verkaufe, auf mich gewartet. Jasmine und zweiunddreißig Nachrichten auf meinem Anrufbeantworter, von denen fünfzehn von ihm waren.

Als ich mein Handy wieder anschalte, finde ich weitere zwanzig vor. Jede Nachricht eine Entschuldigung. Alles ehrlich gemeinte, verzweifelte Entschuldigungen, aber aus irgendeinem Grund genügt mir das nicht. Ich lösche sie alle. Jede einzelne von ihnen, sowohl auf dem Festnetz als auch auf dem Mobiltelefon. Und dann, als ich bei Jasmine in Sicherheit bin, weine ich mir endlich die Augen aus dem Kopf.

Natürlich folgt mir Sollie sofort nach London und trifft am frühen Sonntagabend vor meiner Wohnung ein. Ich beobachte ihn vom Fenster aus und spähe vorsichtig durch die Vorhänge, wobei ich darauf achte, dass er mich nicht sehen kann. Ich habe auch das Licht ausgemacht, damit er denkt, ich sei nicht da. Er wartet trotzdem noch zwanzig Minuten an meiner Wohnungstür. Dann kehrt er zurück in sein Auto, wo er eine weitere halbe Stunde sitzen bleibt. Er ruft viermal vom Wagen aus an, aber ich lasse den Anrufbeantworter rangehen. Dann lässt er die Hände frustriert auf das Lenkrad sinken und fährt schließlich weg.

Ich kann ihn jetzt einfach nicht treffen.

Ich kann nicht einmal mit ihm telefonieren.

Unter den vielen schrecklichen Dingen, die Pippa gesagt

hat, war eine Wahrheit, die vernichtender war als all ihre Lügen.

Entgegen meinen Beteuerungen, dass ich durch sie an Stärke gewonnen habe, bin ich »viel zu ängstlich und verletzt« dazu.

Und er hat mich im Stich gelassen.

Er hat mich im Stich gelassen, als ich ihn am meisten gebraucht habe.

Er hat jemand anderem mehr geglaubt als mir, und dieser jemand gehört zwar zur Familie, ist aber eine Lügnerin und ein Scharlatan, und er hat es nicht erkannt.

Vielleicht bist du nicht der Mensch, für den ich dich gehalten habe. Immer wieder muss ich an seine Worte denken.

Vielleicht ist auch er nicht der Mensch, für den ich ihn gehalten habe.

Eine Stunde später kommt er noch mal vorbei, und dann noch mal, und das nächste Mal sitzt er so lange draußen vor meiner Wohnung, bis er einschläft. Am nächsten Morgen ist er immer noch da. Ich schicke Jasmine hin.

»Sie will dich im Moment nicht sehen, Sol. Würdest du das bitte respektieren?«, höre ich sie sagen.

Er antwortet nicht.

Aber er geht.

Ich gestatte mir nicht, mich im Elend zu suhlen, sondern stürze mich kopfüber in meine Küche und suche Trost bei der Arbeit. Backen war schließlich auch das letzte Mal schon meine Therapie, als Pippa mein Leben mit Mehltau überzog wie einen Stock roter Rosen. Jetzt haue ich Torten raus wie Madonna Hit Singles.

Während die Woche voranschreitet und ich mich jedes Mal verkrieche, wenn Sol vorbeikommt, fange ich an, auch Brot zu backen. Das ist sehr therapeutisch, denn jedes Stück Teig, das ich bearbeite, wird in meiner Vorstellung zu Pippas Gesicht, in das ich mit aller Wucht meine Fäuste schlage.

Das Problem dabei ist nur, dass all diese Vorgänge so automatisch ablaufen, dass ich dabei nicht mehr nachdenken muss, und so habe ich sehr viel Zeit, über alles andere nachzudenken.

Natürlich tut es weh, und wie, aber es hat auch sein Gutes.

Was sie getan hat, war furchtbar, aber es hat uns auch gezeigt, wo wir wirklich stehen.

Wir haben alles überstürzt, wir kannten uns noch lange nicht gut genug, um uns die Ehe zu versprechen. Wir hatten ja noch nicht einmal darüber geredet, wo wir nach der Hochzeit wohnen würden! Was habe ich mir denn vorgestellt? Dass alles so weitergehen würde wie bisher? Ich hier, er dort, und wir treffen uns da, wo es gerade am praktischsten ist? Ich weiß, was Sollie sich vorgestellt hat, er hat einfach angenommen, ich würde bei ihm einziehen.

Vorstellungen sind eben eine gefährliche Sache.

Wie blöd waren wir eigentlich zu glauben, dass wir jedes aufkommende Problem einfach damit lösen würden, dass wir verliebt waren?

Bin ich verliebt?

Als Fleur mich gefragt hat, ob ich Sol immer noch liebe, habe ich automatisch mit ja geantwortet, aber wenn ich jetzt noch einmal darüber nachdenke, wie kann ich behaupten, jemanden zu lieben, den ich noch gar nicht richtig kenne?

Und ich kenne Sollie nicht richtig. Der Sollie, den ich zu kennen glaubte, wäre mit mir durch dick und dünn gegangen, aber dann bin ich geteert und gefedert worden von jemandem, den ich immer für so gerecht gehalten habe, bis er mich eines Besseren belehrte.

Er hat meiner Seite der Geschichte einfach keine Beachtung geschenkt.

Er hat ihr geglaubt.

Er hat sich für sie entschieden.

Sie.

Pippa. Pippa, die Peinigerin.

Eigentlich rechne ich die ganze Zeit damit, dass sie sich bei mir meldet. Dass diese ganze Sache etwas bei ihr bewirkt hat und sie begreift, wie absolut unterirdisch sie sich beide Male verhalten hat, als unsere Wege sich kreuzten. Dass sie plötzlich verzweifelt darum bemüht ist, es wiedergutzumachen, die Wunden zu heilen, sich sogar mit mir anzufreunden. Indem sie versuchen würde, uns wieder miteinander zu versöhnen.

Ich stelle mir vor, wie sie sich bei mir entschuldigt, wie sie mir schildert, wie falsch sie gehandelt hat, wie sie mich um Verzeihung bittet, und zwar nicht nur für sich selbst, sondern auch in Sollies Namen.

»Ich war so blind und dämlich, Violet. Bitte vergib mir. Bitte bestraf nicht meinen Bruder für etwas, das ich getan habe. Lass ihn nicht für meine Unzulänglichkeiten büßen ... Ich habe ihn in die Irre geführt ... Ich habe ihn reingelegt ... So wie ich dich auch reingelegt habe ...«

Stimmt ja auch, Sollie wurde getäuscht, hinters Licht geführt, aber Sollie hat es auch mit sich machen lassen. Und er ist mir mit Misstrauen begegnet.

Natürlich kommt sie nicht. Jedes andere Mitglied ihrer Familie ruft an, nur sie nicht. Und entgegen meinen kleinen Reuefantasien bin ich nicht im Geringsten überrascht, denn ich habe längst verstanden, dass es weder in der Schule noch in der Woche in Schottland um mich ging – es ging nur um sie, um ihre eigenen Unsicherheiten, ihre Veranlagung, was Jas für eine zu freundliche Formulierung hält.

Der Punkt ist der, dass sie jemand ist, der aus dem Elend anderer Kraft schöpft. Die letzte Woche war ihre Vorstellung von Heimkino.

In gewisser Weise hat sie mit meinem Rückzug natürlich genau das erreicht, was sie wollte, aber darum geht es nicht.

Es geht hier nicht um Pippa Langford.

Es geht um uns.

Um Sollie und mich.

Es gibt nur kein »Sollie und ich« mehr.

Denn egal wie oft er anruft oder vorbeikommt, ich werde ihn nicht mehr reinlassen, weder körperlich noch sinnbildlich.

Letztendlich läuft nämlich alles auf zwei Dinge hinaus.

Ich bin ein Feigling, und er hat mich verletzt.

Eine ebenso simple wie effektive Kombination.

Kapitel 22

Es ist Samstag.

Seit der Party ist genau eine Woche vergangen.

Der Laden ist geschlossen, aber wir sind in der Backstube und arbeiten. Mein Kuchen ist in sich zusammengefallen.

Das erste Mal seit acht Jahren habe ich etwas produziert, das nicht der Inbegriff von Konditorenperfektion ist.

»Meine Glückssträhne ist vorbei«, murre ich, als ich meinen riesigen Biskuitboden aus dem Ofen hole. Er hat ein so tiefes Loch in der Mitte, dass man es mit Wasser füllen und einen Swimmingpool daraus machen könnte.

»Er ist total zusammengebrochen«, sage ich zu den Mädels.

»Da ist er nicht der Einzige«, höre ich Maggie zu Ellen sagen.

»Das habe ich gehört«, fordere ich sie heraus.

»Das solltest du auch«, entgegnet Maggie.

»Ich bin nicht zusammengebrochen.«

Ihre hochgezogenen Augenbrauen verraten mir, dass sie anderer Meinung sind.

»Ich bin unglücklich. Unglücklich ist etwas ganz anderes als zusammengebrochen«, sage ich schmollend und mit zitternder Unterlippe.

Maggie kommt und legt mir einen Arm um die Schulter. »Warum gehst du nicht nach Hause, Violet?«

»Ich bin zu Hause.«

»Du weißt, was ich meine. Es ist sowieso gleich Feierabend, wir kümmern uns um den Rest.«

Ich lächle entschuldigend.

Jas wohnt immer noch bei mir, sie ist bei mir geblieben, seit ich zurückgekommen bin.

Es ist schön, mit jemandem das Bett zu teilen, auch wenn dieser Jemand nicht breitschultrig, muskulös und männlich ist und …

Ich schlage mir tadelnd mit der Hand auf die Stirn und trete aus dem Hintereingang des Ladens hinaus auf die Feuerleiter, die zum ersten Stock hochführt.

»Lass den Scheiß, Violet, du hast deine Entscheidung getroffen, und es ist die richtige. Du bist besser ohne ihn dran.«

Als ich oben angekommen bin, höre ich Stimmen und Gelächter. Jas ist nicht allein.

Wer um Himmels willen kann das sein? Sie hat doch nicht etwa Sollie reingelassen? Sie hat ihren Job als mein persönlicher Rottweiler bisher super gemacht und die Tür und das Telefon strengstens bewacht.

Aber dann merke ich, dass die andere Stimme einer Frau gehört. Und als ich zögerlich den Kopf durch die Tür stecke, sehe ich, dass die schöne blonde junge Frau, die da so anmutig auf meinem Sofa sitzt, Fleur ist.

»Violet!«

Sie springt vom Sofa auf und eilt mir entgegen, um mich zu umarmen.

»Wie schön es ist, dich zu sehen!«

Einen Moment lang klingt sie genau wie ihre Mutter.

»Was machst du hier?«

»Ich wollte nachsehen, wie es dir geht.«

»Es geht mir gut«, erwidere ich.

Sie gibt mir mit einem Blick zu verstehen, dass sie mir nicht glaubt, sagt: »Lügnerin«, und wir lächeln uns an.

»Und was ist mit dir?«, frage ich sie.

Sie zieht eine Grimasse. »Ich habe ganz schön Schwierigkeiten bekommen, als ich vom Flughafen zurück war, das kannst du mir glauben. Weil ich dir bei der Flucht geholfen habe.«

»Du hast das Richtige getan, Fleur.«

»Sollie war da ganz anderer Meinung.«

»Er hat dir doch wohl keinen Ärger gemacht?«

»Natürlich nicht!«, ruft sie, als sei das undenkbar. »Das würde er doch nie tun, aber er war erschüttert, dass du gegangen bist, ohne mit ihm zu reden, und ich war daran ja nicht ganz unbeteiligt, nicht wahr?«

»Hat er dich hergeschickt?«

»Um Himmels willen, nein. Er hat keine Ahnung, dass ich hier bin. Und wenn er es wüsste, würde er wahrscheinlich befürchten, dass ich mich einmische. Was ich ja auch tatsächlich tue«, verkündet sie vergnügt. »Aber ich wollte dich unbedingt sehen. Ehrlich gesagt wollten wir dich alle sehen … Ich konnte Mum gerade noch davon abhalten zu kommen. Sie ist dein größter Fan. Obwohl, das stimmt eigentlich nicht ganz, denn sie streiten sich alle darüber, wer von ihnen dich am meisten liebt und am meisten vermisst. Wir wollten am liebsten alle heute zu dir fahren, aber das hätte dich sicher überfordert, also haben wir Streichhölzer gezogen. Ich komme also gleich zur Sache, weil ja sowieso klar ist, dass wir dich bitten wollen, unseren Jungen wieder zurückzunehmen, *deinen* Jungen wieder zurückzunehmen. Es geht ihm hundeelend, Violet, er vermisst dich so sehr … Wir alle vermissen dich …«

Sie sieht mich mit ihren großen blauen Augen flehentlich und hoffnungsvoll an.

Aber ich gehe erst einmal nicht darauf ein, sondern stelle die Frage, die mir schon seit langem auf der Zunge liegt, die ich jedoch erst jetzt zu stellen wage.

»Und Philippa?« Es ist einfacher, diesen mir fremden Namen zu benutzen.

»Oh, sie hat sich in dem Augenblick, als alle wussten, was für ein gehässiges Biest sie ist, auf ihren Besenstiel gesetzt und ist nach Paris zurückgeflogen. Also gut, es war kein Besenstiel, sondern Jonathans Aston Martin, also ein unverdientes Upgrade, aber die Hauptsache ist doch, dass sie abgehauen ist. Mum sagt, die seltsame Atmosphäre hat Balcannon gemeinsam mit ihr verlassen, sie muss also nicht mehr in der Gegend herumrennen und Salbei verbrennen. Oh, apropos Mum, ich soll dir das hier von ihr geben …«

Fleur kramt in ihrer Tasche und holte eine Flasche Gin heraus.

Zum ersten Mal seit einer Woche muss ich laut lachen, statt laut zu weinen.

»Und Onkel Silas schickt dir das hier.«

Sie überreicht mir eine Bob-Marley-CD, auf deren Rücken er eine Nachricht gekritzelt hat: »Gib dem Jungen noch eine Chance, niemandem werden deine Schlüpfer besser stehen als ihm.«

Ich muss schon wieder lachen. Ermutigt von meiner Reaktion legt Fleur ihre Hand auf meine.

»Was passiert ist, ist furchtbar, aber du hasst uns nicht dafür, oder? Die meisten von uns waren von Anfang an auf deiner Seite, und was Elspeth angeht: Sie war es, die den Anruf von Sergeant McDougall entgegengenommen hat, du weißt schon, wegen des Kranzes und der Kreditkarte, und er ist ein alter Freund der Familie, also wusste sie, dass er die Wahrheit gesagt hat. Und es hat ihr immer schon so leidgetan, dass Philly eine Mutter wie Sophie hat, und sie hatte immer das Gefühl, dass sie jemanden braucht, der sich für sie einsetzt; na ja, mittlerweile hat sie ihre Meinung diesbezüglich geändert … Und jetzt hat sie ein furchtbar schlechtes Gewissen und fürchtet, dass du sie hasst …«

»Ich hasse keinen von euch«, sage ich. »Im Gegenteil, ich vermisse euch alle.«

»Und Sollie?«, drängt sie mich. »Vermisst du ihn auch?«

»Natürlich tue ich das«, antworte ich nach einer Pause, so lang wie ein Herzschlag.

»Also?« Fleur sieht mich genauso hoffnungsvoll an wie Jasmine.

»Also?« Ich spiele die Ahnungslose.

»Gibst du ihm noch eine Chance?«

»Ich denke darüber nach«, sage ich nach einem Augenblick des Zögerns.

»Er liebt dich, Violet, das weißt du doch.«

»Er hat mich im Stich gelassen, Fleur, das weißt du doch auch.«

»Ja, das weiß ich, aber in genau acht Monaten und zwei Wochen sollt ihr euch das Jawort geben, für gute und für schlechte Zeiten. Niemand ist vollkommen, Vi.« Sie sagt Vi zu mir, genau wie er, und das versetzt mir einen Stich. »Warum, meinst du, haben sie diese schlechten Zeiten mit in das Ehegelöbnis aufgenommen … Aber egal, ich habe gesagt, was ich sagen musste, und ich verspreche, dass ich mich von jetzt an raushalten werde … Ich muss sowieso gehen …« Ihre Augen beginnen ein bisschen zu leuchten, und ihren Mund umspielt ein Lächeln, daher weiß ich, dass sie mir auch etwas Erfreuliches zu sagen hat. »Ich muss nämlich zu einem Bewerbungsgespräch …« Sie macht eine kleine Kunstpause. »Im Claridges.«

Ich bin verblüfft.

»Oh, Fleur, das ist ja absolut toll!«

»Ja, nicht? Ich habe die Uni sausen lassen, was ich mich ohne dich niemals getraut hätte, geschweige denn, mich woanders zu bewerben. Es ist nur eine Stelle als Küchenhilfe, aber ich werde wahnsinnig viel lernen in einem Hotel wie dem Claridges …

Und das ist eine gute Basis, um ab nächstem September in der Gastronomie-Fachschule anzufangen.« Sie sieht mich gerührt an. »Es ist, wie du sagst, Vi: Wenn man im Leben etwas erreichen will, muss man manchmal mutiger sein, als einem lieb ist …«

»Und?«, fragt mich Jasmine, nachdem Fleur gegangen ist.

»Und was?«, entgegne ich, um sie zu ärgern, denn sie weiß natürlich genau, dass ich weiß, was sie meint.

Jas verschränkt die Arme vor der Brust und beginnt mit dem Fuß auf den Boden zu tappen.

»Du denkst doch nicht wirklich, dass ein Besuch von Fleur alles wieder ins Lot bringt. Soll ich etwa meine Meinung ändern? Ich hab dir schon gesagt, Jas, es kommt nicht darauf an, was ich fühle. Ich kann Sol nicht heiraten.«

»Und warum nicht?«

»Du weißt genau, warum.«

»Okay, er hat Mist gebaut. Zeig mir einen Mann, der ohne Makel ist.«

Sie wartet.

»Gut, dann gebe ich dir noch einen Grund. Seine Familie ist total verrückt.«

Auch das akzeptiert sie nicht. Sie schüttelt den Kopf.

»Fleur ist doch sehr nett. Ein bisschen naiv vielleicht, aber ganz reizend; aufrichtig.«

»Das ist sie, aber sie ist noch die Normalste von allen. Der Rest der Familie ist wirklich total verrückt, verrückt und alkoholkrank.«

»Silas?«

»Okay, der ist ehrlich gesagt ziemlich wundervoll …«

»Marilyn? Elspeth, die nur versucht hat, dem Kind eines anderen eine gute Mutter zu sein?«

»Okay, okay, sie sind also alle ziemlich großartig … Aber ich bin trotzdem besser ohne sie dran, Jas.«

»Obwohl du Sollie noch liebst?«

Als ich darauf nichts erwidere, macht sie weiter. »Hör mal, Vi, du kannst das nicht einfach ignorieren. Du liebst diesen Mann.«

»Na gut, kann schon sein. Obwohl ich ihn im Moment nicht besonders mag.«

»Du kannst das nicht einfach ignorieren«, wiederholt sie.

»Das kann ich sehr wohl, wenn ich will. Liebe ist was Wunderbares, ja, aber letztendlich nicht besonders praktisch.«

Sie sieht mich an, als hätte ich den Verstand verloren.

»Die Wörter Liebe und praktisch scheinen mir nicht wirklich zusammenzupassen, Violet.«

»Das sollten sie aber. Vielleicht machen wir viel zu viel Gewese um das Ganze. Liebe versetzt Berge und so. So ein Schwachsinn. Die Liebe macht einen nur blind für die schlechten Seiten des anderen. Meine Woche in Schottland hat mir jedenfalls die Augen geöffnet.«

»Du lässt dich von ihr aus dem Weg räumen. Dann hat sie das Spiel gewonnen«, warnt sie mich.

»Das hier ist kein Spiel, Jas. Hier geht es nicht darum, wer verliert und wer gewinnt. Hier geht es um mein Leben.«

»Ja. *Dein* Leben. Und du lässt dir von ihr diktieren, wie es zu verlaufen hat, und darin genau besteht ihr Spiel, merkst du das nicht?«

Das Telefon klingelt.

Ich sehe Jas flehentlich an. Sie verdreht genervt die Augen, erhebt sich aber von ihrem Platz am Fenster und geht trotzdem ran.

»Hallo, hier ist der persönliche Telefonservice von Violet Templer«, säuselt sie sarkastisch in den Hörer. »Es tut mir sehr leid, aber sie kann im Moment keine Anrufe entgegennehmen. Ich kann allerdings sehr gern eine Nachricht hinterlassen …«

Während der Anrufer redet, wirft sie mir einen Blick zu. Ihre Augen werden schmal, während sie zuhört, und am Ende sagt sie nur: »Okay, alles klar«, und drückt auf die Lautsprecher-Taste.

Ich kommentiere das nicht, aber mein indigniertes Gesicht spricht Bände.

»Keine Angst, es ist nicht Sol, und er sagt, dass du nichts sagen musst, er möchte nur, dass du zuhörst«, erklärt sie mir, als ich sie fragend ansehe.

Und dann wechselt sie wieder zu ihrer albernen Telefonstimme und sagt: »Anrufer, legen Sie los.«

Eine Sekunde später höre ich eine vertraute Stimme mit schottischem Akzent sprechen.

»Violet, hier ist Aidan. Ich hab dir nur eine einzige Sache zu sagen …«

Und er singt aus vollem Hals: *Stand by your man …*

Zehn Minuten nachdem Aidan seinen Song zu Ende gesungen hat, erklärt Jas: »Es muss sehr hart für ihn gewesen sein, weißt du … Wenn mein kleiner Bruder zu mir käme und weinen würde und verzweifelt wäre und durcheinander, wäre ich in der Lage, meine eigene Großmutter zu köpfen …«

»Schlag dich nicht auf seine Seite, Jas!«, sage ich schnell, um sie zum Schweigen zu bringen.

»Das tue ich nicht, das würde ich nie tun. Ich bin immer zu zweihundert Prozent auf deiner Seite, Violet, ob du nun recht hast oder nicht. Wenn du sagst, der Himmel ist rosa und das Gras ist blau, bin ich zur Stelle und stimme dir zu und rette dich vor dem Irrenhaus. Ich weiß, diese Loyalität hast du auch von Sollie erwartet, aber ich kann mir nicht helfen, der arme Mann tut mir leid. Denk doch mal nach, Vi. Seine Schwester, von der er weiß, dass sie eine beschissene Kindheit hatte, gesteht ihm widerwillig und unter Tränen, dass die Frau, die er heiraten will, eine Intrigantin war, die ihr in der Schule das Leben zur Hölle gemacht hat. Und dabei ist sie nicht nur wahnsinnig geschickt und lässt alle glauben, dass sie der liebste Mensch auf der Welt ist und keiner Fliege etwas zuleide tun kann …« Sie macht eine kleine Pause, damit ich Zeit habe, das Gesagte zu verdauen. »Sondern die Tatsache, dass du die ganze Zeit nichts zu ihm gesagt hast, spricht gegen dich.«

»Alle waren gegen mich, Jas. Wie kann ich in eine Familie einheiraten, die sich so leicht gegen mich vereinnahmen lässt?«

»Nicht alle«, erinnert mich Jasmine.

»Nein, ich habe sie in zwei Parteien gespalten.«

»Nicht du«, sagt Jasmine kopfschüttelnd. »*Sie*, sie hat die Familie in zwei Parteien gespalten.«

»Es spielt keine Rolle, wer das war, jedenfalls ist es jetzt so, und es wird immer so bleiben, solange diese … diese … Frau zur Familie gehört. Stell dir mal vor, wie Weihnachten ablaufen wird, die Geburtstagsfeiern, und wenn wir Kinder hätten, stell dir vor, wir hätten Kinder, Jas«, sage ich, bei dem Gedanken erst recht von Angst geschüttelt.

»Schöne Kinder.« Jasmine nickt.

»Sie wäre ihre Tante! Wie kann ich das meinen Kindern zumuten?«

»Na und? Man muss nicht unbedingt mit seinen Verwandten Umgang haben. Es gibt keinen Vertrag, den man bei der Geburt unterschreiben muss. Ich habe eine Tante, die ich nicht mehr gesehen habe, seit ich vier bin, und eine andere treffe ich genau zweimal im Jahr. Nur weil jemand mit dir verwandt ist, hat er noch lange kein Recht auf einen Platz in deinem Leben oder an deinem Tisch. Mit der Familie ist es wie mit dem Respekt. Man muss sie sich verdienen.«

Wir werden vom Klingeln an der Tür unterbrochen.

Jasmine geht schon ganz automatisch hin und öffnet. Sie kommt mit einem großen Strauß Blumen zurück.

»Überraschung! Die sind doch tatsächlich für dich.«

Bis jetzt waren es immer Rosen, aber heute sind es Sonnenblumen. Ich bin daher nicht verwundert, dass sie diesmal nicht von Sol sind, sondern von Elspeth.

Sie hat schon einige tränenerstickte Nachrichten auf meinem Anrufbeantworter hinterlassen, in denen sie sich lang und breit dafür entschuldigt hat, wie sie sich an dem Abend, als ich abgereist bin, verhalten hat.

Ich war nur in der Lage, schriftlich darauf zu reagieren. Ich habe ihr einen Brief geschrieben, in dem ich mich bedankt und ihre Entschuldigung angenommen habe. Aber das, was sie eigentlich wollte, konnte ich ihr nicht geben: Vergebung für sie und ihren Sohn.

Nicht, weil ich so ein arroganter Arsch bin, sondern weil ich mir wie ein arroganter Arsch vorkommen würde, wenn ich es täte. Soll ich mir etwa die Papstkrone aufsetzen und den Heiligenschein und ihnen Absolution erteilen? Wer bin ich, mir das anzumaßen? Aber ich habe ihr geschrieben, dass ich gut verstehen kann, warum sie so reagiert hat. Ist das nicht fast so gut wie Vergebung? Es ist jedenfalls das Einzige, was ich im Moment zu bieten habe.

Die einzige Person, der ich vergeben müsste, es aber nicht kann, die Person, die den dümmsten Fehler von allen gemacht hat, diese Person bin ich.

Wie konnte ich nur so hirnerweichend dämlich sein?

Wenn ich alles noch mal ohne meine schwermutgetrübten Brillengläser betrachte, kann ich deutlich sehen, dass ich auch ohne meine Kindheits-Erzfeindin früher oder später böse auf die Nase gefallen wäre. Ich war so blauäugig, was Solomon betrifft, dass ich irgendwann auf dem Boden der Tatsachen aufschlagen musste.

Denn irgendwann hätte ich der Tatsache ins Auge sehen müssen, dass auch er nur ein Mensch ist und Schwächen und Fehler hat wie jede andere Kreatur, die der liebe Gott auf dieser Erde wandeln lässt. Wie ich damit angegeben habe, den perfekten Mann gefunden zu haben! Wie blöd war das denn bitte? Ich habe ihn im Rausch der ersten Verliebtheit einfach völlig überschätzt.

Wie heißt es so schön? Hochmut kommt vor dem Fall, und ich war so stolz auf ihn, auf uns, das perfekte Paar. Ich war zu stolz. Jetzt muss ich mich ständig daran erinnern, dass es keinen perfekten Mann gibt, dass wir alle unsere Fehler haben. Aber für mich *war* Sollie perfekt, selbst in seiner Unvollkommenheit, wir waren einfach perfekt zusammen … Jedenfalls habe ich mir das eingebildet.

Ich hätte eben nie gedacht, dass er mich jemals enttäuschen könnte. Ich habe ihn vergöttert. Ich habe ihn auf ein so hohes Podest gestellt, dass er einen Fallschirm gebraucht hätte, wenn er runtergefallen wäre. Und dass er früher oder später runterfallen musste, war unvermeidlich.

Ich bin immer noch der Meinung, dass er für den ersten Riss gesorgt hat.

Aber ich weiß auch, dass ich es bin, die verhindert, dass er wieder heilt.

Was ich am Abend meiner Abreise zu Fleur gesagt habe, stimmt aber: Ich tue das nicht, um Sol zu bestrafen.

Ich tue es für mich.

Ich brauche Zeit, meine Wunden zu lecken und meine Verwirrung zu überwinden und über meine Enttäuschung hinwegzukommen, dass er mich so total und vollständig hat hängen lassen.

»Ein Königreich für deine Gedanken«, sagt Jas, die es sich wieder in ihrem Sessel neben dem Fenster gemütlich gemacht hat, mit einem mitfühlenden Lächeln.

»Ich habe überlegt, was wir zu Abend essen könnten.«

»Klar, logisch.«

»Okay, ich habe über Sollie nachgedacht. Also, was möchtest du zu Abend essen?«

»Wie wär's mit einer doppelten Portion Verzeihen und Verständnis? Du willst ihn zurück, Violet, gib es doch einfach zu.«

»Kann sein, aber wer braucht schon einen Ehemann? Das ist ja, als würde man sich einen schönen sonnigen Tag mit Regen versauen.«

»Regen lässt die Dinge wachsen.«

»Und ruiniert deine Frisur und weicht deinen Kuchen auf.«

»Das Leben wäre trocken und langweilig, wenn immer nur die Sonne schiene. Er hat gesagt, dass es ihm leidtut, Violet. Immer wieder. Er muss dich in den letzten Tagen tausendmal angerufen haben. Und wie oft hat er vor deiner Tür gestanden, und du hast ihn weggeschickt?«

»Ich brauche Zeit, um mich neu zu sortieren.«

»Das Argument ist langsam ein bisschen ausgereizt.«

»Glaubst du mir nicht?«

»Das meine ich nicht. Natürlich ist das erst einmal völlig in Ordnung, aber mittlerweile habe ich ein bisschen das Gefühl – und bitte hass mich jetzt nicht dafür, dass ich das sage –, dass du dich ein wenig darauf ausruhst, um Sollie schmoren zu lassen. Was ich natürlich auch total verstehen kann«, fügt sie hastig hinzu. »Ich an deiner Stelle würde ihn auch dafür büßen lassen, dass er zu ihren und nicht zu meinen Gunsten entschieden hat«, versucht sie mich aus der Reserve zu locken.

»Also gut.« Ich seufze unwirsch. »Kann sein, dass ich ein

bisschen auf dem hohen Ross sitze im Moment, aber kann man mir das vorwerfen?«

»Ich werfe dir das nicht vor. Nicht im Geringsten. Aber irgendwann musst du dich entscheiden, ob du Sol die Schuld an der Sache geben willst oder nicht. Sie hat ein falsches Spiel getrieben, mit euch beiden. Und du müsstest eigentlich am besten wissen, wie perfekt dieses Mädchen andere zu manipulieren versteht. Er hat sich entschuldigt, und zwar aufrichtig. Was kann er sonst noch tun?«

»Er könnte mich davon überzeugen, dass er es ernst meint. Um Entschuldigung zu bitten ist leicht, Jas, aber ich muss wissen, dass er es *wirklich* ernst meint. Ich muss wissen, dass er nie wieder an mir zweifeln wird.«

»Und eine Woche praktisch vor deiner Haustür zu zelten reicht dafür nicht aus?«

»Er hat nicht praktisch gezeltet, er ist ein paarmal gekommen und dann wieder gefahren. Wenn er mich wirklich um jeden Preis zurückgewinnen wollte, dann würde er wirklich zelten. Manche Leute warten länger vor verschlossenen Türen, nur um ein Sofa im Ausverkauf zu ergattern, als er investiert hat, um das Herz der Frau zurückzuerobern, die angeblich seine einzige große Liebe ist.«

»Ah, dann habe ich also nicht ganz unrecht?«

»Schon möglich«, presse ich heraus.

Sie lächelt liebevoll. »Zu dumm, Violet, dass ich ganz genau weiß, dass du ihm über kurz oder lang sowieso vergeben wirst.«

»Soso, weißt du das.«

»Wie könnte es anders sein. Es besteht nun mal kein Zweifel daran, dass du immer noch unsterblich in diesen Kerl verliebt bist. Und fest steht auch, dass du ein viel zu anständiger Mensch bist, um ihn ewig zu bestrafen, und obwohl du verletzt bist, bist du viel zu intelligent, um nicht genau zu wissen, dass er in einer verdammt schwierigen Lage gesteckt hat. Okay, er hat sich für die Falsche eingesetzt, aber das ›in guten wie in schlechten Zeiten‹ gilt für beide Seiten, weißt du. Du durchlebst gerade eine richtig schlechte Zeit, weil du nicht damit klarkommst, dass Sol dich so schnell aufgegeben hat. Aber denk mal nach, machst du nicht gerade das Gleiche mit ihm?«

Ich lasse den Kopf hängen und betrachte eine Zeitlang meine Füße. Warum ist es nur immer so schwer zuzugeben, wenn ein anderer recht hat? Aber in diesem Fall ist der andere Jas, und sie hat recht, und deshalb kann ich das schließlich auch zugeben.

»Du hast recht«, sage ich also. »Mit allem.«

Sie lächelt erleichtert. »Was müsste er also tun, damit du ihn zurücknimmst?«, fragt sie freundlich.

»Oh, vielleicht ein bisschen vor mir auf den Knien herumrutschen?«, versuche ich zu scherzen.

»Oder Berge von Blumen und Pralinen? Und er steht vor deinem Schlafzimmerfenster und singt einsam und verzweifelt?«, schlägt Jas vor.

»Oder die Red Arrows, die den Himmel mit Nachrichten an mich pflastern«, fällt mir noch ein. »Oder Transparente an jedem Kreisverkehr in London, oder tausend mir gewidmete Liebeslieder im Radio, oder er landet mit dem Fallschirm auf dem Dach meines Ladens, oder er schaltet einen Werbespot für mich im Fernsehen, oder … Ach, was soll der Blödsinn«, sage ich traurig und blicke wieder zu Boden. »Ich schätze, ich will nur eine Umarmung und dass er mir eine ernst gemeinte Entschuldigung ins Haar flüstert. Ich möchte in seine Augen schauen und in ihnen sehen, wie leid es ihm tut und wie sehr er mich vermisst … Ich will wissen, dass er mich genauso sehr vermisst wie ich ihn …«

»Bist du sicher, dass dir das genügt?«

Ich blicke überrascht auf, weil Jasmine, die normalerweise immer die Erste ist, wenn es darum geht, zu umarmen und Mitgefühl zu zeigen, trotz meiner letzten sehnsüchtigen, geständigen Worte aus dem Fenster sieht und lacht.

»Ich finde so eine große Geste doch sehr verlockend«, sagt sie weiter, als ich sie verwirrt anstarre. »Aus der Sache mit dem Fallschirm wird vielleicht nichts, aber was hältst du von einer Delegation aus Männern in Kilts, die auf dem Dudelsack ›Crowded House‹ spielen, angeführt von Sollie auf einem großen weißen Pferd, und er ist angezogen wie Mel Gibson in *Braveheart*?«

Trotz meiner Traurigkeit muss ich bei dem Gedanken furchtbar lachen. »Gute Idee, Jas, du schaffst es doch immer wieder, den Dingen noch eins draufzusetzen.«

Aber Jasmine schüttelt den Kopf, und während sie das tut, höre ich von draußen die immer lauter werdenden Klänge eines ganz bestimmten Liedes.

»Glaub mir, Vi, das hätte selbst ich mir nicht ausdenken können.«

Und sie schiebt die Vorhänge zur Seite und winkt mich zum Fenster …

Es war sicher die spektakulärste Entschuldigungsszene, die mein kleines Londoner Viertel je zu Gesicht bekommen hat, aber es war das kleinste Detail dieser groß angelegten Show, das mein hart gewordenes Herz schließlich in einen weichen schmelzenden Kern zurückverwandelte. Als nämlich Sollie sich etwas unbeholfen aus dem Sattel des großen Schimmels schwang und mir eine weiße Konditorkiste hinhielt.

»Der Weg zu deinem Herzen …«, sagte er und biss sich verlegen auf die Unterlippe. »Ich habe es selbst gemacht.«

Sollie, der nicht einmal backen könnte, wenn sein Leben davon abhinge, hat es getan, um unsere Beziehung zu retten.

Als ich die Kiste aufmachte, erblickte ich das winzigste, kümmerlichste und erbärmlichste Stück Kuchen, das ich je gesehen hatte.

»Was ist das?«, fragte ich, als ich meinen Blick von den angetrockneten Krümeln ab- und Sollies zerknirschtem Gesicht zuwandte.

Er lächelte sanft. »Das, was wir Briten essen, wenn wir zu Kreuze kriechen«, erklärte er mir. »Es war ein großes, scheußliches Ding, was bei meinen Kochkünsten ja auch nicht anders zu erwarten war, aber ich habe ihn ganz aufgegessen, bis auf dieses kleine Stück, denn in ihm steckt etwas, das ich einfach nicht herunterbekommen habe …«

Er zeigte auf das Stück Kuchen, und dann erst erkannte ich, dass wirklich etwas darinsteckte.

Ein Ring.

Mein Ring.

Unser Ring.

»Wie mein Herz ist er an den falschen Platz geraten«, sagte er. »Können wir bitte alles wieder dahin zurücktun, wo es hingehört?«

Epilog

Und Pippa?

Sollie hat mir angeboten, nie wieder mit ihr zu reden, wenn das meine Bedingung sei, damit wir beide wieder zusammen sein können, aber wir wussten beide, dass dies zwar eine schöne Geste, aber kein praktikabler Vorschlag war. Es wäre auch unfair ihm und seiner Familie gegenüber gewesen. Ich werde sie natürlich trotzdem immer so weit auf Abstand halten wie möglich; ich weiß, dass sie eines Tages wieder in meinem Leben auftauchen wird, aber ich werde damit umgehen können, denn jetzt wissen ALLE, was für ein Mensch sie ist, in gewisser Weise ist ihr also der Stachel abgebrochen, und das Gift in ihren Venen ist weniger gefährlich.

Abgesehen davon möchte ich, dass sie, nach allem, was passiert ist, im Juni zu unserer Hochzeit kommt und dabei zusieht, wie Sollie und ich vor Gott und der ganzen Welt unser Eheversprechen abgeben. Vor allem soll sie den berühmten Satz hören: »Was Gott zusammengefügt hat, soll der Mensch nicht scheiden.«

Außerdem habe ich mir ein sehr hübsches Brautjungfernkleid ausgedacht: Es wird aus apricotfarbenem Polyester sein … mit gestärkter Spitze … und vielen, vielen Rüschchen.

Unsere Empfehlung für alle, denen Sarah Harvey gefallen hat: **Jennifer Crusie!**

Jennifer Crusie gehört in Amerika zu den erfolgreichsten Autorinnen romantischer Komödien. Spätestens mit dem Buch **„Die Gerüchteköchin"** hat sie sich auch in Europa einen Namen gemacht. Jennifer Crusie unterrichtet Creative Writing an der Ohio State University.

Verliebt in eine Göttin:
Eigentlich wollte Abby Richmond mit ihrem Irish Setter nur ein Hundetraining besuchen. Doch der Kurs, der sich an mesopotamischen Heilslehren orientiert, weist sie bald in himmlischere Sphären. Abby entdeckt ungeahnte Kräfte in sich und ist vor allem in einer Hinsicht unsterblich – nämlich unsterblich verliebt!
448 Seiten | € 8,95 [D]
978-3-442-47049-5

Einfach bezaubernd:
Dee, Lizzie und Mare Fortune sind Hexen, die ihre Zauberkräfte nicht immer unter Kontrolle haben. Klar, dass ihre Hexenkünste immer dann völlig versagen, wenn wieder ein charmanter Beau auftaucht ...
448 Seiten | € 7,95 [D]
978-3-442-46772-3

Heiße Liebe zum Dessert:
Die Küchenkolumnistin Agnes hat alle Hände voll zu tun: mit Hundeentführern, Flamingos, Körperverletzungen, Schwiegermüttern und – am gefährlichsten von allem – mit sich selbst ...
480 Seiten | € 8,95 [D]
978-3-442-46709-9

„Crusie + Mayer = perfekte Unterhaltung. Bloß nicht verpassen!"
BOOKPAGE